FISCHER
BOOT

2,-

Martin Bettinger

Der Himmel
ist einssiebzig groß

Roman

Fischer Taschenbuch Verlag

Originalausgabe
Veröffentlicht im Fischer Taschenbuch Verlag GmbH,
Frankfurt am Main, Dezember 1986

Umschlagentwurf: Hansjörg und Evi Langenfass, Ismaning
© Fischer Taschenbuch Verlag GmbH, Frankfurt am Main 1986
Satz: Fotosatz Otto Gutfreund, Darmstadt
Druck und Bindung: Clausen & Bosse, Leck
Printed in Germany
1280-ISBN-3-596-27573-3

Marius wollte ein Clown sein, er sprach vom Trapez
dieser Welt. Dort wollte er lachen, fliegen, sich
überschlagen. Und vor allem das Seil spüren, an dem
er hing. Er war zwanzig, dann einundzwanzig.

Nach Korsika haben wir nichts mehr von ihm gehört.
Ein Rucksack und vier Tagebücher, das ist alles,
was er zurückgelassen hat. Wir hoffen, er ist nur
nach Spanien und nicht nach Atlantis.

Seine Geschichte zu erzählen war Gustavs Idee.
Er gab mir die Tagebücher und wählte den Titel.
Die Strichmännchen haben wir weggelassen. Die Namen
sind geändert.

M. B. im Oktober 1986

Hat das geknistert die Nacht! Richtig scheu. Und jedes Blatt hat sich zuerst gewölbt, als wollte es sich wehren. Gern habe ich es nicht getan, aber manchmal muß man einen Punkt setzen, ein Zeichen geben, daß etwas rum ist.

Und der Stil war wirklich unmöglich. Subjekt, Prädikat, Objekt, Ein- und Überleitung. So lernt man's in der Schule. Dabei klingt es draußen immer anders. Da fehlt dann das Subjekt, oder es ist eines zuviel, oder das Prädikat wird keins, und das Objekt läuft einem weg.

Na ja, jedenfalls hat es gut gebrannt, eine ganze Stunde saß ich in der Wiese. Blatt für Blatt habe ich rausgetrennt und ins Feuer geworfen. Fünf Tagebücher und alle frühen Werke. So was dauert. Gut, daß es Nacht war. Bei Tag hätte ich angefangen zu lesen und vielleicht hie und da mit dem Feuern gezögert.

Ich will aber nicht mehr zögern. Das macht nur müde Augen und Falten auf der Stirn. Ich will lieber geradeaus gehen, so von Stolper zu Stein. Das gibt gute Waden und 'ne gesunde Lunge. Und wenn man ab und zu mal hinfällt, macht auch nichts, lernt man wenigstens abrollen. Und Narben ziern den Herrn, sagt mein Onkel.

Im Moment habe ich nur einen kleinen Pickel am Kinn. Die markanten Züge sind überhaupt noch sehr im Ansatz. Immerhin, mein Schnurrbart ist nicht mehr durchsichtig. Und die Zeiten, wo ich an der Kinokasse den Ausweis lüften mußte, sind auch vorbei. Wenn ich die Wangen etwas nach innen zwischen die Backenzähne ziehe, was das Gesicht schmaler macht, dann nimmt man mir die neunzehn ab.

Ich bin übrigens zwanzig und stehe gerade unter der Dusche. Denn erstens muß ich mir den Rauch aus den Haaren waschen, und zweitens gibt es heute Zeugnisse. Zum letzten Mal. Heute sind wir nämlich reifgeprüft. Bei mir hat es ein bißchen länger gedauert. Ein Jahr ging auf den Rechtsaußenposten in der B-Auswahl, und für die andere Runde sorgten Maries tolerante Eltern.

Aber das sind alte Geschichten, und die haben sich heute nacht in CO_2 aufgelöst. Oder nur CO? Ist egal jetzt, jedenfalls hat es gut gebrannt, das Feuer zur Feier. Heute ist nämlich Feier, Abiturfeier. Und deshalb stehe ich jetzt auch vorm Spiegel, kämme mir die Haare aus der Stirn und rasiere mich. Und Vaters Krawatte binde ich auf die bloße Haut. Er würde sich freuen, hat der Direktor gemeint.

Heut gehe ich zu Fuß, das laß ich mir nicht nehmen. Kein Fahrrad, kein Bus, zu Fuß, und zwar den Umweg durchs Wiedener Tal. Hier kenne ich jeden Pfad im Schlaf und jede Ameise mit Vornamen, und die Meisen sind wieder mal alle mein Jahrgang.
Grüß euch da oben, nicht so laut, der Morgen hat noch Tau im Aug! Ja, ich weiß, es ist ein toller Tag und Mai und nie mehr Schule. Das heißt, für euch war's nie und für mich geht es jetzt erst richtig los. Wie, du Blaubauch, das verstehst du nicht?
Schau, wir Menschen kommen nicht so schlau auf die Welt wie ihr, wir müssen alles erst noch lernen. Ich bin jetzt zwanzig, ich weiß, mit wieviel f man Schiffahrt schreibt und wo kein Komma hinkommt. Ich weiß die Formel, wie die Blätter hier ihre Photosynthese machen und daß dieses Wort aus dem Griechischen kommt. Ich kann sogar einen Handstand machen und, wenn ich in Form bin, fünfundzwanzig Meter tauchen.
Es stimmt, das kannst du alles nicht. Aber du weißt, warum du morgens aufstehst und was du am Tag zu tun hast. Du frißt deine Mücken, baust dein Nest und hilfst deiner Frau beim Eierwärmen. Ansonsten sitzt du in der Sonne und singst deine Lieder. So einfach fällt's uns Menschen eben nicht.
Bei uns werden die Mücken gleich zum Supermarkt, die Nester zum Hochhaus und die Frauen zum Ring am Finger. Und wenn wir liedern, muß es schon mindestens in Stereo geschehen. Das heißt dann Kultur und muß immer weitergehen.
Jetzt fliegt er weg, der Blaubauch. Na, ich kann es verstehen, mir ist das manchmal auch zuviel. Aber neugierig bin ich schon, auf die Mücken, die Frauen, die Nester. Überhaupt diese Kraniche unter meiner Haut. Geben keine Ruhe. Es fehlt uns nämlich an nichts – außer am Wesentlichen. Und diesem komischen Wort, von dem sie alle reden: Leben. Klingt wie Atlantis, jeder kennt's, und keiner war dort. Anfänger, hat Gustav nur gemeint und jede Wette geboten, daß wir es finden würden. Das war mit achtzehn. Jetzt sind wir zwanzig. Und diese Nacht beginnt der Streich.

Ciao denn, ihr kleinen Carusos, ich schreib euch aus der Hütte mit vier Südseiten.

In der Vorhalle ist wieder viel Betrieb. München, Wien, Budapest, acht Uhr siebzehn unverändert. Das sind noch zehn Minuten, aber heute spar ich mir das Nachschauen. Ich habe ihn oft genug gesehen, meinen IC 203, morgens, wenn ich für die Schule nicht müde genug war. Ich saß bei ihm auf dem Bahnsteig, ließ mir vom Orient erzählen und versprach, bald mitzukommen. Nur im Moment, da könnten sie mich in der Schule nicht entbehren. Ab morgen können sie mich entbehren, und nicht mehr lange, dann fliege ich auch mit ihm, hinein ins Herz vom Überall. Nur jetzt, jetzt muß ich erst zum Kiosk.

»Das blaue Heft da, bitte. Ja, das mit dem festen Deckel, wo man auf den Knien schreiben kann. Und dann noch einen Bleistift bitte, nicht zu hart. Danke.« Dreiachtzig. Ich geb ihr fünf und find's noch billig. Endlich! Das neue Heft zur neuen Zeit. Und blau natürlich, blau wie mein Hemd und meine Hose, blau wie das Wasser im Wiedener Tal und dieser Himmel über mir. Fünf Mark mit Bleistift und die Zukunft frei auf die Hand, was will ich mehr? Ach ja, einen Kaffee, schwarz, und eine Ecke auf der Bank.

»Morgen.« »Morgen.«

Den Bleistift spitze ich mit dem Schweizer Messer, und zwar oben wie unten. Das eine Ende zum Schreiben, das andere zum Malen. Gut so. Womit fang ich an? Mit dem Feuer? Mit dem Feuer. Manchmal muß man Zeichen setzen. Also:

Hat das geknistert die Nacht! Richtig scheu. Und jedes Blatt...

Jetzt ist es doch später geworden. Aber so ein Tagebuch schreibt sich halt nicht von alleine. Und drei Kaffee hab ich auch gesoffen und 'ne Bockwurst mit Senf.

Halb elf. Ich hänge mit dem Ohr an der Tür zum Zeichensaal und warte, bis unser Primus Ballerinus mit seinem Gegeige fertig ist. Schade, daß ich Gustavs Rede verpaßt habe, das war bestimmt ein Knaller. So, fertig, Applaus, jetzt kann ich rein.

He, sehe ich aus wie Redfords Robert, daß mich alle anschauen? Ach was, immer nur lächeln und nicken, und wieder mal lächeln, und schnell irgendwo untertauchen. So, geschafft!

Mensch, sehen die alle aus! Und die Girls in Lang. Da mache ich am besten noch einen Knopf auf, damit die Krawatte besser zur Geltung kommt. Jetzt drückt mich auch noch das Heft im Hosenbund. Ja, ich schreibe gleich an dir weiter. Warte, bis der Direktor seinen Segen los ist.

»...und wünsche Ihnen alles Gute für Ihren weiteren Lebensweg«, ja wir dir auch, »und darf Sie recht herzlich heute abend zu unserer Abschlußfeier in die Stadthalle einladen.«

Lächeln, Drängeln, Zeugnis in die Hand und nichts wie raus. Den Wisch falte ich sauber überm Knie und stecke ihn zum Bleistift in die Gesäßtasche. Ich könnte ihn auch ins Tagebuch legen, aber daß ich in Deutsch nur lächerliche acht Punkte habe, braucht das junge Heft nicht zu belasten. Die schlechte Note bekam ich sowieso nur, weil Schmidtke merkte, daß ich die Gliederung immer erst nach dem Aufsatz schreibe. Und dann halt wegen der Strichmännchen, auf die ich einfach nicht verzichten kann, um mich zu inspirieren.

Der Angeber, der alte. Aus dem Kopf hätte er sie gehalten, sagt er, und daß ich ja selbst wisse, daß über seine Lippen kein Witz zweimal käme. Schade, für die Rede hatte ich zwei Seiten reserviert, aber da kann man nichts machen, und daß sich Gustav nicht wiederholt, stimmt leider.

Zum Trost spendiert er mir im *Rainfall* ein Bier und fragt, wo ich meine Bücher hätte. Tatsächlich, die habe ich vor lauter Duschen, Rasieren und Schlipsbinden im Bad vergessen. Also trinke ich aus und erwische eben noch den Einuhrbus nach Hause. Um zwei bin ich wieder in der Stadt und um viertel nach in dem großen Bauloch, wo nächstes Jahr die neue Stadtbücherei stehen soll.

Die andern sind schon kräftig am Graben, zwei Kasten Bier sind hinüber, schließlich hebt Gustav die Hand. Einer nach dem andern betten wir unsere Bücher in die rote Erde. Dann ist es geschehen. Feuchter Sand rieselt auf Tacitus, Algebra I und II und Modern English, Gustav spricht die letzten Worte, Hesse, was auch sonst: »Denn jedem Abschied wohnt ein Zauber inne / der lähmender Gewöhnung uns entrafft...«

In der Stadthalle abends bin ich schon in Anderland. Schmidtke erwischt mich in der Sektbar und will nicht weichen, bis er weiß, wie es bei mir weitergeht. Ich werde nun vollends meinen Talenten leben, sage ich. Er mustert mich, grinst und nickt und zieht mit einem »herrlich, soviel Freizeit« wieder ab.

Ich verzeihe ihm ein letztes Mal, falle weiter von Arm zu Brust zu Theke, bin besoffen von Sekt und Zukunft und dem Parfüm in Veras Nacken. Für eine Flasche Schampus bekommt der Direktor meinen Ablaß, und für einen Kuß verkaufe ich seiner Tochter meine Seele. Dann ist es Zeit. Gustav winkt zum Ausgang. Ich folge.

Zwei stummernste Gestalten rollen auf torkelndem Fahrrad bach-aufwärts zum See. Es läuft alles nach Plan, noch vor dem Morgen-grauen sind wir da. Das Fahrrad fällt kraftlos in die Wiese, wir zie-hen uns aus und schwimmen hinaus. In der Mitte, dort wo es am tiefsten ist, tauchen wir uns gegenseitig unter, immer wieder, bis wir blau sind vor Atemnot und Kälte. Es muß alles ab.

Dann schwimmen wir zurück, zittern uns in unsere Kleider. Ein aus-gekühlter Händedruck, ein Schlag auf die Schulter, »auf immer«, »auf ewig«. Dann hilft Gustav dem Fahrrad aus dem Gras und fährt zurück zur Stadt.

Ich reibe mir Arme und Schultern. Meine Hände sind noch rot und steif vor Kälte. Wasser und Wärme, meinte Gustav, das habe viel mit unserem Atlantis zu tun. Und die Stelle, wo es für einen Mann am wärmsten ist, das sei so etwas wie das Tor dorthin. Oder zumindest das Tor zum Tor. Ich schaue ihm noch nach, bis er im Morgennebel verschwindet, dann laufe ich den Waldweg nach Hause.

»Das Zeugnis kannst du wegwerfen.« So wütend kenne ich Mutter gar nicht. »Es ist völlig zerknittert, und dieser blöde Bleistift hat sich durch alle drei Blätter gebohrt. Und durch das Futter deiner guten Hose dazu. Wie kann man einen Bleistift auch an beiden Enden spitzen?«

Ich träume gerade, daß ich im Schlafwagen nach Stockholm rolle, um den Händedruck für meine frühe Lyrik abzuholen, drehe mich also zur Wand, um nachher einen aufgeweckten Eindruck zu ma-chen.

»Los, du stehst jetzt auf, fährst zur Schule und läßt dir ein neues Zeugnis ausstellen! Was hast du dir überhaupt dabei gedacht?«

»Alles hat eine Ende, Mama, nur mein Bleistift zwei«, brumme ich in freien Rhythmen und ziehe mir die Decke über den Kopf.

Das sieht sie ein, stellt aber das Radio auf volle Lautstärke.

Was ich damit anfangen wolle, fragt mich Vater nachher bei Tisch. »Hinterher auf dem Markt Brezeln verkaufen wie Neumanns ihrer? Man kann doch nicht ins Blaue studieren!«

Vater war auch schon besser gelaunt. Und die Heringe, die Ma zum Mittagessen gemacht hat, sind wieder mal nicht sauer genug.

»Weißt du«, sage ich und halte mich an die Kartoffeln, »blau ist nun mal meine Lieblingsfarbe.«

»Witzig«, meint er, »sehr witzig. Lehrer, das sind doch die, die ins Geschäft kommen und gleich nach Sonderangeboten fragen. Selbst wenn du eine Stelle bekämst, was unwahrscheinlich ist, das Haus hier könntest du mit dem bißchen A 13 doch nicht halten.«

»Hausmeister wollte ich auch gar nicht werden«, sage ich und überlege, ob ich es vielleicht doch mal mit so einem Hering versuchen sollte.

»Hausmeister will er nicht werden«, tönt Vater. »Kannst ja beim alten Maurer den Holzschopp mieten. Ich frage mich nur, warum deine Mutter und ich das hier alles aufgebaut haben, wenn es dem eigenen Sohn egal ist, was daraus wird.«

Wenn man mit Zitrone nachwürzt, sind die Fische wirklich ganz passabel.

»Vater, im Ernst!« sage ich. »Du hast mir dein sonniges Gemüt vererbt, und von Mutter habe ich den Hang zum Schatten. Das gibt so eine Mischung aus Sokrates und Luis Trenker. Und ich finde, das ist schon so viel, da kann ich nicht noch das Haus verlangen.« »Och, wie bescheiden!« sagt Vater und klatscht mir noch einen Hering auf den Teller. »Jetzt iß erst mal, und dann vergißt du ganz langsam diesen Sokrates mit seinem armseligen Faß oder wo der gewohnt hat! Und wenn du nachher fertig bist, setzt du dich gemütlich ins Wohnzimmer und schlägst mal unter Trenker Luis nach. Ordentlicher Mann, sag ich dir, hat erst mal Architekt gelernt.«

Bevor ich es vergesse: mein lyrisches Frühwerk, den Flammen verfallen, doch im Geiste unsterblich.

Aufstieg und Fall des Fallenstellers Veronikus Ritschi.

Hinauf, das wollt er, das war klar.
Nur daß sein weiter Blick nicht sah,

Als die Leiter zu Ende war.
Jetzt liegt er da.

Heute sind wir die vierte Nacht unterwegs. Gustav meinte, wir sollten nach drei Nächten *Rainfall* mal die Lokalität wechseln. Also
sitzen wir im *Café Klatsch,* wo die Abiturienten der anderen Schu-
len feiern. Gustav kennt mal wieder jeden und erzählt seine neuesten Schüttelreime mit »böse meist«.
Ich höre zu und frage mich, wie ein Mensch mit so wenig Verstand
zu solchen Sprüchen kommt. Und dann frage ich mich noch, warum
die Dunkle neben mir so still ist. Da sitzt sie in ihrem Afrikapullover
und schaut zu, wie der Schaum auf ihrem Bier immer weniger wird.
Ich bestelle mir auch eins und frage, ob sie vielleicht durchgefallen
sei. Nein, im Abitur nicht, meint sie, sie sei erst nächstes Jahr an der
Reihe. Im Abitur nicht? Vielleicht sonstwo? Sie schüttelt den Kopf,
greift nach ihrem Glas.
Jetzt könnte ich mich eigentlich leichteren Aufgaben widmen. Die
Blonde links lacht schon, seit ich da bin. Aber der Afrikapullover
der Dunklen hat mit seinen gutsitzenden Löwen und Kamelen so
was tierisch Anziehendes.
Ich erzähle, daß ich auch mal durchgefallen bin, und zwar bei mei-
nem Onkel durch den Heuboden. Ich bin direkt auf ein kleines
Schwein gefallen, von sieben Meter hoch runter. Den Arm und drei
Rippen hatte ich gebrochen, sechs Wochen Krankenhaus. Und das
Schwein mußten sie notschlachten.
Sie meint, so was hätte sie auch vorgezogen. Wie? Notschlachten?
Nein, vom Heuboden fallen und sich ein bißchen was brechen.
Also mein Onkel hat damals eine neue Decke eingezogen, aber ich
kenne einen anderen Schuppen, da hat sie gute Chancen. Jetzt lacht
sie doch. Dann schaut sie zur Tür, wird wieder ernst.
Im Eingang steht lang und schwarzhaarig ein Typ, schwankt etwas,
kommt auf uns zu. Hemd und Jeans hat er in Streifen gerissen, paßt
gut zu seiner braunen Haut.
Gustav freut sich.
»Mensch, Theo, wir haben dich schon vermißt«, sagt er. »Komm,
setz dich her!«
Der Zerreißwolf winkt ab.
»Laßt man gut sein. Ich habe dreizehn Jahre lang gesessen.«

Gustav gibt nicht auf.

»Sag, Theo, was wirst du machen? Wirst du jetzt Schriftsteller?«

»Mensch, ihr Raben, ich bin Schriftsteller«, gibt der Typ zurück und geht laut lachend an die Theke.

Die Dunkle neben mir hat ihn die ganze Zeit angeschaut.

»Kennst du ihn?«, frage ich.

»Immer weniger. Er war eine Klasse über mir.«

»Und warum läuft er in den Fetzen rum?«

»Er hat gesagt, nach dem Abitur wird er alles zerreißen, was ihn eingeengt hat. Mit den Jeans ist er immer zur Schule gegangen. Und das Hemd habe ich ihm mal genäht.«

Manchmal muß man Zeichen setzen, denke ich und bestelle noch Bier. Als ich vom Klo komme, ist die Dunkle fort.

Lander Willi ist gestorben. In zwei Stunden ging es durch den ganzen Ort. Letzte Woche habe ich ihn noch im Wald getroffen. Heute mittag haben sie ihn gefunden, neben einem Ameisenhaufen. Herzinfarkt. Lander Willi und Herzinfarkt, das kann ich gar nicht glauben. Der wurde doch nicht älter. Der hatte diesen zähen Blick, wenn er im Stechschritt durch den Wald fegte. Und im Wald war er den ganzen Tag.

»Geht niemanden was an, aber wissen Sie, seit meine Frau tot ist, halte ich es zu Hause nicht mehr aus«, hat er mal zu Vater gesagt.

Und es scherte ihn nicht, daß die Leute ihn Ameisenwilli riefen und ihre Witze machten, wenn er mit seinen Geräten auf der Schulter in den Wald zog, Tag für Tag.

»Die wissen's nicht besser«, hat er zu uns Kindern gesagt. Und wir waren oft bei ihm und stolz, wenn wir helfen durften.

Übermorgen, sagt Vater, wird er beerdigt.

Die sechste Nacht zur neuen Zeit. Um sieben treffen wir uns im *Rainfall,* um zehn fahren wir rüber ins *Café Klatsch.* Vera kommt mit, sie will mich unbedingt zu einem Cola Cognac einladen. Nach dem dritten Glas zieht sie mich ein bißchen von den andern weg, schaut mir ins offene Hemd.

»Darf ich dich was sehr Direktes fragen?«

»Du weißt doch, Vera, direkt ist mir immer am liebsten. Prost auch!«

Wir stoßen an, trinken einen Schluck.

»Hast du Lust, heute bei mir zu übernachten? Ganz im Ernst.«

Ihr Augenaufschlag geht vom Hemd genau in meine Augen. Ich stelle mein Glas ab, drehe es auf der Theke einmal um 359 Grad. Dann schaue ich Vera von der Seite an, beuge mich ganz nah zu ihrem Ohr.

»Ich wüßte nicht, was ich lieber täte, Vera. Nur meine Mutter hat meine Temperaturtabelle verlegt, und ich weiß jetzt nicht, wie's steht.«

Sie schiebt ihre Lippen nach vorne, was ihren Mund noch voller macht.

»Blödmann, ich meine es ernst. Heut schicke ich dich nicht nach Hause.«

Ich nehme noch einen Schluck, drehe das Glas wieder um 359 Grad zurück.

»Und wie kommt die Sineswandlung?«

Sie streicht sich ihre blonden Strähnen hinters Ohr.

»Mein Gott, stellst du dich an. Hast du Angst?«

Ich nicke, versuche zur Entkräftung ein Grinsen.

»Also hör zu«, sie rückt ganz nah zu mir. »Nächste Woche fahre ich nach Hamburg, hab dort eine tolle Stelle in einer internationalen Firma. Verstehst du? Geschäftsreisen, Empfänge, das ganze Zeug. Da muß man sich doch vorbereiten.«

»Und wieso gerade ich?« Ich schiele zu Gustav.

»Ganz einfach. Du warst mein treuester Verehrer. So was muß belohnt werden.«

Das leuchtet mir ein. Ein langer Blick in Veras dezent geschminkte Augen. Die schauen sehr glaubwürdig. Blick zu Gustav. Der steht Mund an Ohr bei der Dunklen, scheint im Dienst.

»Also dann, Vera, auf Hamburg«, sage ich.

»Auf Hamburg«, sagt sie.

Zum Glück habe ich Mutters Auto dabei. Ich fahre ganz langsam, muß das genießen. Drei Jahre war ich hinter ihr her, bin mit ihr ins Kino und zum Tanzen gegangen, habe ihr Briefe geschrieben und ihr Mofa repariert. Schulstunden habe ich damit verbracht, sie nur anzustarren und ihre sagenhaften Linien in Mathematik- und Französischbücher zu malen. Und jetzt sitzt sie neben mir, macht am Kassettenrecorder rum und nimmt mich mit nach Hause. Ich sehe jetzt schon Gustavs Gesicht. Ob das mit den fünfzig Litern noch gilt? Egal auch.

In ihrer Straße sind alle Parkplätze besetzt. Ich stelle mich ins Halteverbot. Lächerlich. Im Treppenhaus nimmt sie mich an der Hand. Ich soll leise sein, die anderen Parteien bräuchten ja nichts zu hören. Ihre Eltern sind die Woche bei Verwandten, und der kleine Bruder schläft schon. Günstig. In ihrem Zimmer macht sie nur zwei Kerzen an, schlingt die Arme um meinen Hals. Dann liegen wir auch schon im Bett.

Ich kenne ihren Körper sehr genau von meinen stundenlangen Skizzen, aber wie sie jetzt so Bein zwischen Knie nackt neben mir liegt, das ist doch wieder ganz anders.

»Du, für dich hätte Michelangelo seinen David in den Tiber geworfen«, sage ich.

Sie lacht und küßt mich stumm. Dämmerlicht und Lavendel im Haar, ihre Lippen in meinem Mund und ihr Bauch an meinem Bauch, ihr Atem, der zu meinem wird, ich könnte jetzt auf immer den Verstand verlieren und würde mich nicht wundern.

Dann zieht sie mich zu sich, und ich verliere zwar nicht den Verstand, aber etwas anderes, was im Augenblick wesentlich wichtiger ist. Wie kann nur soviel Blut so schnell verschwinden? Ich rolle zur Seite und stütze mich auf den Ellbogen. Mein Herz rast auf Rekorde. Vera schaut mich an und lacht und meint »nicht schlimm«. »Nicht schlimm«, schlucke ich und merke, wie mir richtig schlecht ist vor lauter Lust. Da liegt der Traum meiner verschlafenen Grundkurse blondherrlich neben mir und ich kriege weiche Knie bis zum Nabel. Wir schmusen noch ein bißchen – nichts zu machen. Jetzt könnte ich dem David hinterherspringen. Ob ich endlich meinen Meister gefunden hätte, haucht sie mir ins Ohr. Wie lustig! Ich hülle mich in Schweigen und meine Kleider, gehe ans Fenster, nehme dann doch das Treppenhaus.

Als ich ans Auto komme, hängt ein Strafzettel an der Windschutzscheibe. Vierzig Mark. Ich zerreiße den Fetzen, trete die Konfetti in einen Kanalschacht. Haben auch nichts Besseres zu tun, die Kerle.

Zu Hause im Bett kriege ich kein Auge zu. Dauernd sehe ich sie neben mir, höre ihr Lachen, spüre ihre Hände, rieche ihr Parfüm. Erst als ich Hand an mich lege, plötzlich geht es wieder, kann ich einigermaßen einschlafen. Und träume, wie Sam Hawkins von der schönsten Apachin aller blauen Berge mit einem Metzgermesser skalpiert wird.

Das paßt zu ihm. Das Wetter war ihm immer egal. Jetzt lassen sie ihn im strömenden Regen in die Erde. Viele sind nicht gekommen. Das kümmert ihn noch weniger.
Ein paar Worte vom eiligen Pfarrer, drei Schaufeln nasser Erde, dann lassen sie Lander Willi in Ruhe.
Ich werfe ihm mein Schweizer Messer hinterher. Das hat ihm immer gut gefallen. Und jetzt kann er's nicht mehr ablehnen.

»Was machst du nachts um zwei Uhr fünfzehn in der Liebknechtstraße vor dem Anwesen Nummer 17?«
»Wo soll ich gewesen sein? Wann? Wie kommst du darauf?« Mutter legt mir einen blauen Briefumschlag neben die Kaffeetasse.
»Schau dir's selber an. Anhörungsbogen von der Polizei.«
Ich schau mir's an.
Tatsächlich, 22. Mai, zwei Uhr fünfzehn, Liebknechtstraße vor Anwesen Nummer 17. Das kann nur die Nacht bei Vera gewesen sein. Habe das eben mit Mühe verdrängt, da schicken die es schwarz auf weiß. Verwarnungsgebühr von 40 DM. Wegen Parkens im absoluten Halteverbot mit Verkehrsbehinderung.
Verkehrsbehinderung stimmt, aber dafür noch vierzig Mark bezahlen?
»Ich bringe das in Ordnung«, sage ich. »Habe da für einen Freund von Gustavs Schwager ein Buch abgegeben.«
»So was habe ich mir gedacht«, sagt Mutter. »War es wenigstens nett?«
Das Grinsen könnte sie sich sparen.
»Hast du Zweifel?« sage ich, nehme das Frühstücksei und schlage ihm mit einem Hieb den Kopf am Bauch ab.

Abends gehe ich zu Großmutter auf den Friedhof. Sie sitzt da wie immer mit ineinandergelegten Händen und dem faltigen Gesicht hinter der zu großen Hornbrille.
Ich erzähle ihr vom Abitur und daß Lander Willi gestorben ist. Und daß ich nicht so richtig weiß, was aus mir werden soll. Im Herbst

fange ich an zu studieren, Deutsch und Philosophie, aber ich bin nicht sicher, ob das lange anhält. Wie?

Ich soll's halt mal versuchen, sagt sie.

Ja, ich werde es versuchen. Dann sagt sie nichts mehr, schaut wieder zum Fenster hinaus.

Großmutter sitzt immer am Fenster, klein und schwarzgekleidet und die Hände im Schoß. Ich glaub, das habe ich von ihr. Ich muß auch immer alles sehen – und nicht nur sehen.

Jetzt ist es aber zu dunkel. Und Mond gibt es auch keinen. Nur ab und zu die Scheinwerfer von den Autos auf der Straße. Ich gehe dann wieder, tschüß denn. Ich winke noch, dann laufe ich unter den Buchen hindurch zur kleinen Kapelle. Dort steige ich über die Mauer und laufe neben der Landstraße nach Hause.

Als Kind wußte ich, daß jemand, den ich gern hatte, nicht sterben konnte. Ich brauchte nur fest an ihn zu denken, schon konnte ihm nichts passieren.

Großmutter liegt jetzt schon vier Jahre hier. Und Lander Willi haben sie gestern zwei Reihen weiter vergraben.

»Unterschreib mal schnell!«

»Worum geht es denn?« fragt Mutter.

»Ganz unwichtig«, sage ich. »Reine Formsache. Komm, ich muß ins Schwimmbad!«

»Ja ich werde doch lesen dürfen, was ich unterschreiben soll.«

Sehr geehrte Herren! Für die mir zur Last gelegte Ordnungswidrigkeit komme ich als Fahrerin nicht in Frage, da ich mich am 22. 5. um die betreffende Uhrzeit nicht mehr außer Haus befand. Da mein Wagen auch meinem Sohn und dessen Freundeskreis zur Verfügung steht, habe ich unter den betreffenden Personen nachgefragt. Es konnte sich niemand erinnern, zum angegebenen Zeitpunkt am betreffenden Ort falsch geparkt zu haben. Daher sehe ich mich leider außerstande, Ihnen die Personalien des in Frage kommenden Fahrers mitzuteilen. Allerfreundlichst.

»Wie, und das reicht?«

»Klar«.

»Na, mir soll's recht sein«, sagt sie. »Wo lernt man das eigentlich?«

»Zwölf zwei, Mama. Grundkurs Politik.«

»Da, halt mal!« Spreder Karl drückt mir seine Einkaufstasche in die Hand.

»Hab da mein Werkzeug drin«, sagt er. »Brauchen die Leute ja nicht zu wissen. Sonst heißt es wieder, hat 'ne dicke Rente und geht immer noch schwarz arbeiten.«

Ich richte mir das leere Zimmer im Erdgeschoß ein. Dort bin ich ungestörter. Spreder Karl bringt mir die elektrischen Leitungen in Ordnung. Jetzt stehen wir mitten im Zimmer, Karls Blick geht rund durch den Raum, bei jeder Steckdose verharrt er mit einem kurzen »Aha«. Dann zieht er ein Fläschchen aus der Jackentasche und hält es mir vor die Nase.

»Steter Tropfen höhlt den Stein. Den Nierenstein meine ich.«

Er nimmt einen Schluck, läßt den Unterkiefer kreisen, schluckt dann langsam mit geschlossenen Augen.

»Prächtig, Junge, Kirsch. Da, probier! Und merk dir, wenn wir zusammen arbeiten, bin ich der Karl und du der Marius.«

Er legt mir die Hand auf die Schulter.

»Und wenn wir uns nachher auf der Straße treffen, dann bin ich wieder der Herr Spreder, und du bist immer noch der Marius, klar?«

Dann legt er los, kniet sich vor die Steckdosen, schnauft und pustet, schwitzt auf der Stirn, zieht seine Jacke nicht aus, redet mit allem, was ihm in die Hände kommt, mit Schrauben, Verkleidungen, Steckdosen, Ampèremeter, Gipsrückständen und mit mir. Zwei Stunden später ist er fertig, und ich weiß alles über seine Kriegsjahre in »Kaän« in Nordfrankreich. Bis zum Mittagessen ist noch Zeit, ich muß mit auf ein Bier.

Er bestellt gleich zwei Schnaps dazu.

»Wenn man so gut zusammengearbeitet hat, ist das doch einen Kurzen wert, oder nicht?«

Dabei habe ich nur die Einkaufstasche hinterhergetragen.

»Ich sage immer, solange der Kirsch noch schmeckt, geht es mir gut. Und dann sagt dein Vater, ich hätte Zucker und dürfte nichts mehr trinken. Also, ich bin jetzt achtundsechzig, Junge, aber wenn ich nicht mehr ins Wirtshaus darf, kann ich mich gleich ins Loch legen.«

Er hebt den Zeigefinger, schaut mich von unten her an.

»Außerdem stirbt der Mensch nicht an der Krankheit, die er hat. Da lebst du zehn Jahre mit deinem Zucker oder hast es am Herz, gehst

morgens ins Dorf Brot holen und wirst totgefahren. Und dann? Oder schau die den Lander Willi an! Keine Woche, da haben wir ihn beerdigt. Hundert Jahre hätte ich dem gegeben. Keinen Tropfen Alkohol und den ganzen Tag im Wald. Und dann fällt der einfach neben einem seiner Ameisenhaufen um und steht nicht mehr auf. Nee, da trink ich lieber mein Bierchen. Wenn der da oben den Finger krumm macht, gehst du sowieso, ob mit oder ohne Alkohol.«
Nachher gehe ich, mit Alkohol und ohne zehn Mark. Konnte Spreder Karl doch nicht bezahlen lassen, nachdem er mir schon die Leitungen repariert hat. Zum Mittagessen war es dann zu spät, aber immer noch früh genug um mich hinzulegen und auszuruhen für abends.

Der dreizehnte Tag, das heißt die Nacht des zweiten Streichs. Das erste Mal haben wir uns nur gewaschen. Jetzt müssen wir uns taufen und einen Stern suchen. Dazwischen sollen dreizehn Tage liegen, so steht es im Kamasutra, hat Gustav jedenfalls behauptet.
Um zehn bin ich mit ihm im *Rainfall* verabredet. Um viertel vor bin ich dort. Gustav ist schon da. Mit der Dunklen sitzt er hinten an dem kleinen Ecktisch. So ernst habe ich ihn selten gesehen. Und dann schon wieder mit der Dunklen. Er wird doch auf seine jungen Tage nicht schon treu werden wollen.
Ich setze mich jedenfalls an die Theke. Vera ist leider auch da, grinst mich übers Colaglas mit ihren himmelblauen Augen an. Dann deutet sie auf das Paket unter meinem Arm.
»Was hast du denn da?« fragt sie. »Bist du endlich Vater geworden und mußt jetzt abhauen?«
Ich bestelle ein Bier, lege den Schlafsack aufs Fensterbrett. »Aber, Vera! Ich und Vater, ich bitte dich. Nein, eher umgekehrt. Ich hatte da so ein Schlüsselerlebnis, Wink von ganz oben sozusagen. Und jetzt laufe ich zu Fuß nach Tibet, gehe dort ins Kloster und höre bis zur Erlösung nicht mehr auf zu beten.«
Vera legt mir die Hand auf den Arm.
»Gemischtes Kloster mit Zellteilung, oder?«
Ich nehme einen langen Schluck Bier.
»Nein, wie gesagt, damit habe ich letzthin abgeschlossen. Bin jetzt auch schon älter, schon zwanzig. Meine Jugend ist rum, höchste Zeit, daß ich an ein anständiges Ende denke.«

Jetzt lacht sie wie neulich. Zum Glück kommt Gustav.

»Hör zu!« sagt er. »Du kennst doch das Mädchen da hinten. Und kannst du dich an den Typen letzte Woche erinnern, der mit den zerrissenen Kleidern, Theo hieß er. Also dieser Theo war ihr Freund und ist heute morgen ab Richtung Griechenland. Ohne Brief, ohne Tschüß, ohne alles. Ich muß sie jetzt ein bißchen trösten, du weißt, ich kann niemanden leiden sehen. Übrigens habe ich im Kamasutra nachgelesen. Man kann am dreizehnten und am dreiundzwanzigsten gehen. Es ist also nichts verloren. Wenn du willst, kannst du auch schon mal üben und Vera mitnehmen. Meinen Schlafsack kann sie haben.«

Er richtet sich kurz den Scheitel, dann ist er wieder bei der Dunklen.

»Wollte der auch mit nach Tibet?« fragt Vera.

»Ja, aber du siehst, er kommt von den Röcken nicht los.«

Vera legt mir die Hand auf die Schulter, was ich nicht besonders leiden kann.

»Nimmst du dann mich mit?« fragt sie.

»Ich brauche noch Erholung«, sage ich. »Außerdem mußt du doch nach Hamburg.«

»Schreibst du mir wenigstens?«

»Wie könnte ich dich vergessen. Aber ich muß jetzt los. Mit zwanzig fängt man an zu altern, und bis Tibet ist es ein langer Weg.«

Ich zahle, klemme mir den Schlafsack unter den Arm und gehe. Ich laufe zum Marktplatz und dann durch die Siedlung immer Richtung Wald. Ich darf gar nicht daran denken, was ich da mit Vera versäumt habe.

Veras Busen zum Beispiel, das ist kein normaler Busen. Ich glaube, er war das Modell, das der liebe Gott im Kopf hatte, als er die ganzen Kopien machte. Und ihr Hintern genauso. Er hat genau die Form, für die Leonardo da Vinci und seine Genossen ein Leben lang vergeblich den Marmor bekniet haben. Und ich habe ihn vor mir und breche vor lauter Himmel zusammen wie Casanova in der Endphase.

Na ja, durchatmen, Junge, tief durchatmen. Und vor allem mehr aus als ein, das befreit. Die frische Luft tut gut, bringt einen auf andere Gedanken. Nur noch durch die kleine Siedlung hier, dann bin ich im Wald. Gut, daß es nicht so warm ist. Manchmal muß man kalt haben, das stärkt und härtet ab. Daß Gustav nicht mitgekommen ist, wundert mich. Wegen einem Mädchen unsere Verabredung aufschieben, das ist nicht seine Art. Da muß es schon etwas Besonderes sein mit dieser Dunklen. Na, er wird es mir erzählen.

Jetzt bin ich am Bach. Da ziehe ich gleich die Schuhe aus. Muß sein. Das Gras ist ziemlich feucht, aber angenehm weich. Und der Bach dampft. Da gurgelt er in Richtung Stadt und weiß von nichts. Dabei hätten sie ihn vor drei Jahren beinahe in einen Kanal gesteckt. Zum Glück hat sich Lander Willi was einfallen lassen. Er war einfach ein Fuchs. Ich sehe ihn noch, wie er abends mit seinem verbeulten Hut in den *Rainfall* kam, den Stecker aus der Musikbox zog und seine Rede hielt. Wir machten alle mit.

Die stärkste Aktion war die mit den Fröschen. Mittags hatten wir ein paar gesammelt, und abends schmuggelten wir sie in die Stadtratssitzung. Als sie dann zur Kanalisierung kamen, standen wir einfach auf, setzten jedem Abgeordneten einen Frosch auf die Akten. Und Lander Willi stellte sich mit seinem Plakat »Was wird aus den Fröschen, ihr Kröten?« mitten in den Saal. War das ein Tumult! Als Gustav dann dem OB noch einen Frosch auf den Kopf pflanzte, war die Sitzung natürlich zu Ende. Die Herren verließen den Raum, wir sammelten die Frösche ein und brachten sie wieder zurück. Willi hatte lauter solche Sachen auf Lager. Und er drehte es immer so, daß man ihm nichts anhaben konnte. Am Ende brachte er den Stadtrat sogar in den *Spiegel*, hinten auf die letzte Seite, wo *Hohlspiegel* drübersteht. »Jetzt quaken sie wieder« hieß der Artikel. Nachher war es natürlich nichts mehr mit der Kanalisierung. Er war wirklich ein Fuchs, der Willi.

So, jetzt bin ich am See. Und habe eiskalte Füße. Den Schlafsack lege ich weiter oben ins Gras, da ist es nicht mehr so naß. Dann mache ich zwei Spurts, acht Liegestütz, noch mal einen Spurt, zehnmal anhocken, fünfmal grätschen, schon ist mir warm. Ich ziehe die Kleider aus und taste mich in den See. An der Oberfläche ist das Wasser erträglich, an den Füßen eiskalt. Muß man halt ziemlich flach schwimmen. Jetzt bin ich in der Mitte. Ich hole tief Luft und tauche hinunter. Es zieht mir alles zusammen, besonders am Kopf und an der Brust, aber es sind nur fünf Meter, dann bin ich mit der Hand im Schlamm. Ich drehe um und rette mich wieder nach oben. Jetzt kommt es mir fast warm vor. Ich lege mich auf den Rücken und treibe zum Ufer. Auf dem Rücken, damit man die Sterne sieht, so steht es im Kamasutra, laut Gustav.

Draußen laufe ich mich trocken, dann liege ich auch schon im Schlafsack. Langsam kommt die Wärme zurück. Der Himmel ist ganz klar. Welchen Stern wähle ich mir jetzt? Aus dem großen Wagen kann er nicht sein, der ist zu gemein, jeder glotzt ihn an. Vielleicht den Schulterstern vom Herkules, aber Herkules paßt nicht besonders zu meiner Figur. Dann einen Flügelstern vom Schwan? Nur macht Gustav, wenn er das hört, wieder diesen blöden Witz von wegen »mein lieber Schwan«. Genau, den da hinten nehme ich. Den Fuß vom Perseus. Der berührt eben noch die Erde und ist doch gleichzeitig dabei wegzufliegen. Das ist gut, so 'ne Mischung von Erde und Himmel. Außerdem kennt ihn kaum jemand. Also, auf du und du! Und führ mich gut, hörst du!

So, das war's. Jetzt bin ich gewaschen, getauft und ausgesternt, jetzt kann sie beginnen, die Schule des Lebens. Bin schon gespannt, was sie da unterrichten.

Nur, eines weiß ich jetzt schon. Die Lichter da oben, die wird mir nie einer erklären. Daß der Kosmos keine Grenzen hat und trotzdem nicht unendlich ist, das malt mir keiner auf ein Bild. Ein in sich gekrümmter Raum hat unser Physikus gemeint, dabei die Hände zu einer Kugel geformt und sie gegeneinander gedreht. Ein in sich gekrümmter Raum. In der Pause bin ich gleich zum Bäcker und habe einen Berliner gekauft, das sind diese runden Kuchen, mit Füllung innendrin. Ich habe ihn in die Hand genommen und dann diesen runden Raum in sich gekrümmt. Also außer Aprikosenmarmelade ist da wirklich nichts herausgekommen. Und unser Physikus ist Doktor. Na ja, alles kann der auch nicht wissen.

Ich weiß nur, daß ich mich freue, auf solche Kuchen und auf solche Kosmen. Also krümme sich beizeiten, was ein Weltall werden will. In diesem Sinne ziehe ich die Beine vor die Brust und schlafe ein. Denn morgen ist schon wieder ein Tag.

Auf dem Weg zur Bücherei schaue ich bei Gustav vorbei. Er ist noch im Schlafanzug oder wie man das nennt, wenn einer in der Unterhose auf dem Bett liegt.

Gustav ist normalerweise einer, der das Hemd schon zu hat, bevor er das erste Auge aufmacht. Er muß immer was tun. Überfunktion der Schilddrüse, hat der Arzt gesagt. Gustav selber meint, er hätte als Kind zuviel Traubenzucker gegessen. Jedenfalls, wenn er so auf dem Bett liegt und an die Decke schaut, ist er entweder stockbesoffen oder unglücklich verliebt.

Besoffen ist er nicht. Ich setze mich in den Sessel und frage, ob ich helfen kann. Gustav meint, es gebe Leute, denen sei nicht zu helfen, die könne man höchstens mal eine Stunde oder zwei ablenken. Und das sei das einzige, was ich versuchen könne. Aber es müßte schon etwas Ausgefallenes sein.

»Gut«, sage ich, rutsche im Sessel nach unten, bis ich fast liege, und fange an. Was Ausgefallenes.

Ich bin noch nicht am Ende, da fällt Gustav vom Bett auf den Flokati, rollt unter den Schreibtisch, stößt sich den Kopf, bleibt mit den Händen im Bauch auf der Seite liegen und japst mit aufgerissenem Mund nach Luft. Ich weiß, daß er jetzt die nächste Zeit nicht mehr ansprechbar ist, und gehe.

Als ich mit dem Fahrrad weiter zur Bücherei gondele, bekomme ich ernste Zweifel. Vielleicht hätte ich das mit Vera doch nicht erzählen sollen.

Der kommt mir wie gerufen. Wie er da steht mit gebeugtem Kreuz zwischen den Regalen, der Anzug wie immer zu weit und die Goldrandbrille über die Augenbrauen geschoben.

»Tag, Herr Maurer.«

Er richtet sich auf, dreht sich, läßt die Brille auf die Nase rutschen.

»Ah, der junge Herr Doktor, grüß dich!«

Er gibt mir die Hand. Er hat eine riesige Hand.

»Wie? Kaum Abitur gemacht und schon wieder bei den Büchern?«

»Nein, nein«, sage ich. »Nur zum Abgewöhnen. Außerdem liegen da hinten die Motorradmagazine.«

Bei Maurer muß man vorsichtig sein. Wenn er merkt, daß man ihn was fragen will, sagt er keinen Ton mehr.

»Ah, Herr Maurer. Meine Mutter hat gemeint, wenn ich schon mal hier bin, sollte ich ihr irgend etwas Schönes mitbringen. Und ich habe doch keine Ahnung, wüßten Sie nicht was?«

»Was Schönes, sagst du?«

»Muß nicht sein. Meinetwegen auch was Trauriges, nur langweilig darf's nicht sein.«

Er zieht einen Lappen aus der Hose, den er auch gut als Tischdecke verwenden könnte, reibt sich die Nase, steckt ihn wieder weg.

»Tja, Junge, ich weiß halt auch nicht, was deine Mutter interessieren könnte.«

»Ach, die interessiert sich für so ziemlich alles. Was lesen Sie denn gerade?«

»Ich? Nichts. Bin nur auf der Durchreise, wollte eigentlich da hinten zu den Surfmagazinen. Ich geh denn mal, ja? Und sag mir Bescheid, wenn du was Gutes hast. Kann auch ruhig langweilig sein. Wiedersehen.«

Der Hund, der elende, rückt nichts raus. Dabei hat er seine Bude voll mit Büchern. Der Trick mit Mutter war auch zu plump. Ich laß ihn jedenfalls nicht aus den Augen. Wenn ich mir ein Motorradmagazin hole und mich auf diesen Stuhl da setze, habe ich den ganzen Raum im Blick. Und irgendwann muß der sich seine Bücher auch holen.

So, Maurer ist weg. An zwei Regalen hat er länger gestanden. Das eine war hier, bei den bürgerlichen Trauerspielen. Da nehme ich mal ein halbes Dutzend mit. Das andere war da drüben, da stehen die dicken russischen Romane. Sind das Wälzer. Da reicht erst mal einer.

Kaum auf dem Fahrrad, fange ich schon an zu lesen. Emilia Galotti heißt die Frau und ist von Lessing und nur siebzig Seiten dünn. Das ist gerade recht. Ich habe nämlich Schwierigkeiten mit dicken Büchern. Die Leute kommen da oft ins Schwafeln. Wahrscheinlich werden sie pro Seite bezahlt. Das merkt man dann.

»Kinder, merkt euch, je dicker ein Buch, desto dümmer der Verfasser«, hat Maurer mal gesagt, ja, der von vorhin. Maurer war nämlich mein Klassenlehrer in der Grundschule, und solche Sprüche hatte er jede Menge drauf. Manche diktierte er uns gleich ins Merkheft. Da stand dann so ein Satz von Maurer neben einer Widmung von Goethe oder einem Zweizeiler von Rilke. Wir konnten uns auch selbst ins Merkheft bringen, wenn uns was Gutes einfiel. Nur kurz mußte es sein. Lange Sachen hatten bei Maurer keine Chancen. Mir hat das mit dem Merkheft gut gefallen, und auf dem Gymnasium habe ich es weitergeführt. Wo ich einen guten Satz las, schrieb ich ihn ins Heft. Und ich habe viel gelesen unter der Bank. Alles Mögliche, was will man auch machen morgens zwischen acht und zwölf.

Jetzt komme ich selbst ins Schwafeln. Tschuldigung! Außerdem geht es auf der Landstraße jetzt nur noch geradeaus, da kann ich mich wieder Emilien widmen. Das heißt, bisher ist sie noch gar nicht aufgetaucht. Wo war ich denn? Ah, erster Akt, sechster Auftritt.

Marinelli: »Sie hat zu den Büchern ihre Zuflucht genommen, und ich fürchte, sie werden ihr den Rest geben.«

Da irrt er aber, unser Marinelli. Bücher geben einem nie den Rest. Manche geben eine gute Vorspeise, andere bringen es bis zum Hauptgang, aber den Rest, den *Mocca Italia speciale*, den Schlußpunkt, die Krönung des Menüs, den bringt kein Buch. Deshalb muß man auch immer mit dem vorletzten Satz aufhören. Hat Maurer jedenfalls gesagt.

Also weiter im Text. Den ersten Aufzug schaffe ich noch bis Ortseingang.

Wer stört micht denn da? Ah, klein Benedikt am Fenster. Benedikt, das ist der Sohn vom Nachbarn, und er ist so verwöhnt, daß er nur noch zu mir kommt, wenn er mal drei Tage hintereinander nichts geschenkt bekommen hat. Er hat nämlich nicht nur zwei Eltern, zwei Omis und zwei Opis, sondern noch drei Uromis und einen Uropi. Und die ganzen Damen, die seine Tanten sind oder sich als Tanten fühlen, die mag ich gar nicht zählen. Man kann sich also vorstellen, daß der Junge auf dem Stand der Spielzeugkataloge ist. Wenn ihn die Verwandtschaft mal drei Tage hängen läßt, was ziemlich selten ist, kommt er jedenfalls immer zu mir und will, daß ich mit ihm spiele.

Als erstes klopft er dann ans Fenster, ich muß ihm zweitens die Tür aufmachen, und als drittes zeigt er mir im Zimmer, welche von seinen Klamotten neu sind. Ich sage dann immer, daß er gräßlich darin aussehe und daß nichts schön sei, was nicht mindestens zehn Jahre alt ist. Dann nehme ich meine geflickten Jeans aus dem Schrank und erkläre ihm den Unterschied zwischen Hosen, die man alle Monat neu kauft, und Hosen, mit denen man groß wird.

Die hier hätte ich mit vier Jahren bekommen, und jeden Geburtstag sei sie ein Stück größer geworden. Und jedes Loch hätte seine Geschichte. Das am Knie zum Beispiel, das hätte mir ein Pirat auf den Fidschiinseln mit seiner Hakenhand gebohrt, und das am Hintern hätte ich mir bei der Flucht von Alkatraz am Stacheldraht gerissen. Ich denke mir immer was Neues aus, und als ich letztlich von meiner Lederstrumpfzeit im Norden Alaskas und dem vier Meter großen Grizzli erzählte, der mir mit dem linken Eckzahn die rechte Gürtelschlaufe abgerissen hat, da hatte ich klein Benedikt soweit. Eine ganze Woche lief er in denselben Hosen rum, zog sie nicht mal mehr zum Schlafen aus. Bis dann irgendeine dieser Tanten einen Bildband anschleppte, dem Jungen einen echten Trapper zeigte und ihn mit in die Stadt nahm. Abends stand er dann vor mir, mit nagelneuer Lederhose, Cowboyweste und John-Wayne-Stiefeln. Nicht mal das Bonanza-Halstuch fehlte. Sie sind kreativ, die Tanten, das muß man ihnen lassen.

»Ja, Benedikt, ich komme ja schon. Was willst du eigentlich? Was? Neue Märchenkassetten hat dir der Papa gebracht? Da soll doch grad mal der böse Wolf deinen lieben Papa mit seinen ganzen Kassetten auffressen. Wie? Ich soll mit rüberkommen und sie anschauen? Also Benedikt, ich hab dir doch gesagt, Video macht Abstehohren. Wenn du willst, gehen wir auf die Wiese, und ich erzähle dir, wie ich in China mit nur acht Elefanten in vier Tagen die große Mauer gebaut habe. Was meinst du? Im Video sieht man die Tiere richtig? Aber, Benedikt, ich sag dir doch, Video macht Schielaugen, und noch viel schlimmer, es macht auch lange Zähne.«

Mist, fort ist er. Na und? Sieht er in einem halben Jahr halt aus wie Dracula. Ich habe ihn jedenfalls gewarnt.

Wo war ich denn?

Ah, da ist sie, Emilia. Sie stürzt in einer ängstlichen Verwirrung herein. Und Vater gleich hinterher. Was will denn der? Ich könnte sein Auto haben? Aber mittwochs ist doch Kegeln. Nein, jetzt nicht mehr, sagt er. Sie hätten sich aufgelöst, seien sowieso nur noch drei Mann. So eine Auflösung, wie die eigene Beerdigung sei das, meint er, gerade wenn man dreißig Jahre zusammen war. Ob ich denn öfters mal mit ihm Tennis spiele? Klar. Obwohl er mir mit seinen einundsechzig immer noch die Bälle um die Ohren wirbelt, daß ich selten über zwei Sätze komme.

Jetzt läßt er schon wieder die Tür auf, wo ich doch mit Emilien allein sein will.

Diese Galotti habe ich gestern noch mit ins Bett genommen. Und mit Schillers Kabale war ich heute mittag auf der Wiese. Seltsame Menschen! Dieser Emilien bringen sie den Geliebten um, das ist schon schlimm. Aber dann läßt sich das Mädchen noch selber abstechen, freiwillig und vom eigenen Vater dazu. Sicherheitshalber sozusagen, damit sie dem Toten niemals untreu werden kann.
Die beiden andern, der Ferdinand und die Luise, leben und lieben sich beide noch. Sie vergiften sich nur aus Versehen. Weil er meint, sie hätte einen andern, und sie nicht verraten darf, daß es nicht stimmt.
Komisch ist das schon, soviel Ehre und Treue und Zu-seinem-Wort-Stehen. Einen Mann der rauhen Tugend nennt Lessing diesen Odoardo. Der rauhen Tugend, da feiern wir wohl eher 'ne laue Jugend. Die wollten lieber nicht als schuldig leben. Da sind wir doch bescheidener geworden. Ich erinnere mich, ich wollte mal lieber nicht als unschuldig leben. Das war mit sechzehn. Dann wurde ich siebzehn, traf Marie und hatte es geschafft.

Vier Tage habe ich Gustav schon nicht mehr gesehen. Hoffentlich geht es ihm inzwischen besser. Wenn Gustav mehr Ruhe im Leib hätte, könnte er glatt ein Buch schreiben: »Die Frau als Schicksal« oder so. Ich habe es ihm schon vorgeschlagen, aber er meint, am Schreibtisch bekäme er immer Kreuzschmerzen.
Gustav ist ein armer Kerl, auch wenn er wegen seiner Chancen von vielen beneidet wird. Er ist nämlich viel weniger ein Schürzenjäger als ein Schürzengejagter. Er braucht nur einen Rock zu sehen, schon jagt ihn die Hatz wie die Meute den Hirsch. Und so wird er langsam aber sicher zum Hasen, der von einer Försterin zur anderen hetzt.
Wo sitzt er denn heute? Ah, da hinten wieder am Ecktisch. Die kenne ich gar nicht, die Frau, die er bei sich hat. Scheint nicht von hier. Und älter ist sie auch schon. Mindestens fünfundzwanzig. Jetzt winkt er. Ja, ich komme ja schon.
Yvonne heißt sie. Gustav kennt sie vom Astoria, wo er zweimal die Woche den Nachtportier schläft. Wirtschaftsdolmetscherin ist sie,

in Luxemburg. Zur Zeit macht sie hier ein Fortbildungsseminar, aha.

Als sie zur Toilette geht, weiht mich Gustav ein.

»Gut, daß du da bist, hör zu! Jeden Moment kommt meine Dunkle, dann löst du mich hier ab. Ich würd sie ja selbst gerne kennenlernen, aber die andere hat ihren Theo immer noch nicht verwunden, okay?«

»Nur wenn du mir dafür deine Abiturrede wiederholst«, sage ich.

»Gut, ich komme in den nächsten Tagen vorbei«, sagt er. »Aber zuerst machen wir jetzt die Rochade, okay?«

»Meinetwegen.«

Yvonne kommt zurück. Mit ihren schwarzen Kraushaaren ist sie eigentlich nicht mein Typ, aber Luxemburg hat mich schon immer interessiert. Henry Miller hat dort mal ein Wochenende in einem Puff verbracht. Jedenfalls schreibt er das in *Stille Tage in Clichy*. Das heißt, ich habe eigentlich nur den Film gesehen, und den fand ich ziemlich abstoßend. Vor allem die eine Szene in der Badewanne, wo der Typ der Frau auf den Kopf pinkelt. Dafür war die Musik exzellent, da kann man nichts sagen.

Gustav stößt mir ans Knie, ich soll mich wohl endlich einschalten. Da mir nichts anderes einfällt, frage ich also diese Yvonne, ob sie gewußt habe, daß Henry Miller mal in Luxemburg war. Gustav beißt sich fast die Zunge ab, Yvonne zieht lustig an ihrer Zigarette. Henry Miller kennt sie gar nicht, meint sie, aber Desirée Nosbusch hat sie mal in einer Pizzeria gesehen. Gustav atmet aus und meint, er müsse eben mal kurz jemandem guten Tag sagen. Yvonne erzählt dann von Radio Luxemburg und daß sie bei Rainer Holbe beinahe mal in eine Sendung gekommen wäre. Sie weiß überhaupt eine Menge Geschichten von den Größen der Mattscheibe, so eine Dolmetscherausbildung scheint ziemlich vielseitig zu sein.

Irgendwann ist es zwölf und Gustav verschwunden. Ich sage, daß ich jetzt auch nach Hause will und trinke aus. Yvonne bezahlt für mich mit, »alles Spesen« meint sie. Günstig.

Auf der Straße hakt sie sich bei mir ein, fragt, was ich jetzt noch mache. Das ist nett, aber ich will wirklich nach Hause. Um sie abzuschrecken, sage ich, daß ich zum Schwimmbad fahre, um meine allabendliche Gute-Nacht-Runde zu drehen. Sie ist begeistert, will mitkommen, meint, sie müsse morgen erst nachmittags zum Seminar. Toll.

Zehn Minuten später planschen wir im städtischen Freibad. Yvonne gefällt es gut, sie lacht und spritzt und drückt mich unter Wasser. Ich finde es nur kalt. Sie krallt sich an mir fest, meint, es sei schade, daß wir nicht mehr seien, dann könnten wir Reiterkämpfe veranstalten. Ja, das nächste Mal müssen wir unbedingt Gustav und seine Dunkle mitnehmen, sage ich und schwimme zum Rand. Sie spritzt mir nach, bis ich draußen bin, dann ist es auch ihr zu kalt. Beim Anziehen fragt sie, ob wir den Tee zum Aufwärmen bei ihr oder bei mir nehmen. Ich muß sie sowieso heimfahren, also bei ihr.

Sie wohnt tatsächlich im Astoria. Man würde nicht umsonst beim Europäischen Parlament arbeiten, meint sie und zeigt mir das Badezimmer. Während ich dusche, läßt sie aus der Bar Tee mit Rum raufkommen. Dann sitzen wir an dem kleinen Tischchen, schlürfen aus chinesischen Tassen.

Während ich noch überlege, wie ich mich am galantesten verabschiede, macht Yvonne bis auf die kleine gelbe Lampe alle Lichter aus, setzt sich zu mir auf den Schoß. Mit der einen Hand spielt sie mit meinen nassen Haaren, mit der anderen knöpft sie mir das Hemd auf. Wenn sie jetzt noch sagt, »du brauchst keine Angst zu haben, Chéri, ich tue dir nicht weh«, springe ich aus dem Fenster. Aber sie schlägt nur vor, sich aufs Bett zu legen.

Auf dem Weg dorthin zieht sie sich aus. Sie hat ziemlich kräftige Beine und einen enormen Busen. Ich spüre wieder dasselbe flaue Gefühl im Magen wie letztlich bei Vera. Kampf der Angst, sage ich mir, trinke noch zwei Tassen Rum, ziehe mich aus und folge.

Wir liegen kaum unter der Decke, da stecken wir schon ineinander. Sie preßt mich an sich, wirft uns im Bett herum, saugt sich an meinem Hals fest. Die Matratze pufft und federt, ein paarmal stoßen wir an die Holzverkleidung am oberen Bettende. Yvonne hat abwechselnd mein Ohr, meine Nase oder drei meiner Finger im Mund, atmet sehr schwer. Ich mache alles mit, habe nur Angst, daß sie mir ein Ohrläppchen, die Nase oder sonstwas abbeißt. Ein paarmal bäumt sie sich auf, zieht meine Hüfte fest an ihre und verharrt. Dann wälzt sie uns wieder weiter. Als sie merkt, daß ich soweit bin, zieht sie mir ihre Fingernägel von den Schultern bis zum

Hintern. Nachher liegen wir regungslos, nur ab und zu zuckt sie und atmet mit einem leisen singenden Ton aus.

Als sie wieder zu sich kommt, bin ich schon unter der Dusche. Sie kommt lächelnd nach, nimmt mir das Shampoo ab und seift mich ein. Dann gibt sie mir das Shampoo und macht die Augen zu. Als wir hinterher nebeneinander stehen, beugt sie sich nach unten und gibt mir nabelabwärts dreimal einen Kuß.

Schließlich schlägt sie mir auf den Hintern, nimmt mich um die Hüfte und zieht mich wieder ins Bett. Während ich noch mit mir verhandele, sitzt sie schon wieder auf mir. Sie ist noch ungestümer als das erste Mal, klemmt mich wie ein Schraubstock zwischen ihren Beinen fest, fängt schließlich an, mir im Rhythmus ihres Atems meinen Namen ins Ohr zu hauchen. Ich bin noch nüchterner als zuvor, passe höllisch auf, wo sie mich hinwirft, stoße mir trotzdem einmal sehr fest und laut den Kopf an der Wand. Kurz bevor es vorbei ist, greife ich mir ihre Handgelenke und halte sie fest. Sie krampft ihre Finger in die Richtung meiner Arme, kommt aber nicht ganz ran, dann ist es zu Ende.

Ohne neue Wunden stehe ich wieder unter der Dusche, Yvonne bleibt im Bett. Ich mache so leise es geht, vielleicht ist sie eingeschlafen. Auf Zehenspitzen schleiche ich zurück ins Zimmer, sie atmet tief und regelmäßig. Ich setze mich erst mal an den Tisch, schenke mir kalten Tee ein.

Jetzt bin ich Gustav doch dankbar. So was erlebt man nicht alle Nächte. Und mein Trauma ist auch weg. Jetzt klaue ich noch ihren Schmuck, wie Horst Buchholz in dem Film über diesen Hochstapler von Thomas Mann, dann bin ich weg.

Ich stelle eben die Tasse ab, man kann es unmöglich gehört haben, da haucht es brutal vom Bett, ob sie sich nicht auch ihren Tee verdient habe. Einen ganzen Kessel voll, schmeichle ich zurück, und einen neuen Pagen dazu, denke ich. Ich bringe ihr ein Täßchen und setze mich, um mich zu verabschieden, auf den Bettrand. Sie leert die Tasse in einem Zug, läßt sie auf den Bettvorleger fallen, zieht mich zu sich. Sie wäre überhaupt noch nicht müde, meint sie, und ich spüre schon wieder ihre Fingernägel im Genick.

Bevor sie mich durchbohrt, lege ich mich neben sie. Als sie mich küssen will, drehe ich den Kopf weg, murmele etwas von Müde-sein und sehr früh Aufstehen. Sie lacht, läßt mich aber in Ruhe und dreht sich weg. Ich beuge mich zu ihr, um auf Wiedersehen zu sagen, als ich merke, wie sie ihren Hintern gegen meine Hüfte legt. Eine Zeit-lang bleiben wir so liegen, dann bewegt sie sich hin und her, hilft ein bißchen mit den Händen nach und nimmt mich wieder mit. Sie zieht meine Arme nach vorne, hält sie vor ihrem Bauch fest, damit ich nicht mehr weg kann. Als ich einen Moment nicht aufpasse, wirbelt sie uns mit einem abrupten Hüftschwung aus dem Bett. Noch im Flug schießt mir die Teetasse durch den Kopf, die hier irgendwo liegen muß. Ich habe Glück und lande ein paar Zentimeter neben ihr. Yvonne rollt mit mir Meter für Meter zur Zimmermitte, am Kleiderschrank haben wir es dann beide geschafft.

Nachher liegen wir Arm in Arm auf dem Bett, schlafen irgendwann ein. Als ich gegen fünf wach werde, hat sie ihre Hand zwischen meinen Beinen. Ich nehme die Hand weg, gebe ihr einen Kuß, sage etwas von Halteverbot und strenger Mutter, bin in zwei Sekunden angezogen und weg.

Auf dem Heimweg fahre ich noch schnell bei Gustav vorbei, stecke ein Streichholz in den Klingelknopf, dann bin ich zu Hause.

Ich soll aufstehen, er hätte mir was zu erzählen. Gustav steht mit einer Tüte Brötchen im Arm vor meinem Bett. Es ist elf Uhr, ich träume gerade, daß Sam Hawkins so viele Haare wachsen, daß er unter dem Gewicht der Locken kaum noch laufen kann, bin froh, als Gustav mich erlöst. Er wirft mir den Bademantel über und geht voraus in die Küche. Ich gehe aufs Klo, dann komme ich nach.

»Du, mit der Dunklen, das wird nichts«, sagt er, während ich Kaf-feepulver in den Filter schütte.

»Sie kommt von diesem Theo nicht los. Überlegt sich tatsächlich, ob sie ihm nicht nachreisen soll.«

»Wieso nachreisen«, frage ich, »ist er denn weg?«

Ich stelle Teller und Tassen auf den Tisch, Gustav sitzt mit angezoge-nen Beinen auf der Eckbank, kaut an seinem kleinen Finger.

»Ja, nach Kreta oder so«, sagt er.

Die Marmelade ist mal wieder nicht zu finden.

»Was hat denn dieser Theo, daß das Mädchen so an ihm hängt?« frage ich.

»Ein klassisches Problem hat er«, sagt Gustav. »Vielleicht ist es das. Die Frauen haben ja oft so eine Art Helfersyndrom. Dieser Theo, der kennt seinen Vater nicht, beziehungsweise der, der es sein soll, dem glaubt er es nicht. Er hat überall nachgefragt, aber die Verwandtschaft hält dicht.«

Im Gewürzschrank finde ich endlich die Marmelade.

»Theo, war das nicht der, der im *Café Klatsch* gesagt hat, er sei Schriftsteller?«

»Ja, genau«, sagt Gustav. »Die Dunkle hat mir die Nacht ein paar Gedichte von ihm gezeigt. Du weißt, ich kann so was normalerweise nicht lesen, aber die, die hätte ich mir auch übers Bett gehängt.«

»Hast du sie wenigstens abgeschrieben?« frage ich.

»Nein, habe ich nicht gedurft.«

Der Kaffee ist durchgelaufen, Gustav setzt sich richtig hin, ich schenke uns ein.

»Also, das mit der Dunklen, das wird nichts, meinst du?«

Gustav nimmt vier Stück Zucker und läßt sie aus zwanzig Zentimeter Höhe in kurzer Folge in die Tasse fallen.

»Sieht schlecht aus«, meint er. »Gegen so Gedichte kommst du nicht an.«

Mittags laufen wir ins Wiedener Tal. Irgendwas fehlt heute. Gustav sagt nichts, und ich habe auch keine Lust zum Reden. Am See werfen wir Kiesel übers Wasser. Dann laufen wir die Wiesen hinauf, bachaufwärts, bis uns keine Spaziergänger mehr begegnen. An den sieben Eichen zieht mich Gustav am Arm und geht nach rechts durch den jungen Fichtenwald. Der Weg ist mit den Jahren zugewachsen, wir müssen uns bücken.

Dann stehen wir vor der großen Buche und klettern hinauf. Oben sind immer noch die Bretter unserer ehemaligen Baumhütte. Wir setzen uns an die alten Plätze, ich im Schneidersitz gegen den Stamm und Gustav mit baumelnden Füßen an den Rand.

So saßen wir früher stundenlang. Ich ritzte Strichmännchen in die Bretter, und Gustav versuchte seine Spucke durch die gespreizten Zehen tropfen zu lassen. Wenn es ihm gelang, zeigte er mir einen neuen Trick. Wenn nicht, mußte ich ihm was erzählen. Damals habe ich viel von Gustav gelernt. Er hat mir beigebracht, wie man Fische ausnimmt und wie man mit Großmutters Lesebrille Stroh zum Brennen bringt. Er hat mich mit zum Bahnhof genommen und mir gezeigt, wie man mit einem Magneten aus dem Spielautomaten bis zu vierzig Mark holt. Und dann hat er mir verraten, wann der Alte vom Autofriedhof sein Bier trinken geht und wie man seinen Köter ablenkt. Eine Woche später hing mein Zimmer voller Radkappen, und am Fahrrad hatte ich zwei riesige LKW-Rückspiegel.

Ich war so stolz, daß ich Gustav dafür mein größtes Geheimnis verriet. Es war irgendein Samstagnachmittag im Herbst. Wir saßen hier mit einem Transistorradio und warteten auf die Fußballspiele. Gustav war ein bißchen traurig, weil er beim Spucken immer nur den großen Zeh traf, also mußte ich erzählen.

Und ich erzählte ihm, daß ich zehn Leben hätte. Er hörte sofort mit dem Spucken auf und drehte sich zu mir um.

»Im Ernst?« fragte er.

»Nicht mehr ganz«, sagte ich und gab zu, daß ich eines schon verloren hatte. Mit fünf Jahren war ich im Freibad ertrunken, als ich nach einem Fünfmarkstück tauchte. Aber neun hätte ich auf jeden Fall noch.

Gustav war begeistert. Er wollte mir sofort ein paar abkaufen, bot mir sein Rennrad und sein japanisches Springmesser zum Tauschen. Ich hätte ihm sofort drei oder sogar vier gegeben, auch ohne das Rad und das Messer, aber mit diesen Leben war es wie mit den Sommersprossen auf meinem Rücken. Man konnte sie einfach nicht tauschen. Das sah Gustav ein, spuckte exakt durch die Zehen und sagte, ich solle nie mehr davon reden, wenn ich sein Freund bleiben wollte.

Wir redeten auch nie wieder davon, aber für mich wurde mit dem Tag alles anders. Vorher war die Geschichte mit den zehn Leben nur so eine verrückte Idee gewesen, aber dadurch, daß Gustav sie so selbstverständlich hinnahm, wurde jetzt alles wahr. Ich begann selbst daran zu glauben, wurde immer leichtsinniger, wagte die verrücktesten Dinge, wurde sogar Gustav unheimlich. Was sollte mir schon passieren? Ich hätte ja immer noch die anderen acht Leben gehabt.

Ich kam aufs Gymnasium und hatte vor nichts Angst, nicht vor den Klassenarbeiten und am wenigsten vor den Lehrern. Wenn es mir zu bunt oder zu blaß wurde, konnte ich jederzeit wieder ertrinken oder von einem Baum fallen und eine neue Runde beginnen. Die Lehrer merkten das auch irgendwie und ließen mir alles durchgehen.

Als ich älter wurde, machte ich mir schon klar, daß das mit den neun

Leben ein Unsinn war. Ich dachte auch immer seltener daran, aber das heimliche Gefühl, noch etwas in der Hinterhand zu haben, blieb trotzdem bestehen. In die Schule gehen, Aufgaben machen, sich mit Kameraden treffen, das war halt nicht alles, auch wenn es nach außen hin so aussah. Ich machte mit, gab mir Mühe, nicht aufzufallen, aber letztlich konnte ich nichts so richtig wichtig nehmen. Ich wußte, daß auf mich ganz andere Dinge warteten und daß hier alles nur vorläufig war.

Ich war ein guter Fußballer, weil ich nie gut sein mußte, und die Mädchen verliebten sich in mich, weil ich keiner nachlief. Ich stand zwar auch wie die andern mit ihnen nach der Schule am Bahnhof, tauschte Briefe und lud sie zum Kino. Aber ich brauchte sie nie wirklich. Ich war auch keiner böse, wenn sie einen anderen vorzog. Ich lachte mit ihnen und lachte noch über mein Lachen. Ich war nie zu greifen. Ich habe die Zeit sehr genossen.

Das erste Mal, daß mir etwas ernst wurde, war, als Goßmutter starb. Ich war gerade sechzehn geworden, als sie mich an ihr Bett riefen. Ich stand neben ihr, sah wie ihre Augen immer größer wurden und zur Decke starrten. Ihr Gesicht war blaß und die Wangen eingefallen. Ihr Mund stand offen, sie atmete sehr flach. Auf einmal drückte sie die Hände auf das Bett, spannte sich im Nacken und verzog den Mund. Dann fiel sie in sich zusammen. Ich stand dabei und mußte immer nur ihre Augen anschauen. Sie schloß sie nicht.

Die ganze Nacht bin ich nachher durch den Wald gelaufen. Das war kein Spiel mehr, das war ernst, zum ersten Mal für mich, zum letzten Mal für Großmutter. Nach jener Nacht war es vorbei mit meinen neun Leben. Ich bin durch den Wald gerannt, habe geweint und zum ersten Mal richtig Angst gehabt. Als ich morgens zurückkam, und nochmal zu Großmutter ans Bett ging, wußte ich, daß jeder nur eine Chance hat. Seither hat sich vieles verändert.

Ich höre auf, in das Holz zu ritzen, mache ein Bein lang, stoße Gustav mit dem Fuß.

»Du, Gustav, hast du schon mal jemanden sterben sehen?«

»Ja«, sagt er, »voriges Jahr die Kuh vom alten Maurer.«

»Nein, ich meine einen Menschen«, sage ich.

Er schüttelt den Kopf, schaut immer noch zwischen seinen Beinen nach unten.

»Was meinst du«, frage ich, »ist Sterben schwer?«

Er streckt die Arme aus, hängt sich an einen Ast und fängt an zu pendeln.

»Sterben? Sterben ist leicht, ist wie Fallen. Leben ist schwer. Leben mußt du nämlich selber«, sagt er und stürzt sich wie früher mit einem langen Schrei nach unten.

Ich bleibe sitzen, schaue ihm nach, wie er durch den Fichtenwald geht und nachher am Bach mit einem Stock rechts und links ins Gras schlägt.

So verstört und ehrlich habe ich ihn selten gesehen. Sonst sagt er immer, Mädchen seien wie Luftballons. Man müsse schon viele am Arm haben, damit einem leichter ums Herz wird. Und jetzt zieht ihn eine, die er gar nicht am Arm hat, so nach unten.

Und vom Leben sagt er sonst höchstens, daß es banal sei oder ein auf der Strecke gebliebener Witz, dem man auf die Pointe helfen müsse.

Jetzt gibt er zu, daß es ihm manchmal auch schwerfällt. Aber um Gustav braucht man keine Angst zu haben. Seine Flucht geht immer nach oben. Er wird sich retten, in Luftballons und in Pointen. Gustav ist genau so, wie dieser Nietzsche im Merkheft die alten Griechen beschrieben hat. Er ist oberflächlich, aus Tiefe.

Abends brauche ich eine Zeitlang, bis ich ihn finde. Im *Rainfall* ist er nicht, im *Klatsch* nicht, aber am Telefon sagt mir seine Mutter, daß er mit Lederjacke und Schlips ausgegangen sei. Jacke und Schlips, das heißt bei Gustav immer Disco, also finde ich ihn an der Theke im *Tanzbär*.

In den *Bären* geht Gustav nur, wenn er sich ärgern oder amüsieren will. Wenn er sich ärgern will, macht er die Runde um die riesige Theke. Gleich neben dem Aquarium fängt er an. Er bestellt ein Bier und macht dem ersten Mädchen fünf Schluck lang Komplimente. Er sagt zum Beispiel, sie hätte wunderschöne Zähne und bei dem zu kurzen Zahnfleisch kämen sie auch hervorragend zur Geltung. Oder er betrachtet ihre Figur und sagt, sie müßte damit unbedingt nach Hollywood, weil sie nämlich nur dort in extremer Breitwand filmten. Er geht so von Mädchen zu Mädchen, aber die ganze Runde um die Theke schafft er selten. Entweder kriegt er irgendwann eine Cola ins Gesicht, der Barkeeper wirft ihn raus, oder er ist am

Notausgang schon so besoffen, daß ihm keine Komplimente mehr einfallen.

Wenn er sich amüsieren will, macht er es genau umgekehrt und fängt am Notausgang an. Er trinkt dann nur Colabier, sagt dieselben Komplimente, läßt aber die Nachsätze weg. Hierbei schafft er die ganze Runde aber auch nie. Meist hat er schon vor dem Aquarium ein Mädchen gefunden, das ihm die Komplimente abnimmt und auch nichts dagegen hat, mit ihm Radio Peking hören zu gehen. Nach fünf Komplimenten erzählt Gustav nämlich immer, er hätte einen amerikanischen Long-Distance-Empfänger im Auto. Und mit dem könne er bei gutem Wetter von der Daunberger Höhe aus Radio Peking empfangen. Die meisten Mädchen sind skeptisch, aber manche fahren auch mit. Gustav fährt dann mit ihnen auf die Daunberger Höhe, sucht eine Zeitlang im Radio und irgendwann kommt dann tatsächlich Chinesisch aus den Lautsprechern. Er hat nämlich eine Originalrede von Mao Tse-tung auf Kassette und den Rekorder mit dem Radio gekoppelt. Früher hatte er eine Kassette mit Radio Moskau, aber die ganzen Kehl- und Knacklaute, meinte er, die hätten nicht so die richtige Stimmung erzielt.

Heute scheint er einiges durcheinanderzuwerfen. Er bewegt sich zwar vom Notausgang abwärts, was eigentlich auf Amüsieren schließen läßt, aber statt Colabier trinkt er Whiskey pur, und statt der Komplimente sagt er nur die Nachsätze. Außerdem lehnt er jetzt am Zigarettenautomaten und spricht mit den Camel Filterlosen.

Ich gehe zu ihm und hake ihn unter.

»Mensch, Gustav, was ist denn los?« frage ich.

Er schaut auf, rülpst, dann fängt er an zu lachen.

»Was los ist? Mensch, das Leben ist Los, sagt der Lotterieverkäufer und drückt dir deine Niete in die Hand.«

Ich will ihn vom Automaten wegziehen, er hält sich fest.

»Moment, Junge. Ich wollte meinem Bruder, dem Kamel da, noch etwas sagen. Na sag ich's halt dir, ist genauso gut. Also für dieses Mädchen, Junge, für dieses Mädchen hätte ich alle meine Luftballons fliegen lassen, ja hätte ich, hätte ich glatt.«

Ich hake ihn fester, ziehe ihn zum Ausgang. Am Aquarium bleibt er noch mal stehen.

»Das ist unfair, du. Solche Gedichte, da komme ich nicht dagegen an. Aber du, du könntest das schaffen. Du schreibst doch auch Gedichte, oder nicht mehr? Ja, ich weiß, sie sind ein bißchen gedehnt, deine Gedichte, aber das macht doch nichts. Wie wär's, du mußt es versuchen. Abgemacht? Entweder bekomme ich sie oder du, aber nicht dieser Theo, wer ist das überhaupt?«

Ich ziehe ihn weiter an der Garderobe vorbei, hinaus auf den Parkplatz, nehme ihm den Schlüssel aus der Tasche, setze ihn auf den Beifahrersitz. Als ich losfahre, legt er mir den Arm um den Hals.

»Du Liebling, komm wir fahren auf die Daunberger Höhe, ich habe eine neue Kassette von Manon Tse-tung.«

Dann krümmt er sich vor Lachen, bis er vornübergebeugt mit der Stirn am Radio einschläft.

Schon wieder ein Tag, den ich im Schwimmbad verliege. Auf die Dauer wird das langweilig. Tagsüber zwischen all den Bikinis und abends beim Bier, ich wollte eigentlich noch was anderes als immer nur Frauen und Theken beschreiben. Zum Glück geht das Studieren bald los. Und zum Glück habe ich noch ein paar Trauerspiele und diesen russischen Roman. Dostojewskijs Brüder, Karamasow heißen sie. Tausend Seiten hat das Ding, aber bis jetzt ist jeder Strichpunkt spannend. Ich glaube, das mit den dicken Büchern und den dummen Verfassern hat Maurer nur auf Schulbücher bezogen. Er hat ja selber die Bude damit voll bis unters Dach.

Nur wenn ich diesen Iwan mit diesem Dimitrij vergleiche, bin ich nicht mehr so sicher, ob Philosophie und Deutsch das Richtige für mich ist. Iwan ist der Philosoph und sagt sehr schöne Sachen, aber Dimitrij ist der Frauenheld und Lebemann und hat nichts gelernt außer Spielen, Saufen und Fechten. Iwan sagt etwa auf Seite 311, daß man das Leben mehr lieben soll als den Sinn des Lebens. Man soll es *vor* der Logik lieben, meint er, dann wird man auch seinen Sinn begreifen.

Das schreibe ich mir natürlich gleich ins Merkheft und lerne es auswendig, aber noch viel lieber würde ich mit Dimitrij diesem Teufelsweib von Gruschenka hinterherlaufen.

Außerdem will ich das Leben zwar lieben, und meinetwegen auch vor, hinter oder neben der Logik, aber so ganz begreifen will ich es doch nie. Denn fast fürchte ich, es ist mit ihm wie mit den Frauen. Wenn man sie erst ganz versteht, hört das Verliebtsein schon wieder auf.

Steffi zum Beispiel, die jetzt hier neben mir liegt und nichts im Sinn als Sonne auf dem Bauch hat, die verstehe ich auch nicht. Sie ist meine große Unvollendete, und deshalb verehre ich sie. Vera war die Niebegonnene, wenn man von dem unerfreulichen Zwischenfall am Schluß einmal absieht. Steffi dagegen ist meine Unvollendete und wird es, wenn es so weitergeht, auch bleiben.

Vera verabschiedete mich immer ungeküßt vor der Haustür. Bei Steffi war das anders. Sie nahm mich gleich am dritten Abend mit nach Hause, gab mir Rotwein und die Hälfte ihres achtzig Zentimeter breiten Bettes, kuschelte sich an mich und sagte, ich solle ihr eine Gute-Nacht-Geschichte erzählen.

Und ich erfand und log und reimte, Münchhausen hätte mir aus Verbundenheit bestimmt seine Kugel geschenkt. Steffi meinte aber nur »nicht schlecht«, drehte sich um und schlief ein. Ich lag die ganze Nacht wach und überlegte, wo der Fehler war. Beim zweiten Mal erzählte ich eine noch tollere Geschichte. Steffi sagte wieder nur »nicht schlecht«, drehte sich um und schlief. Beim Frühstück erklärte ich ihr dann, daß auch ein orientalischer Geschichtenerzähler nicht allein von Brot und Kaffeewasser leben könne. Sie gab mir noch eine Mandarine und sagte »bessere Geschichten, besserer Lohn«.

Nachmittage saß ich dann in der Bücherei, wälzte Jack London, Hemingway und Marc Twain, probte abends vor Benedikt und beiden Omis. Sofort hatte ich mehr Erfolg. Ich brachte es fast immer auf einen Vier-Früchte-Joghurt zum Frühstück und nachts einen Kuß auf die Wange. Mehr war allerdings nicht zu holen. Ich fragte sie mal, ob sie irgendwelche Probleme hätte. Sie sagte nein. Und wenn ich sie mir jetzt so betrachte, wie sie da liegt mit geschlossenen Augen und den Händen hinterm Kopf, dem Bikini, den man auch als Schnürsenkel verwenden könnte, und diesem Nabel der Welt, da kann ich mir eigentlich auch nicht vorstellen, daß sie Probleme hat.

Am besten frage ich sie noch mal. Ich mache meinen Zeigefinger naß und tupfe ihn auf ihren herrlichen Nabel, das kann sie nämlich überhaupt nicht leiden.

»He, was soll denn das?« Sie zieht direkt die Beine an.

»So versiegelt ein persischer Prinz, den ich kenne, immer seine Briefe.«

»Toll«, sagt sie, rollt sich auf den Bauch und schaut mich von der Seite an.

»Hab ich dir von dem Prinzen schon erzählt?« frage ich.

»Nein«, sagt sie.

»Der wollte immer eine Prinzessin mit Pickeln und ein bißchen Schnurrbart.«

»Spinner.«

»Doch ehrlich. Sein Palastarzt hatte ihm nämlich gesagt, daß die viele männliche Hormone hätten und deshalb gut im Bett seien.«

Ich beuge mich zu ihr, streiche ihr mit dem Finger über die Oberlippe.

»Du hast keinen Schnurrbart, Steffi. Und bestimmt auch nie Pickel gehabt.«

»Nie«, sagt sie und nimmt meinen Finger weg. »Was willst du damit sagen?«

»Nichts. Es gibt ja auch Ausnahmen von dieser Prinzenregel.«

»Na also.« Sie nickt sich selber zu.

»Ja, die gibt's«, wiederhole ich. »Meine Kusine zum Beispiel. Die hat Pickel und Schnurrbart und trotzdem nie Lust.«

Steffi stützt sich auf, streicht mir über den Kopf, bleckt ihre schönen Zähne.

»Sei nicht traurig, Frosch. Ich kann ja auch nichts dafür, daß dir keine besseren Geschichten einfallen. Aber gib nicht auf, irgendwann erfindest du bestimmt mal 'ne Story, nach der ich nicht gleich einschlafe.«

»Ja«, sage ich, beuge mich wieder übers Tagebuch und erfinde und lüge und reime.

Gott sei Dank, Gustav geht es wieder besser. Im *Rainfall* habe ich ihn mit einer neuen Liebschaft getroffen. Und die ZVS hat ihn nach Frankfurt verschlagen, was ihm sehr recht ist. Von wegen neues Lieben, neues Glück. Die Abiturrede hätte er schon wieder vergessen, meint er. Aber er will mir eine Abschiedsrede halten, bevor er weggeht, damit ich nicht so hilflos bin ohne ihn. Er hat auch selber angefangen zu schreiben, Kurzgeschichten. Eine hat er mir gleich auf ein Bierblättchen diktiert:

Kein Grund zur Freude

»Das gibt nur Lachfalten«, sagte sie mit siebzehn und beschloß, das Leben nicht lustig zu finden.

So blieb sie eine herbe Schönheit. Noch im Totenbett war sie ganz glatt. Und die Enkel weinten und nahmen sich ein Beispiel.

Frisch frisiert ist halb studiert, denke ich und fahre nach dem Frühstück zum alten Ferdinand. Und dort sitze ich jetzt neben Spreder Karl, der auf seine Rasur wartet. Ich blättere in einer Illustrierten, Karl lugt mit hinein, lauert auf Gespräch.

»Als gäb's sonst nichts auf der Welt«, sagt er endlich. »Ärsche und Brüste und wieder Ärsche. Und die Männer sind so blöd und fallen immer wieder drauf rein.«

Ich blättere weiter zum Kreuzworträtsel. Karl spitzt den Mund, gibt nicht auf.

»Denkst jetzt wohl, der Spreder Karl ist ein alter Knochen und weiß nicht mehr, was er sagt. Aber kannst mir glauben, auch ich war ein Jüngling mit lockigem Haar. Und oben in Frankreich, in Kaän, da haben wir Mädchen gehabt«, er zieht laut die Nase hoch, »und weißt du, als Offizier, ich war ja Offizier, da konntest du sie dir aussuchen. Saubere Mädchen, sag ich dir, sauber, und anständig dazu.«

Er schüttelt den Kopf, als könnte er es selber nicht fassen, was er für ein toller Kerl war. Dann stößt er mir den Ellbogen in die Seite.

»Aber Junge, ich sage dir, eins darfst du nie machen. Mach dich nie zu ihrem Affen! Wen die Weiber mal dazwischenhaben, den ziehen sie aus bis aufs Hemd.«

Er faßt mich am Arm, wird leiser.

»Ich kann doch offen zu dir sein. Ich meine, wenn man zusammen geschafft hat ... Ich habe da ein Ding gehört, glaubst du nicht. Du kennst den alten Kroninger. Früher hat er Heizungen repariert und nachher mit Gebrauchtwagen das große Geld gemacht. So war er nicht verkehrt, fleißiger Mann, nur die Weiber, die haben mit ihm gemacht, was sie wollten. Du weiß vielleicht, daß er wegen so einer Schneppe seine Frau aus dem Haus gejagt hat. Und er hatte eine verdammt anständige Frau, viel zu schade für den Idioten. Jedenfalls ist seine Beigängerin damals bei ihm eingezogen. Der Dame war es auf die Dauer nicht fein genug, und sie hat den Kroninger gedrängt, daß er ein neues Haus baut. Das alte haben sie für 200 000 verkauft. Und nachher hat sie ihn so lange zappeln lassen, bis er den Neubau auf sie überschrieb. Mußt du dir vorstellen! Er hat bezahlt, und sie kommt ins Grundbuch. Aber jetzt paß auf, jetzt kommt das Neueste!«

Karl schaut sich um, dann beugt er den Kopf und schaut mich über die Brillengläser an, als wollte er mich bei der nächsten falschen Bewegung erschießen.

»Du weißt, ich hör ja alles, und heute morgen, wie ich die Brötchen hole, nimmt mich Erna hinter die Theke und erzählt mir ein Ding. Stell dir vor, der Kroninger sucht jetzt eine Mietwohnung, weil er aus dem eigenen Haus raus muß. Es scheint nicht mehr so zu klappen, der Kroninger ist ja auch schon über sechzig, und die Alte soll einen Jüngeren haben. Und jetzt muß er aus dem eigenen Haus raus. Muß man sich mal vorstellen. Hat auch gemeint, es wird nicht alle.«

Spreder Karl lehnte sich kurz zurück, um die Wirkung in meinem Gesicht zu betrachten, dann beugt er sich wieder vor.

»Also Junge, merk dir, werd nie zu ihrem Affen! Und blätter mal weiter, den Arsch hier kennen wir schon!«

Wie die Alten zusammenhalten! Kaum ist Spreder Karl rasiert und vor der Tür, erzählt mir Ferdinand eine Geschichte, unglaublich und außer ihm weiß es kein Mensch, man höre und schweige, der Kroninger sucht eine Mietwohnung und muß aus dem eigenen Haus raus. Ich staune und schweige und überlege mir, ob ich Gustav nicht vorschlagen soll, gemeinsam einen Friseursalon aufzumachen. Gustav könnte frisieren und die Leute ausfragen, ich würde die Geschichten aufschreiben und mir die Nichtveröffentlichung gut bezahlen lassen.

Wahrscheinlich wird Gustav wieder mal nicht wollen und sagen, daß er vom langen Stehen Kreuzschmerzen bekommt. Na ja, aber einen neuen Bleistift kaufe ich mir trotzdem auf dem Heimweg. Diesmal einen Härteren, die weichen schreiben sich so schnell ab, und die Strichmännchen werden dann in der Mimik zu grob. Natürlich spitze ich ihn wieder an beiden Enden, mit meinem Schweizer Messer, dem neuen.

Und wenn Gustav nicht will, macht auch nichts. Nächste Woche geht das Studieren los. Das ist bestimmt fast wie bei Ferdinand.

»Also paß auf, Junge! Lange hinschauen ist schon verkehrt. Denk daran, du bist nicht bei der Kälberschau. Streif sie zwei-, dreimal beim Panoramablick, bis du weißt, daß sie's auch ist. Dann stehst du auf und kommst ganz zufällig bei ihr vorbei. Denk dran, du siehst sie jetzt zum ersten Mal, das Hoppla muß dir ins Gesicht springen. Natürlich nicht wie Weihnachten, aber so ein bißchen Staunemann kannst du schon reinlegen. So ein, zwei Sekunden bist du sprachlos, dann eröffnest du mit einer Mischung aus lieb und witzig. Wenn sie blöd oder gar nicht reagiert, laß sie stehen, manchen ist nicht zu helfen. Wenn sie lacht oder nur irgendwie freundlich ausatmet, bleibst du dran. Sag noch ein paar lustige Sachen, daß die Stimmung auch stimmt. Aber hüte dich vor Sprüchen, die schon zwei Wochen auf jedem Klo stehen. Sei spontan und ein bißchen originell. Vielleicht hast du auch mittags in den neuesten Graffitiband geschaut, macht sich immer gut. Und wo du kannst, hängst du 'ne Frage dran, soll ja mal 'n Dialog werden.
So zwischen zwei Gags bestellst du was zu trinken, den Keeper kennst du natürlich mit Vornamen. Frag ruhig, ob sie auch noch was will. Wenn sie jetzt schon ja sagt, kannst du's nachher abkürzen. Sagt sie nein, mußt du über die volle Distanz.
Du hast also zu trinken und prostest jetzt auf was Nettes. Auf daß sie ihr liebes Lächeln nicht verliert, irgend so was. Aber mit dem Glas nur andeuten. Wenn sie anstoßen will, ist das ihre Sache. Du drängst dich nicht auf, hast du nicht nötig. Kleine Pause, damit der Toast auch wirken kann, dann redest du weiter. Merk dir, Pausen sind schlecht und ab 'ner halben Minute tödlich. Falls du 'nen Durchhänger hast, nimm schnell noch mal 'nen Schluck. Oder 'ne Zigarette. Drehen ist auch nicht verkehrt, hat so was Gemütliches, was Fingerbegabtes. Natürlich nicht in der Disco, da hängen sie dir gleich den Arbeitslosen an.
So mit der Zeit schwenkst du dann zu was Ernsterem. Satz für Schluck schaffst du Vertrauen. Red ruhig offen, mach auf ehrlich. Denk daran, Macker ist out, aber zerfließ auch nicht, Softis waren noch nie echt in. Am besten geht noch Chauvi mit Herz, das ist zeitlos. Sympathisch der Kerl, macht nicht nur Quatsch, kann man

auch reden mit. Das mußt du rüberbringen, unbedingt. Beim zweiten Drink redest du schon leiser, rückst ein bißchen näher. Bestimmte Sachen sagst du ihr nur ins Ohr. Aber halt keinen Vortrag, bloß nicht. Weichreden ist 'n Anfängerpferd und schaukelt heute keine Stute mehr heim. Sprich ruhig die Punkte hinter deinen Sätzen mit. Was du sagst, das steht. Und was du fragst, reißt Tore auf.

Fahr ihr jetzt ruhig mal an den Arm, oder an den Oberschenkel, falls ihr sitzt. So ohne Absicht natürlich, ganz im Gespräch, und nicht zu lang.

Wenn du sie zum Erzählen bringst, bist du fast durch. Dann hat sie dir den Vertrauenstypen abgenommen. Aber jetzt nicht lässig werden. Du mußt voll umschalten und den Zuhörer machen, also ernste Miene, Faltenstirn, Betroffenheitsblick. Auf keinen Fall darfst du in die Gegend schauen, auch nicht heimlich. Wenn sie es merkt, kannst du einpacken und zwei Meter weiter von vorne beginnen. Am besten, du hältst den Blick gesenkt auf den Boden, den Tisch oder ihre Beine. Und ab und zu gehst du dann groß in ihre Augen.

Trink auch nichts, solange sie spricht. Du nimmst das Glas in die Hand, führst es zum Kinn, verharrst und stellst es wieder hin. Das macht Eindruck, mehr als 'ne halbe Stunde reden.

Unterbrich sie öfters, frag nach, als ob du's genauer wissen wolltest. Überhaupt, du hängst an ihren Lippen, als hättest du was Spannenderes noch nicht gehört. Alles drumherum ist verbrannt, vergessen, hol's der Holocaust, ihr seid allein. Aber nick nicht zuviel in der Faszination, das wirkt wie ein Tick. Und die ›Hms‹ mußt du genau dosieren, eher zuwenig. Du bist jetzt der Schweiger, der sie versteht, der Freund, der das Leben kennt, der Mann zum Anlehnen halt.

Dann reicht's. Du nimmst sie an den Schultern, dein Blick trifft sehr gerade und direkt in die Augen.

Komm, sagst du, hier ist nicht der rechte Platz, für dich, und für mich! Kapiert, Junge?«

»Glaub schon«, sage ich und halte Gustav die offenen Hände hin. Er schlägt drauf, hält mir dann seine hin.

»Auf immer?« – »Auf ewig!« – »Zuviel?« – »Ist noch zuwenig!«

So schlagen wir uns unser Lied im Takt auf die Hände, bis der Schaffner pfeift und Gustav auf den fahrenden Zug springt.

Gustav weg, Smerdjakow erhängt, Aljoscha im Kloster und Iwan wahnsinnig. Dimitrij hat seine Gruschenka, muß aber vor dem Straflager nach Amerika fliehen. Und dort will er dann Bauer werden.

Also ich weiß nicht. Im Bergwerk in Sibirien könnte ich ihn mir noch vorstellen. So mit einer Kette am Fuß und ab zu einer Schlägerei mit den Wächtern. Aber irgendwo auf einer Ranch in Texas mit 'nem Melkschemel zwischen fünfzig Kühen, das paßt doch nicht.

Das stell man sich mal vor, Dimitrij, wie er vom Feld nach Hause kommt, sich am Brunnen wäscht, die Suppe löffelt, noch ein bißchen mit den Kleinen spielt und sich dann auf einen Krimi in die Koje legt. Nein, dieser Dimitrij muß schon selber den Rappen satteln und auf *aventiure* reiten. Und Gruschenka ist hinterm Kochtopf auch nur noch Gruscha.

Überhaupt glaub ich, geht's diesem Dimitrij mit seinen Frauen wie klein Benedikt mit seinem Spielzeug. Bene ist nach seiner Eisenbahn auch nur solange verrückt, wie sie beim Krämer hinterm Schaufenster steht. Tja, mit dem Haben ist das Haben-Wollen halt meistens vorbei, auch so 'n alter Merkheftsatz.

So, wo rollt jetzt meine Eisenbahn zum Krimi?

Irgendwie sind sie selten geworden, die Gruschenkas und die Abenteuer. Nicht mal Windmühlen gibt's mehr. Höchstens Pilze, und die wehren sich nicht. Trotzdem, mit ein bißchen Glück könnte ich die ersten Hallimasche finden. Es ist immerhin schon Oktober. Und klein Benedikt nehme ich mit. Seine Schneewittchenkassette müßte doch jetzt auch bei den anderen Videozwergen auf dem Speicher liegen.

Ich greife mir den Korb und gehe rüber. Die Oma macht auf, deutet mit dem Daumen nach hinten.

»Du kommst gerade recht, die Jungs haben wieder was Neues«, sagt sie und schiebt mich ins Wohnzimmer.

»Und der, un' der, un' der, der auch, un' der erst recht, der sowieso, puff, zack, Sieg, gewonnen.«

Benedikt liegt im Wohnzimmer auf dem Boden, hält die Fernbedienung hoch, als wär es der Europapokal der Landesmeister. Opa Wilhelm sitzt neben ihm im Sessel, drückt immer noch auf seiner Schaltung rum, obwohl das *Game over* rot auf dem Bildschirm blinkt.

»Hi«, begrüßt mich Benedikt, »komm setz dich, spiel mit! Opi hat sowieso keine Chance. Ich knall ihm seine Pershings ab ohne einen einzigen Verlust.«

»Quatsch«, sagt der Opa, »das ist nur wegen der blöden Schaltung, die klemmt immer.«

Ich schwenke meinen Korb.

»Wie wär's, Beni, wir wollten doch mal Pilze suchen. Heute wär es nicht schlecht.«

»Nee, jetzt nicht«, Benedikt rollt sich wieder auf den Bauch, drückt ein gelbes *Game on* auf den Bildschirm.

»In 'ner Stunde kommt Vati und erklärt mir den neuen Space Shuttle. Fertig Opi?«

»Fertig.«

»Puff, zack, tsch«, Benedikt legt wieder los, der Opi drückt und drückt, trifft immer nur Meteore, und die zählen nicht.

Jetzt könnte ich ihnen auch – puff zack – ihr Zweitausendmarksvideo durch die doppelverglaste Wohnzimmerfront in den Weltraum schießen und den Quadro-Hifi-Turm samt Platten und Boxen – puff zack – hinterher. Aber ich schwenke nur mein Körbchen und stehle mich aus dem Weltraumkrieg in den auch nicht mehr ganz heilen Wald.

Als ich zwei Stunden später mit leerem Korb zurückkomme, sitzt Opa Wilhelm auf der kleinen Mauer vorm Haus, steckt sich eben eine Pfeife an.

»Dieses moderne Zeugs da, das ist nichts für uns. Da sind wir einfach zu alt dafür«, sagt er und macht mit dem Daumen kleine Rauchwolken.

»Finde ich auch«, sage ich, setze mich zu ihm und frage, wo es solche Pfeifen gibt.

Tages Schlaf und abends Feste, saure Hering, süße Nächte, die Zeit der Liegematte ist vorbei. Jetzt werden aus den Türmern und Hängern endlich nützliche Glieder der Gesellschaft, mit zielbewußtem Sein zum Schein. Denn Scheine braucht man hier, das habe ich schon gelernt, acht Stück bis zur Zwischenprüfung und nachher noch mal sechs.

Sechs nach neun, wo ist er denn jetzt, dieser Saal U 2? Dort wollen sie uns nämlich einweihen, in die Grundlagen der Sprachwissenschaft. U 2 klingt nach Keller, also Treppe runter, bißchen suchen, ah, da ist es, und die Kollegen auch schon da, und so zahlreich.

»Guten Morgen.« Huch, wie die schauen, hier grüßt man nicht, 'tschuldigung, bin noch neu. Wo setz ich mich denn? Ah, da hinten ist noch'n Stuhl. »Frei hier?« Na also, der nickt wenigstens mit dem Kopf. Zwanzig nach schon, Dozentenmühlen mahlen langsam, was? Nein, doch nicht, jetzt kommt er, und da steht er auch schon, der akademische Rat, aufrecht hinterm Pult, sauber im Anzug und die Hände auf dem zahlengesiche.ten Lederkoffer.

Er begrüßt uns und schlägt gleich medias in res vor. Medias in Resi, was heißt denn das, stoße ich meinen Nachbarn an, der hat schon den Kuli gezückt und winkt ab, na dann halt nicht. Das Semester sei kurz, sagt der Rat jetzt, und die Sprachwissenschaft ein weites Feld. Dann nimmt er ein Buch aus der Tasche und läßt es herumgehen. *Linguistik für Germanisten,* er hat es selber verfaßt, achtzehn Mark neunzig, Grundlage für diesen Kurs, und im Unibuchladen vorrätig. Bis zur nächsten Woche, meint er, sollten wir schon mal die ersten zwei Kapitel durchlesen.

Dann will er einen kleinen Test mit uns machen, nur zu seiner Orientierung, sagt er, und steht immer noch wie eine Kerze bei der Musterung. Was wir so mitbrächten von der Schule, man erlebe ja die seltsamsten Sachen. Jetzt schmunzelt er wenigstens. Er will uns ein paar linguistische Grundbegriffe nennen, wir sollen aufschreiben, was uns dazu einfällt. Wer nicht wolle, brauche auch keinen Namen darunter zu setzen. Manche seien da ja empfindlich.

So, haben alle ein Blatt? Also dann, Deutsch Leistungskurs vor! Was einem so einfällt. »Prager Schule«. Der fängt ja mittendrin an. Prag, Schule, was fällt mir da ein?

Natürlich, Abschlußfahrt in dreizehn eins, achttägig, war wirklich nicht schlecht, nur ein bißchen verregnet. Also was schreibe ich? Prager Schule: Abiturfahrt mit der Schule nach Prag. Alte Stadt, blaue Moldau, guter Schwarzmarkt, die Bars ein bißchen teuer, aber die Museen preiswert. Außerdem hat doch dort dieser Franz Kafka dieses verrückte Schloß gebaut, für das sie ihm nachher diesen Prozeß angehängt haben, von wegen Steuergelder kassieren, und dann sieht man's nicht mal.

»Behaviorismus«. Nicht so schnell! Ich glaub, der wird im Wortakkord bezahlt. Behaviorismus, das ist doch überhaupt kein linguistischer Begriff. Fangfrage, was? Schelm du! Na, mir soll's egal sein. Also, Behaviorismus: Mein schlechtes Benehmen auf der Zugfahrt. Ich weiß, man wirft keine Mohrenköpfe aus dem Fenster. Aber ich war doch so verdammt schlecht bei Kasse, und für den ersten Schaffner gab es zwanzig Mark. Außerdem hat es mir nachher leid getan, und dem Schaffner hab ich die...

»Dependenzgrammatik«. Also die akademische Muße hat der aber auch nicht. Faß ich mich halt kürzer. Dependenz ist klar, aber wo gibt es die Grammatik? Egal. Also kurz. Dependenz: Ich und die Frauen, leider nicht umgekehrt. Und die Grammatik dazu: bisher unauffindlich.

»Corpus«. Klarer Fall. Anneschatz. War im Hotel im Zimmer neben uns. Und ihr Corpus, also Akademus, ich kann Ihnen sagen, der kam direkt nach Vera.

»Sprachliche Interaktion«. Richtig. Reden muß man. Aber schon vor der Aktion, nicht erst in der, du Anfänger du!

»Saussure«. Ja die *chaussures,* das stimmt, die hübschen weißen Turnschuhe, die hat Anne als erstes ausgezogen.

»Noam Chomsky«. Schomski? In welchem Film spielte der? Ich kenn nur Kinski. Noah ist okay, war doch der Reeder und Tierfreund. Aber Schomski? Da muß ich passen.

»Kompetenz«. So 'n Quatsch, so 'n altkluger. Lieber unerfahren und jung als alt und kompetent. Sagt Gustav auch.

»Oberflächenstruktur«. Jetzt wirst du aber indiskret. Außerdem habe ich das bei Corpus schon beantwortet. Aber gut, weil du es bist, mal ich dir noch 'n Strichmännchen mit Annes Kurven.

»Tiefenstruktur«. Du, bei aller Antipathie, das geht dich jetzt echt nichts mehr an, du Spanner, Sie.

»Positionelle Varianten«. Einen Jargon haben diese Promovierten! Kein Wunder, daß da nichts läuft. Positionelle Varianten. Also meinetwegen, mal ich oben, mal sie unten.

»Rekursivität«. Angeber! Dreimal ist Burschenrecht, aber seien wir doch ehrlich, im Grunde ist es wie bei einer Schwarzwälder Kirschtorte. Das erste Stück schmeckt immer noch am besten.

Wie, das war's schon? Gut, Unterschrift kriegst du natürlich auch.

»Gutmann Frauenlieb, mit konbanalen Grüßen.«
Den Schein hab ich!

Die Einführung heute morgen war ja eher eine Ausladung, und den Würstchen vom Mensaeintopf fehlte ein bißchen Farbe, aber all die Veranstaltungsplakate an den Wänden sind dafür um so bunter. Da gibt es eine Semestereröffnungsfete, einen Sportlertanz und eine Juristendisco, da treffen sich die Biologen zum Rock 'n' Roll und die Romanisten zur *Quiche lorraine,* irgendein Harry Holl legt bei den Chemikern Oldies auf, und der Evangelische Studentenbund lädt zum Kennenlernen ins Heim B. Die Germanisten rufen immerhin zur Bierschwemme vor die Bibliothek, nur die Philosophen bringen außer einer Fachschaftssitzung nichts auf die Beine.

Ich schaue überall rein, sehe neue Gesichter, hoffe nur, daß ich noch mehr lerne, als Gustavs Rede anzuwenden.

Mittwochs müßte ich eigentlich mit diesem Iwein in die Artusrunde, da aber um die gleiche Zeit eine Psychiatrievorlesung läuft, hebe ich mir seine Minneabenteuer bis zum nächsten Semester auf.

An der Psychiatrievorlesung dürfen strenggenommen nur Medizinstudenten der klinischen Semester teilnehmen. Es werden nämlich einzelne Patienten vorgestellt, und deren Fälle fallen unter Schweigepflicht. Ich ziehe jedenfalls die Backen etwas zwischen die Zähne, lege die Stirn in Falten und gehöre dazu.

Die Patienten ständen schon unter Rededruck, meint Professor Neustett nach einer kurzen Einleitung und macht die Tür zum Nebenraum auf. Da niemand herauskommt, verschwindet er kurz, kommt mit einem Mann zurück, führt ihn am Arm zu einem Stuhl.

Der Mann setzt sich auf die vordere Stuhlkante, hält die Hände im Schoß. Den Oberkörper hat er nach vorne gebeugt und den Kopf etwas eingezogen, die Füße stehen nebeneinander. Zuerst schaut er auf den Holzfußboden, dann kurz in die Zuschauerreihen, dann wieder auf den Boden.

Schizophren hat Neustett angekündigt, jetzt stellt er die ersten Fragen.

»Herr Meinsdorf, erzählen Sie doch mal, wie das mit Ihrer Krankheit begonnen hat!«

Der Patient beugt sich noch weiter nach vorne, schaut auf den Dielen hin und her, sagt mit leiser Stimme etwas von Busfahrt und Betriebsausflug und Musik im Radio. Dann klinkt die Tür auf, alle Köpfe gehen nach rechts. Ein paar Nachzügler treten ein, kommen im Rauschen ihrer Regenmäntel die Tribüne herunter, bleiben auf halber Höhe stehen und schauen sich um.

»Wie war das denn im Bus genau?« fragt Neustett den Patienten und nickt den Verspäteten unauffällig zu.

Die nicken kurz zurück, gehen unter wehenden Mänteln und dem Klackern ihrer Stiefeletten weiter nach vorne, wo ein Kommilitone Plätze freigehalten hat. Während Neustett nach der Musik im Bus fragt und der Patient anfängt, seine Hände zu kneten, haben die drei die freien Plätze erreicht, winden sich aus ihren Mänteln, falten sie zweimal über dem Arm und legen sie aufs kleine Pult. Dann nehmen sie Platz und drehen sich nach hinten, recken die Hälse, um einige Bekannte zu begrüßen.

»Wenn Sie so einen akuten Schub haben, Herr Meinsdorf, wie ist das? Könnten Sie uns das mal schildern!«

Neustett legt dem Patienten die Hand auf den Arm. Der schaut kurz auf die Hand, dann wieder auf den Boden. Dann fängt er langsam an, mit dem Kopf zu wippen. So einfach sei das nicht, meint er, ob er vielleicht ein Beispiel erzählen könnte.

»Natürlich«, sagt Neustett, »erzählen Sie doch einfach, wie es das letzte Mal war!«

»Wie war's denn bei dir das letzte Mal?« kichert der Junge vor mir zu dem Mädchen neben sich, mit dem er die ganze Zeit schon Urlaubsbilder betrachtet.

»Ist das witzig«, sagt ein anderer von hinten und schlägt seine Zeitung um.

»Schnauze«, kommt es dann von rechts, wo ein Wuschelkopf mit dem Kopf auf der Bank liegt und zu schlafen versucht.

Die Gespräche werden jetzt überall lauter, ich beuge mich nach vorne, um Neustett besser zu verstehen.

»Und früher hatten Sie also nie irgendwelche Beschwerden. Was waren Sie den von Beruf?«

»Schreiner«, sagt der Patient, greift nach den Lehnen und erzählt noch etwas, was ich nicht mehr verstehe.

»So, Herr Meinsfeld, ich glaube, das genügt«, sagt Neustett. »Sie können jetzt wieder im Nebenzimmer Platz nehmen.«

Dann steht er auf, führt den Mann hinaus und schließt die Tür.

»So, meine Damen und Herren«, er geht zum Pult, »was hatten Sie denn für einen Eindruck von dem Patienten?«

Zuerst sagt niemand was, dann melde ich mich.

»Ich hatte den Eindruck, daß hier manche fehl am Platz sind. Ich finde, wer unbedingt quatschen oder Zeitung lesen oder sonst was machen muß, der soll sich ins Casino setzen, aber hier nicht dauernd stören.«

Einen Moment lang ist es vollkommen ruhig, dann dreht sich in der zweiten Reihe ein Blonder mit Lederjacke um und fragt, von welchem Knabeninternat ich denn käme. Gelächter, alle Augen auf meinem Kopf und der voll Blut. Sogar der Mittagsschläfer hebt das Haupt und fragt, was los ist.

Als es ruhiger wird, fängt Neustett an zu reden, meint, ich hätte einen durchaus wichtigen Punkt angeschnitten. Eine entspannte, vertrauensvolle Atmosphäre sei im Arzt-Patient-Gespräch nämlich von besonderer therapeutischer Relevanz. Das sollten wir später in der ärztlichen Praxis unbedingt berücksichtigen. Er verweist auf eine lesenswerte Studie von Soundso über die Voraussetzungen erfolgreicher Gesprächstherapie.

Dann kündigt er mit einem Blick auf die Uhr den nächsten Fall an, während ich unter der Bank meinen Bleistift vierteile.

Abends bin ich bei dem wöchentlichen Alko-Holy-Day der Anglisten. Ich trinke mich leicht, rede mich lustig und lache mich los. Mit einem Mädchen aus dem Linguistikseminar tanze ich fast zwei Stunden. Dann trinken wir zusammen Bier, ich frage, ob sie noch mit zu mir kommt.

Bei *Genesis* sitzen wir auf dem Sofa, beim zweiten Glas Wein bin ich nur noch ehrlich.

»Du, darf ich dir mal was sagen?« frage ich.

»Was denn?« fragt sie.

»Darfst du aber nicht falsch verstehen.«

»Nein, sag schon!«

»Du, ich möchte jetzt gerne neben dir im Bett liegen. Einfach so. Neben dir liegen, dich spüren und mit dir erzählen.«

Sie ist einverstanden. Wir legen uns ins Bett, sie behält Slip und Unterhemd an. Wir schmusen ein bißchen, wir erzählen.

Dann schaue ich sie an.

»Sag, hast du gar keinen Anstand?«

»Was?«

»Ob du keinen Anstand hast?«

»Wie kommst du darauf?«

»Na das lernt man doch schon als Kind«.

»Was denn, verdammt noch mal?«

Ich ziehe ihren Kopf zu mir, sage ihr mit einem Kuß ins Ohr: »Na, daß man sich nicht mit den Kleidern ins Bett legt.«

Das sieht sie ein, und nachher läuft nur noch Kassette.

– Eine Mischung aus lieb und witzig, hat Gustav gemeint.

Komisch angezogen ist er schon. Grünes Hemd, brauner Pullover und rote Socken unter der dunkelblauen Cordhose. Paßt nicht besonders. Der soll uns also einführen in das Studium der Philosophie. So Anfang Fünfzig wird er sein.

Jetzt macht er mit einem Armvoll Din-A4-Blätter die Runde, legt jedem eine Leseliste aufs Pult. Sechsundfünfzig Titel mit philosophischen Werken, quer durch die Jahrhunderte.

»Knapp gehalten«, meint er, »Brot und Wasser jedes Philosophiestudenten.«

Dann legt er noch eine Liste mit fünfundzwanzig Nachschlagewerken dazu. Dort fänden wir die notwendigen Erstinformationen, sagt er, und vor allem auch Hinweise zur Vertiefung. Da könnten wir uns so richtig freilesen. Mir läuft das Wasser im Munde zusammen.

Ansonsten ist er nicht unsympathisch. Er erzählt noch ein bißchen, lädt uns dann ins Café. Ich setze mich neben ihn, frage bei einer

Sahneschnitte, wie viele dieser Bücher man denn wirklich lesen müsse.

»Natürlich alle«, sagt er, »und doch hoffentlich noch etwas darüber hinaus.«

»Ah ja«, sage ich und bohre mich in meine Sahneschnitte.

Die anderen verlaufen sich nach und nach in Proseminare, schließlich sitzen wir alleine am Tisch. Ich hole mir einen Schnaps, die Schnitte war doch ziemlich fett, frage, ob er auch einen will.

Beim zweiten Mirabell, den er bezahlt, fragt er, wo ich herkomme. Dann müßte ich doch Lehrer Maurer kennen, meint er. Klar kenne ich den, war doch mein Lehrer auf der Grundschule. Das interessiert ihn. Er holt noch zwei Bier zum Verdünnen, ich soll von Maurer erzählen.

Von Maurer erzählen, das fällt nicht schwer. Maurer war noch einer von der alten Sorte, für die das Lehrersein nicht mit dem Mittagsgong aufhörte. Einerseits war er ziemlich konservativ, gab viel auf Disziplin und so, andererseits konnte er auch mal alles liegen lassen und drei Stunden auf der Wiese mit uns Fußball spielen, wenn das Wetter gut war. Das Auffälligste an Maurer war vielleicht, daß er sich an keinen Stundenplan hielt. Er konnte zum Beispiel mit ein paar Rechenaufgaben anfangen, nach fünf Minuten über eine Schultasche stolpern und uns bis zum Ende der Stunde erklären, wie man Tierhäute zu Leder gerbt. Oder wir lasen im Biologiebuch, daß einer der Gründe für das Aussterben der Störche die vielen Hochleitungsmasten sind, und Maurer fing prompt an, uns Magnet und Gleich- und Wechselstrom zu erklären. Heute denke ich, daß er seine Themensprünge schon zwei Tage vorher geplant hatte, aber damals fanden wir es nur chaotisch und deshalb immer spannend. Und solche technischen Sachen – wie die mit dem Strom – machte Maurer viele mit uns. Er zeigte uns auch, wie man einen Kassettenrekorder repariert oder am Fahrrad die Dreigangschaltung flickt. Dazu mußten wir natürlich oft mittags ran, das heißt, wer wollte; aber wer wollte nicht wissen, wie man ein altes Radio zu einer Alarmanlage umbaut.

Einmal hatten wir drei Wochen überhaupt keinen Unterricht. Maurer wollte sich nämlich ein bißchen Vieh zulegen und baute dafür einen Stall. Also trafen wir uns jeden Morgen von acht bis zwölf auf seiner Wiese, schippten und sägten, mauerten und verputzten, zogen Balken ein und ziegelten das Dach. Die Eltern standen natürlich kopf, von wegen Kinder ausnutzen und Unterricht vernachlässigen, beschwerten sich gleich schriftlich beim Kultusminister. Maurer ließ uns zu Hause ausrichten, er mache eine Blockphase in Werkunterricht. Dann diktierte er uns ins Merkheft, das Schlimme an den Kindern seien die Eltern, und verlor kein Wort mehr über das Thema. Komischerweise reagierte das Ministerium ziemlich langsam. Maurer schien bei denen so 'ne Art Narrensegen zu besitzen. Als nach vier Wochen ein Schreiben kam, daß externer Blockunterricht genehmigungspflichtig sei, grunzten bei Maurer jedenfalls schon die ersten Schweine im Stall.

»Ja, so habe ich mir das gedacht«, unterbricht mich der Dozent. »Ich war nämlich selbst bei Maurer in der Ausbildung.«

»Wie, Sie waren auch bei Maurer in der Grundschule? Kann doch nicht sein.«

»Nein, auf dem Lehrerseminar, meine ich. Wissen Sie nicht, daß Maurer nach dem Krieg das Lehrerseminar geleitet hat?«

»Was, unser Maurer? Volksschullehrer Maurer? Ich glaube, da verwechseln Sie was.«

»Nein, nein. Maurer war damals noch relativ jung, aber fachlich unbestritten. Er wäre auch am Seminar geblieben, wenn nicht Scherer Kultusminister geworden wäre. Und Scherer setzte gleich seine Schwester auf Maurers Posten. Maurer bot er zum Ausgleich den Direktorenposten an einem Gymnasium. Und wissen Sie, was Maurer geantwortet hat?«

»Was denn?«

Maurer sagte, er wisse, wo er hingehöre. Und er lasse sich nicht kaufen, nicht von einem Kultusminister und nicht mit einem Direktorenposten. Er nahm seinen Hut und fing an einer Hauptschule an. Als Assessor, wie jeder andere auch. Und das mit über vierzig.«

Das habe ich nicht gewußt. Maurer, der auf Lander Willis Beerdigung neben mir stand und mir keine Bücher empfehlen will, der hatte die gesamte Lehrerausbildung unter sich? Daß ich das erst jetzt erfahre und erst von diesem komischen Dozenten mit den roten Socken, mit dem ich jetzt die vierte Runde Mirabell eintrinke!

Als ich heimkomme, bin ich nicht mehr sehr nüchtern.

Spreder Karl sitzt bei den Eltern im Wohnzimmer, hat Mutter zum Geburtstag eine Flasche Likör gebracht. Der Geburtstag ist schon vier Wochen her, aber der Likör ist ausgezeichnet und die Stimmung auch.

Als Mutter in die Küche geht, um ein paar Brote zu schmieren, beugt sich Karl über den Tisch zu meinem Vater.

»Sag, hast du kein Mittel für mich, daß es noch mal so richtig klappt?«

»Das ist schwer«, meint Vater. »Am besten ist noch Alkohol.«

»Was Alkohol? Das soll helfen?«

»Klar«, meint Vater und schenkt ihm noch einen ein. »Dann denkst du nicht mehr so oft dran.«

Mutter bringt die Brote, ich trinke auch noch drei Gläschen und lege mich in der Hoffnung auf baldige Wirkung ins Bett.

Neben der Universitätsbibliothek hat ein Supermarkt aufgemacht. Die Backsteinwände sind noch nicht verputzt, und an der Seite steht ein Container mit Bauschutt.

Ich bin eben auf dem Weg zum Seminar, als ein Typ mit Bart knapp neben der Eingangstür gegen das Schaufenster läuft. Ich bin schon am Lachen, da fällt mir sein weißer Stock auf. Mit der linken Hand reibt er sich die Stirn, in der rechten hält er den Stock und tastet sich an dem Fenster in die falsche Richtung.

Ich gehe zu ihm, nehme ihn am Arm, frage, ob ich helfen kann. Er will in die Imbißstube, sagt er. Ich schiebe ihn durch die Eingangstür, der Imbißstand ist gleich rechts. Ein paar Leute sind vor uns; ich stelle den Bärtigen an einen der runden Stehtische, frage, was er will. Beim Anstehen schaue ich ein paarmal nach hinten. Er steht sehr steif, eine Hand hat er zur Orientierung auf die Tischkante gelegt. Es ist Mittagszeit und viel Betrieb; er steht öfters im Weg, aber die Leute zwängen sich lieber an der Wand durch, als daß sie ihn um Platz bitten.

Als ich an der Reihe bin, gibt es keine halben Hähnchen mehr. Ich gehe zurück und frage, ob er sonst was will.

»Nein, dann nichts«, meint er. Aber vielleicht hätte ich einige Minuten Zeit, dann könne er sich im Supermarkt ein paar Sachen holen. Ich hake ihn wieder unter, lenke ihn durch eine Drehschranke zu den Regalreihen. Ich nehme Buttermilch und Streichkäse für ihn, er will die Sachen selber tragen. An der Brottheke müssen wir warten. Dann schaut die Verkäuferin mich an.

»Bitteschön?«

Ich hole Luft – »ein Kilo Mischbrot bitte«, sagt der Bärtige –, und ich atme leise wieder aus. Das Brot klemme ich ihm unter den Arm, dann stellen wir uns an der Kasse an.

Von einem Stand mit Sonderangeboten schaut eine blonde Verkäuferin zu uns herüber. Ich schaue zurück, sie weicht nicht aus. Ich frage den Bärtigen, was er studiert, schaue dabei zu dem blonden Mädchen, das herschaut zu mir.

Dann sind wir dran. Der Bärtige fühlt einen Geldschein aus seiner Brieftasche, reicht ihn Richtung Kasse, hält die leere Hand auf fürs Wechselgeld. Ich packe ihm Milch, Brot und Streichkäse in eine Tüte, drücke sie ihm in die Hand. Beim Rausgehen drehe ich mich noch einmal um, sehe die Blonde aber nicht mehr.

Auf dem Weg zum Studentenheim frage ich ihn, wo er herkommt. An der Zimmertür lädt er mich auf einen Tee. Ich sage, daß ich ins Seminar muß, sei sowieso schon zu spät.

»Vielleicht sehen wir uns sonst noch mal«, sagt er und gibt mir die Hand.

»Ja, ich bin jetzt öfters im Supermarkt«, sage ich, rufe tschüß und springe das Treppenhaus hinunter.

»War vielleicht schon mal jemand von Ihnen in Prag?« fragt das Schlitzohr aus der Linguistik gleich im zweiten Satz. Wir sprechen eben die Begriffe aus dem Test durch und sind bei Prager Schule.

Zwei Mädchen melden sich. Mit den Jugendstädtefahrten seien sie mal dort gewesen. Unser Rat wird noch etwas aufrechter hinter seinem Pult, scheint nicht zufrieden.

»Wie, und von den Herren noch niemand?« fragt er.

Ich strecke den Finger, stehe auf, als er mir zunickt.

»Ich war auch schon mal dort. Mit meinen Eltern. Aber ich war erst vier und kann mich nicht mehr so richtig erinnern. Aber mein Vater hat damals sehr schöne Dias gemacht, wenn ich die mal mitbringen soll?«

»Ja, schon gut«, winkt er ab. Es sei auch nicht so wichtig. Dann geht er zu Behaviorismus über.

Das Mädchen rechts schaut erst mich, dann ihre Freundin an, setzt sich den Füllfederhalter an die Stirn und dreht ihn hin und her.

Ich drehe mich nach hinten, nicke zur anderen, mit der ich letztlich *Genesis* hörte, und denke, daß ich manchmal doch sehr überzeugend sein kann.

Der Lebensmittelladen in der Bleichgasse hat dichtgemacht. Es gingen auch kaum noch Leute hin. Ein paar Schulkinder, die sich ihre Drops kauften, und ein paar Alte, die mit der Besitzerin großgeworden sind.

Großmutter hat auch dazugehört. Wenn wir als Kinder sagten, im Supermarkt sei alles zwanzig Pfennig billiger, winkte sie nur ab und sagte, die Frau müsse auch leben.

Abends gehe ich zu ihr ans Grab und erzähle, daß die Alte jetzt zugemacht hat. Dann gebe ich auch zu, daß ich oft, wenn sie mich in die Bleichgasse schickte, in den Supermarkt ging und vom Restgeld Eis kaufte.

Zuerst sitzt sie nur da und sagt mal wieder gar nichts. Dann nickt sie und lacht und gibt mir zwei Mark, weil ich so ehrlich war. Das mit dem Laden in der Bleichgasse hat sie kommen sehen. Und das mit mir, sagt sie, das hat sie immer gewußt.

Neustett hat heute einen Landstreicher mitgebracht. Die Polizei hat ihn in einem Park aufgegriffen. Er war völlig abgemagert, konnte kaum noch gehen. In die Psychiatrie brachten sie ihn, weil er sich weigerte, irgendwelche Nahrung zu sich zu nehmen.

So steht er jetzt auch da, lang und dürr vor dem Auditorium. Er will sich nicht hinsetzen, also stellt Neustett seine Fragen im Stehen.

Der Landstreicher antwortet sehr ruhig, erklärt, daß seine Mutter ihn als kleines Kind vergiften wollte. Seither ekelt er sich vor jedem Essen. Vor allem bei frischen Sachen muß er sich meistens übergeben. Am ehesten behält er noch Abfall bei sich.

Jetzt in der Klinik geht es besser, meint er. Mit einem Sozialarbeiter fährt er morgens auf den Markt zum Einkaufen, und anschließend darf er sich in der Küche sein Essen selber kochen. Ansonsten spielt er den ganzen Tag mit einem anderen Patienten Schach. Das beruhige ihn, meint er. Aus der Klinik will er bald raus, damit er vor dem Winter noch nach Südfrankreich kommt.

Wenn das so weitergeht, fahre ich mit nach Südfrankreich. Für das Proseminar in Textanalyse müssen wir Referate schreiben, und der Dozent meinte, zuerst müßten wir natürlich die Sekundärliteratur sichten.

Also sichte ich, hänge in den Bibliotheksgängen und wühle mich durch die Regale. Langsam glaube ich, diese Germanisten haben in ihrer Jugend alle zuviel Fußball gespielt. Jedenfalls werden sie jetzt dieses Motto, dabeisein ist alles, nicht mehr los. Daß die Kerle auch nicht sterben können, ohne ihre Eigentore schwarz auf weiß irgendwo gesichert zu wissen! Dabei sieht man es ihnen an, ob sie die Dinger mit dem Kopf oder mit dem Hintern gemacht haben. Und so wie es aussieht, waren das lauter kleine Gerd Müllers.

Denn Sitzfleisch haben sie gehabt, das ist nicht zu übersehen. Was die alles gelesen haben! Ja, diese Nachkriegsgeneration, kann einfach nichts stehen lassen! Da wird gesammelt, gekürzt, gelängt und geschüttelt, Deckel vorne, Preisschild hinten und ab mit der Post den Studenten ins Genick!

Menschenskind, keiner hat was zu sagen und braucht dazu dreihundertneunundvierzig und eine halbe Seite. Da möchte mir sogar als Nichtraucher die brennende Zigarette in die Akten fallen.

»Hast du mal 'ne Zigarette?« flüchte ich mich zu der *Genesis*-Bekannten ins Café.

»Ich denke, du rauchst nicht«, sagt sie.

»Bei besonderen Anlässen schon«, sage ich.

Sie beugt sich vor, stupst mir an die Nase.

»Ehrlich? Bei welchen denn?«

»Wenn ich mich langweile«, sage ich, »oder wenn ich in schlechter Gesellschaft bin. Also gib schon her!«

Daß die Leute so wenig Humor haben! Meine Genesina war tatsächlich beleidigt.

Und ihre Freundin, die ich gestern nach dem Informatikerball zu einer Kanne Nicaraguakakao einladen wollte, meinte nur, sie hätte einen Freund. Ich sagte zwar, das sei nicht schlimm und ihre Freunde seien auch meine Freunde, aber das stimmte sie auch nicht revolutionsfreudiger.

Gustav hat schon recht. Manchen ist einfach nicht zu helfen. Mir zum Beispiel. Mir ist nur mehrfach zu helfen, wenn überhaupt. Da steppe ich hier zu Harrys Golden Oldie-Hochzeit und meine, ich müßte alle Bräute entführen. Und morgen früh zurückgeben, versteht sich. Und dafür ist mir kein Ausverkauf zu schade.

Vorhin zum Beispiel, da stand ich hier neben der Roten aus der Einführung in die Logik. Wir unterhielten uns gut, wie man so sagt, wurden auch schon ernster, und ich schaute ihr bereits öfters mal diesen kleinen Moment zu lange in die Augen.

Dann beugte ich mich vor, sagte leise einen besonders guten Satz, sah nur sie dabei an und wußte doch genau, daß ihre hübschere Freundin nebenan jedes Wort mithört und daß ich es im Grunde nur für sie sagte.

»Ich kenne welche, ihr letztes Hemd würden die dafür hergeben«, hat Spreder Karl beim Friseur gesagt.

Jetzt trinkt er Schnaps. Und ich rücke rasch ein Stück rüber, weil die Rote aufs Klo und ihre Freundin endlich alleine ist.

Denn wie hat Gustav aus Frankfurt geschrieben?

»Was haben die Menschen getan, als es hieß, die Welt ginge unter? Sie haben nicht gelesen, und sie haben nicht geschrieben. Einige haben gebetet. Die meisten haben gesoffen, gefressen, gehurt. Also Prost Mahlzeit, Ihr Endzeitdichter und Longdrinkdenker!«

Zwei Stunden liegt Benedikts Vater jetzt mit Schwamm und Schampon über seinem 323 i. Im Autoradio läuft Verkehrsfunk. Eben hat er abgespritzt und geledert, jetzt kniet er mit Weichlappen und einer Tube Politurcreme vor der Stoßstange. Ich stelle mich dazu.

»Ah, unser Student. Was macht die Schule?«

Die Teerspritzer gehen leicht ab, er scheint gut aufgelegt.

»Och, man faulenzt sich so durch«, sage ich.

Er rutscht in der Hocke einen Schritt weiter, ich folge im Stehen.

»Der Benedikt scheint ja ganz begeistert von den neuen Videospielen«, sage ich.

»Ja, ja«, sagt er, »da habe ich dem Jungen eine Mordsfreude gemacht. Aber ehrlich gesagt, ich spiele auch selbst gerne. Fünfzig Spiele, bis du die alle mal durchhast!«

»Finden Sie nicht, daß der Junge vielleicht ein bißchen viel vor dem Kasten sitzt. Geht ja kaum noch raus.«

»Ja und?« Er rutscht wieder weiter, ich bleibe stehen.

»Ich meine, er braucht doch auch Bewegung, frische Luft, und so.«

»Ach was«, sagt er, »hat er doch. Schicke ihn doch zweimal die Woche zum Turnen.«

»Aber er wird doch auch ganz passiv, den ganzen Tag vor der Scheibe.«

Benis Vater schaut kurz hoch, dann drückt er einen neuen Streifen Politur auf den Lappen.

»Passiv?« sagt er. »Quatsch. Wenn es ihm doch Spaß macht.«

»Er geht auch gar nicht mehr mit seinen Kameraden zum Spielen«, sage ich.

Jetzt ist er mit der vorderen Stoßstange fertig, steht auf und geht nach hinten.

»Ist doch Blödsinn, was du da sagst«, meint er. »Schau mal rein mittags! Zu fünft und sechst sitzen sie da, machen ein Spiel nach dem anderen.«

»Ja, auf dem Video«, sage ich und folge.

Er dreht sich um, wir bleiben beide stehen.

»Na und?« sagt er. »Sollen sie vielleicht wieder auf Baustellen rumturnen wie letztes Jahr und sich die Knochen aufhauen?«

»Immer noch besser als vor der Glotze zu verblöden.«

Jetzt ist er sauer, kommt einen Schritt auf mich zu, hebt die Hand mit der Politurcreme, deutet mit ihr auf meine Brust.

»Hör mal zu, Junge«, sagt er. »Du bildest dir vielleicht was ein, weil du Schule gemacht hast und jetzt studieren darfst. Aber merk dir eins. Du hast dir bis heute noch keinen Wurstweck selber verdient. Du kriegst dein Bafög oder sonst was von solchen Blöden wie mir, die von morgens bis abends in der Werkshalle stehen. Seit ich fünfzehn bin, steh ich jeden Tag an der Maschine, und ich brauche mir von solchen wie dir nicht sagen zu lassen, wie ich meine Kinder erziehe. Wir waren acht zu Hause und hatten nicht die Butter fürs Brot. Meine Kinder sollen es da besser haben, du kannst deinen ja wieder Gras zu fressen geben. Aber ihr seid ja noch zu fein, welche in die Welt zu setzen. Nur rummaulen, das könnt ihr. Und jetzt troll dich und gib das Geld von deinem Vater aus!«

Ich troll mich, und abends geb ich wieder das Geld von meinem Vater aus.

Aber er hat nicht recht, nein, wir maulen nicht nur rum. Ich zum Beispiel. Kaum hatte ich den Führerschein, bekam ich viermal die Woche Mamas Auto. Aber keinen Meter bin ich gefahren, bevor auf dem Heck nicht die Anti-Waldsterbe-Plakette geklebt hat. Und das Energiesparer-Button gleich darunter. Ist das konsequent oder nicht?

Oder Atze, der eben neben mir steht und ab dem vierten Pils immer auf die Theke haut und sagt, daß wir uns von denen die Luft nicht länger versauen lassen. Wenn ich den höre und sehe, wie entschlossen der dazu an seiner Kippe zieht, dann weiß ich, auf den Mann ist Verlaß.

Nein, er hat nicht recht. Wir sind streng mit uns. Wir schränken uns ein. Wir schränken uns sogar ganz erheblich ein. Was die Leistung angeht, da sind wir echt bescheiden. Und deshalb haben wir doch auch ein Recht, wenigstens beim Konsum kräftig mitzumischen, oder vielleicht nicht?

»He, Kalle, haste noch 'n Bier? Mir ist heut so nach Elend.«

Neustett erzählt, daß der Landstreicher heute morgen entlassen wurde und inzwischen Richtung Frankreich unterwegs sei. Einer der Studenten hat ihn die Woche besucht und ihm ein Reiseschach geschenkt. Der Landstreicher wußte nicht, wie der Student hieß, aber Neustett soll sich in seinem Namen noch mal recht herzlich bedanken.

Ein paar Reihen applaudieren mit Pultklopfen, dann führt der Professor eine endogene Depression in den Saal.

»Existentiell anregend« nennt er mein Referat über die Kleistgeschichte. Aber die formalen Aspekte hätte ich vollkommen vernachlässigt. Und darum gehe es eben bei einem Seminar über Textanalyse.

»Betrachten Sie etwa die typischen Raumvorstellungen!« sagt er. »Der Autor beschreibt zunächst die Weite der Landschaft, konzentriert den Blick dann auf das Schloß, sodann auf ein bestimmtes Zimmer, schließlich auf einen Winkel in diesem Zimmer und die dort befindliche Person. Korrespondierend zu dieser Konzentration, dieser Fokussierung, wie man sagen könnte, endet die Geschichte mit einer erneuten Öffnung des Blickwinkels, sozusagen einer Totalisierung der Raumvorstellung. Und eben dieses Spiel mit den Räumen macht das Typische der Geschichte aus.«

Ich muß doch nachfragen.

»Was meinen Sie, ging Kleist für *Minolta* oder für *Canon* an den Start?«

Er lacht und nickt mir zu.

»Ausgezeichnet, Sie merken, worum es geht. Der Vergleich mit der modernen Photographie ist genau das, worauf ich hinauswollte. Was Kleist mit der sich verändernden Raumvorstellung beschreibt, ist exakt das, was Sie heute mit einem Zoom nachvollziehen können. – Und wenn Sie jetzt ihren Blick einmal auf die Zeitvorstellung richten und diese mit der Raumvorstellung vergleichen, ...«

»... dann merken wir, daß im Grunde Kleists neue Digitaluhr die Feder geführt hat.«

Jetzt wird er doch sauer.

»Sie finden das alles wohl sehr lächerlich«, fragt er.

»Alles nicht«, sage ich. »Die Geschichte ist gut. Was wir daraus machen, finde ich eher traurig.«

»Bevor Sie zu weinen anfangen ... Sie sind ein freier Mensch.«

Er weist mit seiner Goldschnittausgabe Richtung Tür.

»Ich darf also zusammenfassen!«

Mensa sana macht corpore sano tröste ich mich nicht ganz fallgerecht, gehe zum Essen und treffe vor dem Café ein Mädchen in lila Latzhosen.

»Tach«, sage ich, »gibst du mir auch so ein Flugblatt?«

»Nein«, sagt sie, »ist nur für Frauen.«

»Wieso denn das?« frage ich.

»Ganz einfach«, sagt sie. »Wir wollen ausprobieren, was geschieht, wenn wir uns von den Männern endgültig lossagen.«

Sagenhaft, denk ich und gehe schon weiter. Dann komme ich noch mal zurück.

»Du«, sage ich, »ist doch klar, was dann geschieht.«

»Was denn, du Schlauberger?«

»Na, aussterben tut ihr.«

Dann geht sie weg und gibt mir alle Flugblätter flatternd um die Ohren.

Mist! Viertel nach neun, schon wieder zwei Stunden ohne mich hell. Ich springe in die Kleider, laufe ins Bad, spritze mir Wasser ins Gesicht, bin noch immer nicht wach. Einseifen, Rasieren, Abwaschen, Cremen, immer dasselbe, jeden Morgen.

Gut, daß beim Frühstück niemand stört. Mit jeder Brötchenhälfte kaue ich mich durch eine neue Seite in der Zeitung, bin froh, wenn nichts drinsteht, was ich lesen muß.

Die letzte Tasse geht wie immer mit aufs Zimmer. Dort sitze ich und sammle Material fürs Referat. Wenn es mit Kleist nichts wird, dann wenigstens mit dieser Philosophie der Sprache. Mit viel Wille und dem Bleistift im Mund schaffe ich fünf Seiten in dem Buch von gestern.

Wo der Inhalt fehlt, scheinen die Begriffe ranzumüssen, und da blasen sie sich ganz schön auf, die Burschen. Und ich sacke Satz für Satz zusammen und werde das Gefühl nicht los, daß ich meine Zeit vertue. Ich versuche es mit einem anderen Buch und einer zweiten Tasse Kaffee, schluckt sich auch nicht besser.

Jeden Morgen ist es derselbe Krampf, bis ich etwas gefunden habe, womit ich die Zeit rumkriege. Jeden Tag muß ich es mir erschleichen, das gute Gewissen. Noch keinen Wurstweck selbst verdient, hat er gesagt. Und deshalb sitze ich hier und lese und schreibe und laufe in Vorlesungen und werde doch das Gefühl nicht los, daß es immer das Falsche ist und nie reicht, nicht zum Wurstweck und nicht mal zu einer Gurke.

Und was mir die Tage nicht geben, das suche ich in den Nächten. Gestern nahm mich sogar noch mal eine mit. Die Freundin der Freundin von der Genesina. Wir brauchten nicht mal Kassette, nur hinterher war es schrecklich still.

Es ist immer dasselbe. Wo ich dieses komische Leben nicht finde, da flüchte ich zu den Frauen. Aber langsam glaube ich, daß Bettgeschichten nur das Einschlafen erleichtern. An diesen tieferen Hunger, da rühren sie keinen Deut, auch nicht, wenn die Neue zum Frühstück Vollkorn serviert.

Abends treffe ich vorm Kino den kleinen Friedhelm. Ein paar Jahre waren wir in derselben Klasse. Zwerg nannten wir ihn, weil er immer der Kleinste war. Dafür war er allerdings in Filmfragen der Größte, kannte alle Stars mit Namen und Geburtstag. Vorm Abitur hieß es sogar, er würde demnächst bei *Alles oder Nichts* mitmachen. Nachher wurde aber doch nichts draus.

Viel größer ist er nicht mehr geworden, einsfünfundvierzig wird er haben. Wie er da steht vor dem Kino, den Hals reckt und sich die Namen auf den Plakaten abschreibt, sieht schon komisch aus.

»Hallo Friedhelm! Warst du schon oder gehst du erst?«

»Hallo! War schon. Toller Film, könnte von mir sein.«

Wir geben uns die Hand, reden ein bißchen, dann fängt es an zu regnen. Friedhelm schlägt vor, in eine Kneipe zu gehen. Gleich nebenan ist die Kinoklause, das ist am nächsten.

Friedhelm geht vor, ich hinterher. Ein paar Leute sehen ihn, grinsen, stoßen ihren Nachbarn mit dem Ellbogen. Neben der Theke ist noch ein Tisch frei, Friedhelm bittet ein paar Typen, uns durchzulassen. Sie machen gleich Platz, nur einer legt Friedhelm kurz die Hand auf den Kopf und fragt, ob er ihn nicht auf die Lampe heben soll, damit er auch was sieht. Die Kameraden biegen sich vor Lachen, ein paar Tische schauen her, dann sitzen wir endlich.

Friedhelm erzählt, daß er zur Zeit eine Ausbildung bei der Post macht. Lieber würde er natürlich zu irgendeiner Zeitung, Filmkritiker, das war immer sein Wunsch. Er hat sich auch schon bei allen möglichen Blättern als Volontär beworben. Dreimal haben sie ihn immerhin zu einem Vorstellungsgespräch geladen, aber nachher wollten Sie ihn doch nicht. Irgendwann werde es schon klappen, meint er und streckt seinen zu kurzen Oberkörper, um zwei Mädchen zuzunicken. Die eine nickt zurück, und Friedhelm deutet ihr, daß hier noch Plätze frei sind. Die zwei schauen sich eine Weile um, dann setzen sie sich zu uns.

Kolleginnen von der Arbeit, erklärt Friedhelm und fängt gleich an zu erzählen. Von dem neusten Wendersfilm, den Querelen mit dem Verlag und dann vor allem von den Dreharbeiten zu Hustons *Unter dem Vulkan*.

Die Girls sind ziemlich chic und auf Wochenende geschminkt, scheinen sich für Kinogeschichten weniger zu interessieren. Jedenfalls lächeln sie gequält, ziehen an ihren Marlboros und schauen an

Friedhelm vorbei zu den Typen am Tresen. Friedhelm erzählt eben von dem Artikel, den Wondratschek über Huston im Stern geschrieben hat, da stößt die Glattblonde die Braungelockte an und deutet mit dem Kopf zur Theke, wo eben zwei Plätze frei werden. »Tschüß Friedhelm« höre ich noch, dann schnappen sie Kippen, Coke und Silbertäschchen und tippeln nach vorne.

Friedhelm schaut ihnen nach, bis er sie nicht mehr sehen kann, dann dreht er sich wieder zu mir und kürzt seine Geschichte ab.

»Was löscht den Durst, die Verpackung oder ihr Inhalt, der blauweiße Maßkrug oder das schäumende Bier darin? Wohl muß man das Gefäß beachten, da ohne es das Naß zerrinnt und nicht mehr greifbar ist. Aber den Eimer vor dem Wasser verehren, nur weil man ihn besser tragen, besser drehen und wenden und ins Regal stellen kann, das ist doch den Teller auf dem Schnitzel serviert.

Seien Sie mir nicht böse, aber Porzellan macht mich nicht satt. Beste Grüße.«

Zum zweiten Advent an den Golddruckbesitzer aus dem Kleistseminar.

Vorne sitzt Herr Jochum, groß, dunkel, zweiunddreißig Jahre, anfallshäufiger Epileptiker. Er wohnt und arbeitet in einer Behindertenwerkstatt. Für 180 Mark im Monat sortiert er täglich acht Stunden Schneckenhäuser. Die großen in den Korb rechts, die kleinen links, die zerbrochenen in den Korb in der Mitte. Wenn er gut arbeitet, kommt er manchmal sogar auf zweihundert Mark.

Die Arbeit sei nicht schlecht, meint er, nur in der Freizeit sei es langweilig, weil die meisten anderen nach Hause fahren. Im Heim ist dann nichts mehr los, und die ganze Zeit fernsehen mag er auch nicht. Er geht dann viel spazieren, hat dabei auch mal ein Mädchen kennengelernt. Er sagte, er sei technischer Zeichner, und traf sich fast jeden Tag mit ihr. Als er sie besser kannte, erzählte er, wo er wirklich arbeitet. Nachher hat er sie nicht mehr gesehen.

Jetzt hat er eine Anzahlung auf einen Photoapparat gemacht, und wenn er gut spart, hat er das Geld bis zum Frühjahr zusammen. Dann kann er nach der Arbeit photographieren, meint er, und hätte nicht mehr diese Langeweile.

Nein, unzufrieden sei er nicht. Sicher, er hätte in letzter Zeit wieder öfters Anfälle, aber es könnte viel schlimmer sein. Er könnte ja auch blind oder gelähmt sein.

Beim letzten Satz prustet mein Vordermann in die vorgehaltene Hand. Zusammen mit seinem Nachbarn sitzt er über das Pult gebeugt und liest Kalenderwitze. Jetzt könnte man die beiden sehr schön mit den Köpfen auf die Bank knallen. Ich tippe dem Lacher auf die Schulter, drücke ihm ein Fünfmarkstück in die Hand und sage, er soll sich nächsten Mittwoch besser mit einem Asterix aufs Klo setzen.

Er schaut sehr ungläubig seinen Nebenmann an, dann wieder mich, dann wieder seinen Nebenmann, fährt sich schließlich mit der Hand vor der Stirn hin und her. Sein Nachbar klickt sein Lederköfferchen auf, zieht einen silbernen Kugelschreiber aus einer Gummihalterung, schaut mich an und schnipst dann mit dem Stift das Geldstück vom Pult auf den Boden.

Dann ist es Viertel vor drei, Herr Jochum ist noch nicht draußen, die ersten ziehen ihre Mäntel an.

Nachher gehen die beiden Kalenderlacher auf dem Gang dicht hinter mir. Der eine sagt laut, so daß ich es hören muß:

»Du, seit wann sitzen die Patienten eigentlich im Auditorium und nicht mehr vorne auf ihrem Idiotenstuhl?«

Ich drehe mich um, setze ihm eine satte Gerade in sein Grinsen. Der andere springt einen Schritt zurück, ich streife ihn nur noch mit halber Kraft am Auge. Bevor ich nachsetzen kann, haben mich zwei Krankenpfleger untergehakt.

Das blaue Auge hilft seinem Freund aus dem Kleiderständer und kreischt etwas von verrückt und Polizei und Verklagen. Der andere sagt gar nichts, hält sich seine stark blutende Lippe.

Zeitungslesend sitze ich in der Küche am Tisch. Mutter sitzt stumm gegenüber. Vater geht auf und ab. Ich blättere vom Sport zu den Todesanzeigen.

»Was hast du dir überhaupt dabei gedacht?« fragt er. »Du weißt doch, was die Zahnärzte für Jacketkronen verlangen? Und Schmerzensgeld will der bestimmt auch noch. Dabei hab ich es dir oft genug gesagt. Nicht auf die Zähne, habe ich dir gesagt, das wird teuer. Aufs Kinn, wenn du ihn flachlegen willst, und aufs Auge, wenn man es lange sehen soll. Habe ich dir das gesagt oder nicht?«

Dann bleibt er stehen, legt mir die Hand auf die Schulter, was ich nicht gut haben kann.

»Immerhin«, sagt er, »gut getroffen hast du. Ein bißchen was hast du anscheinend doch von deinem Vater mitbekommen.«

Dann schmunzelt er und schaut zu Mutter, die das nicht lustig findet.

Ich hatte mir das anders vorgestellt. Ich dachte an Leute mit eigenen Gesichtern und dem Mut, auch mal was falsch zu machen. Die hatten etwas von Aufbruch und Neugier und besserer Welt. Die lachten und fluchten, pfiffen durch die Zähne oder schlugen mit der Faust auf den Tisch. Die sagten ja und nein und weiß nicht, aber es ging sie alles an.

Und jetzt schaue ich mich um und bekomme nur freundliche Gesichter um die Ohren geschlagen. Sie sind so nett und brav und gutgelaunt, da fehlt das Lachen im Mark und die Wut im Blut. Die Typen gefallen sich im Reden und halten Fremdwörter schon für originell. Und die Mädchen lächeln, machen sich schön und sind froh, wenn sie mit einem Arm in Arm übers Gelände laufen können.

Im Winter zur Hütten, im Sommer zum Surf, dazwischen zweimal die Woche aufs Fest: Studieren ist schön, aber im Fernsehen war's irgendwie besser.

Da ist was dran!
Kein schöner Fest
als nach dem Gelingen.
Fast täglich feiern wir vor.
Was muß das ein Gelingen werden!

Gestern zum Beispiel,
oder war es vorgestern?
Jedenfalls,
war echt gut drauf.
Hab sie mir
zurechtgesoffen, die Stimmung
und die Frauen.
Hab mich dann leergesprochen

und bloßgelacht,
mich selbst auf links getanzt.
Jetzt lieg ich kleiderlos und such
die Hintertür zu mir.
War nicht sehr echt, doch
echt gut drauf,
hab keinen Kater, doch
fast schon ein Gedicht.

Zehn Uhr am Abend. Ich mache mir in der Küche eine Tasse Kaffee, nachher will ich noch lesen. Während das Wasser aufkocht, stehe ich mit einer Scheibe Brot am Fenster.

Drunten lehnt ein Mädchen am Schaufenster der Drogerie. Einen Fuß gegen die Scheibe gestellt, schaut sie den wenigen Autos nach, raucht in langsamen und tiefen Zügen. Ihr dicker Wollpullover geht bis zu den Oberschenkeln, die Ärmel hat sie zu den Ellbogen hochgeschoben. Unter dem Pullover sieht man ein Stück von ihren Hosen. Sie sind rot und hören in den Waden schon wieder auf. An den Füßen trägt sie gelbe Socken und nicht mehr ganz weiße Turnschuhe.

Ein Moped kommt in Schräglage durch die Kurve und bremst vor ihr ab. Sie wirft die Kippe aufs Pflaster, zieht die Ärmel nach unten, küßt den Fahrer durchs offene Visier. Dann schwingt sie sich auf den Sozius, legt beide Arme um ihn. Er gibt Gas, ist schon im zweiten Gang, als sie mit den Füßen, ohne hinzuschauen, die Fußrasten nach unten klappt.

Ich kaue hinterm Vorhang mein Brot, lege den Kopf ans Fenster und schaue ihnen nach. So bin ich vor drei Jahren mit Marie durch die Nächte gefahren. Ich hatte eine fünfziger Herkules, ihr Vater ein Wochenendhaus und Marie den zweiten Schlüssel. Wir sind ziemlich oft rausgefahren. Es war jedes Mal wieder das erste Mal. Und wenn wir nachts durch kalte Luft wieder heimfuhren, schob sie die Hände unter meine Jacke und wühlte sich durch Hemd und Pulli bis auf den Bauch. Ich fuhr dann oft absichtlich langsam. Sie hatte weiche Hände, und sie wurden nach ein paar Minuten immer ganz warm. Ich spürte sie noch, wenn ich nachher schon lange allein in meinem Bett lag.

Das ist jetzt drei Jahre her, und weil ich damals durchfiel, mußte ich das Moped verkaufen. Aber was ist schon ein Moped und ein Schuljahr, das man wiederholen muß!

Heute hab ich Abitur und Mutters Auto und für mein Alter schon ziemlich viele Mädchen gehabt. Aber so wie damals ist es nie wieder gewesen. Die Hände hinterher, auf meinem Bauch, die fehlten einfach.

Neustett hat mir die Adresse der Behindertenwerkstatt gegeben. Abends fahre ich hin. Der Hof steht voll mit Paletten und Schneckenkästen, überall liegt ein unangenehmer fauliger Geruch.

Herrn Jochum finde ich im Aufenthaltsraum über einem Kreuzworträtsel. Ich erkläre ihm, daß ich Medizinstudent bin und neulich in der Vorlesung war. Wir hätten im Semester gesammelt und für einen Photoapparat zusammengelegt.

Dann ziehe ich eine Canon, zwei Wechselobjektive und eine Gebrauchsanweisung aus der Nylontüte, schiebe sie neben sein Kreuzworträtsel. Er schaut den Apparat an, dann mich, verzieht das Gesicht. Er wolle das nicht, sagt er und lehnt sich mit verschränkten Armen zurück.

»Aber warum denn nicht?« sage ich. »Sie wollten doch gerne fotografieren. Und wir dachten, wir machen Ihnen eine Freude.«

Er zieht den Mund in die Breite, schaut hoch zu mir.

»Wissen Sie, ich spare auf eine Minox«, sagt er. »Die kostet mit Selbstauslöser 256 Mark. Fünfzig Mark habe ich schon, und wenn ich nicht krank werde, kommen jeden Monat vierzig dazu. Ich habe mir ausgerechnet, daß ich im April das Geld zusammenhabe. Dann hole ich den Apparat. Ich freue mich auch schon. Und wenn es der Chef nicht sieht, arbeite ich die Pausen durch, weil mit der Zusatzprämie kann ich die Minox schon im März holen. Und jetzt kommen Sie und legen mir von einer auf die andere Woche so einen Apparat auf den Tisch. Mit den Objektiven kostet der über tausend Mark. Wissen Sie, das kann doch nicht stimmen. Ich arbeite doch auch acht Stunden am Tag.«

Dann steht er auf, wirft sein Kreuzworträtsel in den Papierkorb und geht weg.

Ich packe Photo, Objektive und Gebrauchsanweisung wieder ein und gehe nach draußen. Die Schneckenkästen stinken, daß man kaum atmen kann. Am Tor schlage ich die Nylontüte mit einem langen Schwung gegen die Mauer. Dann fahre ich über die Autobahn nach Hause, werde die nassen Augen nicht los.

Vielleicht sollte ich zum Theater, so wie mir alles zur Schauspielerei gerät.
Ich sitze neben einem Mädchen im Hörsaal, die Vorlesung hat noch nicht begonnen. Ich rede und frage und höre zu, beobachte mich, wie ich rede und frage und zuhöre, beobachte mich, wie ich mich beim Reden und Fragen und Zuhören beobachte. Ich weiß, was ich tun muß, um ihr zu gefallen, ich weiß, daß ich das weiß, und ich weiß, daß ich es nicht wissen will. Dauernd steht einer neben mir, flüstert mir zu, wie ich mich zu verhalten habe, ein Dritter beobachtet beide und schüttelt über alle vier den Kopf.
Nur ich selbst wollte ich sein und stelle doch immer nur mich selber dar. Ehrlich und einfach wollte ich sein und bin doch immer mindestens zu dritt. Nur bewußt leben ist wirklich leben, dachte ich, jetzt denke ich nur noch. Ich vergesse mich nie. Und dermaßen bewußtgeworden verliere ich jede Natürlichkeit. Und alles wird ärmer, blasser, weniger wahr.

Die Verhandlung war kaum der Rede wert. Kein Eintrag ins Strafregister, lediglich drei Arbeitswochenenden bei einer gemeinnützigen Einrichtung. Und natürlich die vollen Kosten für die Jacketkronen samt Schmerzensgeld.
Vater war ganz der alte. Nach dem Schiedsspruch meldete er sich und sagte, er würde freiwillig noch tausend Mark drauflegen, wenn man dem jungen Kollegen mit den neuen Zähnen vielleicht auch ein bißchen Hirn einpflanzen könnte.
Schade ist nur, daß ich als Nichtmediziner jetzt nicht mehr zu den Vorlesungen darf.

Zur Neujahrsfete im *Rainfall* sind sie alle gekommen. Gustav mit neuen Sprüchen, Friedhelm mit Absätzen, Vera ohne BH und Steffi immer noch braun vom Sommer. Sogar Genesina und die Freundin, die 'nen Freund hat, lehnen bei Coke und Kippen an der Theke. Bis zwölf geht alles gut, dann stehen wir im Regen auf der Straße, drükken uns viel Glück auf die Lippen.
Ich teile den letzten Rest vom Sekt mit Steffi. Sie stellt die Flasche in

ein Fenster, zieht mich weg und sagt, die ersten Schritte müsse man immer selber tun. Arm in Arm laufen wir die Gasse hinunter zum Marktplatz. Dort bleibt sie stehen, legt die Arme um meinen Hals und fragt, ob ich endlich die Geschichte wüßte, die sie hören wollte.

Ja, sage ich und erzähle von der schlanken Leuchtrakete, die Angst vorm Fliegen hatte und sich in einen kleinen Kanonenschlag mit Platzangst verliebte. Ich schildere eben, wie die beiden sich zu Silvester in einem Sektkübel verstecken, als Steffi zu weinen anfängt.

Ich sei ein Idiot, sagt sie, und täte ihr weh. Und ob ich nicht merke, daß sie die ganzen Märchen satt habe und endlich was Ehrliches hören wolle.

Ich weiß wieder mal nichts zu sagen und beiße auf meiner Unterlippe herum. Steffi wischt sich mit ihrem Schal übers Gesicht, dann stößt sie mich weg und läuft über den Marktplatz davon. Ich rufe ihr nach, sie dreht sich nicht mehr um. Ich stehe noch eine Zeitlang im Regen und denke, daß ich ein Idiot bin. Dann gehe ich zum *Rainfall* zurück.

Dort ist es jetzt noch voller. Gustav lehnt mit Genesina in der Ecke, Friedhelm raucht und betrachtet Vera von hinten.

Ich zwänge mich zur Theke und hänge mich an Genesinas Freundin, die jetzt anscheinend keinen Freund mehr hat, und nach einer halben Stunde auch ohne Kakao mitkommt und – Gott sei Dank – auch zeitig wieder geht, damit ich einschlafen und vergessen und nie mehr aufwachen kann, außer dem einen Mal, wo ich aufs Klo gehe und mich übergebe und *forever young* schreie, bevor ich mir zum letzten Mal das Kissen ins Gesicht drücke und an dem Feuerwerk ersticke, das niemals anfängt.

Achtung, fertig, nichts!

Der erste Tag im neuen Jahr. Jetzt bin ich ein Fünfteljahrhundert und kann sie trotzdem nicht seinlassen, die guten Vorsätze. Heute morgen im Bett habe ich sie aufgeschrieben, und da ich noch nicht ganz nüchtern war, ist mir irgendein Schlagerrhythmus von gestern reingerutscht, den ich jetzt auch nach dem Duschen nicht mehr rauskriege. Sei's drum, mein Wort zum Montag:

Einmal sich keinmal
die Haare glattstreichen,
sich nicht kümmern um das Hemd,
das hinten aus der Hose hängt,
gerade gehen ohne Gang
und Theken bestehen ohne Stand.
Gesichter haben
und nicht mehr machen,
auf dem Klo
in keine Spiegel lachen,
den Kopf nicht drehen,
um eine von hinten zu sehen.
Tanzen ohne zu betanzen
und reden ohne radzuschlagen,
strahlen noch mit hundert Falten
und fragen ohne Bettvorgabe.
Einfach sein
ohne zu wirken
und wirken,
weil man das
nicht will,
noch braucht,
und zeillos dichten
ohne Reim,
fein!

Gustav, der gute, hat mich aus meiner Neujahrspoesie erlöst. Er
meinte zwar auch, daß Jahreswechsel schlimm sei, aber Wechseljah-
re, fand er, seien noch viel schlimmer.
Also stehen wir wieder an irgendeiner Theke und reden über die
Betten, die die Welt bedeuten. Ich sage, daß ich allmählich Angst
habe, meine beste Zeit zu verrocken, Gustav versucht mich mit der
These zu trösten, daß niemand etwas Großes schafft, der nicht vorher an den Frauen gescheitert ist. Ich frage, wie er das meint, Gustav
stellt sein Weizenbier ab und hält sich in Pistolenform den Zeigefinger unters Kinn. Ich verstehe, setze mir die Faust auf die Nase und
drehe, was bedeutet, daß ich mich eher erwürgen lasse, als von dem,
was er mir jetzt sagt, etwas zu verraten.

»Also paß auf!« erklärt er. »An den Frauen führt schlechterdings kein Weg vorbei. Wir brauchen sie einfach als Katalysatoren für unsere ungenutzten Elemente. Das Ungenügen, das sie bei uns hinterlassen, ist nämlich genau der Funke, den unser Feuer braucht, um etwas Großes zu schmieden.«

»Wie?« Ich streiche mir die Haare hinters Ohr, als hätte er zu leise geredet.

»Ich merke schon«, sagt er, »ich muß dir ein Beispiel machen. Schau dir diesen Kolumbus an! Der hat doch auch nur Segel gesetzt, weil er merkte, daß es bei den Frauen Amerika nicht zu entdecken gibt. Andererseits wäre er ohne die Frauen überhaupt nie auf die Idee gekommen, daß hinter dem Meer etwas sein könnte. Frauen sind also nie das Kreuzfahrerziel, aber immer der Ausgangshafen. Sie sind nie wirklich neue Welt, aber immer doch ihre Verheißung. Wir brauchen sie, weil sie uns die Illusion, den Hauch von Anderland geben. Nur finden, finden müssen wir dieses Land, oder was es sein soll, immer woanders.«

Gustav klappt den Zeigefinger ein und steckt ihn in die Tasche.

»Siehst du, Junge, das ist der ganze Trick bei der Sache«, sagt er. »Wir brauchen uns nur noch eine Zeitlang im Hafen rumzutreiben, Anderland zu hauchen, und schon geht unser Schifflein ganz allein auf große Fahrt. Und so, wie wir uns vorbereiten, glaub mir, das wird eine ganz andere Scholle als diese Flaschenpost Amerika!«

Das ist das Schöne an Gustav, daß er einem immer wieder Mut macht. Wir seien schon weit gekommen, meinte er. Wir wüßten jetzt, daß der Versuch mit der Stelle, wo es für einen Mann am wärmsten ist, nicht falsch, aber zu kurz war. Die Frauen seien für Atlantikfahrer eben nicht das Tor, auch nicht das Tor zum Tor, sondern das Tor zum Meer zum Tor. Und dieses Wissen, strahlte er, das sei doch schon die halbe Route.

Jetzt ist er schon wieder zwei Tage in Frankfurt, und ich stehe seit acht Uhr im Vorgarten des Städtischen Altenheims. Drei Stunden röchele ich die Beete, als mich vom Weg aus einer anspricht.

»So was, Doktors Jüngster! Wie kommen wir denn hierher?«

Ich drehe mich um, da steht der kleine Alte mit Hut und grauem Anzug. Auch die Einkaufstasche fehlt wieder nicht. Ich gehe zu Spreder Karl auf den Weg, gebe ihm die Hand.

»Ja was machen wir denn unter den Gärtnern? Mußt du mir erklären!«

Er kennt die Geschichte, da bin ich sicher, gerade er.

»Ach«, sage ich, »das mache ich nur so am Wochenende, als Ausgleich sozusagen.«

»Aha«, meint er, »So ein bißchen Taschengeld verdienen, was?«

»So ungefähr.«

»Redlich, Junge, redlich. Ich darf doch du sagen, hört uns ja keiner.«

Ich nicke.

»Ich war gerade oben beim Polatzke«, sagt er, »habe ihm ein bißchen Munition gebracht, Wacholder, eigene Züchtung. Der arme Kerl geht hier in dem Bau noch vor die Hunde, so eintönig ist das. Du weißt ja, die lieben Kinderchen. Ein Leben lang halten sie die Hand auf, und wenn man sie nachher mal bräuchte, schieben sie einen ab. Sechs Stück hat der Polatzke, hat sich weiß Gott nichts gegönnt, um sie großzuziehen; und jetzt will ihn keiner haben.«

Spreder Karl schaut sich um, holt seinen Flachmann aus der Jacke, schraubt ihn auf und hält ihn mir hin.

»Los, trink mal, selbstgebrannt und schwarz dazu, das heizt von innen.«

Ich nehme einen Zug.

»Schweres Kaliber«, hauche ich anerkennend und gebe die Flasche zurück.

»Glaubst du, Spreder Karl läuft mit Himbeerwasser rum? Eine Freude muß der Mensch doch haben.«

Er wischt mit der Hand über den kleinen Flaschenhals, setzt selbst einen Schluck an, steckt die Flasche wieder weg.

»Nee, nee, Junge, da oben kriegen die mich nicht rein«, sagt er. »Ich hab mich nicht ganz ausgezogen, bin ja nicht blöd. Mein Junge hat jetzt geheiratet, weißt du ja. Ich hab ihm ein Grundstück gegeben, und wenn er nächstes Jahr anfängt zu bauen, leg ich noch nen Hunderter drauf. Ist doch was, oder? Aber ganz austun tu ich mich nicht. Das Mietshaus auf der Siedlung und meine Bude, die behalte ich. Die kriegt derjenige, der mich später mal versorgt, egal, wer es ist. Und für meine Frau habe ich 30 000 auf die Seite gelegt, falls ich vorher in der Kiste liege. Und hab zu ihr gesagt, die behältst du für dich, wehe, du gibst sie her. Dann komme ich aus dem Loch und erzähle dir was anderes. Nein Junge, uns geht es nicht wie dem Polatzke da oben. Dafür sorgt Karlchen schon. Eher haue ich meinem Jungen selbst die Birne ein, wenn er mit so was kommt. – Aber ich muß ab, diese Busse, warten keinen Meter. Da, trink noch einen!«

Wir trinken beide noch einen Schluck. Dann gibt er mir die Hand, zieht mich runter.

»Und daß ich dich hier gesehen habe, bleibt natürlich unter uns«, sagt er. »Und daß du dem Weißkittel auf die Nase geschlagen hast, ich sage nur, recht so, ganz der Vater. Also Junge, halt die Innung in Ehren, und schönen Gruß zu Hause!«

»Ja danke«, sage ich und schau ihm noch nach, wie er am Zebrastreifen steht und den Kopf schüttelt, weil die Autos nicht anhalten.

Oh, Kantus delictus, ich halte es nicht mehr aus. Urteile a priori, Aussagen vor jeder sinnlichen Erfahrung, da denke ich immer an Maria und das Kind. Ob die vielleicht nicht doch?

Obwohl, wenn ich meinen Blick durch diese Zeilen schleppe, nehm ich es ihnen fast ab. Viel sinnliche Sonne hat denen nicht aufs Haupt geschienen. Ich sehe sie richtig vor mir, wie sie da sitzen in ihren verhangenen Stuben, eingebunkert zwischen Büchern und sich eine Welt aus den Stirnfalten zaubern. Der reine Geist, das Denken an sich, das hat so was von gar nichts und schlägt mir immer auf den Magen.

Ob die Kerle nicht auch mal Lust auf eine Hammelkeule, ein Bundesligaspiel oder ein Mädchen mit blonden Zöpfen gehabt haben? Hätten sie doch nur! Ich glaube, spätestens das Mädchen hätte ihnen ihren reinen Geist ausgetrieben. Und vielleicht hätten sie dann statt tausend Seiten apriorischer Philosophie sechs oder sieben aposteriorische Liebeslieder geschrieben. Die hätten mir dann Spaß gemacht.

Aber über diese Phantasietöter kann ich mir kein Referat antun. Ich finde nur sinnlich Sinn. Und wollte doch immer mehr sein als zwei rechte Winkel hinter einem Schreibtisch.

Noch nachts laufe ich zu Großmutter und erzähle ihr alles. Sie findet auch, ich solle aufhören, und zum neuen Jahr, meint sie, sei es grad ein guter Anfang.

Beim Frühstück erzähle ich es den Eltern. Vater ist richtig erlöst.

»Na also«, sagt er, »dann machst du jetzt Medizin. Irgendwo bekommen wir einen Platz her, und sei es im Ausland.«

»Ausland ist gut«, sage ich, »aber Medizin zieht mich nicht.«

»Aber irgendwas mußt du doch machen«. Er wirft sein Brötchen auf den Teller. »Wir leben ja auch nicht ewig.«

»Vater, ich habe keine Ahnung, was ich will. Deshalb mache ich erst mal Pause. Ich werde bis zum Sommer arbeiten und dann ein bißchen reisen. Vielleicht wird mir dabei einiges klarer.«

Er nimmt sein Brötchen wieder auf, beschmiert es mit Butter.

»Reisen! In der Welt rumfahren! Du wirst noch alt in deinem ewigen Dich-selber-Suchen.«

»Kann schon sein«, sage ich, »aber ich glaube, die anderen werden schneller alt.«

Mutter sagt nichts, schaut mich nur lange an, als wollte sie sich mein Gesicht einprägen.

Was ist jetzt geworden aus meinem Zauberhut voll Zukunft? Ich wollte soviel lernen, soviel ausprobieren und sitze jetzt da und schaue diesem Januar beim Regnen zu.

Studieren kann ich nicht, lesen kann ich nicht und nichts tun noch viel weniger. Ich spüle Geschirr, bastle im Keller, wasche das Auto und kehre die Straße. Ich fahre in die Bücherei, leihe mir zwei Armvoll Bücher, beginne jedes, lege jedes wieder weg. Ich renne durch den Wald, wate durchs Kneippbecken, schwitze und atme, doch wenn das Duschen vorbei ist, sitze ich wieder am Fenster.

Kein halbes Jahr, da wollte ich die Welt noch aus den Angeln heben, und jetzt werden mir beim Kaffeekochen die Arme schon schwer. Ich laufe einfach leer, ich werde am Tag nicht wach und nachts nicht müde, wovon auch!

Fünf Uhr ist es am Morgen. Ich liege im Bett und kann nicht mehr schlafen. Mein Magen tut weh und verdaut sich selbst. Unter den Armen und zwischen den Beinen bin ich feucht von kaltem Schweiß. Ich stehe auf und ziehe mich an, dieselben Kleider wie gestern, wie vorgestern, wie letzte Woche.

Ich gehe hinaus, es regnet nicht mehr. Ich laufe zum Friedhof, gehe nicht hinein, quere nach rechts zum Sportplatz, laufe über die Braschen.

Die Seite hier, das war mein Revier. Rechtsaußen war ich und nicht mal schlecht, bis mir eines der Löcher hier den Fuß verdrehte. Glatter Bänderriß, sechs Wochen lag ich im Gips. Und nachher kamen Marie und das Moped, und ich vergaß, wieder anzufangen. Dabei wollte ich einer der Großen werden, zumindest hier in der Gegend. Das ist jetzt auch vorbei. Demnächst werde ich einundzwanzig, fünf Jahre, die holt man nicht mehr nach.

Ich stelle mich ins Tor und schaue nach oben. Früher konnte ich mit dem Kopf bis knapp unter die Latte springen. Na ja, vielleicht gibt es doch Wichtigeres, aber ganz sicher bin ich nicht mehr.

Ich ducke mich unter der Barriere hindurch, laufe weiter nach hinten, wo die Wiesen beginnen. Der Feldweg ist ganz tief und naß, die Schuhe saugen sich beim Gehen fest. Diesen Weg bin ich nach dem

Training immer nach Hause gelaufen, oft barfuß, wenn es warm war. Ich hab die Fußballschuhe über die Schulter gehängt, Gras und Sand zwischen den Zehen gespürt und von später geträumt.

Jetzt ist später. Die Wiese ist kürzer geworden, und die Bäume sind nicht mehr so hoch. Im Sommer werden hier wieder viele Schmetterlinge sein, mit sehr unterschiedlichen Farben. Ich werde dann schon nicht mehr dasein. Und im Herbst werden die Falter erfrieren oder von Kinderhänden aufgespannt hinter Glas überwintern.

Überm Wald wird es hell. Schon wieder ein Tag, und ich bin gleich zu Hause.

Man kann das beste Frühstück nicht endlos ausdehnen. Irgendwann muß man aufhören. Eine Tasse Kaffee schaffe ich noch, dann gehe ich hinunter in mein Zimmer. Ich stelle Musik an, setze mich aufs Bett und blättere im Zeitmagazin. Manchmal kann man was ausschneiden.

Ein Mercedes in der Wüste, ein Computer im Schnee, eine Rolex im Urwald. Bei der Henkell-Trocken-Anzeige mache ich halt.

Zwei blonde Frauen in weißen Kleidern vor einem lichtüberfluteten Fenster. Sie sind braun und schlank und lachen, und jede hält ein Glas Sekt in der Hand.

Ein paar Seiten später eine Schwarzweißanzeige von *terre des hommes*. Drei Kinder an einem Webstuhl. Im Begleittext heißt es: »Neunjährige Teppichknüpfer in Indien. Ihr Lohn: eine Mahlzeit am Tag. Ihre Zukunft: durch Wollflusen zerstörte Lungen, nachlassende Sehfähigkeit, geistige Verkümmerung durch jahrelange monotone Arbeit. Die Teppiche sind für den Export nach Deutschland bestimmt.«

Ich blättere weiter und denke, daß auf solchen Teppichen dann solche Frauen bei Sekt und ihren jüngsten Affären stehen.

Dann schlage ich das Heft zu, mache mir mit der Schere die Fingernägel sauber und hätte Lust, so eine Affäre zu werden.

Das war heilsam, das reicht mal wieder für einige Zeit. Jetzt habe ich auch nichts mehr zu verkaufen außer einem Mund voll Ekel, und den will keiner haben.

Christiane hieß sie und ist eine der beiden Kolleginnen von Friedhelm. In der Kinoklause habe ich sie getroffen. Ihre Freundin schmuste mit dem Typ, der Friedhelm letztlich die Hand auf den Kopf legte. Sie stand ein bißchen überflüssig herum, und das war meine Chance. Ich meine, sie sieht nicht besonders aus, und was sie redet, macht mir lange Ohren, aber wenn Not am Mann ist, läßt mir die Qual halt keine Wahl.

Dabei war es gräßlich, wie wir im Auto rumhampelten. Sie machte ihre blöden Witze über Friedhelm und ob bei dem alles so klein sei. Zum Glück war sie irgendwann ruhig, und wir brachten es hinter uns. Das heißt, sie brauchte ein bißchen lang, und ich mußte mir einiges einfallen lassen. Ich habe ihr den Gefallen getan, man ist ja nicht mehr fünfzehn.

Nur nachher war es mir so schlecht, daß ich es gerade noch aus dem Auto schaffte. Zu ihr sagte ich, ich hätte an der Bude eine schlechte Wurst gegessen. Und so wie die mich nachher fragte, ob wir uns jetzt öfters sehen, denke ich fast, sie hat es mir abgenommen.

Nur jetzt ist mir ein bißchen elend, wo ich hier im Bett liege und merke, daß ich auf der Strecke geblieben bin. Irgendwann habe ich mich verloren, bin mir fremd geworden in anderleuts Betten. Ich weiß, was man tun muß, um gut zu sein, aber langsam habe ich es doch sehr satt, mein Lieben nach Maß.

Ich denke an früher, an die Zeiten, als ich so fünfzehn war und keine Ahnung hatte von nichts, aber Hände und Mund und das Lachen, alles selbst zu entdecken.

Durch welches Bett geht jetzt der Weg zurück?

Wenn es wenigstens kalt wäre, daß man friert und es einem die Haut zusammenzieht! Aber diese lauen Tage machen einen nur noch weicher und zarter. Es stimmt, je weniger eine Hand verrichtet, um so empfindlicher wird sie, und je weniger wir nach außen tun, desto mehr tut sich in uns.

Ich habe richtig Angst, daß mein Kopf bald platzt, weil er so groß wird. Meine Strichmännchen sehen auch schon entsprechend aus. Mein Körper wird ganz klein und dünn und nicht nur das, er wird mir auch vollkommen fremd.

Meine Hände zum Beispiel. Manchmal erschrecke ich richtig, wenn sie sich bewegen. Sie kommen auf mich zu wie die Hände eines andern, oder vielmehr die Hände von überhaupt niemandem. Die

Finger, die Haut, alles ist wie tot, ist wie ein Gegenstand. Und mit dem Rest ist es auch nicht anders.

Ich stehe vor dem Spiegel, bewege die Schultern, den Arm, kann gar nicht glauben, daß ich das bin. Immer muß ich es mir erst einreden, es schlußfolgern, alles geht über Begriff und Rede, alles ist nur mittelbar.

Vorhin war ich auf der Wiese, habe Grasbüschel ausgerissen und alte Beeren gekaut, es hilft nichts. Vielleicht sollte ich mir mit einem Messer ins Fleisch schneiden, tief, damit es stark blutet und lange weh tut. Vielleicht, daß man dann wach wird.

Abends laufe ich zum Friedhof. Endlich regnet es. Ich stehe am Grab, berühre den Stein, schmecke die Erde, fühle die Tropfen auf meinem Gesicht.

Ich stehe hier und doch auch woanders, ich bin ein Mensch und bin's doch nicht, ich spiele Leben, spiele Auf-der-Welt-Sein, aber im Grunde bin ich doch ein Betrüger und Versteller, ein Scharlatan. Mein Fleisch und Blut, das ist in Wirklichkeit nur Versehen, nur Irrtum, nur Laune.

Ich merke, wie meine Haare naß werden, wie mir das Wasser in den Kragen läuft und dann den Rücken hinunter. Aber sind das meine Haare? Ist das mein Rücken? Ist das meine Haut?

Früher hatte ich mal Angst vorm Sterben. Das ist jetzt anders. Ich habe mit beidem nichts zu tun.

Ich ziehe meine Jacke aus, den Pullover, das Hemd. Es wundert mich, wie einfach das ist. Ich muß fast lachen, daß ich Beine habe und gehen kann, daß ich tatsächlich zu dem Haus komme, zu dem ich will, daß es eine Tür gibt und ich einen Schlüssel habe, der paßt, daß es Zimmer gibt, die ich kenne, und einen Schalter mit Licht. Ich kann mir nicht helfen, ich muß mich hinlegen auf diesen Teppich im Flur, muß mich zu einer Röhre rollen, mich an der Wand aufstellen, muß umfallen und endlos, endlos lachen.

Vater findet das nicht witzig, als er mich morgens auf dem Flur findet. Immerhin hilft er mir beim Ausrollen und fragt, ob ich Probleme hätte.

Ja, sage ich, mein Problem sei, daß mir einfach nichts zu jenem würde.

Das versteht er nicht, hängt sich aber gleich ans Telefon und sagt, ich soll mich mit dem Duschen beeilen, damit wir zusammen frühstücken können. Beim Frühstück legt er mir dann einen Zettel hin: Hafner, sechs Uhr, Lohnsteuerkarte, zwölf Mark.

»Morgen?« frage ich.

»Morgen«, sagt er, trinkt seinen Kaffee aus und geht.

Ich betrachte mir noch mal den Zettel. Zwölf Mark, das ist nicht schlecht.

Komisch auch, da laufe ich schon zwei Wochen »hätten Sie nicht, nein, danke, Wiedersehen« von Personalbüro zu Personalbüro und komme nicht mal auf eine Warteliste, und Daddy hängt sich eben mal kurz zwischen Butter und Brötchen ans Telefon und besorgt mir den Zwölfmarkjob für den nächsten Tag.

Was hat der nur, was ich nicht hab?

HAFNER PRÄZISION heißt der Laden und produziert Getriebeteile für Automotoren. Ich fange mit Frühschicht an, arbeite also von sechs bis vierzehn Uhr. Kurz vor sechs bin ich beim Meister und stelle mich vor. Der Meister nickt und schickt mich zum Einrichter, der Einrichter nickt und schickt mich zum Kollegen, der Kollege heißt Lui und läßt mich erst mal warten. Nach zehn Minuten kommt er und schiebt mich an eine Maschine.

»Student und noch nie an NC gearbeitet, stimmt's?«

»Stimmt«, sage ich.

Lui hat einen Vollbart und sieht mit seinem karierten Hemd und den breiten Galliern so aus, als wolle er jeden Moment nach Oberammergau abreisen.

Eine Zeitlang mustert er mich, dann zieht er die Nase hoch und erklärt mir meine Arbeit. Ich muß das Werkstück einspannen, auf *Cycle Start* drücken, warten, bis die Maschine gebohrt hat, das Stück wieder ausspannen und mit einer Druckluftpistole von Spänen säubern. Dann muß ich ein neues Stück einspannen und während das läuft, das vorige messen und in einen Kasten setzen. Die Maschine läuft 72 Sekunden, das Abblasen dauert fünf Sekunden, bleiben also noch über sechzig zum Messen und in den Kasten setzen.

»Wer das nicht schafft, ist 'ne Oma«, meint Lui. Dann schiebt er die Daumen unter die Gallier und streckt die Zeigefinger.

»Und merk dir, wenn du ein Teil schief einspannst, dann haut es den Stahl kaputt. Und so ein Stahl kostet über hundert Mark. Und ich hab 'nen halben Tag Arbeit. Also reiß dich zusammen!«

Ich reiße mich zusammen und lege los. Ich spanne ein Teil ein, drücke auf *Cycle Start,* die Maschine läuft, ich nehme das vorige Stück, blase es sauber, messe Höhe und Bohrung, setze es in den Kasten, die Maschine läuft immer noch, bleibt tatsächlich Zeit zum Umschauen.

An der Maschine links ein Mann mit Igelschnitt, etwa Mitte Fünfzig, mittelgroß, kräftig, Narbe vom linken Ohr bis fast zum Mund. Grünes Licht auf der Kontrollampe, also ausspannen, neues Teil einspannen, Start drücken, altes Teil abblasen, dann messen, in den Kasten setzen, umschauen.

Hinter einem riesigen Schubkarren ein Alter, wahrscheinlich kurz vor der Rente. Weiter vorne ein dickes Mädchen mit rotem Krauskopf, ganz vorne ein Kerl im grünen Overall.

Grün, Teil raus, neues rein, Start, blasen, messen, setzen, umschauen. Einrichter Lui geht durch die Schwenktür zur anderen Halle. Der Igelschnitt mit der Backennarbe pfeift durch die Zähne, dann kommt er zu mir.

»Ferienarbeiter, was? ... Und wie lange? ... Was machst denn sonst?« Grün, Teil raus, neues rein, starten, blasen, messen, setzen, aufschauen.

»Lerne Lehrer.«

»Lehrer«, meint er, »auch keine besonderen Aussichten.«

Er kratzt sich seine Narbe, dann zeigt er auf den Alten, der eben wieder seinen Karren vorbeischiebt.

»Das ist unser Johann, heißt so und ist so, macht hier die Späne weg.«

Grün, raus, rein, weiter komm ich nicht, da mir das Narbengesicht die Hand auf den Arm legt.

»Mach man langsam!« sagt er. »Weißt du, wenn unser Lui nicht da ist, muß man immer ein bißchen bremsen.«

Dann dreht er sich zu Johann.

»Heh, Johann, komm mal her!«

Johann, Pfeife im Mund, schwarzer Kunstlederhut über der Glatze, knallt den Schubkarren hin, kommt mit langen, nach vorne fallenden Schritten, strahlt mit schönen, falschen Zähnen.

»Unser Neuer da, Hannes, will mal Lehrer werden.«

Johann mustert mich, hört nicht auf zu nicken. Dann nimmt er die Pfeife aus dem Mund, legt den Kopf auf die Seite und beugt sich vor.

»Sieht nicht gut aus«, sagt er. »Letzte Woche war's in der Bildzeitung. Ganzer Haufen ohne Arbeit. Was Paul?«

Die Narbe, Paul heißt sie also: »Tja, was willste machen, mit dem Fernsehen gibt's auch immer weniger Kinder.«

Dann wieder Johann:

»Wie alt seid Ihr denn? ... Verheiratet? ... Richtig, erst mal Geld verdient. Sag ich meinem Jungen auch immer.«

Dabei nickt er, daß der ganze Oberkörper mitgeht. Paul macht einen langen Pfiff, den er in *La Paloma* übergehen läßt, ist in zwei Schritten wieder an seiner Maschine. Johann steckt seine Pfeife in den Mund, nimmt einen leeren Eimer und schüttet ihn über seinem Schubkarren aus. Ich drücke schnell auf *Cycle Start* und bin eben am Messen, als Lui an die Maschine kommt.

»Klappt's?«

»Klappt.«

Um zehn Uhr ist eine Viertelstunde Pause. Hinten in der Ecke ist ein Tisch und ein Kühlschrank, dort setze ich mich zu andern. Der Typ im grünen Overall kennt mich vom Sehen, Robert heißt er. »Weißt du schon, wie lange du bleibst?« fragt er.

Johann kommt mir zuvor.

»Bis zwei denke ich, wie alle anderen auch«, grinst er und vergißt zu nicken.

»Hab ich eine Null gewählt, daß du dich meldest?« sagt Robert und schießt einen Bierdeckel in Johanns Richtung.

Das dicke Mädchen blättert joghurtlöffelnd in einem Videomagazin, hört aber alles mit. Dann kommt Lui und setzt sich zu uns.

»Klappt's?«

»Klappt.«

Spannen, drücken, blasen, messen, setzen, das geht heute am zweiten Tag schon fast von alleine. Ich brauche kaum mehr hinzuschauen, pfeife zu Pauls *La Paloma* schon heimlich die zweite Stimme, nicke Johann beim Spänefahren hinterher und beobachte, wie das dicke Mädchen fast jeden aufhält, der an ihrer Maschine vorbei will. Sogar Einrichter Lui scheint mir sein kurzes »Klappt's« nicht mehr ganz so skeptisch in die Pausen zu brüllen.

Ich balanciere eben den Mikrometer auf der Zeigefingerspitze und überlege, ob ich mir morgen nicht was zu Lesen mitnehmen soll, da knallt die Maschine, als wäre ihr Auspuff explodiert. Ich drücke sofort auf *Not-Aus* und schaue zu Paul. Der pfeift wie ein Tiefflieger und geht hüftwackelnd einen halben Meter in die Knie, ansonsten dreht er sich nicht mal um. Dafür ist Lui sofort zur Stelle, schiebt mich weg und reißt die Schutztür auf. Im Futter hängt ein zerkratztes Werkstück, im Bohrer ein halber Stahl, die andere Hälfte liegt unten im Spänekasten.

»Scheiße«, flucht Lui. »Studenten! Immer dasselbe! Noch zu blöd, 'nen Knopf zu drücken.«

Er fährt den Bohrer von Hand zurück, beugt sich in die Maschine.

»Auch noch der Vierundzwanziger. Weißt du, was das heißt?«

Er schaut mich an, als hätte ich ihm seine Gallier durchgeschnitten.

»Neu anfahren, heißt das. Und grad heute wollte ich mal pünktlich nach Hause.«

Während Lui neu anfährt, oder wie man das nennt, wenn jemand einen Computer neu einstellen muß, darf ich Johann beim LKW-Beladen helfen. Johann hievt die Kästen mit dem Stapler hoch, ich rücke sie zurecht. Alle halbe Stunde machen wir eine kleine Pause, wenn Johann sich die Pfeife neu stopfen muß. Da jetzt gerade wieder Pause ist, setze ich mich auf ein paar Kästen und verschnaufe, während Johann am Stapler seine Pfeife ausklopft.

»Du, Johann«, sage ich, »das ist aber auch nicht gesund, das viele Rauchen.«

»Ach was«, meint er. »Mir macht das nichts. Ich rauche schon fünfunddreißig Jahre, da gewöhnst du dich dran.«

Ich mache meine Arme lang und schüttele sie, das Kästenrücken strengt doch an.

»Sag, hast du eigentlich Auswurf morgens?« frage ich.

»Ja, Gott sei Dank«, sagt er. »Morgens huste ich ganz schön. Aber ich weiß ja, solange man Auswurf hat, ist es nicht schlimm. Erst wenn mal nichts mehr kommt, dann wird es gefährlich.«

Ich mache auch die Waden noch ein bißchen locker.

»Wo hast du denn das aufgeschnappt, Johann? Also Auswurf ist immer ein schlechtes Zeichen. Am besten hört man dann ganz auf.«

Johann hat seine Pfeife gestopft und zum Brennen gebracht, jetzt drückt er mit dem Daumen nach.

»Ach was«, schmunzelt er, »was man euch in der Schule erzählt. Ich kann dir sagen, ich hab ein Buch von Luis Trenker, da ist ein Bild von dem drin, mit achtzig auf dem Matterhorn und 'ne Kippe zwischen den Zähnen. Mit achtzig, ganz oben, und raucht. Und jetzt kommst du!«

Johann wirft die Elektrokarre an.

»Und überhaupt, warum hat der Herrgott den Tabak gemacht, wenn wir nicht rauchen sollen?« sagt er noch und hebt seine Pfeife zum Zeichen, daß es weitergeht.

Das dicke Mädchen heißt Susanne und ist die einzige von der Frühschicht, die ich noch nicht kenne. Ich grüße zwar immer laut und höflich, wenn ich auf dem Weg zum Klo an ihrer Maschine vorbei muß, aber außer einem Kopfnicken, das im Grunde nicht mehr als ein längerer Wimpernschlag ist, kommt von ihr nichts.

Robert hat mir schon gesagt, daß Susanne nicht irgendwer ist, sondern so eine Art Umschlagplatz für alle Halbwahrheiten. Was hier an Hörensagen rein- und rauskommt, das geht über Susanne oder über niemanden. Man müsse sich gut mit ihr halten, sagt er, weil man von ihr die Dinge schon erfährt, bevor sie passiert sind. Allerdings müsse man sich ihre Gunst erst erwerben, was aber nicht schwer sei. Man brauche ihr nur irgend etwas Ausgefallenes zu erzählen, sie zu bitten, es nicht weiterzusagen, und schon gehört man dazu.

Ich bedanke mich bei Robert und gehe aufs Klo. Auf dem Rückweg fällt mir im Flur der Getränkeautomat auf. Ein Becher Kaffee für sechzig Pfennig, das ist meine Chance. Ich nehme ein Markstück aus meiner Tasche, gehe zu Susanne, grüße und frage, ob sie wechseln kann. Susanne lehnt an ihrer Maschine, bläst sich mit der Druckluft ein bißchen Wind ins Gesicht.

»Was willst du, Kaffee, Kakao oder Suppe?« fragt sie und zieht eine Geldbörse aus ihrer Einkaufstasche.

»Kaffee«, sage ich.

»Kakao ist besser«, meint sie und sucht ein paar Zehner zusammen. In dem kleinen Fenster ihres Geldbeutels hat sie ein Paßbild von sich im Bikini am Strand und eins von Humphrey Bogart.

»*Casablanca*, stimmt's?« frage ich.

»Nein, Mallorca«, sagt sie, klappt den Geldbeutel zu, nimmt mein Markstück und gibt mir die Zehner.

»Ich meine das andere«, sage ich, »das Schwarzweiße.«

»Ja, das ist *Casablanca*«, nickt sie und setzt sich die Haare wieder unter Druckluft.

»War immer meine Traumrolle«, sage ich, schaue ins Leere und schütte die Zehner abwechselnd von einer Hand in die andere.

»Wie Traumrolle?« fragt sie, »beim Schülertheater oder was?«

Ich schaue weiter an ihr vorbei auf eine Werkbank, lasse die Zehner langsamer fallen.

»Nein«, sage ich leise, »war schon ernst gemeint, wollte wirklich mal zum Film.«

»Als Kabelträger oder wie?«

Ich schaue sie kurz an, stecke die Münzen weg und gehe auf den Flur zum Getränkeautomaten. Als ich mit einem Becher Kaffee zurückkomme, ruft Susanne mich zu sich. Ich habe nichts gehört und gehe weiter, sie ruft nochmal, ich bleibe stehen, überlege, drehe mich langsam um, gehe dann zu ihr.

»Habe ich dich jetzt beleidigt?« fragt sie und legt die Druckluftpistole weg.

»Nein, war mein Fehler«, sage ich, »man soll über so was nicht reden.«

»Wolltest du wirklich zum Film?« fragt sie.

Ich nicke.

»Hab sogar schon mal vorgesprochen. Bei der *Bavaria* in München.«

»Ehrlich?« fragt sie.

»Ehrlich« sage ich.

Sie beugt sich vor.

»Ja und?« fragt sie.

Ich schau nach rechts, nach links, dann Susanne in die Augen.

»Kannst du's für dich behalten? Hört sich nämlich blöd an.«

Sie schließt die Augen. »Hm.«

»Also, ich hab die Schlußszene aus *Casablanca* vorgesprochen, da wo sich Humphrey von der Frau verabschiedet. Die Leute waren so begeistert, daß ich gleich noch die andere Szene drangehängt hab, die wo Humphrey mit dem Polizisten weggeht. Und da hab ich den Fehler gemacht und mir noch ne Zigarette angesteckt. Ich kann nämlich überhaupt nicht rauchen, und ich bekam so einen Hustenanfall, daß ich fast erstickt wäre. Die lachten sich halbtot, und mit der Rolle war's natürlich nichts mehr.«

Susanne bekommt kugelrunde Augen.

»Ist nicht wahr?«

Ich beobachte den Kaffeedampf beim Aufsteigen.

»Hört sich verrückt an«, sage ich, »ich weiß, aber behalt es wenigstens für dich!«

Dann trinke ich den Becher aus, lasse ihn in einen Spänekasten fallen und gehe sehr langsam im Schein des Neonlichts zurück an meine Maschine.

»Hallo Humphrey, willst du nicht 'ne Zigarette?« Robert nimmt mich in den Arm und dreht mich zu Paul.

»Heh, Paule«, ruft er, »weißt du schon, daß unser Lehrer ums Haar in Hollywood gelandet wär?«

»Hab's vernommen«, ruft Paul zurück und grinst in seine Maschine.

Sogar Johann kommt und meint, er müßte mich mit einem »das lernst du auch noch« trösten.

Ich bereue schon, daß ich meine Vergangenheit verraten habe, als Susanne mit dem Handstapler kommt und meint, ich solle ihr beim Materialholen helfen. Und während ich nachher an ihrer Maschine Kästen ablade, steht sie mit Druckluft im Gesicht daneben und weiht mich ein.

Sie erzählt, daß Lui Asthma und der Meister keinen Führerschein mehr hat, daß Robert zwei Jahre arbeitslos und Paul acht Jahre bei der Fremdenlegion war. Sie erzählt sogar, daß sie ab und zu mit Lui in die Disco geht und dafür immer Maschinen mit langer Laufzeit bekommt. Das bräuchte sie nämlich unbedingt, um zwischendurch mal ein bißchen auf Tour zu gehen, wie sie sagt. Weil acht Stunden Knöpfchen drücken, da werde man ja blödsinnig, meint sie und schaut mir sehr genau beim Abladen zu. Überhaupt arbeite sie hier nur so als Übergang. Sie hat sich nämlich bei der Kripo beworben, schon fünfmal. Im Herbst wird es wohl endlich klappen, meint sie.

»Und dann ist nichts mehr hier mit öligen Fingern und verschmierten Hosen. Dann kriegt die Sanne 'nen langen Ledermantel und bringt die Gangster hinter Gitter«, sagt sie und schießt mir mit der Druckluft ein Loch ins Ohr.

»Teile spannen kannst du nicht, aber dafür kannst du bestimmt Englisch, oder?«

Lui schaut mir bei jedem dieser kleinen Planetenräder, die ich ins Futter drücke, auf die Finger.

»Ja, Englisch habe ich in der Schule gehabt«, sage ich.

»Am besten machst du das Futter mit dem Finger sauber«, meint er. »Und was denkst du, wie lange braucht man, bis man dieses Englisch einigermaßen spricht?«

Ich wische das Futter mit dem Finger sauber.

»Das kommt darauf an, wie man sich dahinterklemmt«, sage ich.

»Mit dem Daumen geht's noch besser«, sagt Lui. »Meinst du, ein Jahr genügt?«

Ich nehme den Daumen.

»Auf jeden Fall«, sage ich.

Lui verschwindet, ich lasse die Finger wieder Finger sein und blase das Futter mit Druckluft sauber.

Lui kommt zurück, ich nehme wieder den Daumen. Lui drückt mir einen Zeitungsartikel in die Hand.

»Da, übersetz mal für mich!«

Ich lese den Artikel durch, er ist auf englisch.

»Also«, sage ich. »Da ist eine Ölgesellschaft in Kanada, die sucht Leute, die die Pipelines abfahren und kontrollieren. Wenn irgendwo ein Schaden ist, muß man Bescheid sagen, sonst nichts. Zum Reparieren kommen dann die Ingenieure. Und für so ein Jahr Kontrollieren gibt's 90000 Mark steuerfrei und die Spesen extra.«

Lui nimmt mir den Artikel wieder ab.

»So hat's mein Schwager auch übersetzt«, sagt er. »Aber der meinte, für Englisch bräuchte ich zwei Jahre. Und dann hab ich noch dieses Scheiß Asthma. Na ja.«

Er zieht wieder die Nase hoch. Dann faltet er den Zeitungsausschnitt und steckt ihn zu einigen anderen in den Geldbeutel.

»Ach so, noch was! Wenn du das Futter mit Druckluft gut ausbläst, das reicht auch«, sagt er noch und geht zu Paul, der auch ein bißchen Englisch versteht.

Wer hat die Welt jetzt wieder unter meinen Fuß gestellt?

Abends falle ich wie ein Stein ins Bett, und morgens kann ich es kaum erwarten, durch die kalte Luft in die Firma zu radeln. Ich drücke die Stechuhr, dann zweihundertfünfzigmal den *Cycle-Start*-Knopf, beobachte die andern, balanciere den Mikrometer, hänge meinen Gedanken hinterher und bekomme noch zwölf Mark. Alles ist so unbekannt, so neu, ich fühle mich wie auf Reisen.

Morgens komme ich jetzt immer schon um zehn vor sechs. Wir sitzen dann hinten am Tisch, reden, trinken Kaffee, tauschen Bildzeitungsblätter.

Johann kommt heute morgen mit strahlenden Backen an den Tisch, erzählt, daß er gestern mittag mit Paul noch auf ein paar Bier war.

»Und stellt euch vor«, sagt er, »als ich so gegen zehn heimkomme, ist meine Alte mächtig sauer. Ich bin kaum in der Haustür, da schreit sie mich schon an. Gut, sag ich, du bist böse, also gehe ich wieder. Drehe mich um und laufe nochmal in die Wirtschaft.«

»Das ist noch gar nichts«, mischt sich Paul ein. »Ich habe das anders gemacht. Ich komme nach Hause, steht meine oben auf der Treppe und sagt gar nichts. Ich frage sie, bist du sauer, sagt die tatsächlich nein. Sage ich, doch und du bist sauer, also gehe ich wieder. Hau die Tür zu und bin fort.«

Susanne hat keinen Mann, der zu spät kommt, ist aber auch sauer. Abteilungsleiter Knorr hat nämlich gemerkt, daß sie zwischen den Arbeitsgängen fast vier Minuten Pause hat, und angeordnet, daß sie noch eine zweite Maschine mitbedient. Jetzt pendelt sie zwischen Kupplungsscheiben und Stegwellen hin und her und kann nur noch zweieinhalb Minuten reden.

Als ich mit meinem Neun-Uhr-Becher Kaffee bei ihr vorbeikomme, hält sie mich an.

»Ich würde ja nichts sagen«, meint sie, »aber es ist einfach unge-
recht. Kennst du zum Beispiel die Punkerpetra von der Mittagsschicht?«

Ich blase in meinen Kaffee, schüttle den Kopf.

»Mußt du doch kennen«, sagt sie. »Die mit den vielen Ohrringen
und den Fellen auf den Jeans.«

»Mit der Strähne bis zum Kinn?« frage ich. Der Kaffee ist immer
noch zu heiß.

»Genau die«, sagt sie. »Ich meine, die sieht wirklich gut aus, nur die
Frisur ist halt unmöglich. Jedenfalls, die hat noch keine drei Tage
hier gearbeitet, da kommt unser Knorr, dieser Möchtegernchauvi,
und fragt, ob sie nicht zu ihm aufs Büro will. Für die Arbeit hier sei
sie doch viel zu zart. Nur richtig anziehen müßte sie sich natürlich.
Und dabei hat er sie angeschaut, als läg sie schon unten ohne vor
ihm im Bett. Na, die Petra hat ihn abfahren lassen. Ihr Konfirma-
tionskleid hätte sie schon nach Polen geschickt, hat sie gesagt. Aber
trotzdem. Ich bin schon über zwei Jahre hier, aber auf die Idee, mich
mal zu fragen, kommt der Idiot natürlich nie. Dabei wäre ich doch
ideal für's Telefon oder so.«

Mittags lerne ich diese Punkerpetra kennen. Lui hat die Maschinen
neu verteilt, und Petra löst mich nach der Frühschicht an meiner ab.
Es ist kurz vor zwei, Petra hat ihre ausgebeulte Aktentasche auf die
Werkbank geworfen und kommt jetzt auf mich zu. Die lila Strähne
hängt ihr bis ans Kinn, auf den Jeans trägt sie Tigerfelle, am rechten
Ohr vier Ringe und am linken eine Sicherheitsnadel. Sie schaut erst
mich, dann den Computer an, drückt mit ihren schwarzen Fingernägeln das Zählwerk von 246 auf 217.

»Was soll denn das?« fahre ich sie an.

Sie wirft die Strähne hinters Ohr, wo sie aber nicht hält, sondern
gleich wieder zwischen die Augen zurückpendelt.

»Mensch Ralle«, sagt sie, »mach hier keinen sauren Regen! In ein
paar Tagen hast du's auch geschnallt.«

Dann bricht sie sich von der Schokolade ab, die neben meiner Thermosflasche liegt und geht nach hinten zum Pausentisch.

Während ich den Computer betrachte und überlege, welche Knöpfe
sie eben gedrückt hat, kommt Paul zu mir und gibt mir einen Kaugummi.

»Das ist in Ordnung, was die Petra da gemacht hat«, sagt er. »Merk dir, mehr als 220 sind auf einer Schicht nicht drin, für keinen. Wenn nämlich nur einer mehr macht, verlangen sie's von den andern auch. Kapiert?«

»Kapiert«, nicke ich, nehme den Kaugummi und betrachte immer noch die Knöpfe.

Als ich mit Robert nachher in der Bahnhofswirtschaft sitze, habe ich Bauchschmerzen. Robert meint, man solle einen Kaugummi nie schlucken. Der kann sich verkleben, und ein Bekannter von ihm sei deshalb mal operiert worden.

Ich trinke einen Tee und versuche, nicht mehr daran zu denken. Robert trinkt Bier und einen Schnaps. Er kennt hier fast alle Leute aus der Zeit, als er noch arbeitslos war.

Das erste halbe Jahr, meint er, sei nicht schlecht. Man bekommt alle zwei Wochen sein Geld, ist also immer flüssig. Morgens liegt man bis zwölf im Bett, ißt dann zu Mittag und liest die Zeitung. So um zwei oder drei geht man dann in die Wirtschaft, um sechs wieder heim zum Essen und um acht wieder in die Kneipe, bis sie dicht macht. Eine Zeitlang ist das wirklich gut, meint er, nur auf die Dauer, da wird man entweder blöd oder Alkoholiker.

Jetzt bei Hafner die Arbeit, das sei ja auch nicht eben die Erfüllung, sagt er. Aber man hätte jetzt wenigstens einen Grund, sich zu ärgern, und das sei doch besser als gar nichts.

»Petra heiße ich, und Punk schreibt man mit a. Ich bin aber keiner, sondern ich bin ich, und ich zieh mich halt so an, weil es mir gefällt. Und jetzt du!«

Petra ist schon um halb zwei gekommen, hat mit einem »na also« die 204 auf meinem Computer gelesen, sitzt jetzt neben mir auf der Werkbank und baumelt mit den Beinen.

»Ich heiße Marius«, sage ich, »und Müsli schreibt man ohne h. Ich bin aber keiner, sondern ich bin viele und ziehe mich nur dort aus, wo es mir gefällt.«

»Angeber!«

Petra kaut auf ihrer Strähne, fragt, wie ich hierherkomme. Daß mich's beim Studieren nicht gehalten hat, kann sie gut verstehen, und daß ich im Sommer auf Tour gehe, findet sie »affentittengeil«.

Sie selbst ist siebzehn, Vegetarierin, und hat sich in Berlin um eine Lehrstelle als Modezeichnerin beworben. Wenn alles gutgeht, kann sie im August anfangen. In vier Wochen ist Aufnahmeprüfung. Wenn sie die besteht, will sie für die Truppe einen ganzen Topf Soja-bouletten mitbringen. Nur Knorr, meint sie, der bekäme eine mit richtigem Hackfleisch.

»Denn Schweinefleisch macht Knochen weich«, sagt sie und nimmt sich wieder von meiner Schokolade. »Und beim schönen Knorr«, lacht sie, »hoffentlich nicht nur die Knochen.«

Jeden Tag kommt Petra jetzt ein bißchen eher auf die Schicht. Mit einem »hallo Schwanz« schwingt sie sich auf die Werkbank, ich danke mit einem »hi Futzi«, und viertelstundsweise reden wir über Gottlos und Welt.

Johann kommt vor der Schicht ganz wichtig zu mir, legt mir den Arm um die Schulter und nimmt mich zur Seite.

»Du«, sagt er, »bei uns an der Volksschule, da geht einer in Pension. Geh doch mal hin, vielleicht kriegst du den Posten!«

»Mensch Johann, ich bin doch noch gar nicht fertig mit Studieren. Und außerdem gehen die Stellen alle übers Ministerium.«

»Ach was«, meint Johann, »wenn du drin bist, bist du drin. Braucht doch keiner zu wissen.«

Dann fängt er an zu nicken und tippt mir den Pfeifenstiel auf die Brust.

»Weißt du was! Einem von den Schullehrern da, dem habe ich letzten Sommer die Garage hochgezogen. Den frage ich für dich, der kann mal was tun.«

»Scheiß Asthma«, flucht Lui und schiebt uns auseinander, um zum Waschbecken in der Ecke zu kommen. »Dauernd mußt du Tabletten schlucken.«

Johann kaut auf seiner Pfeife, fängt wieder an zu nicken.

»Ja, das Asthma, Lui«, sagt er, »das muß man mit Rauchen kurieren.«

Lui hat einen Becher mit Wasser gefüllt, schluckt zwei Tabletten, schaut Johann an.

»Hast sie wohl nicht mehr alle.«

»Doch, doch«, meint Johann, »wenn ich es dir sage. Mein Bruder, der hat auch Asthma, der hat es genauso gemacht.«

Lui schüttet den Rest Wasser zurück ins Spülbecken, putzt sich den Mund ab.

»Und wie soll das gehen?« fragt er.

»Ganz einfach«, sagt Johann. »Mein Bruder hat ein halbes Jahr lang voll geraucht und dann auf den Tag aufgehört. Glaubst nicht, wie es dem nachher besser gegangen ist.«

Lui findet die Methode nicht besonders und schickt uns gleich an die Arbeit. Er hat auch wenig Zeit heute, weil ein Neuer anfängt, und Lui meint, er wolle nicht schon wieder wegen so einer linken Hand bis in die Nacht Programm eintippen. Deshalb steht er jetzt schon zwei Stunden mit den Daumen hinter den Galliern und schaut dem Neuen beim Einspannen zu.

Der Neue ist noch ziemlich jung, hat die Haare auf Elvis geföhnt und trägt unter dem blauen Arbeitskittel ein weißes Schälchen. Als Lui ins Meisterbüro gerufen wird, dreht er sich zu mir um.

»Ist der schwul, oder warum steht er mir dauernd im Arsch?« sagt er und knallt die Schutztür zu.

»Das macht er nur den ersten Tag, bis er weiß, daß du's alleine kannst«, sage ich und nehme ihn mit zum Getränkeautomaten.

Bei einem Kaffee erfahre ich, daß er Thomas heißt und mit seinen achtzehn Jahren schon aus vier Lehren rausgeflogen ist. Er könne halt das Maul nicht halten, meint er, und einmal hätte er auch den Juniorchef am Hals gehabt. Und wenn dieser Lui ihm nicht bald aus dem Kreuz ginge, würde er hier wohl auch nicht alt. Nächstes Jahr komme er sowieso zum Bund, erzählt er. Und dort will er nachher auch bleiben.

Robert hat Susanne von seiner Stammbar erzählt, jetzt will sie unbedingt selber mal hin. Robert meint, er hätte eine neue Freundin und momentan wenig Zeit, aber Humphrey kenne sich da bestimmt auch aus. Ich war erst einmal in einer Bar, und zwar morgens um neun, als ich als Postbote jobbte und ein Einschreiben abgeben mußte, lasse aber die Druckluftpistole einmal um den Zeigefinger kreisen und bin dabei.

Freitagabend sind wir dort. Susanne hat die Lederhosen ihrer Schwester über die Hüften gezwängt, ich trage den Schlips vom Abiturtag. Eine Dame führt uns in eine offene Nische, ich bestelle Apfelschorle für sechs Mark, Susanne Cola für neun. Zuerst laufen Videofilme, in denen kaum einmal ein Gesicht mitspielt, dafür überdimensionale Geschlechtsteile, die in allen möglichen Positionen ineinandergesteckt werden. Ich finde das abstoßend, Susanne findet es nur langweilig und meint, so was könne sie bei ihrem Schwager jeden Tag sehen.

Dann wird durch Lautsprecher der erste Strip angekündigt: »Senorita Gonzala aus Rio de Janeiro«. Das Licht geht aus, ein paar Spots an, ein Tonband läuft, auf tritt eine Dunkelhaarige mit weißer Stola und blauem Kleid. Sie hat immense Hüften und einen riesigen Busen. »Dagegen bin ich noch twiggy«, meint Susanne.

Sie verneigt sich, fängt an zu tanzen, dreht sich im Kreis und schwenkt ihr Hinterteil. Erst zeigt sie eine Schulter, dann die andere, schließlich schüttelt sie ihren Busen so stark, daß er aus dem Ausschnitt hüpft. Dann streift sie in Hula-Hup-Bewegungen das Kleid langsam nach unten, bis es auf dem Boden liegt. Jetzt hat sie nur noch die Stola um den Hals und ein kleines rotes Höschen über der Hüfte, das in dem fleischigen Hintern fast verschwindet. Sie kniet sich auf einen flauschigen Teppich, legt ihre Hände auf die Brüste und bewegt sie gegeneinander im Kreis. Dann legt sie sich auf den Bauch, strampelt mit den Beinen, streift sich ruckweise das Höschen zu den Knien, wobei sie mit dem Hintern zur Musik wippt. Schließlich hat sie das Höschen in den Waden und wirbelt es weg. Dann kniet sie sich wieder, zieht die Stola zwischen Beinen und Brüsten hin und her und beginnt gleichzeitig, mit Schultern und Hüften zu kreisen. Dazu macht sie den Mund auf und fährt sich mit der Zunge über die Lippen. Schließlich biegt sie sich ganz nach hinten, fängt an zu stöhnen und fällt um. Einige Männer applaudieren, sie steht auf, macht einen Knicks, sammelt Kleid und Höschen ein und verschwindet.

Susanne hat das Kinn auf die Fäuste gestützt, schaut jetzt rüber zu mir.

»Also, wenn das alles ist«, sagt sie, »das bringe ich auch noch.«

Ich sage nichts, lutsche an dem Eisstück aus meiner Schorle. Dann gibt's wieder Video und Geschlechtsteile, Susanne guckt sich um.

»Schau mal den da drüben!« tippt sie mich an.

An der Theke sitzt ein gutaussehender Mittdreißiger, groß und dunkelhaarig. Ihm gegenüber sitzt eine Blondine im Bikini. Die eine

94

Hand hat er auf ihrem Knie, in der anderen hält er ein Glas Sekt, das er beim Reden leicht hin und her bewegt. Die Blondine wirft ab und zu die Haare nach hinten, bewegt ihren Fuß an seinem Bein auf und ab.

»Wahrscheinlich noch den BMW vor der Tür und die Brieftasche voller Blauer«, sagt Susanne. »Ich muß schon sagen, mit so einem würde ich auch gern mal Sekt trinken.«

Sie nippt an ihrer Cola, dann fingert sie eine dieser langen Zigaretten aus der Tasche und steckt sie an.

»Weißt du«, sagt sie, »wenn ich so aussehen würde wie die Blonde da drüben, ich wüßte genau, was ich täte. Ich würde mir einen Rock kaufen und eine ganz enge Bluse, und hohe Absätze natürlich. Dann würde ich in die teuerste Disco gehen, würde mich an die Theke setzen, die Beine übereinanderschlagen und eine von meinen *Eve 120* hier rauchen. Und dann könnten sie kommen, die Männer, und mir von ihren Autos und ihrem tollen Job und dem Wochenendhaus am See erzählen. Ich würde an meiner *Eve* ziehen, den Rauch nach oben blasen und ihnen in die Augen schauen, daß sie nicht mehr wissen, ob sie Herr oder Hund sind.«

Sie schnipst die Asche in den Becher und schaut wieder zur Theke. Der Mann hält immer noch in einer Hand sein Sektglas. Die andere hat er mittlerweile zwischen die Beine des Mädchens geschoben. Jetzt beugt er sich zu ihrem Ohr, sie lacht. Dann steht sie auf, nimmt ihn an der Hand und verschwindet mit ihm hinter einem Vorhang.

»Scheiße«, sagt Susanne und drückt ihre Zigarette aus. »Zwölf Mark die Stunde.«

Wir schauen noch eine Zeitlang auf die Videoleinwand, dann zahlen wir und fahren nach Hause.

»Solche Brüste«, Susanne streckt die Arme nach vorne, als wollte sie ein Faß umarmen. »Und so einen Hintern«, malt sie im Radius ihrer Arme einen Kreis. »Und kam direkt aus Rio de Janeiro. Ich sag euch, mit einem Schnaufer hätte die euch alle vier vernascht.«

Es ist fünf vor sechs. Johann kaut seine Pfeife, Lui schluckt Tabletten, Paul rührt in seinem Kaffee und kratzt sich an der Narbe. Nur Robert liegt gelassen auf dem Ellbogen, zerdrückt eine leere Coladose und meint, die Gonzala sei eine Wucht, das stimme schon.

»Was soll's Leute, Strip ist Strip und Schicht ist Schicht«, meint Lui, schraubt seine Thermosflasche zu und steht auf.

»Wirklich solche Brüste?« strahlt Johann zu Susanne und spreizt seine große Hand.

»Und gleich zwei«, grinst Robert und wirft die Coladose über die Schulter, verfehlt den Mülleimer nur ganz knapp. Dann stehen wir auf und gehen an die Arbeit.

Susanne arbeitet heute eine Maschine vor mir. Sie steht mit dem Rücken zu mir, kann mich aber im Plexiglas der Schutztür beobachten.

Als sie merkt, daß ich rüberschaue, legt sie die gespreizten Hände an die Oberschenkel, läßt ihre Hüften kreisen, legt den Kopf in den Nacken und windet sich mit halboffenem Mund in den Schultern. Ich rufe ein langes »Brava, Gonzala!« und trommle auf das Blech der Maschine, als Knorr mit einem Bündel Zeichnungen um die Ecke kommt. Er stolpert fast über seine gelackten Schuhe, bleibt stehen und brüllt, wir könnten gerne nach Hause gehen, wenn uns nicht gut sei. Ich spanne schnell ein neues Teil ein, Susanne wird rot bis in den Nacken und mißt zum zweiten Mal ein Planetenrad. Knorr steht noch eine Zeitlang mit den Händen in den Hüften, dann geht er kopfschüttelnd zum Meisterbüro.

Susanne wartet noch ein bißchen, dann dreht sie sich zu mir um, strahlt mit feurig roten Backen.

»Einmal blond«, ruft sie und wippt ein Planetenrad, als hätte sie ein Jojo in der Hand, »einmal blond, und der schöne Knorr wär der erste, den ich dreißig Stunden am Tag Männchen machen ließ.«

»Kannst du wirklich nicht rauchen?«

Thomas, der Neue, hat sich neben mich auf die Werkbank gesetzt. Lui ist Material besorgen und kommt vor einer halben Stunde nicht wieder.

»Komisch«, meint Thomas und kämmt sich die Elvislocke nach hinten. »Ich hätte 'nen Kasten Bier gewettet, daß du *Camel* rauchst.«

»Wieso«, frage ich, »sieht man das den Leuten an?«

Thomas hebelt mit dem Mikrometer eine Flasche Bier auf.

»Ich sehe es ihnen schon an«, meint er. »Mußt mal mitgehen in eine

Kneipe. Fünf Minuten schau ich mir die Leute an, dann sage ich dir, was sie rauchen.«

»Und wie kommst du bei mir auf *Camel?*« Ich nehme mir den Mikrometer zurück.

»Klare Sache«, sagt er. »*Camels* sind die, die auf *Nein-Danke* machen. Kleben sich ihre Schildchen auf den 2 CV, wissen alles besser, wählen grün und rauchen *Camel.* Oder sie drehen selber. Petra zum Beispiel, klarer Fall. Wenn sie Geld hat *Camel,* wenn sie keins hat drehen. Ich zum Beispiel, ich würde nie drehen. Ich rauche *Marlboro* und wenn ich meine Alte dafür anpumpen muß. *Marlboros* sind die, die nichts drauf haben, aber gerne oben mitmischen. Typische Möchtegerne, da mache ich mir selbst nichts vor. Kein Geld in der Tasche, aber in der Disco zwei Mark Trinkgeld geben. Genau wie die Weiber mit ihren langen *LM* oder wie Susanne mit ihren *Eve 120.* Schmecken beschissen, sind aber lang und fallen auf. Willst du 'n Schluck?«

Er gibt mir seine Flasche.

»Weißt du«, sagt er, »bei den Weibern ist es überhaupt schwer. Da verschätz ich mich noch am ehesten. In Zigaretten haben die keinen Charakter, rauchen einfach alles, vor allem jetzt mit den billigen Marken wie *West* und so.«

Er nimmt seine Flasche zurück.

»Schau dir dagegen so einen Typ an wie Paul oder Robert! Die können nur was ganz Starkes rauchen und ohne Filter, und die bleiben dabei, egal was kommt. Klar *Roth-Händle,* allenfalls noch *Gauloise.* Oder unser Abteilungsleiter, dieser Knorr, ein typischer *Ernte*raucher. Das habe ich am ersten Tag schon gesehen. Zu Hause hat er nichts zu sagen, und auf der Arbeit kriegt er die Fresse nicht zu.«

Paul pfeift zu uns rüber, stimmt *La Paloma* an. Ich drücke auf Start, Thomas rutscht von der Werkbank.

»Aha, unser Ludwig kommt«, sagt er und stellt die Bierflasche zwischen meine Kästen. »Auch so ein *Ernte*typ, wenn er nicht Asthma hätte.«

»Was hab ich da gehört?«

Lui bleibt an meiner Maschine stehen, hat die Hände ausnahmsweise nicht an den Galliern, sondern in den Taschen.

»Susanne hat erzählt, du fährst im Sommer ein halbes Jahr in die Alpen.«

»Jedenfalls die Richtung«, sage ich.

»Mensch, ihr habt's gut«, sagt er und fängt an, alle meine Teile nachzumessen. »Student müßte man sein!«

Und während er mit der Schieblehre hantiert, ohne draufzuschauen, erzählt er von der Hütte im Kleinwalsertal, auf der er jeden Sommer seinen Urlaub verbringt. Er wandert dann von morgens bis abends, braucht nicht mal Tabletten. Er kennt auch zwei Schafhirten dort, wollte schon selber mal eine Herde übernehmen. Drei Monate gehen die Verträge, er hat sich schon erkundigt. Hinterher gibt es dreitausend Mark auf die Hand.

Dreitausend, meint er, das sei nicht viel, aber dafür sei man halt den ganzen Sommer in den Bergen. Nur den Job hier, den wär er natürlich los, sagt er und fängt wieder von vorne an zu messen, während ich mit dem Fuß die Bierflasche weiter nach hinten schiebe.

»Die fürchtet sich vor nichts«, hat Susanne über Punkerpetra gesagt. Und die Männer ließe sie abfahren wie Schmieröl.

Diese Woche haben wir zusammen Mittagsschicht. Petra hat mit Paul die Maschine getauscht und steht jetzt drei Meter neben mir. Sie erzählt von Berlin und den Leuten, die sie dort schon kennt. Ich erzähle, was ich von den Ländern gelesen habe, in die ich im Sommer reisen will.

Petra will nur ein paar Jahre in Berlin bleiben. Nachher will sie mit einigen Leuten aufs Land. Am liebsten wäre ihr ein Haus, das man selber renoviert, am besten mit einem Stück Land, damit man was anbauen kann, und ein bißchen Vieh natürlich. Sie bräuchten ja nicht viel, meint sie, und nebenher könnte sie immer noch Kleider schneidern und auf Flohmärkten verkaufen. Nur raus, sagt sie, raus möchte sie irgendwann schon mal.

Kurz vor der Pause stolzt Knorr durch die Halle, bleibt bei Petra stehen, schlägt ihr auf den Hintern.

»Na du, wann ziehst du endlich 'nen Rock an und gehst mit deinem Chef fein essen?«

Petra lacht, schaut an seinem Anzug hinunter.

»Ach, Herr Knorr«, sagt sie, »ich würde ja gerne. Aber Sie wissen doch, lieber ein Pank im Schrank als ein Chici ohne Micki«, und sie grinst und wirft ihre Strähne nach hinten.

Knorr hat kein Wort verstanden, lacht aber wie über einen eigenen Witz. Dann schlägt er ihr noch mal auf den Hintern und geht mit einem »bis bald, mein Schatz« von dannen.

Petra streckt ihm die Zunge nach, macht mir ein Petzauge, und ich falle vor Lachen fast in Johanns Spänekarren.

Kaffeeholen und aufs Klo gehen, Kühlwasser nachschütten und Material besorgen, das sind die vier großen Abwechslungen zwischen Spannen, Drücken, Messen und Setzen. Ich hole dreimal am Tag Kaffee, gehe zweimal aufs Klo, besorge je einmal Kühlwasser und einmal Material. Das sind sieben Unterbrechungen, ich kann mich also alle volle Stunde mit so einem Gang belohnen.

Es ist kurz vor elf, ich bin eben mit einem leeren Eimer zum Kühlwasserfaß unterwegs, als mich Lui zu seiner Werkbank winkt. Er schaut sich um, dann drückt er mich hinter eine Maschine, zieht ein Kuvert aus seinem Hemd und hält es mir hin.

»Da, kannst mal anschauen«, sagt er, »Urlaubsbilder vom letzten Sommer.«

Ich nehme die Fotos aus dem Umschlag und schaue sie durch: Lui mit den Wirtsleuten, Lui vor der Hütte, Lui unterm Gipfelkreuz, Lui Arm in Arm mit einem Schafhirten.

Während ich die Bilder betrachte, steht Lui einen Meter weiter. Ab und zu linst er rüber, nennt den Namen eines Bergs, ansonsten behält er schnurrbartzwirbelnd das Meisterbüro im Auge.

Auf zwei Füßen stehen und wach sein, mit Paule Lieder pfeifen und Johann hinterhernicken, Teile werfen und fangen, rollen und wiegen, jedem Ding ein Leben geben, mit Namen nennen, die Werkbank, die Rohre, den Karton in der Ecke, ein Planetenrad auf Wega taufen, ihm verraten, was es als Getriebe in einem Mercedes einmal erleben wird, Hände schütteln mit den Griffen an der Schutztür, den Bohrer ob seiner Härte beneiden, dem Putzlappen Grüße fürs Putzmädchen auftragen, mit dem Schraubenzieher Afrika in die Luft malen und dem Computer auf sein Blinken aus Indien zwei Rosen versprechen.

Anderntags an der Maschine hängen, zwischen zwei Starts einnikken, den Kopf aufschlagen, das Bohröl an den Händen, den Gummigeruch in den Haaren verfluchen, Kreuzschmerzen haben, wehe Füße, taube Ohren, Teile in die Kästen knallen, aufs Messen verzichten, zu oft zur Uhr schauen, den Spänekasten treten, sich zusammenreißen, daß man keinen Mikrometer durchs Oberfenster wirft, sich die Pistole aufs Herz setzen und sich beim Fluch der Druckluft das Wort abnehmen, nie wieder so spät ins Bett zu gehen.

»Da gewöhnst du dich dran«, meint Robert, als wir wieder in der Bahnhofswirtschaft sitzen, er beim Bier und ich bei einem Espresso.

»Wart noch 'n paar Wochen, dann kommst du auch mit fünf Stunden Schlaf aus«, sagt er und bestellt sich noch einen Schnaps. Acht Stunden, erklärt er, das kann man sich, wenn man jung ist, einfach nicht leisten. Einmal die Woche zum Beispiel hat er Motorradclub, und an zwei Abenden spielt er Baccara. Dann hat er noch eine feste Freundin für donnerstags, und was man sonst so kennt, darf man auch nicht vernachlässigen. Mit dreiundzwanzig, da braucht man noch Abwechslung, meint er. Außerdem hat er Nachholbedürfnis. Zwei Jahre war er arbeitslos und nur besoffen, und vorher hat er außer dem Krankenhaus fast nichts gesehen. Mit achtzehn hat nämlich sein Freund den gemeinsamen Fiat gegen einen Brückenpfeiler gesetzt. Der Freund war sofort tot, Gurt gerissen. Kann man nichts machen, meint Robert. Er selber hatte drei Brustwirbel gebrochen, war ein halbes Jahr lang gelähmt. Nachher ging es dann wieder, nur mit dem Fußball mußte er aufhören. Dafür bekam er von der Insassenversicherung 50000 Mark. Davon kaufte er sich eine Tausender Honda und einen gebrauchten VW Porsche. Den Porsche bekam er in Südfrankreich geklaut, die Honda hat er immer noch. Nur im Winter sei es schlecht, da legt er sich öfters flach. Voriges Jahr, erzählt er, da hat er sich bei Glatteis den Hintern aufgerissen, fünf Wochen konnte er nicht sitzen. Trotzdem, die Wochenendtouren mit seinen Freunden sind immer noch das Beste. In der Eifel hat ihm dabei ein Benz mal absichtlich die Packtasche abgefahren. 380 Mark kostet so eine Tasche, und er hätte sich beinah hingelegt. Die Kumpels wollten den Alten stoppen und verprügeln. Er wußte was Besseres, nahm sich einen handgroßen Stein und fuhr dem Kerl hinterher. Als er auf gleicher Höhe war, zeigte er ihm kurz den Stein und knallte ihn auf die Metallic-Haube.

Das Gesicht hätte ich sehen müssen, meint er. Stundenlang hätten sie nachher in der Kneipe noch darüber gelacht. Nein, saufen würde er jetzt nicht mehr, sagt er und bestellt sein viertes Bier. Nur freitags noch, das bräuchte er als Ausklang für die Woche.

Ich bestelle noch einen Kaffee und eine Brezel, dann zahle ich, setze mich aufs Fahrrad und presche im dritten Gang nach Hause.

»Klar *Roth-Händle*«, hat Thomas von Robert gemeint.

Paul mit der Narbe, der andere *Roth-Händle,* hat kein Motorrad, aber einen Opel Kombi, Frau und zwei Kinder. Wenn es auf der Firma mit den Überstunden nicht so läuft, fährt er nebenbei auch noch Taxi.

Vor zwei Jahren hat er Peter Alexander gefahren. Von der Kongreß-halle bis zum Astoria. Das sind nur vierhundert Meter, aber es regnete, und Peter Alexander wollte seinen guten Frack nicht verderben.

»Zwei Mark sechzig haben die paar Meter gekostet«, erzählt er in der Pause. »Die hat er mir genau bezahlt, keinen Pfennig Trinkgeld. Und dann sagt der Kerl, er will noch 'ne Quittung. Der soll mir noch mal kommen!«

Mittags gibt es Lohnstreifen. Der Meister bringt sie jedem in einem Umschlag an die Maschine. Spannend, wie bei der Rückgabe einer Klassenarbeit.

Nachher laufen wir hin und her, schauen uns gegenseitig in die Zensuren.

Diese Woche habe ich zwölf Stunden Nachtschicht von sechs Uhr abends bis sechs Uhr morgens. Und tue nichts mehr als arbeiten und schlafen und zwischendurch essen. Die Tage vergehen schnell und ohne jede Spur.

Ich werde härter, kälter, maschinenhafter. Ich setze meine Teile, denke an nichts oder an Frauen. Sie sind die Marken in meiner Zeit, die Farben zu meinem Bild. Ich gehe alle noch einmal durch und wünschte, es wären mehr gewesen.

Morgens fahre ich durch die Stadt. Es ist schon März, Zeit, daß die Krokusse blühen und ich mir Reiseführer besorge. Fast zwei Stunden stehe ich in der Buchhandlung, lasse mich von den Ionischen Inseln zum Ganges treiben, esse eine Kokosnuß in Delhi und werfe Schneebälle vom Dach der Welt, klaue eine Seite von Mandalays dickstem Buch der Erde und lerne bei den Fischern vom Inle-Lake das einbeinige Rudern. Die *No-arm-massage* in Chiang Mai endet mit einem Opiumpfeifchen im Goldenen Dreieck, und bevor ich die Bambushütte auf Cosa Mui beziehe, stelle ich schnell die Bücher zurück und gehe auf die Straße.

Auf den Index gehörten sie, diese Reiseverführer, nehmen einem nach zwei Seiten schon die ruhige Hand, die man doch braucht, um Planetenräder gerade ins Futter zu spannen. Und ein paar Wochen muß ich schon noch spannen, sonst komme ich nicht mal bis Babylon, und was ist schon eine Jugend ohne die hängenden Gärten?

Verdammt, wer hängt denn da an der Bushaltestelle, mit der Schulter am Schaufenster, das ist doch Petra, die hat doch Frühschicht und müßte jetzt Kupplungsscheiben auf Hundertstel bohren. Aber die steht nur da, mit der Schulter am Fenster, den Händen in den Tigerjeans und der Strähne im Mund.

Ich lehne mich zu ihr, fasse sie an den Schultern. Sie schaut auf, dann wieder auf den Boden. Ich beuge mich zu ihr, gebe ihr einen Kuß auf die Ohrringe.

»Alles nichts?« frage ich.

Sie nickt und zieht die Nase hoch.

Der Bus kommt, die Leute steigen ein, der Bus fährt weiter.

Eine Zeitlang stehen wir nur da, an diesem Schaufenster mit Frühjahrsfrauen. Ich lege ihr meinen Indienschal um den Hals und schlage vor, ins Warme zu gehen. Sie schneuzt sich, nimmt ihre ausgebeulte Tasche, dann laufen wir Arm in Arm zum nächsten Café.

Ich bestelle zwei Kännchen Ceylontee, drehe mit ihrem Tabak zwei unförmige Zigaretten, stecke sie an und gebe ihr eine. Dann kommt der Tee. Ich rühre Zucker hinein, Petra läßt ihren schwarz.

»Auf neunzig in Ceylon!« sage ich.

»Wie abgemacht«, sagt sie.

Wir trinken, dann drehe ich noch zwei Zigaretten. Petra schaut immer noch auf ihre schwarzgelackten Fingernägel.

»Du warst doch meine Hanna Cash«, sage ich.

»Ja«, sagt sie und schaut nicht auf, »zwischen Hölzern eingeklemmt in schwarzen Kanälen.«

Wir bestellen noch Kuchen.

»Das war's mal wieder«, knallt Paul am Samstagmorgen kurz vor sechs die Gleittür zu. Er hat auf der Nachtschicht schon sechs Flaschen Bier getrunken, jetzt will er noch in den Bahnhof, ich komme mit.

Bei Korn und Bier sitzen wir an der Theke. Paul erzählt seine Geschichte. Acht Jahre war er bei der Fremdenlegion. Mit achtzehn, gleich nach dem Krieg, kam er von Ost-Berlin rüber, fand nirgends Arbeit, landete in einem dieser Werbebüros. Nach zehn Minuten unterschrieb er, wurde mit einigen andern nach Marseille gebracht, dort erst mal ohne Sold vier Wochen kaserniert. Auf dem Strich verdienten sie sich ein bißchen Geld, das sie in der Stadt versoffen. Dann ging es nach Nordvietnam, wieder Kasernierung. Nachts stiegen sie öfters über die Grenze nach China, wo die Mädchen schon auf die Piaster warteten. Und was Besseres als diese Chinesinnen, meint Paul, gäbe es auf der ganzen Welt nicht. Dann ging es los, am zweiten Tag schon Mann gegen Mann mit aufgesetztem Seitengewehr. Einmal saßen sie abends beim Skat, als es hieß, fünf müßten raus zum Spionieren. Sie kamen nicht zurück, aber tags drauf fanden sie ihre Köpfe auf Bambusstäben aufgespießt. »Nachher machst du auch keine Gefangenen mehr«, sagt Paul. Ein anderer Vortrupp wurde von einer Vietcong-Frauentruppe erledigt. Sie fanden die Kameraden mit den abgehackten Geschlechtsteilen im Mund. Ein andermal gerieten sie in einen Kessel. Er floh mit einem Kameraden in ein Reisfeld, versteckte sich unter Wasser. Sie atmeten mit Schilfrohren, waren die einzigen, die durchkamen. Seinen zwanzigsten Geburtstag feierte er in Saigon. Sein Kommandant spendierte ihm zwei Flaschen Whiskey und vierundzwanzig Stunden Militärpuff. Er lernte, ohne Geld einzukaufen, indem er – statt zu bezahlen – eine entschärfte Handgranate zog und auf die Theke legte. Dann wurde er Corporal und Minenspezialist. Einige Vietcongs liefen über, schlossen sich ihnen an. Es kam vor, daß diese Vietcongs nach einer Schlacht toten Kindern die Leber rausschnitten, sie auf dem Feuer brieten und aufaßen. Sei Delikatesse bei denen, meint Paul. Dann bekam er Malaria, marschierte noch mit einundvierzig Fieber. Ein halbes Jahr lag er im Lazarett in Nordafrika. Zweieinhalb Jahre dauerte es, bis er wieder ganz gesund war. Auf Heimaturlaub lernte er seine Frau kennen, zwei Jahre später heirateten sie.

Jetzt ist er achtundzwanzig Jahre verheiratet, hat gebaut und zwei Söhne. Von manchen Sachen träumt er heute noch, vor allem von diesen Köpfen auf den Bambusspießen. Aber was soll's, meint er, es war halt Krieg, jetzt ist's vorbei.

Dann zieht er aus der Brieftasche einen Zeitungsartikel mit Bild: Paul bei der Ehrung für fünfzehn Jahre Blutspenden. Dann zahlt er, bezahlt für mich mit, klopft mir auf die Schulter und geht zum Auto.

Nach dem fünften Pils bin ich auch nicht mehr ganz nüchtern. Ich trinke aus, nehme die Tasche mit den Broten und der Thermoskanne und gehe hinaus.

In der Bahnhofshalle ist schon Tag. Überall stehen kleine Gruppen von Schülern, warten auf den Anschlußbus zur Schule. Ich bin noch in Schaffkleidern, rieche nach Bohröl, Schweiß und Bier. Noch kein Jahr ist es her, da habe ich auch hier gestanden. Und an dem Kiosk da drüben habe ich mein Tagebuch gekauft.

Ich gehe bis zur Mitte der Halle, bleibe stehen und drehe mich um. München, Wien, Budapest, acht Uhr siebzehn. Wenigstens das ist noch gleich.

Jetzt würde ich gerne einen meiner Lehrer treffen.

»Da, lies mal Seite zweiunddreißig, aber nicht so auffällig!«.

Lui wirft mir eine Illustrierte auf die Werkbank, verschwindet mit einem leeren Kästchen im Magazin.

Ich schlage auf, Seite zweiunddreißig: *Mit Mut zum Millionär* steht da als Überschrift. Darunter dann ein kurzer Artikel über einen gewissen Helmut S., der es innerhalb eines halben Jahres vom Arbeitslosen zum Unternehmer gebracht hat.

Für ein paar Mark kaufte er den Leuten alte Leintücher ab, schnitt sie in Streifen und verkaufte sie an Tankstellen und Werkstätten als Putzlappen. Jetzt hat er einen Betrieb mit siebenundzwanzig Mann und kann sich vor Aufträgen kaum retten. Neben dem Artikel ist ein Foto von ihm mit Frau, beide im Lederanzug neben einem roten Turboporsche.

Lui kommt mit dem leeren Kästchen aus dem Magazin zurück.

»Tolle Sache«, meint er, »was? Ideen müßte man haben, weil vom Schaffen«, er rollt das Heft zusammen und schlägt sich damit an die Stirn, »vom Schaffen ist noch keiner reich geworden.«

Was ist denn mit Thomas? So gutgelaunt auf die Nachtschicht und die Elvisfrisur ganz zerdrückt, das ist selten. Immerhin, das Schälchen sitzt akkurat.

Kaum ist Lui um die Ecke, kommt er zu mir an die Maschine.

»Hast du schon mal im Mini gebumst?« fragt er.

Ich schüttele den Kopf. »Kenn das nur aus'm Kino.«

»Ich hab dir doch erzählt, daß ich 'ne neue Freundin habe«, sagt er. »Grad vorhin haben wir's zum ersten Mal auf dem Rücksitz gemacht. Geht natürlich nur im Sitzen und von hinten. Mensch, war das stark!«

Lui kommt zurück. Ich nehme ein Werkstück und sage laut zu Thomas:

»Siehst du, das sind Ratterspuren. Wenn die auftreten, stimmt was nicht. Dann rufst du am besten den Einrichter.«

»Alles klar«, nickt Thomas und geht wieder an seine Maschine.

Zwei Stunden später spannt Paul nach vier Flaschen Bier ein Werkstück schief, der Stahl knallt, Lui flucht und hat zwei Stunden zu tun. Thomas holt zwei Flaschen Pils aus seiner Tasche und stellt sich zu mir.

Das erste Mal hat er mit dreizehn gebumst, im Zeltlager. Das Mädchen war achtzehn, und er bekam zuerst gar keinen hoch.

»Die machte bestimmt eine halbe Stunde an mir rum«, erzählt er, »ich mit rotem Kopf bis an die Ohren, und sie sagt nur, das macht doch nichts. 'ne halbe Stunde, bis das Ding endlich stand, Mensch, war ich da froh. Und dann legte die erst richtig los.«

Mit sechzehn war er dann das erste Mal im Puff.

»Was machste nicht alles mit Arbeitskollegen«, meint er. »Aber die Alte hat mich ganz schön gelinkt. Fünfzig Mark habe ich ihr gleich im Flur geben müssen. Drinnen sagt sie: also daß du's weißt, zehn Minuten, länger ist nicht drin. Dann aber los, sage ich, ziehe mich aus und will gleich rauf. Die hält mich zurück. So nicht, meint sie, zwei, drei Stöße, mehr gibt's für fünfzig Piepen nicht. Wenn du soweit bist, sagt sie, darfst du rauf, aber nicht vorher. Und dann spielt sie an mir rum, macht es mit der Hand. Kurz vorher spring ich auf sie rauf, hab sofort den Abgang. Grad sieben Minuten, da war ich wieder draußen. Totaler Beschiß, sag ich dir. Aber mit mir konnte sie's ja machen, sechzehn Jahre.«

Mit siebzehneinhalb war er dann zum zweiten Mal in so einer Bar. Mit ein paar Mann zechten sie durch die Stadt, morgens landeten sie wieder im Bahnhofsviertel.

»Kein schräger Puff«, meint er, »nein, echter Nobelschuppen. Für zweihundert Mark bin ich mit einer rauf. Zweihundert Mark, das war mein ganzes Lehrlingsgehalt. Aber die Frau sah auch zu lieb aus, und extrem jung war sie auch noch. Ich glaube, die war nicht älter als ich. Nur oben war es dann doch wieder 'ne Pleite. Die wußte überhaupt nicht, was sie machen sollte. Zwei Hunderter, ich dachte, da wirst du total verwöhnt, und dann hat die keine Ahnung. Zieh doch mal die Bluse aus, sage ich. Sagt die nur, mach doch mal langsam, immer nur, mach doch mal langsam. Nach 'ner halben Stunde hat die immer noch die Unterhosen an. Ich sag, Mensch, zieh dich doch endlich ganz aus, oder soll ich vielleicht durch die Unterhosen. Sie nur, mach doch mal langsam. Dann hat es mir gereicht. Noch mal laß ich mich nicht anschmieren. Ich zieh ihr selber den Fetzen runter, leg mich auf sie, greife ihr an die Brust, knutsche sie erst einmal ab. Die liegt da wie ein Brett. Ich sag, sie soll mir erst einen blasen, bevor wir anfangen. Sie, ich trau mich nicht, stell dir mal vor, ich trau mich nicht. Zweihundert Mark bezahlt, und dann sagt die, ich trau mich nicht. Da hatte ich aber die Nase voll. Ich sag dir, ich hab ihr das Ding in den Mund gesteckt, und nachher hab ich sie geholt von allen Seiten. Hatt ich 'ne Wut. Ich glaub, die war grad siebzehn und keine zwei Wochen im Fach. Könnte mich heute noch ärgern über das viele Geld. Zweihundert Mark.«

Morgens gehe ich mit Thomas zum Bäcker. Wenn er Nachtschicht hat, bringt er für seine Eltern und die beiden jüngeren Schwestern immer gleich die Brötchen mit. Unterwegs frage ich, ob er schon mal richtig verliebt gewesen sei.

Wüßte er nicht genau, meint er. Außerdem würde bei seinen Leuten über so was nicht geredet. Wenn da einer ankommt und erzählt, er ist verliebt, fragen ihn die andern erst mal, ob er schlecht besoffen oder auf Entzug sei.

Damals in die Achtzehnjährige vom Zeltplatz, da sei er schon verliebt gewesen. Und hätte es ihr auch gesagt. Sie meinte nur, er soll
sich keinen abbrechen und dürfe auch ohne das Geschmalz zu ihr
ins Zelt. Von der hätt er viel gelernt, meint er. Und verliebt, verliebt
das sei was für *Camel*raucher und Selberdreher.

Sie sehen alle älter aus. Lui ist erst zweiunddreißig, und Johann wird
im Herbst erst fünfzig. Und ich habe Lui auf vierzig und Johann auf
Rente geschätzt. Sogar Thomas sieht mit seinen achtzehn Jahren
älter aus als ich.
Die Arbeit beginnt einfach zu früh. Sie sind entweder Kind oder
erwachsen, dazwischen gibt es nichts. Sie machen ihre Arbeit, und
die Arbeit macht sie. Sie zählen, die Stunden, die Tage, die Jahre, sie
leben, damit es rumgeht.
Johann hat mir den Kalender in seinem Spind gezeigt. Er geht bis
1995. Jeden Werktag macht er einen Strich.
»Noch 2647 Striche«, sagt er, »dann hab ich's geschafft.«
Der häufigste Spruch nach der Schicht im Waschraum:
»Die hätten wir mal wieder.«
Und umgekehrt.

Ich kann es nicht lassen. Wenn ich mir jetzt auch noch keinen Reiseführer erlaube, einen Rucksack muß ich haben. Also stehe ich im
Sportgeschäft, probiere alle an, laufe, knie, springe, fülle sie mit
Hanteln, Schaumstoff, Luftmatratzen, finde einen idealen roten,
lasse ihn aber, weil er nicht blau ist.
Ohne Rucksack, aber mit fünf Prospekten unterm Arm laufe ich
durch die Fußgängerzone. Es ist wieder nicht zum Aushalten. Kaum
kommt ein bißchen Lenz und Sonne an den Himmel, schwirren die
Mädchen in die Stadt wie die Bienen ins Feld. Und ich bin die honig-
duftende Geranie, und keine merkt's mal wieder.
Manchmal, da bin ich richtig froh, wenn eine auf mich zukommt
und ich beim Näherkommen sehe, daß sie zu dicke Oberschenkel
oder einen zu kleinen Mund oder Pickel im Gesicht hat. Ich schaue
sie an und gehe vorbei, richtig erleichtert.
Das heißt, an der hier komme ich nicht vorbei. Wie sie da steht vor
der Videothek, in ihre runden Backen lacht und die Nylontüte
schwenkt.

»Hallo Susanne.«

»Hallo«, stoppt sie mich und kontrolliert meine Prospekte. Wanderzeug, fragt sie, Wanderzeug, sage ich und erhalte die Hefte zurück. Dann muß ich ihre Kassetten anschauen. Amerikanische Spielfilme, je einmal Cooper und Grant, dann dreimal Bogart.

»Du stehst auf starke Männer?« sage ich.

»Und wie«, meint sie und drückt ihre Tüte an die Brust. »Leih mir jede Woche neue aus.«

»Leider nur auf Kassette, was?« sage ich.

»Klar«, meint sie, »oder weißt du, wo's die sonst noch gibt?«

Ich ziehe meinen Bleistift aus der Tasche, reiße eine Ecke von einem Prospekt ab.

»Wenn du willst«, sage ich, »gebe ich dir meine Telefonnummer.«

»Wieso?« fragt sie und rückt ganz nah, »hast du auch Video?«

Morgens bringe ich Susanne eine kleine Schachtel Pralinés mit. Wenn sie schon kein Auge für die Realitäten des Lebens hat, sage ich, soll sie wenigstens einen Mund voll Kirschkonfekt bekommen. Das versteht sie nicht, macht aber einen Knicks und stellt die Pralinen auf den Computer. Nach fünf Minuten ist die Schachtel leer, dann steppt sie an der Maschine rum, pfeift und schlägt mit dem Schraubenzieher im Takt auf die Materialkiste.

»Was ist denn los?« frage ich beim Bohrwasserholen. »Ist Gary gestern endlich aus dem Fernseher zu dir auf die Couch gesprungen?«

»Quatsch«, sagt sie. »Ich hab nur endlich meine neue Bewerbung weggeschickt für die Kripo, mit neuem Paßbild, echt gut. Und dann habe ich wieder mein Superlied gehört. *Neue Männer braucht das Land*. Kennst du nicht.«

»Quatsch nicht da rum!« stößt mich Lui an. »Hol lieber die Eidechse und komm mit!«

Dann geht er mit langen Schritten ins Magazin, ich schnappe die Eidechse, was der hydraulische Handwagen ist, und folge. Als ich ins Magazin komme, steht Lui schon über einem Rätselheft an der Werkbank.

»Da schau!« sagt er, »der große Superferienpreis. Vier Wochen Australien kann man gewinnen. Aber das Rätsel hier knackt auch kein Mensch. Hab schon meinen Schwager gefragt, und der ist Schullehrer. Da, lies mal!«

Zusammen lehnen wir über der Illustrierten.

»Ein Wanderer muß nach A. Er kommt an eine Weggabelung ohne Beschilderung. An dieser Weggabelung steht ein Haus, in dem Zwillingsbrüder leben. Einer dieser Brüder sagt immer die Wahrheit, der andere lügt immer. Einer der Brüder sitzt vor dem Haus, als der Wanderer ankommt. Der Wanderer darf ihm nur eine einzige Frage stellen, dann muß er wissen, welcher von beiden Wegen nach A führt.«

Jetzt muß ich doch lachen und weiß endlich, wo diese Philosophiedozenten ihre Aufgaben für die Logikklausuren hernehmen.

Lui schaut mich an.

»Mußt selber lachen, was! Gibt keine Lösung, oder?«

»Doch«, sage ich, »doch, Lui. Ich lache nur, weil genau diese Aufgabe in einer meiner Prüfungen vorkam. – Es ist ganz einfach. Der Wanderer fragt denjenigen, der vor dem Haus sitzt, was sein Bruder sagen würde, wenn man ihn nach dem Weg nach A fragen würde.«

»Häh?«

»Ist doch klar. Er bekommt dann immer den falschen Weg gewiesen, egal wer vor dem Haus sitzt. Paß auf! Sagen wir, vor dem Haus sitzt der Bruder, der immer die Wahrheit sagt. Ich komme also und frage: Was würde dein Bruder sagen, wenn ich ihn nach dem Weg nach A fragen würde. Der Bruder würde lügen, mich also nach B schicken, also schickt mich der Bruder, der immer die Wahrheit sagt, auch nach B, weil ich ja nach der Antwort seines Bruders gefragt habe.«

»Wie, was? Was ist denn B? Kommt doch gar nicht vor.«

»Paß auf, Lui! Du bist hier fremd und sollst im Magazin was abgeben. Du stehst unten beim Portier, rechts geht es zum Magazin und links zum Personalbüro. Das weißt du aber nicht, sieht beides gleich aus, sagen wir mal. Es bleibt dir also nichts übrig, als den Portier zu fragen. Du weißt aber, daß es zwei Portiers gibt, einer, der immer die Wahrheit sagt, und einer, der immer lügt. Du weißt aber nicht, welcher heute Dienst hat. Und jetzt stehst du vor dem Schalter und darfst nur einmal fragen. Jetzt stell dir vor, es sitzt der Portier vor dir, der immer die Wahrheit sagt, ...«

Ich rede noch zwanzig Minuten, mache Skizzen, erkläre es mit der Autobahn nach Frankfurt und der neuen Umgehungsstraße um die Südstadt. Lui wird immer unruhiger.

»So ungefähr ist mir das schon klar«, sagt er endlich. »Schreib mir jedenfalls mal den Lösungssatz auf, dann kann ich es mir zu Hause noch mal durch den Kopf gehen lassen. Da, schreib es ruhig gleich auf den Antwortzettel!«

Er schiebt mir das Heft hin, ich schreibe in Blockschrift. Dann fahre ich die leere Eidechse zurück in die Halle. Lui verschwindet aufs Klo.

Als ich wieder an der Maschine stehe, pfeift Paul ganz ohne Grund *La Paloma*.

»Na Junge, kein Material gefunden?«

»Nein«, lach ich, »muß irgendwer verstellt haben, haben alles abgesucht.«

Nach einer Stunde kommt Lui vom Klo zurück und boxt mir auf den Arm.

»Mensch, ich hab's«, sagt er. »Er fragt einfach, was sein Bruder sagen würde. Ist doch ganz klar. Hast du das vorhin kompliziert gemacht. Und jetzt schicke ich das gleich weg. Australien, Menschenskind, das wär ein Ding.«

Paul kommt zu uns.

»Na Lui«, fragt er, »Durchfall gehabt? Warst ja bald zwei Stunden weg.«

Lui wippt auf den Zehen, hält sich an den Galliern.

»Weiß du, Paul, wenn ich euch hier sehe und wie langsam ihr arbeitet, ich sag dir, das schlägt mir von Zeit zu Zeit kolossal auf den Magen«, gibt er zurück, wippt noch ein bißchen, geht dann zum Meisterbüro, wo er seine Tasche stehen hat.

Thomas hat die Papiere bekommen. Er hat genauso viele Teile gemacht wie wir, zwischen 200 und 220 bei den Planetenrädern und zwischen 450 und 500 bei den Kupplungsscheiben. Nur seine Pausen waren zu auffällig.

Er kaschierte sie nicht mit Kaffee-, Material- oder Kühlwasserholen, sondern setzte sich alle zwei Stunden, wenn er zehn Minuten rausgearbeitet hatte, mit einer Flasche Bier und einer Zigarette auf die Werkbank. Wenn Lui ihn dann zurück zur Maschine schicken wollte, blieb er sitzen und sagte, die Teile würden stimmen und Zigarettenpause mache hier jeder.

Das stimmt. Öfters mal drei Minuten mit einem Werkstück an der falschen Maschine, das geht. Aber gleich zehn Minuten mit dem Arsch auf der Werkbank, das war zu deutlich. Und Thomas ist nicht Susanne. Jetzt hat er seine Papiere. Wegen Auftragsmangel hieß es auf der Kündigung.

Drei Monate habe ich gearbeitet, von Mitte Januar bis Mitte April. Mit all den Überstunden hab ich fast neuntausend Mark verdient. Ich habe gelernt, wie man an einer Bohrung einen Tausendstel Zentimeter wegnimmt und wie man an einem Zählwerk unauffällig fünfzig Zähler hinzudrückt. Ich weiß jetzt, wie man mit einem Feuerzeug eine Bierflasche öffnet und wie man auf einer Kloschüssel eine halbe Stunde ohne Kreuzschmerzen schläft. Ich habe mich daran gewöhnt, mit sechs Stunden Schlaf und einmal drei Monate ohne fremdes Bett auszukommen. Vor allem aber habe ich Johann und Thomas, Robert, Lui, Paul, Susanne und Petra kennengelernt.

Heute ist Freitag, und ich mache zum letzten Mal zwölf Stunden Nachtschicht. Es ist kurz vor 22 Uhr, die Mittagsschicht geht jetzt nach Hause. Susanne hat sich vorhin schon verabschiedet und mir das Bild von Bogart und ein Päckchen *Gauloise* zum Üben geschenkt.

Petra geht es wieder besser. Nachdem der Betrieb in Berlin abgesagt hat, versucht sie es jetzt in anderen Städten. Eben kommt sie zu mir und gibt mir »da, bevor es jemand sieht« einen Kuß. Dann zieht sie einen ihrer Ohrringe aus und steckt ihn mir in die Tasche.

»Den darfst du ein Jahr lang nicht ausziehen«, sagt sie. »Und im zweiten Jahr mußt du ihn weiterverschenken. Der ist jetzt schon seit 1970 unterwegs. Damals hat ein Israeli sieben Stück auf die Reise geschickt, jeder ein Buchstabe von Schalom. Das hier ist das O. Ich hab ihn voriges Jahr von einem Typen in Amsterdam bekommen. Also verlier ihn nicht! Und schreib und paß auf dich auf! Wir sehen uns, spätestens neunzig in Ceylon. Schalom, Schwanz!«. Sagt's und geht und dreht sich nicht mehr um. Ich schaue ihr nach, bis sie hinter dem Meisterbüro verschwunden ist. Dann betrachte ich mir den Ohrring. Das O von Schalom, hoffentlich geht das zusammen, Schalom und dieses ewige O.

Um zwei Uhr morgens machen wir eine ganze Stunde Pause, um den Kasten Bier zu trinken, den ich als Ausstand mitgebracht habe. Die andern erzählen von neuen Maschinen, die kommen sollen, mit schnellerer Laufzeit und einem Zählwerk, das man nicht mehr manipulieren kann.

Ich schaue sie alle noch einmal an, Paul mit seiner Vietcongnarbe vom Ohr bis zum Mund, Lui mit den Galliern überm karierten Hemd, Robert im grünen Overall mit der Hondaplakette und Johann mit seiner Pfeife und dem Nicken, das nicht aufhört.

Thomas mit der Elvisfrisur und dem weißen Schälchen fehlt. Er wird jetzt in irgendeiner Kneipe sitzen und die Zeit vertrinken, bis er zum Bund kommt. Ich werde keinen von ihnen vergessen, auch wenn ich jetzt nicht mehr genau hinhöre, was Lui über Knorr erzählt und was Robert von Susanne über den Personalchef gehört hat.

Ich hebele mit Pauls Feuerzeug die dritte Flasche Pils auf und bin schon seit der zweiten unterwegs in all die Länder jenseits von Bohröl und Bier.

Zeit haben ist schön, schlafen ist schön, aufstehen ist schön. Seit zwei Stunden sitze ich am Kaffeetisch, esse Marmeladebrötchen und lese aus der Zeitung alle Buchstaben heraus.

Man muß schon drei Monate gearbeitet haben, um so ein Frühstück mit Radio und Zeitung richtig würdigen zu können. Dieser Kaffeedampf, der sich mir um die Nase schlängelt, und das Knistern von frischen Brötchen, dazu Entchen-von-Tarau im Ohr und die Sportseite in der Hand, das ist schon ein Fest von Morgen.

Und dieses Fest verdanke ich niemand anderem als dem aromaschwachen Kaffeeautomaten von Hafner und meinen trockenen Vollkornbroten in den Pausen. Langsam wird mir klar, daß dieses Glück keine Saisonkarte sein kann, sondern allenfalls 'ne Stunde Sofa nach einem kontrastreichen Tag. Und für diese Kontraste will ich leben, also Kampf der Gewöhnung und Friede allem Fremden! Und da das auch so ist, wenn man ißt, träufele ich jetzt die Marmelade in den Kaffee, bestreiche das nächste Brötchen mit Dosenmilch und schlage vom Sport zur ungeliebten Wirtschaftseite um.

Abends ist im *Rainfall* Disco. Ich stelle mich zum kleinen Friedhelm, der an der Theke auf einem Hocker sitzt.

Ich habe ihn nachmittags schon in der Stadt getroffen. Er saß auf einer Bank vorm Städtischen Krankenhaus und las in einer Zeitung. Es war trotz April noch ziemlich kalt. Friedhelm trug nur eine dünne Jacke und hatte bereits ganz blaue Finger. Ich fragte, ob er auf jemanden warte, er sagte nein, ich fragte, ob er mit auf einen Kaffee gehe, er wollte nicht, ich fragte, warum er denn hier sitze und friere, nur so, meinte er.

Jetzt geht es ihm anscheinend besser. Wir trinken ein paar Bier zusammen und schauen den Mädchen beim Tanzen zu. Friedhelm erzählt von ein paar neuen Filmen, ich von der Arbeit bei Hafner, irgendwann sind wir beide ziemlich betrunken.

Gegen zwölf wird der Laden erst richtig voll, auf der Tanzfläche ist kaum noch Platz. Auch vor der Theke drängeln sich die Leute, Friedhelm stellt sich auf die Verstrebungen seines Hockers, um was sehen zu können. Dann läßt er sich wieder auf den Sitz fallen, stößt mich an.

»Du, siehst du die Schwarze da drüben, die mit dem Stirnband und dem weißen Hosenanzug? Ja? Hast du gesehen, wie sie eben getanzt hat? So mit geschlossenen Augen und halboffenem Mund.«

»Ja«, sage ich.

»Ich komme nur wegen ihr«, sagt Friedhelm, »jede Woche, immer wenn Disco ist. Ich setze mich an die Theke und schaue ihr zu. Einmal hat sie sich direkt neben mir eine Cola gekauft. Ich habe sie angesprochen, gefragt, wie sie die Musik findet. Toll, hat sie gesagt und ist wieder zu ihrer Freundin gegangen. Seither sitze ich hier und warte, daß sie vielleicht noch mal kommt. Nur heute ist so verdammt viel Betrieb.«

Er bestellt noch zwei Bier.

»Weiß du«, sagt er, »wenn ich nur einmal so eine Frau hätte, so wie die Schwarze da mit dem Stirnband, nur ein einziges Mal, ich sage dir, das wär's dann gewesen für mich. Nachher könnte die Welt zu Schrott gehen, mich ging das nichts mehr an.«

Wir trinken Bier und schauen der Schwarzen zu. Sie tanzt, als hätte sie Flummis unter den Füßen. Die Arme hat sie neben den Kopf gehoben und die Augen geschlossen. Ihre Brüste geben den Takt.

Ich drehe mich zur Theke und betrachte das Kalenderbild an der Wand, ein Bauernhof in der Lüneburger Heide.

»Weißt du jetzt«, fragt Friedhelm, »warum ich mich ab und zu vors Krankenhaus setze?«

»Nein«, sage ich.

»Nein? Du bist gut«, sagt er ein bißchen zu laut. »Du brauchst nicht hier zu warten, bis sie zufällig mal neben dich kommt. Du kannst rübergehen und ein Gespräch anfangen. Und wenn du Glück hast, kommst du sogar an, sagen wir fifty fifty. Aber wenn ich rübergehe, null zu hundert. Null, weißt du, was das heißt? Kannst machen, was du willst, heißt das, keine Chance, nie und nirgends, Pech gehabt, Beine zu kurz. Jetzt mach dein Spiel, die zweite Runde gibt's im Himmel, und der fällt aus. Verstehst du's jetzt mit dem Krankenhaus?«

»Nein, verdammt noch mal, ich versteh's nicht.«

Friedhelm wird wieder ruhig, lächelt fast.

»Ich sag dir's. Ich setz mich hin, stundenlang, bis ich einen sehe, irgendeinen im Rollstuhl. Querschnittsgelähmt, das sind die Besten. Weißt du, was das heißt, querschnittsgelähmt? Nicht laufen können heißt das, überhaupt nicht, keinen Meter. Nicht allein aufs Klo gehen, heißt das. Und vor allem, impotent heißt das. Ja, impotent.« Er streckt sich ganz zu mir.

»Weißt du«, sagt er, »am liebsten sehe ich junge Männer, so richtig hübsch, so zum Verlieben, nur halt dieser kleine Rollstuhl unterm Hintern. Ich sag dir, ich schau mir die Männer an, und nachher hab ich sie richtig lieb, meine zu kurzen Beine. Weißt du, mit denen kann ich wenigstens in den Puff laufen, das heißt, im Moment bin ich noch zu feige, aber das kommt, da brauchst du keine Angst zu haben.«

Er setzt sich wieder, schaut mich mit roten Augen an.

»Und jetzt kannst du rumlaufen, wenn du willst«, sagt er, »und überall erzählen, was der Friedhelm für ein armseliger Charakter ist.«

Ich schaue noch mal zu der Schwarzen, dann zu Friedhelm, bestelle noch zwei Bier und möchte so lange nicht aufhören zu saufen, bis dieser Himmel, den es nicht gibt, endlich die zweite Runde ausspuckt.

Der Gartenzaun sei ihm einen Rucksack wert, hat Vater gemeint und mir schon mal einen Hunderter für die Farbe gegeben. Also knie ich im Frühlingsbeet und streiche die Holzlatten. Klein Benedikt hilft mir eine halbe Stunde lang, dann ist die Geschichte, wie ich mit einem Yeti auf einer arktischen Eisscholle um die Wette paddelte, mit dem Doppelschlagrudertrick gegen die Strömung gewann und das schönste Eskimomädchen von ganz Mittelgrönland zur Frau bekam, aber nicht heiraten konnte, weil die Kirche zugefroren war, zu Ende, und Benedikt geht auf ein Himbeereis zur Oma und taucht nicht wieder auf. Dafür steht sein Opa Wilhelm jetzt im Vorgarten und rechelt die Beete. Jomi, der dreijährige Dalmatiner, liegt neben ihm im Gras und sonnt sich.

Wilhelm ist jetzt zweiundachtzig. Früher hat er das ganze Viertel bedient, sagt meine Tante, und war auch noch stolz drauf. Jetzt ist er ein bißchen langsam geworden, aber mit Jomi spazieren geht er noch jeden Tag. Nur beim Video trifft er kein einziges Ufo mehr, sagt Benedikt.

Ich rutsche mit dem Farbtopf einen Meter weiter und betrachte einen jungen Burschen, der mit einer Umhängetasche voll Werbeblättern die Straße heraufkommt. Jomi läuft ihm entgegen, springt an ihm hoch, beschnuppert Hosen und Turnschuhe. Der Junge zieht die Arme vor die Brust, geht stockend weiter, abwechselnd Jomi und den alten Wilhelm im Auge. Wilhelm lehnt auf seinem Rechen, sagt nichts, kratzt sich unterm Hut, schaut dem Spielchen zu. Immer wenn der Junge an seine Tasche greift, um ein Flugblatt herauszunehmen, kriegt Jomi große Augen und fängt an zu knurren. Der Junge versucht es ein paarmal, entscheidet dann, daß Benedikts ohne sein Flugblatt leben müssen, hinterlegt dafür gleich drei bei uns und verschwindet um die nächste Ecke. Jomi legt sich zurück ins Gras, und Wilhelm zieht wieder den Rechen durchs Beet. Ab und zu bückt er sich, hebt einen kleinen Stein auf, wirft ihn in einen Plastikeimer.

Ich kümmere mich wieder um den Zaun, sehe meiner Hand beim Streichen zu. Ich rücke einen Meter weiter, dann stehe ich selbst als alter Mann mit einem Rechen im Vorgarten. Ich sehe einen Hund übers Gras springen und einen fünfzehnjährigen Schüler mit Werbezetteln unterm Arm von Briefkasten zu Briefkasten laufen. Ich lehne mich auf meinen Rechen, kratze mich unterm Hut, schaue dem Jungen hinterher und stelle mir vor, was aus ihm werden wird. Ich denke an all die Möglichkeiten, die er noch hat, und an die wenigen, die mir noch bleiben. Ich bücke mich und hebe einen Kiesel auf und erinnere mich an einen Klassenkameraden, der von einer Kugel sprach, die ausrollt und nie mehr angeworfen wird.

Ich tauche den Pinsel in den Farbtopf, lasse ihn abtropfen, schaue noch mal zum alten Wilhelm hinüber. Der ist jetzt fertig mit dem Beet, hat sich mit einer Flasche Bier neben Jomi auf die Mauer gesetzt.

Ich lege den Pinsel quer über den Topf, gehe hinüber und setze mich zu ihnen. Ich kraule Jomi den Nacken und höre Wilhelm zu, der von den Setzlingen erzählt und meint, daß es für April immer noch zu kalt sei.

Nachher nimmt er mich mit hinters Haus und zeigt mir zwei Blautannen, die er die Woche gepflanzt hat.

»In zehn Jahren sind die höher als das Haus«, sagt er und schaut zum Dachgiebel hinauf.

In zehn Jahren? Ich schau die Tannen an, den Dachgiebel, diesen alten Wilhelm, kann gar nicht aufhören mit Staunen.

Die sympathischste Abteilung in einem Krankenhaus ist doch immer noch das Schwesternwohnheim. Man muß nur ambulant auf eine Flasche Wein kommen und gesund sein, schon wird man stationär behandelt. Und braucht nicht mal einen Krankenschein. Der Nachteil dabei ist nur, daß man sich die Behandlung nicht aussuchen kann. Bei Steffi zum Beispiel gab es immer vierzig Zentimeter Bett, einen Gute-Nacht-Kuß und Schäfchenzählen bis zum Morgen.
Hoffentlich ist sie zu Hause! Nach Neujahr habe ich sie nicht mehr gesehen. Und Silvester ging es ihr ganz schlecht. Was Ehrliches wollte sie hören. Dabei sind Märchen oft viel ehrlicher als die Wirklichkeit. Ich verstehe sie überhaupt wenig. Da wird sie von Jahr zu Jahr schöner und hat noch nie einen Freund gehabt. Aber reden will sie auch nicht darüber.
Wo war denn die Klingel? Ah da, die dritte von oben.
»Ja?«
»Hallo Steffi W. aus R., 20 Jahre. Hier ist Doktor Winter von Brova, ich komme auf ihre Anfrage: Mein Freund macht mich immer einschlafen. Bin ich frigide, oder ist er ein Sandmännchen? Wir hätten noch einige Fragen, Fräulein W., lassen Sie uns rein?«
»Ich bin aber schon ausgezogen, Doktor Winter.«
»Das macht nichts, Steffi W. aus R., wir von Brova sind schlimme Fälle gewöhnt.«
»Gut, kommen Sie rein. Aber mach leise!«
Zwei Minuten später stehe ich mit den Schuhen in der Hand im fünften Stock, Steffi macht mir auf und huscht sofort wieder ins Bett.
»Hast du 'ne neue Geschichte?« fragt sie und und zieht die Decke bis zum Kinn.
»Tausendundzweieinhalb«, sage ich und ziehe mich bis auf die bei Steffi obligatorische Unterhose aus.
»Okay, dann darfst du rein.«
Sie rückt zur Wand und macht mir meine vierzig Zentimeter frei.
»Heute erzähle ich dir die halbe«, sage ich und lege mich zu ihr.
Sie hat wie immer rotes T-Shirt und weißen Slip an.

»Leg los und halte mir ein bißchen die Füße warm!« sagt sie und schiebt mir ihre eiskalten Zehen zwischen die Waden. Ich streichele ihr ein bißchen die Oberschenkel, weil erfahrungsgemäß von dort die Kälte in die Füße zieht, und lege los.

Ich erzähle von einer wunderhübschen blonden Prinzessin, die eine wunderhübsche blonde Puppe hatte und im ganzen Reich eine riesige Menge wunderhübscher blonder Prinzen, die sie alle heiraten wollten, oder wie man das damals nannte, wenn sich zwei Menschen lieb hatten.

»Diese wunderhübsche blonde Prinzessin war nun aber entsetzlich ängstlich, und vor allem hatte sie Angst, die Prinzen könnten ihr ihre Puppe wegnehmen. Das war natürlich Unsinn, weil man einer Prinzessin ihre Puppe gar nicht wegnehmen kann. Aber wie kleine Prinzessinnen nun mal sind, glaubte sie das und ließ niemanden ins Schloß, geschweige denn ins königliche Kinderzimmer. Und so wurde die wunderhübsche blonde Prinzessin älter und älter, und auf einmal war sie gar keine wunderhübsche blonde Prinzessin mehr, sondern eine alte, graue, zahnlose Oma mit Brille und hängenden Ohren. Und sogar ihre Puppe war alt und häßlich geworden, und die blonden Haare waren nur noch dünne graue Strähnen. Da erschrak die Prinzessin und dachte, daß es nun höchste Zeit zum Heiraten sei, oder wie man damals nannte, wenn sich zwei gut leiden mochten. Also veranstaltete sie ein riesengroßes Fest und lud all die wunderhübschen blonden Prinzen aus dem ganzen Reich ein. Und sie kamen tatsächlich alle angereist, aber sie waren gar keine wunderhübschen blonden Prinzen mehr, sondern wacklige alte Herren mit großen Hörrohren und glänzenden Glatzen. Und sie wollten die Prinzessin auch gar nicht mehr heiraten, oder wie man das damals nannte, wenn zwei für sich sein wollten, sondern die alten, wackligen Herren saßen nur noch in ihren Sesseln, nickten und schnappten und sagten, früher sei alles viel schöner gewesen. Und noch bevor die Kapelle zum Tanz aufspielte, schliefen die alten Herren mit offenem Mund und laut schnarchend ein. Und die Prinzessin bekam so eine Wut, daß sie ihre Puppe aus dem Fenster warf, sich ins Bett legte, die Augen zumachte und sich vornahm, nie wieder aufzuwachen. Und wenn sie nicht gestorben ist, dann liegt sie noch heute da und schläft und ärgert sich, sagen die Leute.«

Ich streiche Steffi über den Kopf, sie rührt sich nicht.

»Und liegt noch heute da und schläft und ärgert sich«, wiederhole ich. Dann schaut sie endlich auf.

»Du alter, wackliger Herr mit Hörrohr und Glatze«, sagt sie, »ich habe noch nie geschlafen, merk dir das!«

Dann gibt sie mir einen Kuß auf die Nase und sagt »nicht schlecht«.

»Nicht schlecht?« sage ich. »Drei volle Nachtschichten habe ich dafür gebraucht und zweimal vor Gedanken statt eines Rohlings meinen Wurstweck eingespannt. Und du sagst ›nicht schlecht‹?«

Sie gibt mir noch einen Kuß auf die Augen und auf die Stirn.

»Okay«, sagt sie dann, »ich muß dir helfen. Ich erzähle dir jetzt eine Geschichte, die nicht nur nicht schlecht oder ganz gut ist, sondern exzellent. Also hör zu!«

Ich mache die Augen zu, schiebe die Zehen zwischen ihre Waden und höre zu.

»Es war einmal eine wunderhübsche blonde Prinzessin«, erzählt sie, »die hatte eine wunderhübsche blonde Puppe, mit der sie aber nie alleine spielen wollte. Das fand sie langweilig, und deshalb ging sie zu ihrem Vater, dem König, und sagte, er solle ihr die hundert wunderschönsten blonden Prinzen vom ganzen Land ins Kinderzimmer schicken, damit sie nicht mehr alleine mit ihrer Puppe spielen müsse. Da wurde ihr Vater böse und hätte ihr am liebsten ihre wunderschöne blonde Puppe abgenommen, was aber nicht ging, da man einer Prinzessin ihre Puppe überhaupt nicht abnehmen kann. Der König sagte also nur, sie solle noch ein paar Jahre warten und erst einmal groß werden, dann bekäme sie auch einen wunderschönen blonden Prinzen, aber nur einen und nicht hundert, und den auch nur, wenn sie brav wäre. Da wurde die Prinzessin ganz traurig und fing an zu weinen und sagte, sie wolle so lange nichts mehr essen, bis sie ihre hundert Prinzen bekäme. Der König war ganz verzweifelt und fragte in seiner Not die Königin. Und die Königin, die eine welterfahrene Frau war, gab ihm den Rat, der Prinzessin als Vorschuß schon mal hundert Hampelmänner zu schenken. Das tat der König auch und legte seiner Tochter eines Morgens hundert Hampelmänner aufs Bett. Die waren aber nicht wunderhübsch und blond, sondern dürr mit dummen Gesichtern und machten immer blöde Bewegungen, so daß die Prinzessin gar keine Lust hatte, mit ihnen zu spielen und sie noch vor dem königlichen Frühstück aus dem Fenster hinunter auf den Rasen warf. Als der König das sah, wurde er sehr zornig und sagte, sie sei ein ungezogenes Kind und ein Hampelmann sei doch etwas Schönes und immer noch besser als gar kein Prinz, und er ließ alle hundert Hampelmänner wieder aufsammeln und im Kinderzimmer an die Wand hängen. So mußte die wunderhübsche blonde Prinzessin all die langen Kinderjahre hindurch diese dürren Hampelmänner mit den dummen Gesichtern und den blöden Bewegungen betrachten, und sie hatte gar keine Lust mehr, vor diesen häßlichen Gestalten mit ihrer wunderschönen blonden Puppe zu spielen. Nur nachts, wenn sie alleine im Bett unter ihrer Decke lag und die Hampelmänner sie nicht sehen konnten, streichelte sie ihre Puppe und sagte, sie solle noch ein bißchen Geduld haben. Wenn sie erst groß sei, würde sie sich den wunderschönsten blondesten Prinzen vom ganzen Reich aussuchen und dann nie mehr aufhören zu spielen. Und sie freute sich und wartete und freute sich und wartete. Und als sie endlich alt genug war, veranstaltete ihr Vater, der König, ein riesengroßes Fest und lud alle wunderhübschen blonden Prinzen des Landes ein. Und sie kamen auch alle und hatten sich sehr schön gemacht mit tollen Roben und Stiefeln und herrlichen Perücken. Die Prinzessin war ganz glücklich und lief von einem zum andern und hätte sie am liebsten alle geheiratet, oder wie man das nennt, wenn eine Prinzessin einem Prinzen ihr Kinderzimmer zeigt. Als dann aber die Musik anfing und die Prinzessin mit den Prinzen tanzte, merkte sie, daß unter den tollen Roben und Stiefeln und Perücken niemand anderes war als die alten Hampelmänner aus ihrem Zimmer mit den gleichen blöden Gesichtern und dummen Bewegungen. Und da war die Prinzessin so wütend und enttäuscht, daß sie weglief und sich mit ihrer wunderhübschen blonden Puppe ins Bett legte, die Augen zumachte und sich vornahm, so lange nicht mehr aufzuwachen, bis endlich ein Prinz käme, der einmal kein Hampelmann sei, und sie wachküßte. Und da sie noch nicht gestorben ist, liegt sie heute noch da und wartet und träumt und schläft.«

»Du Prinzess«, sage ich und schaue sie an, »das ist die beste Geschichte, die ich je gehört habe. Und wenn es für nicht schlechte Geschichten schon je einen Kuß auf Nase, Auge und Stirn gibt, muß ich mir jetzt etwas einfallen lassen. Und vielleicht könnte ich dich dabei grad erlösen.«

Steffi macht die Augen zu, ich küsse sie auf die Lider, die Stirn, die Nase, beim Mund schiebt sie mich weg.

»Das reicht, Hampel«, sagt sie, dreht mir den Rücken zu und kuschelt sich in mich.

»Du! Du wunderhübsche blonde Prinzessin«, sage ich, bevor sie einschläft. »Sind wir denn wirklich alle wie diese Hampelmänner in deinem Kinderzimmer?«

»Viel schlimmer«, sagt sie leise. »Die in meinem Zimmer, die mußte man noch ziehen. Bei euch reicht der bloße Gedanke, daß euch jemand zwischen die Beine greift, und ihr macht die blödesten Verrenkungen.«

Dann zieht sie meine Hände auf ihren Bauch, hält sie vor ihrer Brust fest und schläft ein.

Und ich liege wieder einmal wach und betrachte diese wunderhübsche blonde Prinzessin und bin ihr dankbar, daß sie meine Hände festhält, weil ich sonst gewiß aus diesem Fenster des fünften Stocks hinunter auf den königlichen Rasen springen würde, um meinem elenden Hampeldasein endlich sein märchenhaftes Ende zu bereiten.

Zwei Wochen pendle ich schon zwischen Tagebuch und Bücherei. Bei Wolken sitze ich über Reiseführern und lese, was kommt, bei Sonne liege ich im Garten und schreibe, was war.

Heute ist Sonne, also liege ich mit einer Decke im Omastuhl und schaukele mich durch meine jüngste Vergangenheit.

»Was schreibst du denn da jeden Tag?«

Vater hat eben noch mal sein Anwesen betrachtet, jetzt steht er vor der Schiebetür zum Wohnzimmer.

»Tagebuch«, sage ich und male mit vier Strichen einen stolzen Hausbesitzer vor seiner Villa.

»Na, ich weiß nicht«, meint Vater und macht ein paar Kniebeugen. »Ich glaube, bei deinem Lebenswandel wird das Tagebuch wohl eher ein kleines Nachtbuch.«

Optimist, denke ich und ziehe dem Strichmännchen die Mundwinkel nach unten.

»Aber was anderes.« Vater schwingt die Arme vor und wieder zurück. »Willst du nicht mal was Reelles machen? Von deinen Pausen kannst du doch nicht leben.«

»Wer weiß«, sage ich, »vielleicht wird mein Tagebuch entdeckt und ein Bestseller durch alle Regale.«

Jetzt bückt er sich, tippt mit den Fingerspitzen auf die Schuhe.

»Bestseller?« sagt er. »So wie ich dich kenne, wird das allenfalls ein Bettseller. Und ich weiß nicht, Junge, ob du da auf die Unkosten kommst.«

Dann hüpft er auf einem Bein ins Wohnzimmer, und ich überlege mir, wie man so einen Vater in ein ordentliches Strichmännchen bringen soll.

Jetzt habe ich sie, die Entschuldigung für jene Nacht bei Vera. Das war nicht Lavendel, was mich von den Beinen holte, das war Moschus. Hier steht es in diesem Reiseführer über Südfrankreich, Seite hundertfünf, im Artikel über den Luftkurort Grasse.

In diesem Grasse stellen sie nämlich das Moschus her, das heißt, sie panschen es nur zusammen, das Substrat kommt vom Himalaya, direkt aus den Vorhautdrüsen des Moschushirschen. Und dieses Moschus ist das Liebesstimulans an sich, und deshalb wurden die Drüsen früher siebenmal so schwer wie Gold aufgewogen und das arme Vieh fast ausgerottet.

Na ja, zum Glück haben sie es überlebt und röhren jetzt wieder, und unsere Frauen haben ihre Tropfen, um die müden Männer auf Himalayahirsch zu trimmen. Nur die arme Vera hat sich da doch bös vergriffen. Sie konnte es ja nicht wissen. Ich bin nämlich in Katmandu unter so einem Hirschgeweih zur Welt gekommen, und da die ersten Eindrücke die prägenden sind, produziere ich seit meiner ersten Stunde selbst unablässig jenen Saft, aus dem die Liebesträume sind. Und wenn man jetzt wie Veraschatz mein Moschusblut noch zusätzlich von außen mit Moschus anreichert, kippt das natürlich um wie die Nordsee nach der Ölkrise. Minus mal minus gibt plus, und Hirsch mal Hirsch gibt gar nichts, das lernt man doch schon in der zweiten Grundschulklasse. Gut, daß ich das jetzt weiß, da werde ich mir in Zukunft irgendeinen Insektenspray zum Neutralisieren mitnehmen.

Und die Bücher hier nehme ich auch alle mit, da kann ich am See weiterlesen, heuer ist nämlich ein Wetter, ich glaube, der liebe Gott ist hunderttausend geworden und hat für die Belegschaft ein Riesenfaß aufgemacht, so blau wie da oben alles ist.

Ich radle jedenfalls das Wiedener Tal hinauf, klingele mich zwischen Kinderwagen und jungen Müttern hindurch, nehme die Spazierstöcke mit ihren Rentnern am Knauf im Slalom.

Es ist schon richtig warm heute. Ich ziehe mir im Fahren den Pullover über den Kopf und klemme ihn auf den Gepäckträger. Früher haben wir uns im Fahren ganz ausgezogen. Das war so ein Spiel. Wir radelten alle zusammen auf dem Spazierweg Richtung See, mußten uns auf Kommando bis zur Unterhose ausziehen, auf den Steg fahren und samt Fahrrad ins Wasser springen. Nachher tauchten wir nach den Rädern und wer seines als letzter fand, mußte für alle anderen die Kleider einsammeln. Das Schwierigste am Ausziehen waren natürlich die langen Hosen, und manch einen warf es schon beim ersten Bein aus dem Sattel, wofür er auf dem Nachhauseweg zwanzig Meter hinter uns fahren mußte, aber mit der Zeit beherrschte es dann doch jeder.

Damit die Sache ihren Reiz behielt, kam Gustav auf die Idee, sich auf dem Fahrrad auch wieder anzuziehen. Und das war natürlich wesentlich schwerer. Die meisten schafften es nicht mal bis zum T-Shirt. Spätestens wenn sie beide Hände losließen, um das Hemdchen über den Kopf zu ziehen, schlug ihnen auf dem schlechten Weg der Lenker um und schmiß sie kopfvor über die Stange. Die anderen waren spätestens bei den Hosen an der Reihe. Entweder waren sie so schnell, daß es ihnen beim Lenkerloslassen wie den T-Shirt-Fliegern ging, oder sie machten es exakt und verloren soviel Fahrt, daß sie einfach im Stand umfielen. Hin und wieder verklemmte sich auch mal eine Hose im Zahnkranz, was ziemlich unangenehm war, weil erstens die Hose hinterher wie ein Kettenhemd aussah und zweitens das Rad so schnell blockierte, daß der Fahrer es erst merkte, wenn er schon zwei Meter weiter in der Luft war.

Es war jedenfalls eine Riesengaudi, und oben am Waldrand, wo die Bänke stehen, saßen mit jedem Nachmittag mehr Rentner und schauten uns zu. Sie grölten und johlten und schlugen sich auf die Knie, wenn einer mit den Hosen in den Waden den doppelten Rittberger flog. Sie klatschten aber auch, wenn sich einer besonders lange hielt und erst beim Schuheschnüren an einem Schlagloch scheiterte. Später hieß es, sie hätten sogar Wetten auf uns abgeschlossen, aber ich weiß nicht, ob das stimmt. Jedenfalls fühlten wir uns wie Jack the Left, oder wie diese Standmänner alle hießen, und manch einer machte einen besonders reißerischen Abgang, nur um am Waldrand die Pensionäre grölen zu hören. Nachher lagen wir dann im Gras und stöhnten und verbanden uns gegenseitig Knie und Ellbogen, selbst wenn wir uns gar nicht verletzt hatten. Ab und zu kamen die Pensionäre sogar herunter und sagten, wir sollten doch diesen Unsinn sein lassen, gaben uns aber gleichzeitig ein paar Fünfziger für Limonade. Außerdem fragten sie die, die sie noch nicht kannten, nach ihren Namen. Vielleicht haben sie doch gewettet. Wir fuhren jedenfalls in den nächsten Laden und pumpten uns mit Cola so voll, daß wir noch eine halbe Stunde rülpsen konnten.

Auf dem Uferweg hier ist immer noch ziemlich viel Gras, vor allem am Rand und in der Mitte. Das Ausziehen müßte ich noch beherrschen. Mal schauen, ob irgendwo jemand ist. Mist, ganz da vorne kommt jemand auf 'nem Fahrrad. Sieht aus wie ein Mädchen. Ja tatsächlich, sitzt aufrecht wie ein Engel, und lange Haare hat sie auch. Vielleicht will sie mitspielen. Noch zwanzig Meter, Mensch, die sieht wirklich gut aus. Noch zehn Meter, verdammt, was sag ich jetzt, fünf Meter, sie schaut kurz auf, mein Gott was Augen, drei, die kenn ich doch, zwei, eins, Idiot, vorbei.
Ich drehe mich nach hinten, so ein Hintern auf einem Sattel in Jeans, das wirft mich glatt um. Wunsch und Befehl, Stangen im Bauch, Sand im Gesicht, wer hat jetzt das Rad zum Rodeo gemacht? Ich drehe den Kopf, schaue durch zwei Speichen nach meiner Schönen. Ja gibt's denn das? Venus ist vom Roß gestiegen, schaut nach hinten zu mir und lacht. Vielleicht bin ich auch nur ohnmächtig. Jetzt legt sie ihr Fahrrad ins Gras und kommt zu mir. Ob sie mich überhaupt sehen kann hinter den Speichen?
»Schaffst du's alleine oder soll ich dir helfen?«
Sie hat mich offensichtlich entdeckt. Ich klettere unter dem Fahrrad heraus, bleibe knien, reibe mir die Schulter.
»Danke, ich schaff mich allein«, sage ich. »Aber hast du nicht das Wildschwein gesehen, das mir eben ins Rad gelaufen ist? Muß ein kapitales Vieh gewesen sein.«
Sie setzt sich ins Gras, lacht, legt die Arme um ihre Knie.
»Ja, ich habe es gesehen«, sagt sie. »Es hatte braune Borsten bis auf die Schultern, wog fünfundfünfzig Kilo und lief auf zwei Rä-

dern. Und wenn du noch mal Wildschwein zu ihm sagst, schlägt es dir deine Luftpumpe um die Ohren.«

Ich reibe mir immer noch die Schulter.

»Komisch«, sage ich, »ich dachte das Vieh hätte mindestens vier Zentner. Na ja, aber sag, dich kenne ich doch irgendwo her!«

»Ja«, sagt sie, »aus dem Krankenhaus.«

»Wie, Krankenhaus?« sage ich. »Ich war mein Lebtag noch nicht im Krankenhaus. Oder meinst du das Schwesternwohnheim, wo meine Kusine wohnt?«

»Nein, Krankenhaus«, sagt sie. »Du lagst mal sechs Wochen auf der Orthopädie, hattest den Arm und ein paar Rippen gebrochen.«

Die macht sich wohl einen Scherz mit mir.

»Vielleicht verwechselst du mich mit dem frühen Schwarzenegger«, sage ich. »Passiert mir öfters.«

»Nein«, sagt sie, »ich bin ganz sicher. Damals bist du bei deinem Onkel durch den Heuboden gefallen.«

Ich schlage mir an die Stirn, wobei sich die Schulter wieder einrenkt.

»Mensch, du bist doch die Dunkle«, sage ich, »die von Gustav, das heißt von Theo, was weiß ich. Jedenfalls haben wir im *Café Klatsch* mal nebeneinandergesessen. Du hast dich aber verändert!«

Sie nickt und lacht, hat Zähne, gegen die ist Neuschnee grau.

»Brauchst du immer so lange?« fragt sie.

»Nein«, sage ich, »das ist noch der Schock von meinem Unfall. Aber unter uns, das war riesig nett von dir, daß du die Sau verjagt hast. Das kann ich nicht auf mir sitzen lassen. Revanche ist das Mindeste? Was willst du? Eis, Pizza, Kuß? Oder zwei Wochen Mallorca?«

Sie wiegt sich ein bißchen, schaut auf ihre Füße, dann zu mir.

»So billig?« fragt sie.

»Gut«, sage ich, »vier Wochen Mallorca und zweimal am Tag von mir den Rücken gecremt?«

Sie wirft die Haare nach hinten, legt das Kinn auf die Knie. »Also ich muß das überschlafen«, sagt sie.

Ich will schon fragen, ob ich mitkommen soll, beiß mir aber auf die Lippen.

»Du kannst mir deine Telefonnummer geben«, sagt sie, »ich rufe dich dann an.«

Sie rollt sich zur Seite, zieht einen Stift aus der Hose.

»Hast du einen Zettel?« fragt sie.

Ich schüttele den Kopf.

»Komm, ich schreib dir's auf die Hand«, sage ich.

Sie gibt mir den Stift, ich setze mich neben sie, nehme ihre Hand, betrachte die Linien.

»Du«, sage ich, »eigentlich viel zu schade zum Verschmieren.«

Sie nimmt ihre Hand weg, nimmt mir den Kugelschreiber ab.

»Ich habe mir gedacht, daß du nicht schreiben kannst«, meint sie.

»Also diktier, ich schreibe selber!«

»100 000 ist die Nummer vom Geschäft«, sage ich. »Aber ich gebe dir den Privatanschluß. Also schreib auf, 2 94 57. Dort meldet sich dann James, der Butler. Hier bei Merx, sagt der immer. Du mußt Guten Tag sagen und nach Eduard fragen, das bin ich. Meine Freunde nennen mich auch Eddi. Also schreib, Merx Eddi, 2 94 57!«

Sie schreibt, schreibt links.

Als sie fertig ist, greife ich mir wieder den Stift.

»Und jetzt deine Telefonnummer!« sage ich.

»Also meine Privatnummer ist 47 11«, sagt sie, »aber die ist nur für Liebhaber. Ich gebe dir lieber den Geschäftsanschluß. Die Nummer ist 007. Dort meldet sich Roger Moore, das ist unser Telefonist. Du mußt sagen, du wärst vom Müttergenesungswerk und wolltest Ella sprechen. Das bin ich. Okay?«

Ich schreibe Ella auf meine Hand und male ein Herz drumherum.

»Okay!«

Sie steht auf, steckt die Hände in die Hosentaschen.

»Und was machen wir mit deinem Rad, Eddi? Fahren kannst du ja nicht mehr.«

Ich knie mich zu meinem Fahrrad, versuche das Vorderrad zu drehen.

»Stimmt«, sage ich, »total verbogen.«

Ich schaue rauf zu ihr.

»Weißt du Ella, du könntest mich bis zur Straße mitnehmen. Von dort aus kann ich trampen. Das Rad verstecken wir hier irgendwo in den Büschen, und morgen schicke ich James mit einem Handwagen vorbei.«

»Gut«, sagt sie, »aber wie soll das gehen? Du verbiegst mir ja den Gepäckträger mit dir und deinen ganzen Büchern.«

Ich werfe mein Rad hinter den nächsten Busch.

»Man merkt, du kommst aus bravem Haus«, sage ich. »Wir sind schon zu fünft auf einem Fahrrad gefahren. Zu zweit schäme ich mich fast. Also paß auf, bei einem Damenfahrrad ist das ganz einfach. Ich stelle mich in die Pedale, trete und halte mich am Lenker fest. Du setzt dich auf den Sattel, läßt die Füße baumeln und hältst dich an meinen Schultern.«

Ich hebe ihr Rad auf, halte es an der Lenkstange.

»Du mußt dich als erste draufsetzen, Ella!«

Sie rutscht auf den Sattel, pendelt mit den Beinen das Gleichgewicht aus, hält sich an meinen Schultern.

»Fertig?« frage ich.

»Fertig«, sagt sie.

Ich steige in die Pedale und fange an zu treten. Der Lenker zittert, Ella wackelt, das Vorderrad kommt auf die Grasnarbe, verkantet, wir fallen um.

»Toll, Eddi, wie bei deinem letzten Rennen«, sagt Ella und zieht ihr Bein unterm Hinterrad vor.

Ich stehe schon wieder, klopfe mir den Sand von der Hose.

»Du weißt doch, Ella, aller Anfang ist Schwerkraft, und bitte wakkel doch nicht so, wenn du dich an meiner Schulter hältst!«

»Ich wackle überhaupt nicht, das bist du. Also komm, zweiter Versuch. Wenn's jetzt nicht klappt, tauschen wir.«

Ich halte wieder das Fahrrad, Ella rutscht auf den Sattel. Ich steige in die Pedale, lege mich vor und trete, einmal, zweimal, der Lenker zittert, Ella wackelt, dreimal, viermal, jetzt haben wir genug Fahrt, die Spur hält.

Zusammen holpern wir Richtung Landstraße. Ich klingele schon von weitem. Die Mütter steuern ihre Kinderwagen zur Seite, die Rentner stützen sich auf ihre Stöcke und staunen uns hinterher. Jetzt würde ich jede Wette mit ihnen eingehen.

Viel zu schnell sind wir an der Landstraße, ich steige ab.

»Rufst du mich an?« frage ich.

»Glaub schon«, sagt sie und reicht mir die Bücher vom Gepäckträger. Dann gibt sie mir die Hand, sagt tschüß und radelt los. Und ich stehe mit meiner Nylontüte voller Reiseführer und schaue ihr noch nach, als sie schon lange hinter der Kuppe verschwunden ist.

Dann trotte ich den Weg zurück zum See, den Blick in der Schlangenlinie unserer Spur. Daß sie sich an meinen gebrochenen Arm erinnerte und an den Heuboden vom Onkel. Und wie sie da im Gras saß, die Arme um die Knie legte und sich selber schaukelte. Jetzt weiß ich, wovon der Himmel so besoffen war. Mein Gott, ich könnte jetzt im Handstand auf einem Arm bis ans Ende der Welt hüpfen. »Toll, wie in deinem letzten Rennen«, hat sie gemeint und nichts gesagt, obwohl ihr der Gepäckträger aufs Bein geschlagen ist, ich hab's genau gesehen. Und hier an der Stelle, da hat sie gesessen und gesagt, sie muß das überschlafen. Genau, da setze ich mich jetzt auch hin und warte, bis sie es überschlafen hat.

Das heißt, sie wollte mich anrufen. Vielleicht legt sie sich vorm Essen noch ein bißchen hin und ruft dann heute abend schon an. Nichts wie heim denn! Und das Fahrrad hänge ich mir über die Schulter, dann laufe ich am See vorbei und meinen Waldweg hinauf.

Eine verbogene Felge vor der Stirn, die Sonne im Genick und tausend Schmetterlinge im Bauch, mein Gott, was für ein Fest von Tag!

Verdammt! Gustav hat soviel erzählt von ihr, und ich habe fast nichts aufgeschrieben. Nicht mal ihren Namen weiß ich. Da steht immer nur ›die Dunkle‹, wie blöd!

Den ganzen Abend liege ich mit dem Telefon im Arm auf dem Sofa. Im Radio läuft »Hörer wünschen, wir senden«. Ob ich dort mal anrufe?

Ein Zeug habe ich geträumt! Von Sam Hawkins, wie er auf einem verbogenen Wildschwein zu einem Engel in den Himmel radelt. Und von einem riesigen Stein, den ihm ein dreiäugiger Zyklop abwechselnd in Bauch und Rücken wirft. Da liegt er ja, der Stein, und der Hörer nebendran. Da kann sie natürlich nicht anrufen.

Fünf Uhr. Ich glaube, das Radio kann ich ausmachen. Jetzt senden sie mir meinen Wunsch doch nicht mehr. Halt ich halt die Decke im Arm.

Was sie jetzt wohl macht? Preisfrage! Schläft wie ein Berg und träumt nicht mal. Frauen fehlt jede Leidenschaft. Und dann sagt Steffi, Mädchen würden sich meistens viel stärker verlieben als Jungen. So ein Unsinn! Ich war jedenfalls immer viel mehr in mich verliebt als die Mädchen.

Wenn ich wenigstens ihre Adresse hätte! 47 11, Köllsch Wasser, so ein Quatsch! Na wenigstens kein Moschus! Das heißt, probieren könnte ich die Nummer schon mal. Viertel nach fünf. Anständige Leute sind jetzt schon geduscht und rasiert. Also: vier, sieben, eins, eins.

Das klingelt tatsächlich. Ob sie selber abhebt? Und im Nachthemd? Die sieht verschlafen bestimmt noch toller aus, so mit verwuscheltem Kopf. Jetzt könnte sie aber kommen. Neunmal, zehnmal. Komm schon, nur für mich! Zwölfmal, dreizehnmal. Jetzt hebt sie ab, jetzt holt sie Luft.

»Jaaa?«

Allmächtiger, nimm doch den Hörer aus der Gießkanne!

»Einen schönen guten Tag. Hier ist Merx vom Müttergenesungswerk, könnte ich mal mit Ella sprechen?«

»Wer? Was? Welche Ella?«

Der hat auch noch Mundgeruch, der Kerl.

»Ja, ihre Tochter meine ich. Haben Sie keine Tochter?«

»Doch. Sieben Monate, du blöder Hund!«

Unhöflich, sehr unhöflich. Legt einfach auf. Selber schuld. Kriegt seine Frau halt keine Kur von uns.

Also dann auf ein Neues. Null, null, sieben. Da tut sich überhaupt nichts, kein Tuten, kein Anschluß unter... Alles Penner, diese Postler!

Halb sechs. Ich springe vom Sofa in die Dusche und wieder in die Kleider von gestern. Die ziehe ich nicht mehr aus, bis ich sie wiedertreffe. Da an den Schultern vom Hemd, da hat sie sich festgehalten. Stimmt, riecht irgendwie nach mehr.

So, gekämmt, gezahnputzt und rasiert, jetzt koche ich mir in der Küche erst mal eine Kanne Kaffee und male die Strichmännchen zum Text. Wie malt man ein Wildschwein mit fünf Strichen? Und wie einen Engel mit vier? Ob sie auch so gut malen kann wie ich?

Sechs Uhr vorbei, draußen wird es schon hell. Jetzt steht sie bestimmt auf und macht sie fertig für die Schule. Was ziehen wir denn an heute? Wieder diesen zu weiten braunen Pulli mit dem V-Ausschnitt und wieder die zu engen Jeans? Die Turnschuhe bestimmt, ohne Turnschuhe läuft in dem Alter einfach nichts. Vielleicht steht sie auch gerade unter der Dusche, seift sich ein und singt »Guten

Morgen, du schöner«. Mein Gott, Seife müßte man sein, oder Handtuch. Ich darf gar nicht daran denken. Ein Strichfräulein hinterm Duschvorhang, wie soll man so was malen? Hat alles keinen Zweck, ich muß an die Luft, sonst platzt mein Bleistift.

Draußen ist schon richtig Tag. Und die Spatzen überschlagen sich mal wieder, diese Pfeifen. Ich kann es verstehen. Sogar die Ampel ist heute grün, und das bei Rot. Ja, hup nur, du dummer Lastwagen, hörst wohl kein Radio, heute sind doch alle Straßen mein. Siehst du, jetzt kriegst du die Flatter in den Blinker und biegst ab.

So, die letzten zehn Meter gehe ich im Handstand, das hab ich nach meiner ersten Vier in Mathe auch gemacht. Jetzt könnte ich noch schnell auf einem Arm die drei Stufen hochhüpfen, aber das sieht doch zu angeberisch aus. Also wieder auf die Füße, Haare aus der Stirn und rein.

»Guten Morgen, ihr Schönen, und die andern auch!« Och, wie die jetzt guckt, dabei habe ich doch absichtlich niemanden angeschaut. Was ich wünsche? Ja, ich weiß ja gar nicht, was sie gerne ißt. Also sagen wir von allem ein bißchen und von den Croissants zwei mehr. Croissants ißt sie bestimmt, hat so was Französisches im Blick. Wie? Acht zwanzig? Also ich würde gern mehr bezahlen, sind Sie mit zehn Mark einverstanden? Das heißt, wo hab ich ihn denn jetzt, meinen Geldbeutel mit dem Bogartbildchen? O verdammt, der liegt noch im Bad neben dem Rasierschaum. Ich hätte hier nur einen Bleistift, aber den kann ich Ihnen wirklich nicht geben. Wie? Zettel schreiben? Ja, Zettel schreiben ist gut. Ich schicke dann James oder meine Mutter, ist's recht? Wiedersehen, ihr Schönen, und die andern, ja, ich bin ja schon ruhig.

Zehn nach sieben. Jetzt steht sie bestimmt an irgendeiner Bushaltestelle. Oder sie nimmt das Fahrrad. Ja, Fahrrad ist besser. Jetzt radelt sie also durch diesen einmaligen Morgen und denkt an mich. Oder doch nicht? Wenn sie nicht an mich denkt, ist ihr nicht zu helfen. Aber die denkt an mich, schon wegen der Brötchen.

Ach schau an, die Eltern sind auch schon auf.

»Guten Morgen, ihr Schnöden! Also halb acht und immer noch im Morgenmantel, ich muß schon bitten. Dafür habe ich euch nicht die teure Ausbildung bezahlt. Wie, wieso ich schon auf bin? Einer muß doch die Sonne an den Himmel schieben. Und die Brötchen? Ach, die Brötchen, die waren eigentlich gar nicht für euch. Aber wenn ihr jetzt schon mal da seid, können wir sie auch zusammen verfrühken. Also, laßt's euch schmecken, ihr Gecken, und macht bitte das Radio aus, ich bekomme jeden Moment einen Anruf aus Übersee!«

Acht Uhr, neun Uhr, zehn Uhr. Ich kann nichts schreiben, nichts lesen, nichts malen. Jetzt könnte sie doch anrufen. So um zehn ist in der Regel Pause. Vielleicht hat sie kein Kleingeld, oder irgendeine Tante blockiert die Zelle, oder sie muß noch Hausaufgaben abschreiben. Wenn ich nur wüßte, in welche Schule sie geht!
Halb elf. Jetzt ist die Pause vorbei. Hat alles keinen Zweck. Ich muß was machen, bevor ich meinen Bleistift vollends in Stücke kaue. Ich könnte in die Stadt fahren. Ein neues Vorderrad brauche ich sowieso. Ja genau, dabei kann ich auch gleich diese Tante aus der Zelle werfen.
»Mama, ich geh mal für dich tanken.«
Um zwölf ist wieder Pause. Bis dahin bin ich zurück.

Zehn vor zwölf. Ich könnte mir für meine dummen Sprüche selbst ein Ohr abdrehen. Sie hat tatsächlich angerufen. Um elf. Vater war am Apparat, wie immer einzig in seinem Charme.
»Wer sind Sie? Ella? Was für eine Ella? Ella Fitzgerald? Melden Sie sich richtig, oder ich lege auf! Sie heißen wirklich so? Na meinetwegen. Und was wollen Sie? Eddi sprechen? Welchen Eddi? Nein, ich habe keinen Sohn namens Eddi.«
Zack, aufgelegt. Ich halt's nicht aus.
»Aufgelegt? Du hast einfach aufgelegt?«
»Sollte ich deiner Negerin vielleicht noch was vorsingen?«
Runter in die Garage, für Mama noch mal Öl kontrollieren und kreuz und quer durch die Stadt. Mädchen gibt es mehr als Parkuhren, sogar mit Klingel und Fahrrad, aber kein Engel darunter. Um zwei bin ich wieder zu Hause.
Ich esse zwei kalte Wiener mit Brot, dann mache ich mich ans Fahrrad. Um drei bin ich draußen am See, setze mich an die Stelle von gestern. Sie kommt, ich weiß es ganz genau.
Bis vier sehe ich eine junge Mutter und zweimal drei Rentner. Bis fünf zwei Angler und einen Karpfen. Um sechs schauen mich zwei Enten an und stecken den Kopf ins Wasser, um sieben wird es kühl.

Um halb acht hänge ich mit dem Oberkörper über dem Lenker, schiebe das Rad zur Landstraße und fluche auf das unbekannte Stadtkind, das mit seinem Mofa einen Teil unserer Spur überfahren hat.

Um acht bin ich an der Landstraße. Jetzt kommt sie nicht mehr. Ich werfe mich auf den Sattel, trete die Pedale in den Asphalt und fliege in die Stadt. Gustav soll heute heimkommen, hat seine Mutter gesagt.

Das war ernüchternd. Als ich zu Gustav komme, ist der noch verstörter als ich. Kein Harlem-Neger-Hände-Klatschen, kein Auf-immer-auf-ewig, nur ein kurzes Nicken mit dem Kopf, dann zieht er mich in sein Zimmer und macht die Tür zu.

»Du, es ist passiert!«

Wie er das sagt! Ich ziehe mir die Schuhe aus und setze mich aufs Bett. Gustav geht auf und ab und erzählt. Von den Nachtwachen im Krankenhaus, der netten Krankenschwester namens Katrin, den Frühstücken, die sie mal bei ihm und mal bei ihr einnahmen, dem Ausschlafen hinterher und dem Noch-nicht-ganz-müde-Sein vorher. Jetzt ist sie schwanger und will das Kind haben, ob mit oder ohne Gustav. Für seine Eltern gibt's nur Heiraten, wenn nicht, braucht er zu Hause nicht mehr zu erscheinen.

»Daß man einem Mädchen ein Kind macht, kann vorkommen. Daß man es dann sitzenläßt, gibt es in unserer Familie nicht.« – Sein Vater.

Und Gustav steht jetzt vorm Kleiderschrank, schaut auf den Kalender an der Wand und kaut an seinem kleinen Finger.

Drum prüfe, wer sich ewig bindet. Eigentlich wollten wir noch ein paar Jahre prüfen. Heiraten und Kinderhaben wollte Gustav schon, nur später. Jetzt fing doch alles erst an. Und jetzt soll er schon Vater werden, kaum zwanzig und nicht ein Bein auf dem Boden. Wie schnell das geht.

Gustav und Vater! Das ist wie Dimitrij mit seiner Gruschenka auf dem Bauernhof in Mitteltexas. Das kann nicht gutgehen.

Abends laufen wir durch die Stadt, vorbei am *Rainfall* und am *Café Klatsch,* hinüber zum Bahnhof, wo wir in der Halle stehen und Zigaretten ziehen. Dann laufen wir am Park vorbei zu unserer Schule, stehen eine Zeitlang auf der Treppe, laufen dann weiter die Gasse hinunter zum Markt, setzen uns an den Rand des großen Baulochs, wo sie eben das Fundament für die neue Bücherei betonieren. Letzten Sommer haben wir hier unsere Bücher vergraben und mit zwei Kasten Bier die Zukunft eingetrunken. Jetzt sitzen wir wieder hier, werfen kleine Sandbrocken nach unten und wissen nicht mehr recht, auf was wir uns damals so gefreut haben.

Solange wir in der Schule waren, hatten wir eine Ausrede. Die Eltern, die Lehrer, die Kursarbeiten, wir wußten, woran es lag, daß es nie wirklich gut war. Jetzt stehen wir für uns und haben keine Entschuldigung mehr. Wir könnten es auf das fehlende Geld, auf die wichtigen Studenten und die langweiligen Dozenten, auf das System, die Politik und die Gesellschaft schieben. Aber das wäre wie klein Benedikt, der seine Buntstifte zertritt, wenn er nicht weiß, was er mit ihnen malen soll.

Die Arbeit bei Hafner, das sei auch nicht die Erfüllung, hat Robert gemeint, aber er hätte jetzt wenigstens etwas, worüber er sich ärgern könne. Das hat mir Eindruck gemacht, und ich mußte gleich an diesen Nietzschesatz im Merkheft denken. Wer ein Wogegen hat, erträgt fast jedes Wie, so ging der oder zumindest so ähnlich. Die Leute scheinen wirklich immer jemanden zu brauchen, dem sie die Schuld zuweisen. Ein Elend mit Grund ist nur noch halbes Elend, also erfinden sie sich ihre Verursacher.

Wir wollten eigentlich nichts mehr auf andere schieben und hatten gehofft, statt eines Wogegen irgendein Wofür zu finden, aber bislang haben wir es nur auf ein Wonicht gebracht. Jetzt sitzen wir hier mit unserer Handvoll Leben, werfen Sandbrocken nach unten und würden am liebsten unsere Bücher wieder ausgraben.

»Feiglinge sind wir, verdammte Feiglinge«, sagt Gustav und steht auf, tritt vom Rand eine breite Scholle nach unten und steigt über den Zaun auf den Marktplatz.

Ich bleibe sitzen und male Kreise in den Sand. Gustav wird Katrin heiraten und vom Freisein träumen, und ich werde frei sein und vom Ankommen träumen. Zweimal ein Morgen ohne Tag in die Nacht.

Wie war das jetzt mit Kolumbus und Amerika und Atlantis?

Morgens fahre ich wieder zu Gustav. Wir trinken Kaffee und reden, und nachher bringe ich ihn noch zum Bahnhof. Um halb eins fährt er mit dem Zug wieder nach Frankfurt.

Auf dem Rückweg fahre ich am See vorbei. Ich stelle das Fahrrad ab, spaziere am Ufer, setze mich zu zwei Anglern. Dann laufe ich weiter zum Steg und zurück zum Fahrrad, lege mich ins Gras und schlafe ein.

Als mich etwas im Ohr kitzelt, wache ich auf. Engel liegt neben mir, dreht einen Grashalm in der Hand. Wir schauen uns eine Zeitlang an, dann nehme ich ihren Grashalm, führe ihn zu meinen Lippen, dann zu ihrem Mund.

»Tag Engel«, sage ich, »hättest mich ruhig wachküssen können.«
»Hab mich nicht getraut«, sagt sie.
Ich mache die Augen noch mal zu und lege den Kopf ins Gras. Sie beugt sich zu mir und gibt mir einen Kuß auf die Wange.
»Manon«, sagt sie, »und du?«
»Marius«, sage ich.
Dann stehen wir auf, sperren die Räder aneinander und laufen am Bach entlang in den Wald.

Wie nennt man das, wenn der Mond Posaune bläst und sich die Welt im Walzer dreht, wenn die Wolke Harfe spielt und der Wind vom Süden singt, wenn Stämme schmunzeln, Zweige nicken, wenn alle Blätter grüß dich winken, wenn der Bach vor Strudel springt und sein Grugeln gut so klingt, wenn jeder Halm den Himmel fühlt und die Sonne Sonntag blinkt, wenn die Spatzen Frühjahr pfeifen, wenn die Mücken Tiefflug gleiten,

wie schreibt sich das, wenn Asphalt grün und Autos wieder Pferde werden, wenn jeder Motor Mozart brummt und jeder Reifen »freut euch« summt, wenn Häuserfronten Zähne blecken und Antennen Hälse recken, wenn flache Dächer Giebel staunen, wenn Kamine Willkomm schmauchen,

wie malt sich das, wenn ich dem Tisch sein Tischbein streichle und im Tee vor Feen nichts seh, wenn ich ein Glas gleich einer Hand berühre und beim Trinken Lippen spüre, wenn ich nicht weiß, was Reden heißt, doch jedes Wort zum Lied sich reimt,

wenn nichts mehr ist, wie's ist und war, wenn überall sie steht und geht und spricht und lacht und hört, wenn Vater fragt, ob ich jetzt krank, besoffen oder Drogen nehm, wenn Mutter ihm die Hand auflegt, damit wir endlich essen, wie nennt man das, mein Gott, ich hatt's vergessen.

Wer hat den Gähner Nacht erfunden und wer die Träne Schlaf gemacht, ich bin jedenfalls vergessen, liege träumend überm Bett und lach den Schatten an der Wand, ich streichle der Tapete jede Maser und halt den Wecker warm, damit er schneller tickt, ich trommle Morse auf den Bauch und sag es allen Sioux, ich dreh mich rum und wirble Karussell, mein Bett das ist ein Flugzeug und ich der Leichtpilot, stürz in die tausend Watt von ihren Augen, umkurv den Tanz in ihrem Schritt, wie könnt ich landen, wie diesen Tag jetzt enden, mein Blut das ist das Öl, an das ihr Lachen Feuer flammte,
zu früh steh ich auf, zu früh bin ich dort, stehe und warte, zähle dem Pflaster die Steine und den Häusern die Ziegel, warte und steh, bis endlich sie kommt, mich erlöst, so früh schon lacht und mir die Antwort von den Lippen nimmt, dann steigt sie auf, fährt los und winkt mich an die Seite, so radeln wir nebeneinander, weil hintereinander wäre zu weit, sie gibt mir die Hand, läßt nicht einmal los, um Autos zu winken, die gleich Hochzeiten hupen, was kümmert sie uns, die enge Straße, und was der Polizist, ihre Hand in meiner und meine in der ihren, so klingeln wir uns in den Tag, komm, Sonn, auch du und roll den Teppich uns aus,
dann sitzt sie hinterm Glas und ich auf der Mauer davor, sie schreibt mit meinem Bleistift Englisch und ich hüpf fünfundvierzigmal dem Zeiger ihrer Uhr den Kreis, dann kommt zurück sie, meint, Chemie sei nicht so wichtig, und hakt mich ein und zieht mich fort, sagt zwischen Kaffee, Milch und Zucker so ein paar Ding, für die ich meine Bücher all samt Bord und Dübel aus dem Fenster werfen möchte, bläst mir den Dampf vom Kaffee ins Gesicht und fragt, wie ich geschlafen hätt, daß ich's nicht kenn das Wort, sag ich, dein Glück, lacht sie und meint, sie hätte ihren Ring gedreht die ganze Nacht, kein Geist sei doch gekommen, hat nicht getraut sag ich, betrachte ihre Hände, der Ringe acht, darunter steht immer noch Eddi,
dann meint sie, Bio sei wichtig, der Lehrer auch nett, und sitzt in der Schule schon wieder, davor ich im Gras erzählend den Halmen vom Mädchen, das dort, wo ich mit Müh mal hindenken mich und

schreiben wollt, schon immer herkommt und die schlichten Sätze schenkt, ja, meint der Klee, sie ist das Schwert für deine gordischen Gedanken, ja, sag ich, ein Schwert, das Flügel leiht.

Bis vor einem Jahr wohnte Manon noch auf dem Kellenberg. Dann ließen sich ihre Eltern scheiden, Manon zog mit ihrer Mutter in die Friedrichsstraße, der Bruder blieb beim Vater. Ihr Vater ist Rechtsanwalt, ihre Mutter hat sechs Semester Deutsch und Französisch studiert, dann abgebrochen, als der Bruder unterwegs war. Die Trennung ging von ihr aus. Manons Vater hatte öfters Freundinnen, wollte aber von Scheidung nichts wissen, schon wegen des Hauses auf dem Kellenberg nicht. Manon ist froh, daß ihre Mutter sich durchgesetzt hat. Sie hat ihrem Vater damals einen Brief geschrieben, will ihn mir mal mitbringen.

Theo hat sie schon mit fünfzehn kennengelernt. Er war sechzehn, und sie arbeiteten zusammen in der Schülerzeitung. Sie war von Anfang an in ihn verliebt. Theo mochte sie auch, sagte aber, er hätte nicht genug Grund unter den Füßen für sich, geschweige denn für zwei, und das Chaos in seinem Kopf könne er niemandem anbieten.

Manon war für ihn nur gute Freundin. Er kannte ein paar ältere Mädchen, bei denen er manchmal über Nacht blieb. Morgens kam er dann zu Manon frühstücken, fühlte sich immer ziemlich mies, meinte aber, lieber zwei Tage Verdruß als drei Wochen das Gefühl, etwas verpaßt zu haben.

Mit Manon wollte er nie schlafen, sagte immer, dazu müsse er erst wieder ein bißchen unschuldiger werden und das sei jetzt noch nicht möglich. Kurz vor seinem Abitur hat Manon ihn verführt, er war betrunken und sie hatten beide geraucht. Morgens lief er weg und hat nachher nicht mehr mit ihr gesprochen.

Das letzte Mal sah sie ihn an jenem Abend im *Café Klatsch*. Seither ist er verschwunden, wollte nach Kreta, wenn möglich noch weiter. Geschrieben hat er ihr nicht und seiner Mutter, die Manon ab und zu besucht, auch nicht. Das heißt, wahrscheinlich ist es gar nicht seine Mutter, sondern seine Großmutter, eine unklare Geschichte.

Als Theo geboren wurde, war diese Frau schon fünfzig. Ihr Mann war schwer herzkrank und schon zwei Jahre bettlägerig. Er starb, als Theo zwei Monate alt war. Es gab viel Gerede, und manche be-

haupteten, Theo sei das uneheliche Kind seiner damals siebzehnjährigen Schwester. Diese Schwester war damals zu Verwandten verschwunden und kam erst zurück, als Theo sechs Jahre alt war. Inzwischen ist sie verheiratet, hat selber zwei Kinder. Als Theo erfuhr,
wie krank sein Vater gewesen war, fuhr er zu seiner Schwester und
fragte, wer sein wirklicher Vater sei. Sie als Mutter müsse es ja wissen. Der Mann seiner Schwester warf ihn hinaus. Theo fragte in der
ganzen Verwandtschaft, erhielt nirgends Auskunft.
Zwei Wochen nach dem Abitur fuhr er dann weg. Das wollte er
schon immer. Er müsse seine Angst verlieren, sagte er. Theo hatte
vor vielem Angst, er meinte, das hing mit seiner Kindheit zusammen. Vater tot, Mutter über fünfzig, keine Geschwister im Haus,
dazu das Geschwätz der Nachbarn. Schon mit vierzehn fing er an,
alle möglichen Sachen zu machen, mit Vorliebe jene, vor denen er
die größe Angst hatte. Fluchten gebe es nur nach vorne, sagte er, und
deshalb machte er auch diese Reise. Theo meinte, er müsse hinaus,
um das Fürchten zu verlernen.

Die Tage sind jetzt angenehm warm. Fast jeden Nachmittag fahren
wir hinaus an den See, legen uns auf eine Decke ins Gras. Manon
liegt auf dem Bauch, lernt fürs Abitur Französisch und Chemie und
Englisch, ich liege über Reiseführern, blättere von den Alpen über
Südfrankreich nach Korsika, sehe zwischen Schneegipfeln, Wein-
trauben und Sandstränden doch immer nur ein Mädchen über
Schulbüchern auf dem Bauch.
Ich blättere zu einem Bild vom Montblanc, ziehe meinen Bleistift
aus der Tasche und male auf das schräge Schneefeld unterhalb des
Gipfels ein Dahu. Ein Dahu ist die französische Entsprechung des
bayrischen Wolpertingers. Es gleicht einer Gemse und hat verschie-
den lange Beine, damit es am Hang besser laufen kann.
Weiter unten, wo der Berg aufhört und Chamonix beginnt, male ich
zwischen ein paar Hotels ein zweites Dahu, dann stoße ich Manon
an.
»Schau mal!« sage ich.
Manon schaut.
»Toll«, sagt sie, »ein Dahu beim Gletschergrasen. Und warum liegt
das andere da unten auf dem Rücken?«
Ich male noch ein Kreuz daneben.

»Es hat versucht, die Richtung zu wechseln«, sage ich, »und ist dabei natürlich abgestürzt.«

Manon legt das Ohr aufs Englischbuch, schaut mich an.

»Meinst du, daß wir auch solche Dahus sind?« fragt sie.

»Ich glaub schon«, sage ich. »Wir können auch immer nur rechts rum oder auch links rum, wie uns halt die Beine gewachsen sind. Und noch schlimmer. Schau, die Dahus haben ihren Montblanc, also ein Oben und Unten. Sie können zwar nicht die Richtung wechseln, können aber mal rauf auf den Gipfel und Fernrohr schauen und mal runter in die Stadt ein Bier trinken. Jedenfalls haben sie zwei feste Stationen.«

Ich male einen Kreis in den Himmel.

»Jetzt schau dir unsere Erde an, das ist kein Berg mit Schuh und Hut. Das ist eine runde Kugel. Und wie soll man jetzt auf so einer Kugel irgendwann irgendwo ankommen?«

Manon betrachtet noch mal die Dahus, den Montblanc, den Kreis im Himmel, dann setzt sie sich auf, beugt sich nach vorne über die Knie, greift mit den Händen ihre Zehen.

»Schau mal, ich bin gar kein Dahu«, sagt sie. »Meine Beine sind genau gleichlang. Also kann ich die Richtung wählen, wie ich will.«

Sie läßt ihre Füße los und schlägt sich auf die Oberschenkel.

»Und was unsere Kugel angeht, hast du als Kind nie Cowboyfilme gesehen? Schau dir mal so ein Wildpferd an, wenn es morgens über die Prärie galoppiert! Sieht das so aus, als wollte es irgendwo ankommen?«

Ich messe meine Beine, schlage mir auf die Schenkel, sage »hast recht«, finde aber keinen Radiergummi.

Zwei Stunden später waten wir mit hochgerollten Hosen durchs Kneippbecken, ich rechts herum, Manon links herum. Als wir uns begegnen, halte ich sie fest, lege die Arme um ihren Hals.

»Zweimal eine Ewigkeit möcht ich mit dir hier stehen«, sage ich und gebe ihr einen Kuß.

»Gut«, sagt sie, »wer vorher rausgeht, muß dem anderen Schuh und Strümpfe anziehen«, lacht und wirft die Haare nach hinten.

Ich denke an Honululu und den Sonnenbrand, den ich mir als Dreijähriger auf einer Palme von Hawaii zuzog, atme durch und stehe stramm. Nach einer halben Minute fange ich an, mich in den Hüften zu winden.

»Denk dran, die Füße müssen im Wasser bleiben!« warnt Manon und zittert ein bißchen in den Knien. Ich stelle mich auf die Zehenspitzen, schüttele die Beine, fange mit Armkreisen an. Manon zittert bis zum Nabel, hat schon blaue Lippen, nimmt keine Vernunft an. Kurz bevor mir das Wasser die Waden durchsägt, springe ich aus dem Becken, stürze zur Bank, wickle meine Füße in Manons Pullover. Manon kommt nach, streift sich mit den Händen das Wasser von den Beinen, stolziert auf den Platten hin und her.

»Herrlich, Schatz, findest du nicht auch?« sagt sie. »Sollten wir öfters machen!«

»Unbedingt«, sage ich und ziehe meine Schuhe an.

Manon promeniert noch ein wenig, dann setzt sie sich zu mir, hält die Beine hoch. Ich knie mich vor sie und reibe ihr mit dem Pullover die Füße trocken. Dann ziehe ich ihr die Strümpfe über, den rechten Turnschuh an den linken Fuß und umgekehrt.

»Auf geht's!« sage ich und fühle mich wieder wohler.

Manon sagt nichts, schaut auf den Boden und stapft wie eine Ente neben mir. Ich erzähle von einem Volksstamm im Hochland von Indonesien, wo die Menschen in ihrer Sprache nur ein Wort für rechts und links haben. Ein sehr gefährliches Land, erkläre ich, in dem es dauernd zu Unfällen kommt, weil sie zum Beispiel mit ihren Pferdefuhrwerken rechts blinken und dann links abbiegen, manchmal sogar umgekehrt. Andererseits hätten sie natürlich recht, weil rechts und links zwei vollkommen willkürliche Begriffe sind. Man braucht sich zum Beispiel nur unterm Reden umzudrehen, schon stimmen sie nicht mehr.

Dann sind wir auf dem Fußgängerüberweg über die Eisenbahn. Ich erzähle eben von dem Referat, das ich in Linguistik über die semantische Relativität dualer Begriffe halten sollte, aber nicht konnte, weil ich in den falschen Saal ging, als mir Manon in die Seite rennt und mich über die Böschung stößt. Ich rolle zwischen ein paar Sträuchern bis fast an die Gleise, kann mich schließlich an einer kleine Fichte halten. Als ich wieder oben bin, sitzt Manon neben dem Weg im Gras und kaut an einem Halm.

»Tut mir leid, Professor«, sagt sie, »aber ich habe da was verwechselt. Fest geglaubt, links neben mir sei niemand.«

»Klar«, sage ich, »ist auch alles relativ.«
Dann knie ich mich vor sie und nestele ihr die Schuhe auf, während sie mir das Gras aus den Haaren zupft.

Der Schule freigeben und Brot kaufen am Bett sitzen ein Lied singen meine Augen befeuchten mit dem Hauch ihres Atems die Luft aller Morgen mir schenken den Korb nehmen zusammen Hand in Hand hinaus in den Wald die Wiesen durch Gras und Steine und Moos am Wasser liegend Lippen teilend und Kaffee schwarz aus der Kanne einer dem andern den Himmel legen aufs Brot der Sonne einen guten Morgen bieten und die Vögel all bitten zum Tanz mit Krümel belohnen ihr Singen und mit Zweigen sie in alle Winde winken zu zweit dann allein sein den Kopf ihr bergen im Schoß meines Bauchs zerfließend im Meer ihrer Haar in die Augen ihr schauen durch geschlossene Lider und die Lieder trinken die ihr Schweigen noch summt anschauen immer den Mund ihr Gesicht das immer ganz anders mit jedem Blick neu die Strähnen ihr streichen aus Augen und Stirn fast fürchten zu fest zu berühren auf sie zu wecken wenn gar nicht sie schläft mit dem Finger erfahren das Braun ihrer Haut ermessen das Maß von Wangen und Kinn die Hand betten weich auf Kattun und teilen die Wärme der Brust den Schlag ihres Herzens bis ins eigene spüren mitfliegen mit ihr im Wiegen des Leibs immer weiter in andere Farben den Kopf legen an ihren Augen schließen und fallen und schweben sich endlich ergeben nichts wollen nichts wissen nur spüren daß man sterben wird können weil man gelebt geliebt hat einmal.

Wir sind noch nicht in der Einfahrt, als Benedikt auf mich zustürzt und sich an meine Hand hängt. Zum Lehrer müßten wir, unbedingt, jetzt gleich, sofort, zwei Schweine hätte er sich gekauft und einen Esel, Opa Wilhelm hätte es erzählt und selber gesehen. Und auf Eseln, da kann man reiten, hüpft Benedikt und zieht sicherheitshalber auch noch an Manons Arm. Also laufen wir zum alten Maurer, Bene hängt an unseren Händen, springt und wiehert, galoppiert einen Meter vor oder lahmt einen halben zurück.
Als wir ankommen, steht Maurer gerade im Garten, schlägt Scheite für seinen Holzofen. Er schaut gleich auf, winkt uns durchs Tor hinters Haus. Ich stelle ihm Manon vor, Benedikt kennt er schon.

Ich sage, Opa Wilhelm hätte erzählt, daß er wieder Vieh habe, und Benedikt wollte es gerne mal sehen.

»Nicht sehen, reiten«, sagt Benedikt und steckt sich einen Holzspan als Revolver in den Gürtel.

Maurer führt uns in seinen Schopp, zeigt uns den Pferch mit den Schweinen und das Gatter mit dem Esel. Dann nimmt er Benedikt unter den Armen und hebt ihn auf den Esel. Benedikt schreit hü und hott und vorwärts, tritt dem Vieh in die Seiten, droht ihm mit seinem Revolver, der Esel kaut an einem Heuballen und rührt sich nicht.

»Los, mach ihn gehen!« ruft er mir zu. »Du bist doch auf so einem schon zweimal durch die Sahara und zurück, hast du jedenfalls gesagt.«

Ich höre ihn gar nicht, frage Manon, welches der beiden Schweine sie schöner findet.

»Heh, wie war das jetzt?« Bene gibt nicht auf. »Du hast doch gesagt, wenn man ihnen eine Mohrrübe vors Maul bindet, dann laufen sie sogar nachts. Und wenn man ihnen die Rübe an den Schwanz bindet, laufen sie rückwärts. Los, mach jetzt vor!«

Ich bin immer noch bei den Schweinen, streichele das kleinere.

»Du verwechselst da was, Benedikt«, sage ich. »Erstens war es keine Mohrrübe vorm Maul, sondern eine Kokosnuß, und das mit dem Rückwärtsgang war ein Emu und kein Esel. Und da ein Esel halt kein Emu und ein Heuballen keine Kokosnuß ist, kann ich dir den Ostsaharatrick hier auch nicht zeigen.«

»Langsam glaube ich, Papa hat recht. Du kennst Afrika auch nur aus der Serie im dritten Programm«, sagt Benedikt, klettert vom Esel, erschießt mich und geht nach draußen.

Maurer wirft den Schweinen noch ein paar Futterrüben hin und fragt nach meinem Studium. Ich erzähle, daß ich das vertagt hätte und jetzt erst einmal in die Länder fahre, von denen ich Benedikt schon drei Jahre Geschichten erzähle.

Maurer nickt und sagt, daß er mit Bus und Bahn mal bis Indien gefahren sei. Er wollte um die ganze Welt damals, aber in Benares habe er Gelbsucht bekommen und mußte zurück. Warum er es nicht nachgeholt hätte, fragt Manon. Da fängt Benedikt draußen zu schreien an, als hätte er die fehlende Kokosnuß entdeckt und aus Versehen gleich verschluckt.

Als wir rauskommen, steht er aber nur bis zur Brust im kleinen Entenweiher und weint. Er wartet, bis wir ihn gesehen haben, dann kommt er raus, reibt sich die Augen und meint, das blöde Brett da sei einfach untergegangen, als er sich draufstellte. Maurer nimmt ihn mit ins Haus, duscht ihn ab und bringt ihn in einem zu langen Pullover und einer riesigen kurzen Hose wieder zurück. Ehe er sich erkältet, sollten wir ihn besser heimbringen, meint Maurer. Die Sachen könnten wir ja gelegentlich zurückbringen.

Eine halbe Stunde später liegt Benedikt mit Kopfhörer im Bett, und wir läuten beim alten Maurer, um ihm die Kleider zurückzubringen. So eilig sei es nicht gewesen, meint er und fragt, ob wir einen Tee mittrinken, er habe eben welchen gekocht.

Zwanzig Minuten, dann sind wir wieder draußen. Fencheltee sei gut fürs Herz und Hagebutten regten die Verdauung an, das war alles, was Maurer gesagt hat. Manon hat ihn noch mal nach seiner Reise gefragt, er meinte nur, er sei nachher nicht mehr dazu gekommen.

Warum ist mit diesem Alten kein Gespräch zu führen? Er war Leiter des Seminars und nachher ein eigenwilliger Dorfschullehrer. Er war mal in Indien, hat drei Enten, seit gestern wieder zwei Schweine und einen Esel. Und er lacht nie, hat Manon gemeint. Es hat alles keinen Zweck, ich muß Spreder Karl fragen.

Als ich den Vorhang zurückziehe, hängt ein Brief am Fenster. Noch im Schlafanzug hole ich ihn herein und mache ihn auf. Im Kuvert steckt ein bleistiftgemaltes Bild, drei Dahus an einem Hang.

Zwei Dahus sieht man nur von hinten, sie haben einen Rucksack auf dem Rücken und Wanderschuhe an. Das eine der beiden hat eine Baskenmütze auf den Hörnern, und aus seinem offenen Rucksack ragen eine Flasche Rotwein, eine Stange Weißbrot und ein Rundkäse.

Das andere, das neben ihm läuft, trägt eine Melone auf dem Kopf, und im Rucksack sieht man ein Teeservice, eine Stange Toastbrot und ein Marmeladeglas.

Das dritte Dahu läuft nicht. Es steht an einem Felsabgrund, hat einen Tirolerhut bis über die Augen gezogen und die Vorderpfoten in den Taschen einer Lederhose stecken.

Im Himmel über den Dahus sind zwei Sprech- und eine Denkblase.

Das Dahu mit der Baskenmütze sagt: »Ça fait pas mal du sens, n'est-çe pas!«

Das Dahu mit der Melone auf dem Kopf sagt: »It makes the hell of sense, doesn't!«

Das dritte Dahu überm Felsvorsprung mit dem Tirolerhut und den Pfoten in den Taschen sagt nichts, sondern denkt: »Es gibt ka Sinn net nirgends!«

Die Wörter *fait, makes* und *gibt* sind unterstrichen. Darunter steht in einem breiten Herzen: »Merkst du was, Michel, mein Schatz?«

Ich falte das Bild zusammen und stecke es in meine Hose. Dann gehe ich hinauf in die Küche, frühstücke Weißbrot mit Marmelade, Käse, Toast und Tee.

Den Rotwein leihe ich mir nachher aus Vaters Keller, radle damit in die Stadt und warte auf der Treppe vorm Gymnasium auf mein anglofranzösisches Dahu mit den gleichlangen Beinen.

Gestern bist du zweiundfünfzig geworden. Kein Grund zum Feiern, hast du gesagt und bist vom Büro nicht heimgekommen. Wir haben am gedeckten Tisch gewartet und um halb zehn ohne dich gegessen. Um zwei bist du gekommen, Termin beim Kunden hast du gesagt und nach Sekt und Pfefferminz gerochen. Du hast im Gästezimmer geschlafen und beim Frühstück geschimpft, daß die Brötchen nur aufgetaut und die Eier nicht weich genug sind.

Was paßt dir nicht? Es paßt dir nicht, daß du schon zweiundfünfzig bist. Es paßt dir nicht, daß du Falten und graue Haare bekommst. Es paßt dir nicht, daß Mutter nicht mehr das dreiundzwanzigjährige Mädchen ist, das du geheiratet hast. Du denkst ans Älterwerden und willst aus deiner Zeit das Beste machen. Und das Beste sind für dich Geld und jüngere Frauen. Und jetzt bist du wütend auf Mutter, weil sie es satt hat, dir für deine Abendtermine die Hemden zu bügeln.

Ihr paßt nicht zusammen, sagst du. Hättet nie heiraten sollen. Was für eine Frau hättest du gebraucht? Eine, die gut kocht und sauber putzt? Die sich stundenlang schön macht, wenn du mal ausgehen und angeben willst? Und natürlich gut im Bett, das vor allem, immer willig und ruhig ein bißchen dumm. Denn die letzte Serviererin macht es besser als Frau Professor, ich habe es nicht vergessen.

Warum hast du dann Mutter ausgesucht? Du wolltest intelligente

Kinder, sagst du, und eine Frau, die dich mal am Telefon vertreten kann, wenn du zum Tennis mußt. Und die anderen sind ja nicht aus der Welt, hast du dir gedacht und eine mit Abitur geheiratet.

Glaubst du, daß Mutter auch ihre Vorstellungen hatte? Was meinst du, hat sie sich gedacht? Nächtelang am Fenster sitzen, weil der Mann nicht kommt? Die Schuhe putzen, mit denen er zu anderen läuft? Auf die Zärtlichkeit verzichten, die er in fremden Betten läßt?

Ja, mit den Frauen, das ist so ein Trieb, sagst du, da kann man nichts machen, und blätterst die Zeitung um. Ich weiß, du bist stolz auf deinen nüchternen Blick, zwei Füße im Leben, das ist alles, was zählt. Und vom Bücherlesen wächst kein Konto, sagst du und spottest, wenn Mutter mal Schallplatten hört oder ins Theater will. Ob sie nichts Besseres zu tun hätte.

Du, dein Blick für Menschen, das ist doch nichts als ein Blick für ihre Verwendbarkeit. Du kennst Mutter im Bett und im Geschäft, als Köchin, Putzfrau und Erzieherin deiner Kinder. Du weißt, was sie mag und worauf sie hereinfällt. Du weißt, was ihr weh tut und wie du sie versöhnst. Du weißt, wozu sie gut und wozu hinderlich ist. Daß Mutter eine Frau ist, ganz eigen und selbst, davon hast du keine Ahnung. Du kennst nur dich. Und deine Kinder, die deinen Namen sichern sollen.

Du willst gut leben, das will ich auch. Aber ist das so eine Freude, dieses Ringelreihn um fremde Betten? Du bist doch nie wirklich verliebt. Und du weißt auch, daß diese Frauen nicht dich mögen, sondern deinen Erfolg, dein Geld, deinen Namen. Und genauso willst doch auch du diese Frauen nie ganz, sondern nur ihre Körper, ihre Jugend und die Blicke von Dritten, wenn du sie ausführst.

Manchmal, Vater, bin ich gar nicht nüchtern. Dann träume ich von guten Jahren, die du und Mutter noch zusammen verbringt. Ich träume davon, daß ihr euch im Arm haltet und lacht und erzählt und zuhört. Daß wir zusammen essen und du wirklich bei Kunden warst, wenn du mal später kommt. Daß du ihr Blumen mitbringst, auch wenn du nichts gutzumachen hast. Daß du ganz langsam erkennst, wer da seit zwanzig Jahren neben dir lebt.

Und du? Wovon träumst du eigentlich? Von einer Scheinehe mit möglichst vielen Affären? Von einer Frau, die kuscht, und einer Firma, die floriert? Vom Tennis und von schnellen Wagen und Freundinnen, an denen man sich beweist, daß man nicht wirklich alt wird? Was meinst du, wie viele Porsche machen jung, und wie viele Frauen sind Glück?

Weißt du, Vater, ich habe sie auch nicht, die Gebrauchsanweisung zum Leben. Und manchmal denke ich, daß du vielleicht sogar recht hast. Vielleicht gibt es für dich kein Sichfinden, vielleicht ist dein Wechseln nur ehrlich. Doch wenn das so ist, dann stehe dazu und trenn dich von Mutter. Sie hat auch nur ein Leben, und ich ertrage es nicht, mitanzusehen, wie es von Tag zu Tag weniger wird. Du sagst, daß dann das Vermögen auseinanderfällt, ich sag, laß es fallen, oder gibt es außer Geld wirklich keine Werte mehr für dich?

Sei also konsequent, so oder so!

Ich will auch mal stolz sein auf meinen Vater!

Und noch was zu deinem Umgang mit Briefen. Normalerweise wirfst du sie gleich weg. Vielleicht behältst du den mal. Vielleicht steckst du ihn sogar in deine Brieftasche, und vielleicht fällt er dir ins Auge, wenn du bei Gelegenheit Geld rausholst, um für deine neue Freundin ein Geschenk zu kaufen. Manon.

»Was hat dein Vater zu dem Brief gesagt?«
»Ich weiß nicht. Wir haben nicht darüber gesprochen.«
»Aber scheiden ließen sie sich?«
»Ja, sechs Wochen später willigte er ein. Ich glaube aber nicht, daß das mit dem Brief zu tun hatte. Weißt du, Vater hatte gerade eine neue Sekretärin, neunundzwanzig, so was zählte.«
»Du, darf ich mir den Brief abschreiben?«
»Nein. Ich schenk ihn dir.«

Mit diesem Axel am Baß müßte man einen Film drehen. Diesen Bubenblick eines Emil ohne Detektive, den kann man nicht mimen, den muß man haben. Den Helden aus Versehen müßte er spielen, einer, dem alles gelingt, weil er alles falsch macht, ein Don Juan auch, aus Unschuld.

Nacht, Nebel, düstere Gassen, junger Mann an der Haltestelle, sucht seine Fahrkarte, die Straßenbahn kommt, er zieht die Taschen auf links, die Straßenbahn fährt weiter, er zuckt mit den Schultern, geht zu Fuß, sieht ein Mädchen am Fenster, schaut hoch, stürzt in eine Baugrube, fällt auf eine Damenarmbanduhr, mit der alles beginnt.

Die Idee ist von Manon und eigentlich für mich gedacht, aber ich glaube, zu Axel paßt sie besser, ich falle immer nur auf Backsteine.

Jetzt bin ich doch froh, daß sie mich mitgenommen hat. BAP auf Platte, das sei wie Schwarzwald aus der Dose, meinte sie und kaufte eine Karte für mich mit. Und jetzt stehe ich hinter ihr und schaue mir die Leute an, das Mädchen vorne Arm in Arm mit ihrer Mutter, der kleine Junge auf den Schultern seines Vaters mit dem Stauneblick gebannt auf den Lichtern an der Decke, die beiden Omas auf der Tribüne, die nicht klatschen, nicht tanzen, nur dasitzen, aber jede ihre Wunderkerze in der Hand. Und dann Niedecken am Mikrofon, die Schau, die sympathisch oft keine ist, sein Blick nach nirgendwo und sein Lachen, das immer überraschend und für einen Profi fast zu weich ist. Daß sie in kleinen Hallen spielen und für fünfzehn Mark und nicht aufhören, bevor das Publikum aufhört, man glaubt ihnen die Angst vor dem Business.

Und ich stehe hinter Manon, halte die Hände um ihren Bauch, wiege ihren Körper in meinem, könnte jetzt die Augen schließen und mich mitnehmen lassen vom Wellenreiter und von Jupp. Aber ich will es nicht. Da sind zu viele geballte Fäuste, da sind die Besoffenen und die Bekifften, die Blaßgesichter in den Händen der Ordner, das Gerangel vor der Bühne, das Stoßen und Schlägeandrohen, wenn sich einer nach vorne mogeln will.

Und da sind zu viele, die zu friedlich sind, sich mit rollenden Augen und offenem Mund in Trance tanzen. »Yeah« schreit Niedecken, »yeah« schreit es zurück, das Publikum soll singen, es singt, es soll schweigen, es schweigt. Zu prompt der Applaus für gleichwelchen Kommentar, jetzt könnte er Reklame machen für Kaugummi und Softeis, die Begeisterung wär nicht geringer.

Ich will nicht weg von mir, um gut drauf zu sein, ich will kein Karussell, das für mich abgeht, kein Schlagzeugsolo, das mir das Ich aus den Ohren hämmert. Warum bleibt der Kopf immer an der Kasse hängen? Sie kennen sie auswendig die Texte, singen mit, Zeile für Zeile, und doch kein Wort, das ankommt! Wie gehen sie zusammen, diese Texte, die dich wach machen, und diese Musik, die dich besoffen singt?

»Verdammt lang her« singt er jetzt, dieser schöne, so scheue Dialog am Grab mit seinem Vater, hinausgebrüllt durch alle Verstärker und das Echo aus tausend Kehlen zurück.

Ich weiß nicht, vielleicht höre ich's doch lieber aus der Dose. BAP live, das ist ein Mondscheinrendezvous in einer ausverkauften Turnhalle, das kann nicht gehen, da bleibt nur »yeah« und »yeah«.

Im *Rainfall* ist nachher viel Betrieb, lauter Konzertbesucher, auch von auswärts. Ich nippe an meinem Bier, Manon geht aufs Klo. Als sie zurückkommt, erzählt sie, daß sie neben der Theke Schmal und Niedecken gesehen hat.

Ich schaue rüber, da stehen die beiden, nicht sehr auffällig an der Wand, zwei Mädchen sind dabei, die eine spricht mit Niedecken, faßt ihm an den Arm, eben so im Gespräch, das kenne ich doch.

Jetzt würde ich gerne mal rübergehen und ihn fragen, wie das so ist mit Intimität und Masse, mit Message und Trance, aber »he, Wolfgang, hast du mal 'n Moment Zeit«, das klingt so nach Schülerzeitung, nach Fan, das mach ich nicht.

»Gib schon her!« sagt Manon, nimmt mein Glas, trinkt es aus und zieht mich zu sich.

Wat is bloß passiert, dat du so mutlos bist, singt sie mir ins Ohr, *dat die Power weg is, dat dir einfach nit zu helfe is.*

Dann gibt sie mir einen Kuß und schaut mich an.

»Also wie jetzt?« fragt sie. »Hast du ein schlechtes Gewissen, weil es dir gefallen hat?«

Irgensowat muß et sinn, summe ich und gehe an die Theke, für meine Zauberin noch Bier holen.

»Eine Papierfabrik, heißt es, mit zweihundert Arbeitsplätzen. Dafür wollen sie den ganzen Auwald abholzen vom Wasserwerk bis zur Redinger Brücke.«

Manon ist gleich von der Schule hergekommen, sitzt vor mir auf dem Schreibtisch, biegt mein Lineal hin und her.

»Stell dir vor«, sagt sie, »dabei stehen im Industriegebiet drei Pleitegelände zum Verkauf. Aber der Bund gibt nur für Neuerschließungen Geld. Also muß der Wald ab, klare Sache, kostet ja nichts.«

Sie legt mir das Lineal ins Genick und zieht mich zu sich.

»Wir sammeln jetzt Unterschriften. Du bist natürlich dabei. Kriegst gleich das ganze Viertel hier«, sagt sie und schmatzt mir zum Zeichen des Siegs ihr Victory aufs Auge.

Das sei selten, daß der Mond diese rote Färbung hat, meint Manon und hängt sich mit dem Daumen in eine Gürtelschlaufe meiner Hose. Das kommt von der spektralen Lichtbrechung, sage ich und gebe mit einem Hüftschlag zu verstehen, daß ich auch keine Ahnung habe.

»Meinst du, sie kann mich leiden?« fragt sie.

»Klar«, sage ich, »sie hat denselben guten Geschmack wie ihr Enkel.«

Dann sind wir dort, setzen uns, ich stelle Manon vor.

Großmutter ist begeistert, spricht gleich von Urenkeln, steht sogar vom Fenster auf und will uns Kaffee kochen. Ich drücke sie vorsichtig zurück in den Lehnstuhl, sage, wir hätten eben schon Tee getrunken und das mit den Urenkeln hätte doch noch ein bißchen Zeit. Aber spätestens zur Diamantenen will sie was im Arm halten, sagt Großmutter, und ich soll ihr schon mal das Strickzeug aus der Schublade holen. Ich gebe es ihr, und sie fängt gleich mit einem Jäckchen an, freut sich, daß sie es noch kann. Dann schaut sie noch ein wenig auf die Straße und schläft ein.

Manon nimmt meine Hand und zählt die Finger.

»Besuchst du sie oft?« fragt sie.

»Immer wenn ich Rat brauche«, sage ich.

»Und was sagt sie?«

»Was sie schon zu Vater gesagt hat. Wir sollen nicht vergessen, daß wir auch mal hier liegen.«

»Und, hältst du dich daran?«

»Zu sehr, glaube ich.«

Manon legt ihre Hand auf meine.

»Wann hat sie denn Diamantene?«, fragt sie.

»Keine Ahnung«, sage ich. »Ich glaube, sie weiß es selber nicht mehr.«

Sie läßt meine Hand los.

»Meinst du, ich kann sie wecken und auch mal was fragen?«

»Versuch es«, sage ich.

Manon legt ihre Hand auf die Erde, streicht ein bißchen hin und her, macht die Augen zu. Dann lacht sie, macht die Augen wieder auf, bedankt sich und steht auf.

»Komm!« sagt sie, beugt sich etwas nach vorne und streift an den Beinen die Jeans nach unten.

»Was hat sie denn gesagt?« frage ich.

Manon legt beide Zeigefinger auf den Mund.

»War von Frau zu Frau.«

Jeder einen Daumen im Hosenbund des andern, laufen wir weiter über den Friedhof, lesen Grabaufschriften, erfinden uns die Leben dazu. An einem frischen Grab voller Kränze, noch ohne Kreuz, bleibt Manon stehen und erzählt mir ihren Tod.

Zweiundneunzigjährig fällt sie die Leiter vom Speicher herunter, als sie ihre zwei Urenkel und drei Katzen zum Kakaotrinken rufen will.

Ich erzähle, daß ich sieben Jahre früher sterbe, als ich am ersten warmen Maitag wie jedes Jahr mit meinem Hund durch den See schwimme. Zwei Kinder stehen draußen und rufen mir zu, ich solle ihnen ein paar Muscheln mitbringen. Ich sage, geht klar, Jungs, und tauche und tauche und tauche nicht mehr auf.

Das paßt, meint Manon und zieht mich weiter, an der Kapelle vorbei hinaus auf die Straße.

»Wo willst du eigentlich hin?« frage ich.

»Hast du vorhin wirklich nicht gehört, was deine Großmutter mir gesagt hat?«

»Wirklich nicht«, sage ich.

»Sie ist ziemlich konservativ, deine Großmutter, findest du nicht?«

»Nein, finde ich nicht.«

Manon schiebt ihre Hand unter meinen Pullover.

»Finde ich schon«, sagt sie. »Sie hat nämlich gemeint, das sei nicht recht, daß ein Mädchen in meinem Alter in der Dunkelheit alleine heimfährt. Und deshalb, meinte sie, sollte ich die Nacht lieber bei dir bleiben.«

Wir laufen weiter, bis wir an die Neonlaternen am Ortseingang kommen. Mir fällt kein Wort mehr ein. Das hätte ich der alten Frau im Leben nicht zugetraut.

Als wir zur Schule kommen, läuft der Unterricht schon zwanzig Minuten. Manon lehnt sich zu mir rüber, gibt mir einen Kuß.

»Ich hab es mir überlegt«, sagt sie. »Ertrinken ist doch besser als von einer Leiter fallen. Ich will auch mal ertrinken, wie du, in dir.«

Dann hebt sie das Fahrrad über die drei Treppen in den Schulhof, und ich spurte zum Friedhof, damit ich Großmutter noch erreiche, bevor sie einkaufen geht.

»Sssst!«

Ich stocke im Schritt und drehe mich um. Spreder Karl steht mit dem Kopf auf der Brust am Grab seiner Eltern, deutet mir zu warten. Er murmelt noch eine Zeitlang, dann bekreuzigt er sich, greift die Gießkanne neben seinem Fuß und kommt zu mir auf den Weg.

»Hab meiner Mutter selig mal die Blumen naß gemacht. Kümmert sich ja keiner drum von den lieben Geschwistern«, begrüßt er mich und stellt die Gießkanne auf den Weg.

»Und was machst du hier so früh am Morgen?«

Die Gelegenheit ist günstig.

»Ich will dem alten Maurer im Garten helfen und dachte, auf dem Hinweg schaue ich bei Großmutter vorbei.«

»So, zum Lehrer Maurer willst du. Was macht der denn?«

»Ich weiß auch nicht, sehe ihn ja selten. Und reden tut er auch nicht viel.«

Spreder Karl zieht den Mund bis fast zu den Ohrläppchen und nickt.

»Stimmt«, sagt er, »hat sich ganz zurückgezogen, seit er in Pension ist.«

Ich schaue an Karl vorbei den Weg hinauf.

»War er denn früher anders, der Maurer?« frage ich.

Karl schiebt den Mund nach vorne und spitzt ihn soweit es geht. Dann schluckt er und läßt ihn wieder zurückschnellen.

»Kann man schon sagen«, meint er. »Als junger Kerl, da war der auch nicht so, da war der, war der auch ganz gerne unter Leuten.«

Jetzt hat er doch eine Kurve gemacht!

»Wie? Unter Leuten? Wie war er denn so?« frage ich.

Spreder Karl grüßt zwei ältere Damen weiter hinten.

»Wie? Wie der war?« sagt er. »Ganz normal halt. Hat seine Schule gehalten. Patenter Mann.«

Jetzt mache ich einfach den Chicago-Unterstellungstrick.

»Also Herr Spreder«, sage ich, »zu Ihnen kann ich doch offen sein. Ich habe da so was gehört.«

Karl beugt sich nach vorne.

»Mach Sachen, Junge. Mußt du mir erzählen!«

»Ich weiß nichts Genaues«, sage ich. »Da wäre so irgendwas gewesen, ich weiß nicht was, aber hinterher hätte sich der Maurer ganz verändert. Ich dachte, Herr Spreder, Sie könnten vielleicht, oder wüßten.«

Spreder beugt sich zurück, schiebt die Unterlippe vor.

»Also Junge, das erste, was Spreder Karl hört. Der alte Maurer? Da wüßten wir nichts.«

Er macht ein paar Kaubewegungen, überlegt, schüttelt den Kopf.

»Der Maurer, was soll da gewesen sein?«, sagt er. »Ordentlicher Mann, bißchen eigenwillig, aber nicht verkehrt. Und mit Leib und Seele Lehrer gewesen. Vielleicht, daß ihm die Pension nicht bekommt.«

»Also Sie wüßten auch nichts Besonderes?« frage ich.

»Nee, Junge, was soll ich denn wissen?« sagt er.

Wir verabschieden uns, Karl nimmt seine Gießkanne und läuft zum Torausgang. Ich gehe zu Großmutter, um ihr als Dank für gestern ein Ständchen zu summen.

Ich soll einen Moment warten, meint die Frau in der Schürze, das würde ihr Mann machen. Dann verschwindet sie in der Küche und läßt mich im Bohnerwachsgeruch der Diele stehen. Ihr Mann kommt in Schaffhosen und Hemdsärmeln, er weiß Bescheid, in der Firma haben sie darüber gesprochen. Ich gebe ihm die Liste, er beugt sich über eine Kommode und unterschreibt, seine Frau schaut ihm über die Schulter.

Als er fertig ist, frage ich, ob seine Frau nicht vielleicht auch, es käme auf jede Unterschrift an.

Er schaut mich an, dann gibt er mir die Liste zurück. Das sei schon gut, meint er, sei da mit drin. Dann führt er mich zur Tür und lächelt wie über einen Lehrling, mit dem man in der ersten Woche nicht zu streng sein darf.

Die Oma mit der fingerdicken Brille zieht mich gleich ins Wohnzimmer. Den Auwald, das kann sie gar nicht glauben, da hat sie doch schon vor dem Krieg mit ihrem Vater Holz gesammelt. Und von der Redinger Brücke, da hat ihr Sohn letzten Sommer noch zwei Eimer mit Brombeeren mitgebracht.
Sie holt den Selbstgebrannten und zwei Gläschen aus dem Schrank, schenkt uns ein. Weil's morgens draußen immer noch so kalt ist, meint sie. Dann legt sie den Kopf schief und unterschreibt, wobei sie bei jedem Wort immer zuerst ein paar Kreise in die Luft macht. Nachher liest sie ihre Unterschrift und die Adresse noch einmal durch, unterschreibt gleich noch einmal.
»Wissen Sie«, sagt sie, »mein Mann, der ist im Krankenhaus. Hat's so mit dem Herzen. Und da kann er ja nicht selbst unterschreiben.«
Dann hebt sie den Kopf, blinzelt mich durch die Hornbrille an.
»Und mein Sohn«, sagt sie, »der unterschreibt natürlich auch. Nur der ist jetzt oben und schläft. Nachtschicht, wissen Sie. Aber bevor Sie noch mal kommen müssen, unterschreiben wir für den gleich mit.«
Sie schiebt mir das Blatt über den Tisch.
»Könnten Sie das nicht mal machen, junger Mann, ich hab so eine schlechte Hand.«
Ich leihe ihr meine, und nachdem sie mich überzeugt hat, daß die Schwiegertochter auch zur Familie gehört, stehe ich mit vier neuen Unterschriften und zwei Schnaps im Bauch wieder auf der Straße.

Abends treffe ich mich mit Manon im *Rainfall*. Wir trinken Bier und zählen unsere Unterschriften. Am Nachbartisch hängt ein Typ an seiner Freundin. Manon fragt die beiden, ob sie nicht auch unterschreiben wollen. Der Typ winkt ab und zieht an seiner Zigarette.
»Macht euch keine Illusionen«, sagt er. »Die machen ja doch, was sie wollen.«
»Mit solchen wie dir bestimmt«, sagt Manon und steckt die Listen in ihre Tasche. Wir bezahlen und gehen.
Auf dem Nachhauseweg erzählt sie mir vom Damenklo. Hundert-

tausende sagen, einer allein kann nichts tun, steht dort seit zwei Wochen überm Waschbecken auf dem Spiegel.

»Nein, einen festen Freund hat Mutter nicht. Es gibt da zwei aus ihrem Büro, mit denen geht sie ab und zu essen, aber nicht mehr. Weißt du, sie hat mit Vater nicht eben glückliche Erfahrungen gemacht. Er kam abends heim, aß zu Abend und setzte sich vor den Fernseher. Und im Bett nachher bediente er sich, wie er Lust hatte. Meistens war er gleich fertig, drehte sich rum und schlief ein. Und Mutter lag dann die halbe Nacht wach und konnte nicht mehr einschlafen. Und jetzt hat sie, wie man so sagt, mit dem Bett auch alle Männer ausgeschüttet. Neulich fand ich auf ihrem Frisiertisch einen Zettel, sie schreibt immer Zettel, wenn ihr was einfällt. Da stand jedenfalls drauf, Frauen würden Zärtlichkeit suchen und ihr Liebesbedürfnis mit Sex bezahlen, und Männer würden Sex suchen und ihr Triebbedürfnis mit Zärtlichkeit bezahlen. Schlimm, findest du nicht? Das kann man doch nicht trennen, oder kannst du das trennen? Überhaupt, dieses ganze Zerlegen und Theoretisieren, doof. Genau wie diese Leute, die sich Bücher kaufen und Kurse machen darüber, als ob Erotik dasselbe sei wie ein Heimcomputer mit fünfzehn Knöpfen. Das machen wir nicht, wir haben doch uns und genug eigene Phantasie, findest du nicht, und rutsch mal ein bißchen hoch, sonst schläft mir der Arm ein, und schlafen wollen wir doch noch nicht, höchstens ein bißchen weniger reden, nur, das mit den Kursen und Büchern und den elenden Männern, das mußte ich dir doch erzählen, weiß auch nicht warum«, sagt Manon und beugt sich zu mir und küßt mir ein Loch in die Stirn, bis mein Kopf wieder leer und frei und leicht wird und wieder verlernt, was er gelernt hat und weiß, darüber.

Ausgerechnet heute abend! Dabei übertragen sie um Viertel nach das Endspiel im DFB-Pokal. Der Bürgermeister meinte, wem es wirklich um den Wald ginge, der könne doch einen Abend aufs Fernsehen verzichten. Also Bürgerbefragung am Mittwoch, also heute. Bin mal gespannt, was er uns fragt.
Kurz nach halb neun ist der Saal nicht mal halbvoll.
»Ja, da kommt wohl niemand mehr«, meint der Oberbürgermeister und kommt nach einer kurzen Begrüßung gleich zum Thema. Er

verstehe die Bedenken... einige junge Mitbürger... begrüße das Engagement... den guten Willen... aber das Leben, leider, spreche eine andere Sprache... und vom Spazierengehen könne man keine Familie ernähren... das Recht auf Arbeit... und die Pflicht des Politikers... man versetze sich... ein Arbeitsloser mit Frau und zwei Kindern... Gelegenheiten beim Schopf... und so weiter.

»Wenn noch jemand eine Frage hat, wenn nicht«, er schaut auf die Uhr.

Manons Biologielehrer geht zum Mikrofon, spricht die leerstehenden Konkursgelände an.

Eine sehr richtige Überlegung, lobt der Bürgermeister. Man habe das im Stadtrat lange diskutiert, habe Ortsbegehungen gemacht, mit den Firmenvertretern verhandelt, nun, die Hallen seien zu klein, die Sache nicht realisierbar. Man könne ja auch keinen Porschemotor in einen 2 CV zwängen, hahaha.

Dann solle man die Hallen abreißen, meint der Biologielehrer. Das Geländeangebot sei jedenfalls ausreichend.

Auch das habe man in Erwägung gezogen, sagt der OB, habe hin und her gerechnet, sich um Zuschüsse bemüht, er nennt ein paar Zahlen, addiert, subtrahiert, vergleicht, nein, er schlußfolgert, finanzpolitisch sei es nicht zu verantworten. Es gebe da Sachzwänge, der Laie mache sich kein Bild.

Noch ein paar Wortmeldungen, die der OB an den ersten Beigeordneten delegiert, dann ist die Bürgerbefragung zu Ende. Der OB versichert, man werde die heute abend geäußerten Bedenken noch einmal im Plenum diskutieren und dann nach Abwägung aller Gesichtspunkte eine hoffentlich für alle Beteiligten zufriedenstellende Entscheidung treffen.

Dann bedankt er sich im Namen des gesamten Stadtrates für das Kommen, wünscht einen guten Nachhauseweg und darf die Mitteilung machen, daß Uerdingen, wie er soeben gehört hat, Bayern mit zwei zu eins geschlagen hat.

Da liegen sie, die logische Propädeutik und das schlüssige Argumentieren, die Linguistik für Anfänger und die Methodenkritik für Fortgeschrittene, eskortiert von drei Bänden Sprachkritik und einer Liebhaberausgabe von Barockgedichten. Ich hatte mich so an sie gewöhnt, und dann untermauerten sie auch ganz wacker mein Kakteenregal, doch die Welt ist grausam und die Verwaltung unerbittlich, einmal muß man sich trennen, spätestens nach der zweiten Mahnung, denn die dritte kostet vier Mark pro Buch.

»Hat ja ziemlich gedauert«, sagt das Mädchen vom Schalter G–O der Universitätsbibliothek.

»Tut mir leid«, sage ich. »War so spannend, mußte es immer wieder lesen.«

Sie lacht und baut die Bücher zu einem Turm vor ihrer Brust, sagt »geht schon«, als ich beim Stapeln helfen will und flattert mit ihrem Röckchen nach hinten ins Magazin. Ich schaue ihr nach, bis sie um das Regal mit den Fernbestellungen verschwunden ist, trete mir dann mit der rechten Ferse auf den linken großen Zeh und humpele an die frische Luft. Damals habe ich es umgekehrt gemacht mit Ferse und Zeh, hat auch nichts genutzt.

Gleich beim ersten Buch, der Mensch im Akkusativ hieß es, ich erinnere mich genau, da habe ich dieses Mädchen vom Schalter G–O nämlich gefragt, ob ich sie nach der Schicht nicht mal zu einem Schokoladeneis mit Trüffel und Sahne einladen dürfte. Als Einstand sozusagen, weil ich doch jetzt öfters käme. Sie hat ein bißchen gezögert, und um ihr die Bedenken zu nehmen, habe ich noch hinzugefügt, daß mein Schwager diesen Eissalon am Markt hätte und von Rom bis Oslo für die größten Portionen bekannt sei. Sie hat damals genauso gelacht wie heute, so mit funkelnden, spitzbübischen Augen, hat sich nach vorne über die Ausleihe gebeugt, und ich dachte, ich geh schon mal bestellen, da drückt sie mir einen bedruckten Zettel in die Hand und sagt lieb:

»Lies das mal durch, du! Hier kann man wirklich nur Bücher ausleihen.«

Ich bin dann gleich in die Mensa gerannt und habe ihr als Zeichen meiner seriösen Absichten eine gemischte Portion für drei Mark ohne Sahne gebracht. Das Eis hat sie mit ins Magazin genommen, aber zum Schwager wollte sie nachher doch nicht.

»Hallo! Man sieht Sie ja gar nicht mehr.«

Ich sperre eben das Fahrrad vom Geländer, drehe mich um. Vor der Litfaßsäule steht der Dozent aus der Philosophieeinführung. Ich gehe zu ihm, er hat schon wieder eine leichte Fahne. Wie, das Studium abgebrochen? Das tue ihm aber leid. Er sagt etwas von Kaffeetrinken und Mensa und Erklären. Ich will eigentlich zu Manon, habe auch wenig Lust auf Erklären und Schnapstrinken, denke aber, daß ich ihn bei der Gelegenheit wieder nach Maurer fragen kann.

Nach fünf Minuten sind wir beim Lehrerseminar, und nach dem dritten Schnaps frage ich ihn nach Maurer. Er erzählt, daß Maurer schon während des Studiums mit einer Kunststudentin zusammenwohnte. Als er dann eine Assistentenstelle bekam, heirateten sie. Fünf Jahre später stürzte dann die Frau in ihrem VW von einer Autobahnbrücke, war sofort tot. Die Straße verlief an der Stelle vollkommen gerade, es gab auch keine Bremsspuren. Es ging das Gerücht, Maurer habe seit längerem ein Verhältnis mit einer siebzehnjährigen Klavierschülerin. Nach dem Unfall ließ sich Maurer jedenfalls beurlauben und war ein Jahr lang verschwunden. Dann tauchte er wieder auf und arbeitete sich am Seminar bis zum Direktor hoch. Bis Scherer Kultusminister wurde.

Was? Maurer war verheiratet, und seine Frau hat sich umgebracht? Wegen seines Verhältnisses mit einer Klavierschülerin? Ich unterbreche den Typen und frage, woher er das alles wissen will.

Woher er das wisse? Er schaut mich an, hat rote Augen vom Schnaps. Die Frau, sagt er, das sei seine Schwester gewesen.

Jetzt hole ich uns wirklich zwei Kaffee und zwei Wurstbrote. Maurer verheiratet und ein Verhältnis mit einer Siebzehnjährigen. Das hat also Spreder Karl gemeint, als er sagte, der sei als junger Mann auch nicht so gewesen.

Gut, daß ich von der Landstraße eine Handvoll mitgebracht habe. Hier ist alles leergefegt. Samstag in der Provinz, da verstehen die Hausbesitzer keinen Spaß.

Ich treffe beim ersten Mal. Beim dritten Stein ist Manon am Fenster. Dann kommt sie.

Die Hände in den Parkas, Mützen im Gesicht, laufen wir durch die Straßen. Wir reden kaum, nicken uns ein paarmal zu. Ein paar Autos surren vorbei, wir halten die Köpfe gesenkt. Ein erster Test in der Fußgängerunterführung. Nicht schlecht.

Dann sind wir am Marktplatz, laufen quer über das Pflaster. Da steht es, groß und träge, matt erleuchtet von gebeugten Straßenlampen. Ein letzter Blick, ein Lächeln, dann alles nach Plan. Manon nimmt die Glastür am Hauptportal, ich die große Marmorwand daneben. Keine Schritte, kein Schreien streunender Katzen, nur das leise Zischen in unseren Händen. Gut so.

Dann über den Zaun, durch die Blumenbeete, am Springbrunnen vorbei, nach hinten zur Rückwand. Hier sind weniger Fenster, die Marmorflächen größer. Und gut sichtbar von der Straße. Manon arbeitet links in Rot, ich rechter Hand in Weiß. Zwei Lichter, ein schnelles Ducken, vorbei. Die Großbuchstaben noch mal nachziehen, fertig.

Wieder zurück, am Springbrunnen vorbei, durch die Beete, über den Zaun. Vom Marktplatz aus ein Blick aufs Ganze. Gut. Den Kopf noch gesenkt, aber schon Hand in Hand, dann weiter durch die Nacht. Eine Zugabe am Bauamt. Das war nicht geplant. Trotzdem gelungen. Ein Abfalleimer vorm Kaufhaus schluckt die Indizien.

Ohne Mützen, Arm in Arm, mit offenen Parkas zum Bahnhof. Händewaschen auf dem Klo und ein Kaffee am Stehtisch.

Ein letzter Kuß, ein stummer Blick, ich steige in den Bus nach Hause. Manon winkt, geht ihren Weg zur Schule. Die Stirn an der Scheibe schaue ich ihr nach, Schritt für Schritt, wie sie weggeht. So erobert man die Welt!

Benedikt meint, der See sei genauso schmutzig wie der blöde Entenweiher vom alten Maurer, und er würde überhaupt nur noch ins Freibad schwimmen gehen. Also laß ich ihn im Wohnzimmer bei seinem Raketenabwehrgeschütz, mit dem er seit zehn Minuten vergeblich auf Jomis Schwanz zielt, nehme meine Tasche und gehe.

Auf dem Flur ruft mich Opa Wilhelm zu sich. Er sitzt in der Küche, hat den Tisch zum Fenster geschoben und sortiert alte Fotografien. Die Stadtsparkasse plant eine Ausstellung über den Ersten Weltkrieg, erklärt er, und jeder kann mitmachen. Interessant, sage ich und will gleich wieder gehen. Am See ist jetzt die beste Sonne, außerdem habe ich gestern den neuen Südostasienführer bekommen und will heute mindestens bis Burma. Wilhelm hält mich am Arm, zeigt mir ein Klassenfoto von 1913. Ich soll ihn herausfinden.

»Ach was, der doch nicht«, sagt er. »Das war doch der Hagermann Josef. Ist nachher im Zweiten Weltkrieg in Afrika gefallen. Versuch's noch mal!«

Ich tippe noch ein paarmal auf kurzgeschorene Kinderköpfe, muß mir Namen und Kriegsschauplätze anhören. Dann erlöst er mich.

»Schau da«, sagt er, »in der zweiten Reihe, unten links. Ja, mit dem weißen Hemd. War doch ein strammes Bürschchen. – Aber warte mal! Ich habe da noch ein anderes Klassenbild, bei der Einschulung 1909.«

Ich trete vom rechten auf den linken Fuß, stütze mich auf den Schreibtisch.

»Haben Sie nicht zufällig ein Bild, wo mein Vater drauf ist?« frage ich, »oder Lander Willi und Spreder Karl?«

Wilhelm schiebt die Brille höher, fährt sich übers schlechtrasierte Kinn.

»Dein Vater?« sagt er. »Ja, da muß ich mal schauen.«

Er nimmt einen Stapel, geht die Bilder durch, legt sie weg, nimmt einen anderen Stapel, legt ihn wieder weg, dann noch einen, auch nichts. Dann kratzt er sich am Hals.

»Tja«, meint er, »vielleicht hier bei den Ungeordneten.«

Er zieht eine Zigarettenschachtel zu sich, nimmt ein Bild nach dem anderen heraus.

»Hier nicht, hier auch nicht, da nichts. Ah, da der Kleine, mit dem Rundschnitt, Spreder Karl, als Offizier.«

Jetzt muß ich doch grinsen. »Auch ich war ein Jüngling mit lockigem Haar.« Der Angeber, nichts als Stiften.

Wilhelm gibt mir das Bild, geht die anderen weiter durch.

»Dein Vater, ob ich den irgendwo habe? Weiß gar nicht. Ah, den da, den mußt du doch auch kennen. Schöne Aufnahme. Da war Lehrer Maurer noch ganz jung. Nach dem Abitur, glaube ich. Weiß gar nicht, wer das Foto gemacht hat.«

Wilhelm schiebt mir das Bild rüber.

»Ach da, die Fußballmannschaft«, sagt er, »da muß dein Vater auch dabeisein, genau, da ist er, schau!«

Wilhelm stößt mich mit dem Ellbogen an, ich bin noch bei Lehrer Maurer.

»Das Fußballerfoto kenne ich, das hat mein Vater auch«, sage ich.

»Aber das andere da, mit Lehrer Maurer, das sehe ich zum ersten Mal. Kann ich es mal mitnehmen, ich will es meinen Eltern zeigen? Bring es dann gleich wieder.«

»Meinetwegen«, sagt er. »Aber daß du mir's nicht verlierst! So eine schöne Aufnahme.«

Ich verspreche es und bin schon auf dem Fahrrad. Zum Glück ist

Manon zu Hause. Ich zeige ihr das Bild schon in der Tür. Manon nimmt mir das Foto aus der Hand, hält es ans Licht.

»Komisch«, sagt sie, »könnte Theo sein. Aber was hat der denn an?«

Ich fasse sie an die Schultern.

»Weißt du, wer das ist?«, sage ich. »Das ist der alte Maurer, als Abiturient. Und weißt du, was das heißt? Maurer ist der Vater von Theo.«

Manon versteht überhaupt nichts, kann sie auch nicht, da sie noch nicht weiß, was der Dozent erzählt hat. Ich reime ihr die Geschichte zusammen.

Nachher sitzen wir über dem Bild, vergleichen es mit Fotografien von Theo. Um elf klingelt das Telefon. Vater ist am Apparat. Der alte Wilhelm sei eben dagewesen, läßt fragen, wo sein Bild bliebe.

So, die Spraydosen habe ich. Jetzt noch ein paar Lebensmittel, dann fällt es nicht so auf. Und am Zeitschriftenstand ein Automagazin, das wirkt glaubhaft. Welches ist denn das billigste?

»Erwischt!« Eine Hand sackt auf meine Schulter, ich fahre herum, schaue in Spreder Karls grinsendes Gesicht.

»Habe dich erschreckt, Junge, was? Sehe da deine Dosen im Wagen und denke, machst mal ein Witzchen, haha. Aber sag mal, was hast du denn vor mit der ganzen Farbe? Hast du Mamas Auto geschrammt?«

Ich nehme ein Taschentuch und putze mir die Nase, bis das Blut im Kopf wieder abgelaufen ist.

»Nein, nein«, sage ich. »Das ist für einen Freund von der Uni. Der hat so eine alte Karre, die wollen wir herrichten.«

»Recht so«, sagt Karl. »Immer selber gemacht, was man machen kann. Spart 'ne Menge Geld.«

Dann faßt er mich am Ärmel, zieht mich zu den Weinregalen.

»Unter uns. Du bist doch Student. Was hältst du von den Schmierereien?«

»Ich kann die Leute verstehen. Ist doch Irrsinn, nur weil es billiger ist, Wald abzuhauen, solange es anderes Gelände gibt.«

»Das geht mir auch nicht in den Kopf«, sagt Karl. »Aber trotzdem, deshalb alles zu verschmieren.«

»Wie soll man sich denn sonst wehren?« frage ich.

»Wie, sonst wehren?«, fragt er. »Da gibt es doch andere Mittel. Sind wir vielleicht in der DDR? Sollen sich was einfallen lassen. Aber Häuser und Straßen versauen, das geht doch nicht. Du weißt, ich wohne zwei Häuser neben dem Bürgermeister. Schmieren doch die Kerle nachts auf die Straße ›OB – oh weh‹. So ein Quatsch! Und wie das jetzt aussieht. Und nächste Woche ist Kirmes, da kommt die ganze Verwandtschaft von Köln und überall. Was macht denn das für einen Eindruck!«

»Na, Ihre Verwandtschaft wird es verkraften«, sage ich. »Und wenn der Wald erhalten bleibt, haben wir doch alle was davon.«

»Bis jetzt müssen wir nur alle bezahlen«, sagt er. »Was denkst du, was das kostet, die Sauereien wegzumachen, am Rathaus, am Bauamt? Müssen wir mit unseren Steuern doch bezahlen.«

»Also die paar Ausgaben wäre mir der Wald wert. Wenn man überlegt, was mit Steuergeldern sonst für ein Unsinn finanziert wird.«

»Na, lassen wir das«, sagt Karl, »du bist vielleicht doch noch ein bißchen jung.«

Er schaut sich um, zieht mich weiter zu den französischen Landweinen.

»Unter uns«, sagt er, »ich kann doch offen sein. Also ich sage dir, ich habe ja nie dazu gehört, aber wir bräuchten heute noch mal so ein ganz kleines Schnurrbärtchen«, er zeigt mit Daumen und Zeigefinger, wie groß er sein soll. »Glaub mir, Junge, da wäre manches anders! So, und jetzt trinken wir mal einen zusammen, auf bessere Zeiten!« Er holt das Fläschchen aus seiner Jacke.

»Und erzähl mal, hab gehört, du willst ’ne Reise machen!«

Ob Manon mitkommt, hat Spreder Karl gefragt, und ich habe nein gesagt.

Wir haben nie darüber gesprochen. Ich habe sie nur anfangs mal gefragt, was sie nach der Schule machen wird. Wirst schon sehen, hat sie gemeint und mit der Zunge geschnalzt. Ich denke, sie wird Musik studieren. Ihre Mutter hat so was gesagt.

Ich glaube, es wäre auch nicht gut, wenn sie mitkäme. Reisen ist wie Drachenfliegen, das geht im Grunde nur alleine. Man ist dann leichter, und der Wind nimmt einen weiter mit. Es trifft auch alles stärker, bei mir jedenfalls. Da dämpft jeder andere, im Steigen wie im Stürzen.

Ich war einmal zu zweit in Ferien, damals mit Marie. Es war wie zu Hause mit anderen Kulissen. Ich wäre am liebsten nach drei Tagen abgehauen, ich bin halt kein Genießer. Obwohl, ein halbes oder ganzes Jahr ohne Manon, das kann ich mir auch nicht vorstellen. Gefährlich, so ganz allein in dem Alter, hat Spreder Karl gesagt und die Flasche zugeschraubt. Hat er da mich oder Manon gemeint?

Phantastisch, meint Franz von der Tankstelle und schenkt mir eine Europakarte, als er hört, was ich vorhabe. Zehntausend Mark und Zeit, solange der Herrgott schläft, er wirft den Öllappen auf das Regal mit den Scheibenwischern, da würde er auch nicht nein sagen.
Ja früher, sagt er, da sei er auch viel gereist, immer allein und nie Geld in der Tasche. Aber in sechs Wochen mehr erlebt als hier in zwei Jahren. Na ja, jetzt hat er halt Familie, und der Anbau ist auch noch nicht bezahlt.
Er zischt zwei Dosen Bier auf und stößt mit mir an.
Aber der Älteste, putzt er sich den Schaum vom Mund, der wird nächstes Jahr schon fünfzehn. Und wenn der so weit ist, dann muß er ihn hier vertreten, mindestens drei Monate. Er nimmt noch einen Schluck, zielt mit dem Finger auf mich. Und seine Frau, lacht er, die hängt er mit 'ner Wäscheklammer auf den Speicher, wenn sie was sagt.
Weil Mexiko, er beugt sich über die Kasse zu mir, da wollt er immer schon hin, solang er denken kann. Mexiko, Mensch, er schlägt auf die Klingeltaste, Mexiko, wie das schon klingt!

Wir liegen nebeneinander, ein scharfgeschwungenes und ein gestrecktes S, das eine schlafend, das andere wach. Meine Knie berühren ihre Knie, und ihr Kopf liegt gegen meine Brust, die Hände hat sie an die Lippen gezogen. Ihr Bauch ist schon braun von den paar Tagen am See, der weiße Streifen von ihrer Bikinihose ist wie ein Dreieck aus Licht.
Theo sprach von einer Schuld, die er verlieren müsse. Seine Schuld sagte er, sei dieser Abgrund an Bewußtsein, in den er gefallen sei. Früher sei er froh und traurig gewesen, heute schreibe er es auf. Er habe die Gefühle mit den Begriffen vertauscht. Er erlebe nicht mehr, er erinnere, er lerne nicht mehr, er addiere, er verändere sich nicht

mehr, er sammle. Er meinte, selbst wenn er einmal den Verstand verlieren sollte, würde er es wahrscheinlich noch zu sagen wissen. Seine Sünde sei dieses Bewußtsein, der Lohn die Sprache und der Preis das Leben. Und dieses Wissen schlage ihm jedes Handeln aus der Hand. Seine Krankheit sei seine Unentschiedenheit. Und deshalb müsse er hinaus, dorthin, wo jeder Tag zum Handeln und Entscheiden zwingt.

Mir wird nichts anderes übrigbleiben. Ich kann nicht länger hier sitzen und lesen und schreiben und warten, daß Manon aus der Schule kommt und mich an die Hand nimmt. Ich kann nicht durch sie, ich kann nur mit ihr glücklich werden. Und dazu muß ich fort, um zwischen all den Ländern mich irgendwo zu finden. Vorher habe ich auch nichts zu geben.

Manon schläft, ich kann nur wider Willen schlafen. Für sie ist dieser Tag zu Ende, mir ist jeder Tag zu kurz. Morgen wird sie aufstehen, zur Schule fahren, wird Leute treffen. Sie wird sich über ein gutes Referat freuen, sich über einen Lehrer ärgern, wird mir abends erzählen. Sie wird morgen leben, einen neuen Tag leben, ich werde wieder suchen, Leben suchen, wie ich jeden Tag suche. Sie ist zu Hause in jedem Tag, ich bin täglich auf dem Weg dorthin. Ich laufe um eine Welt und suche den Eingang, sie ist drinnen, weiß kaum, daß es ein Draußen gibt.

Theo ging weg, um seine Angst zu verlieren, die Angst vorm Denken und Wissen, die Angst auch vor seinen Gedichten. Und Theo sagte, es gebe kein Zurück vor die Angst, es gebe, wenn es gutgeht, ein Hindurch, es gebe die Hoffnung auf Kleists Marionette, die Hoffnung, daß am Ende des Tales das Denken wieder in die Adern zurückfließt, und der Kopf zurückkehrt in den Körper, der von beiden der ältere und größere Geist ist.

Ich glaube, Manon hat diese Einheit nie verlassen. Sie ist das Mädchen ohne Spiegel. Ich habe Angst, sie zu verderben mit diesem Loch in meinem Ich. Und ich habe Angst, mit ihr mir meine letzte Möglichkeit zu nehmen.

Ich bin glücklich, jetzt, wo ich hier neben ihr liege, glücklich, daß ihre Knie an meinen liegen und ihr Kopf an meiner Brust, glücklich, daß ich ihren braunen Bauch und dieses Dreieck aus Licht sehen darf. Aber ich weiß, dieses Loch in mir, das Leer in meinem Innern wird stärker sein, wird kommen, es mir wegfressen, das Dreieck, den Bauch, den Kopf, das Knie. Und unsere Liebe ist zu schade, um Löcher damit zu stopfen, zu schade und zu klein, und viel zu groß.

Ich fahre durch die Stadt, kaufe mir Hose und Hemd, einen Esbitkocher und einen Schlafsack, bestelle Reiseschecks, lasse meinen Paß verlängern, trinke einen Kaffee am Markt und kann kaum Zeitung lesen, ohne wegzufliegen.
Überall muß ich hin, alles muß ich sehen, alles erfahren. Wer nimmt mich mit im Auto, wo find ich nachts mein Bett, wie liegt man auf Stroh und wie auf Stein, was gibt es in Rom zu Mittag und was in Moskau zum Tee, wie viele Schiffe ziehn nach Lesbos und Mandalay, wie malt sich das? Ich werde nicht mehr ruhig, will sie alle kennenlernen, die Mönche von Athos und die Alpinen in Katmandu, die Rangooner Whiskeyschmuggler und die Tuktukfahrer von der Ramaroad in Bangkok, in Manilas Intramuros will ich Reisschnaps saufen und auf Bali mit Dämonen prosten, ich möchte mal im Kloster neben Buddha schlafen und vielleicht auch mal in Bambushütten neben ein, zwei seiner Töchter.
Nur tun muß ich etwas, hier werde ich verrückt vor lauter Pausen, ich muß gehen, laufen, mich bewegen, das rückt alles in die rechte Größe, es ist doch immer nur das Rumsitzen und auf dem Bauch liegen und Nichtstun, das die Ameise im Gras zum Saurier in unsrer Seele macht.

»Am Montag schon?«
Ich sitze mit Manon am Hang über der Bahnstraße. Eben habe ich ihr die letzten Seiten meines Tagebuchs vorgelesen. Sie nimmt einen Halm und wickelt ihn um ihren Finger.
»Am Montag«, wiederholt sie. »Und am Mittwoch habe ich die letzte Prüfung. Sag, du hast dich nicht gefragt, warum ich jetzt auf dem Flohmarkt samstags meine Sachen verkaufe? Und du hast dich auch nicht gewundert, daß mein Zimmer langsam immer leerer wurde? Zuerst die Schallplatten und jetzt die ganzen Bücher. Sag, du scheinst nicht viel zu merken!
Du, ich wollte doch mit dir fahren. Ich war sogar bei Vater für Geld. Und jetzt sagst du, du willst alleine weg, mußt für dich sein. Zu zweit könne man nicht so stark erleben. Du sprichst von die-

sem Loch in dir, das du loswerden mußt, von dieser Einheit, die ich angeblich nie verloren habe. Die Frau als große Mutter Erde und die armen geistgestraften Männer.

Mensch, du hast doch keine Ahnung! Meinst du, mir ginge es anders als dir? Meinst du, mir sagt die Wiese hier, wo's langgeht? Ich bin auch nicht mehr zu Haus als du. Wir haben doch beide nichts, außer unserer Jugend und dieser Kinderlust auf alles. Und das bißchen Wissen um uns, dachte ich. Ja, dachte ich. Aber jetzt gehst du fort und willst nichts mitnehmen, nicht mich und, wenn du ehrlich bist, nicht mal meine Liebe.

Du willst mich nicht verderben, schreibst du. Mein Gott, was bist du edel! Ich nehm dir dein Heldentum aber nicht ab. Theo hab ich's geglaubt, der wollte mich nie haben, der hat geweint, als ich ihn verführte. Du aber, du hast mich gewollt und gehabt, und jetzt hast du Angst, mich nicht mehr loszuwerden. Und machst so ein Gerede draus. Mensch, langsam merk ich, du bist genau wie Vater, nur viel verlogener.«

Dann sagt sie nichts mehr, wickelt nur immer wieder den Halm um ihren Finger. Es kommt ein Zug, dann noch einer, ein paar Spaziergänger, ein Forstauto. Als es dunkel wird, steht sie auf und geht.

Nachts klopft Manon an mein Fenster. Ich mache ihr die Tür auf, sie will nicht hereinkommen. Ich könne ruhig auch mal frieren, sagt sie, und es dauere nicht lange.

Also stehen wir in der Einfahrt, ich barfuß und im Schlafanzug, sie in ihren schwarzen Baumwollhosen und dem weiten Pullover. Ihr Fahrrad liegt auf dem Boden. Ihre Augen sind verweint, die Pulloverärmel hat sie über die Hände gezogen.

»Ich glaub, ich weiß jetzt, was mit dir los ist«, sagt sie. »Von wegen Dahus und Ankommen und dich selber Finden und dich dann geben Wollen. Du kannst im Grunde weder geben noch nehmen. Und Ankommen ist für dich wie Sterben. Und deshalb kannst du dich auch nicht entscheiden. Nicht für einen Beruf, nicht für eine Reiseroute und am wenigsten für eine Frau. Denn dann müßtest du bis zum Ende sehen. Und das hältst du nicht aus. Du kannst nur immer anfangen und abbrechen und wieder anfangen, immer was Neues. Aber ich sage dir, zumindest ein Ende schaffst du so nicht aus der Welt.«

Sie streicht sich die Haare nach hinten, zieht einen Ärmel an der Nase vorbei.

»Weißt du, du bist immer noch dieser kleine Junge mit seinen zehn Leben. Seit Jahren feierst du deinen zwölften Geburtstag und meinst, damit dem Älterwerden ein Schnippchen zu schlagen. Du willst dich nicht festlegen, du kannst nur Türen offenhalten, toller Beruf. Und deine Reise, sei ehrlich, die geht doch nicht wirklich in die Welt, du willst sie gar nicht finden, die Eingänge, von denen du sprichst. Du hast Angst, Angst vor jedem Leben, weil es mit dem Tode endet. Und deshalb stehst du auch immer nur davor, trittst von einem Fuß auf den andern und meinst, das sei eine Lösung. Ich habe auch Angst, aber einmal muß man doch anfangen. Denn vom Nichtstun lebt man auch nicht länger.«

Sie zieht ein Taschentuch aus der Hose und putzt sich die Nase.

»Weißt du«, sagt sie, »ich habe angefangen. Ich liebe, liebe diesen kleinen Jungen, der nicht älter werden will. Das wollte ich dir sagen. Und jetzt kannst du abhauen und ins Bett gehen, und dich ausruhen für die Nächste, bei der du auch nicht bleibst.«

Sie schaut mich noch einmal an, dann geht sie die paar Schritte zu ihrem Fahrrad, hebt es auf und fährt, ohne Licht zu machen, weg.

Morgen breche ich auf, um acht Uhr siebzehn mit dem IC 302. Das bin ich ihm schuldig. Auch wenn aus München–Wien–Budapest nichts wird. Ich fahre nur achtzig Kilometer, dann steige ich aus, trampe weiter nach Heidelberg und nachher Richtung Süden. Ich will über Frankreich und Korsika nach Italien. Und dann mal sehen. Italien, klingt fast wie Mexiko!

Von Großmutter habe ich mich letzte Nacht verabschiedet. Sie schaute nur aus dem Fenster und war ziemlich still. Ich glaube, daß ich alleine fahre, gefällt ihr nicht.

Mit Benedikt habe ich heute mittag zum Abschluß ein paar Ufos abgeschossen und mit Großvater Wilhelm noch die Hochzeitsbilder seines Bruders angeschaut. Steffi hatte Mittagsdienst, und Maurer war mit seinem Esel unterwegs. Ich hab ihnen Zettel geschrieben.

Abends war ich bei Manon. Der Abschied war kurz. Sie hat mir ein Armband geflochten, aus blauen und roten Schnüren. Ich habe sie gefragt, ob sie mir ein Dreivierteljahr Zeit geben kann. Sie meinte, sie wüßte es nicht und ich solle es mir nicht schon wieder so einfach machen. Sie will auch keine Briefe. Briefe seien jetzt wie Nägel, sagt sie, und sie müsse sich bewegen können, gerade jetzt. Der Weg zum See bleibt uns, das haben wir versprochen. Und was den Rest angeht, hoffen wir beide das Beste.

Mein Rucksack ist gepackt, auf meinem Tramperschild steht Süden. Vater wird häufiger Tennis spielen in der nächsten Zeit, Mutter wird Bücher lesen und mich in Reiseführern begleiten.

Und ich liege wieder ohne Schlaf, bin besoffen von unbekannten Morgen und manchmal noch ein bißchen ängstlich, zwischen allen Möglichkeiten hindurch ins Leere zu fallen.

Um sechs Uhr stehe ich wieder vor dem Spiegel. Etwas mehr als ein Jahr ist es her, da habe ich hier gestanden und mich für die Abiturfeier rasiert. Und in der Nacht davor habe ich die Tagebücher verbrannt. Seither habe ich wieder fünf Hefte vollgeschrieben. Wie wichtig mir das geworden ist!

Ich glaube, das ist wie früher mit dem Planschbecken im Garten. Ich konnte kaum laufen, da saß ich dort, preßte die Hände zu einer Form, schöpfte Wasser und betrachtete, wie es durch die Finger wieder ablief. Und ich wurde oft wütend, wenn es zu schnell ablief. Einmal wäre ich beinahe ertrunken, als ich mich aus Ärger kopfvoran ins Becken stürzte und mit Händen und Füßen auf das Wasser einschlug. Mutter zog mich noch rechtzeitig raus, aber ich war schon ganz blau und hustete nachher noch eine halbe Stunde.

So irgendwie ist das mit dem Schreiben auch. Ich will halt alles festhalten. Nur daß ich heute nicht mehr weiß, worauf ich einschlagen soll.

Mensch, schon halb sieben, ich muß los. In zehn Minuten geht der Bus, und ich habe die Brote und die Thermosflasche noch nicht eingepackt.

steht er, mein Oriental, geduckt wie ein Windhund und lauert auf den Start. Heute fliege ich mit dir, auch wenn es nur ein kleines Stück wird. Der Sprung nach Budapest wäre noch zu weit, ich muß erst alles vorher kennenlernen. Außerdem mache ich den Schwenk über Italien, muß sein, allein wegen Rom.

In bella Roma bin ich nämlich gezeugt, wenn man den Alten glauben darf. Und zwar in der Pension Vincente am Plaza Gambella, im dritten Stock, die zweite Tür links, Nummer siebzehn, Sonntagmorgen war's. Draußen soll es sogar geläutet haben. Na ja, was die Glocken angeht, bin ich nicht so sicher; manchmal erzählt Vater schon komische Sachen. Aber jedenfalls muß ich mir's anschauen.

Jetzt ruckt er los, mein Oriental, jetzt Trab, Galopp, schon schiebt und fliegt er, und ich mit. Mein Gott, mit jeder Schwelle wird mir leichter. Ein Zug, ein Morgen, ein Himmel, und nichts in der Hand als Geld im Sack und den Rucksack im Arm.

Montag, da hat Manon die erste Stunde frei. Jetzt müßte sie zur Schule radeln. Oder ob sie den Bus nimmt? Heute wäre es vielleicht besser. Ihr Armband habe ich um das linke Handgelenk geknüpft. Links ist nämlich ihre Seite. Beim Spazierengehen mußte sie deshalb auch immer rechts gehen, damit sie die linke Seite zum Degenziehen frei hätte, meinte sie.

Dieses Mädchen, mit dem Afrikapullover, damals neben mir im *Café Klatsch*! Ich hatte sie wirklich vergessen, und dann treff ich sie am See und breche mir beinahe wieder Arm und Rippen.

Prost Manon, die Tasse hier ist nur für dich, das heißt für uns, und auf das nächste Jahr, dann bin ich nämlich groß und laufe nicht mehr weg.

Was ist denn jetzt? Zwischenstation. Also Luft rein und Auge raus zum Sommer auf Gleis drei.

Wie die zur Unterführung läuft! Die genau richtigen Hüften in den roten Hosen, das weite T-Shirt im Bund, die langen braunen Haare im Takt ihrer Schritte. So ist mein Engel vor ein paar Wochen zur Telefonzelle gegangen.

»Hallo? Hier ist Ella, ist Eddi da?«

Wer ist denn noch da? Da drüben der grauhaarige Mann mit seinem Eiswagen. Und jetzt der kleine Junge, in kurzen Hosen und Sandalen, wie er den Fünfziger nach oben reckt und trotz Zehenstand nicht rankommt, der Alte, der sich jetzt bückt, ihm ein riesiges Eis in die Hand drückt und ihm über den Kopf streicht.

Jetzt läuft er weg, der Kleine, als hätte er Kleopatra entführt, läuft vorbei an dieser Italienerfamilie, die den jüngeren Bruder abholt. Handschlag, Umarmung, Kuß, Vater, Mutter, Bruder, Schwester, Schwager, Neffe, sind alle gekommen, alle reden, lachen, fuchteln mit den Armen.

Pfiff, Türenschluß und ab. Ich lege die Füße auf den Sitz, schenke mir aus der Thermosflasche eine zweite Tasse ein, proste mit dem Zugfenster und den Wiesen dahinter, alles mein, auf immer, auf ewig.

Spätnachmittags komme ich in Heidelberg an. Heidelberg, das sind die Neckarwiesen, ein Stehcafé und das Schloß von unten. Zwei Wochen vor den Herbstferien war's, als mich Marie vor der Schule abfing und meinte, wir müßten unbedingt hin. Schmidtke hätte ihr ein Referat über die Heidelberger Romantik verpaßt, und ohne Fotos käme sie nicht auf zehn Seiten. Außerdem kenne man ja Schmidtkes Schwäche für Multimediales.

Durch diesen Schlauch von Hauptstraße sind wir damals auch gelaufen, ich fotografierte und Marie erzählte mir aus ihrem Skript.

»Heidelberg verschonen wir, hier bauen wir unser Hauptquartier.«

Das stand auf den Flugblättern, die die Amerikaner im Zweiten Weltkrieg hier abwarfen. Deshalb hätte sich auch nichts verändert, erklärte sie, und deshalb seien die Fotos vollkommen gerechtfertigt.

Die Heiliggeistkirche hier haben wir nur wegen den Ramschbuden davor aufgenommen, von wegen Kontrastbildung und so. Und in dem Stehcafé da drüben hat mir Marie von Brentano erzählt.

Halb sechs, das reicht noch. Einen halben Wickelkranz, eine große Tasse Kaffee, dreidreißig, kaum teurer als damals. Von Arnim hat sie auch erzählt, aber der interessierte uns beide nicht so. Brentano war spannender.

Echter Freak, meinte Marie, zu nichts zu gebrauchen. Lief immer in grellen Farben, sagte dummes Zeug, blamierte die Familie. Ins Kaufmännische steckte ihn sein Vater. Sechs Wochen ging es gut, dann gaben sie ihm die Papiere, geschäftsschädigend, hieß es. Nachher schmiß er noch vier andere Lehren, und beim Studieren hielt es ihn auch nicht. Er war halt Musiker, nahm lieber Gaul und Gitarre und klampfte sich durchs Land.

»Ein Frauenheld war er natürlich auch«, meinte Marie, »Vater Italiener, wie deiner.«

Das war natürlich Unsinn. Ich bin zwar in Rom gezeugt und in Katmandu geboren, aber mein Vater ist deshalb weder Italiener noch Himalaye, sondern ein ganz normaler Beamtensohn aus dem kleinen Saarland. Ich hatte ihr das schon ein paarmal erklärt, sie sagte es aber immer wieder. Ich glaube, der Wickelkranz war damals frischer.

»Bekomme ich noch so einen Kaffee?«

Wickelkranzessen war uns immer ein kleines Fest. Wir kauften nie die Runden, sondern immer nur diese kleinen Länglichen, und die schnitten wir nicht in Stücke, sondern nur in zwei große Hälften. Marie höhlte dann ihre Hälfte zuerst innen aus und tunkte nachher die Kruste in den Kaffee. Steigernden Genuß nannte sie das. Dem armen Mädchen ging das Dialektikzeug von Schmidtke einfach nicht mehr aus dem Kopf. Mir war es egal oder vielmehr ganz recht, weil sie hinterher immer noch Krümel um den Mund hatte, die ich ablecken durfte. Das tat ich auch diesmal, zog sie zu mir und sagte, daß das auf mich auch steigernd wirkte. Wie ich das meinte, fragte sie. Sie wußte es genau. Ich hätte halt ziemlich Lust jetzt, sagte ich, und ob wir das Schloß nicht fallenlassen und gleich heimtrampen wollten. Ich sehe sie noch, wie sie sich mit dem Ärmel den Mund wischt und einen Schritt zurückgeht. Es sei immer dasselbe mit mir, fauchte sie. Wenn ich noch einmal nur Lust und nicht Lust auf sie sagte, könnte ich mir in Zukunft eine andere zum Kranzessen suchen. Ich mußte eine Tüte Magenbrot spendieren und versprechen, als Wiedergutmachung ihr Manuskript abzutippen.

»Entschuldigen Sie, aber wir schließen.«

Fünf nach sechs. Ich stecke den Rest Kranz in die Tasche. »Wiedersehen.«

»Wiedersehen.«

Soweit ich mich erinnere, bekam sie für das Referat letztlich nur elf Punkte. Die Fotos seien exzellent, meinte Schmidtke, nur das Schloß hätte halt nicht fehlen dürfen.

Also die Wiesen sind ja schon feucht, aber der Biwaksack noch viel mehr. Kondenswasser, hat der Verkäufer gewarnt und mir *Gorotex* empfohlen, »das atmet«.
Atmen kann ich selbst, habe ich gedacht und den Billigeren genommen. Na ja, als Kopfkissen ist der Sack nicht verkehrt. Und das bißchen Feuchtigkeit hält der Daunenschlafsack ab.
Überhaupt diese Nächte im Tausend-Sterne-Hotel, das sind die besten. Und in zwei Stunden wird es hell. Dann kaufe ich mir mein Frühstück und mache endlich die Bilder, zu denen wir damals nicht gekommen sind.

Von dem Fußabdruck auf der Schloßterrasse habe ich schon gehört. Er soll von einem Liebhaber stammen. Aus dem vierten Stock, heißt es, sei er gesprungen, als ihn der Ehemann ertappte. Genau hierher. Und der Abdruck soll auch heute noch jedem Mann die Untreue nachweisen. Man brauche nur seinen Fuß hineinzustellen, wenn er paßt, ist man überführt.
Im Moment drängeln sich gerade ein paar Japaner um den Abdruck, jeder will probieren. Sie stellen ihre Schuhe schief und quer, schummeln vorne, schummeln hinten, es hilft nichts, der Abdruck ist zu groß. Einem besonders Kleinen gelingt es, beide Füße hineinzuzwängen. Er strahlt und hebt die Arme, der Reiseleiter winkt ab und meint, das gelte nicht. Dann sind sie endlich weg, ich mache die Probe auf den Enkel, habe auch kein Glück, stelle mich trotzdem neben ein Mädchen mit blondem Zopf an die Aussichtsmauer.
»Da unten links von der Hauptstraße, gleich hinter der Kirche, da hat mein Vater seine Praxis«, sagt sie zu ihrem Begleiter und deutet mit ausgestrecktem Arm auf die Jesuitenkirche.
»Aha«, sagt der und legt den Kopf auf ihre Schulter, um die rechte Richtung nicht zu verfehlen.
»Und was du da hinten siehst, ist die neue Universität. Da sind auch die Tennisplätze und das Schwimmbad«, fährt sie fort und springt mit dem Arm etwas höher, was den Burschen wieder auf Distanz bringt.

»Dort hab ich übrigens mal gegen Steffi Graf gespielt«, sagt sie, »ja, die von Wimbledon, und gewonnen. Knapp zwar und im Tie break, aber gewonnen.«

Sie schaut zu ihrem Begleiter, fügt dann etwas leiser hinzu:

»Weißt du, das ist schon eine Zeitlang her. Ich war damals vierzehn, und Steffi neun.«

Dann lacht sie, hakt ihn ein, zieht ihn vom Geländer weg.

Ich lehne mich über die Mauer, betrachte die Altstadt mit dem Viertel, wo ihr Vater seine Praxis hat. Es ist ein verwinkeltes Durcheinander aus schwarzen und roten Ziegeldächern, kaum Platz für ein paar Gassen und Stiegen. Da unten hat er also gewohnt, dieser Brentano, und seine Lieder gesammelt. *Maikäfer flieg*, das haben wir noch gelernt.

Da hinten, hinter dem Bismarckplatz, hörte die Stadt damals auf. Jetzt sieht man nicht mehr, wo sie aufhört, jedenfalls von hier oben nicht. Wo sind eigentlich diese Tennisplätze? Ich sehe da hinten nur Wohnblocks, Werkshallen und Fabrikschlote.

Achtundsechzig soll hier viel los gewesen sein. Stadtindianer und so. Eigentlich kein Wunder bei den vielen Rauchzeichen da draußen. Und nachher brannten die Lagerfeuer mitten in der Stadt. Das ist jetzt auch schon Geschichte. Sogar Kursarbeiten schreiben sie darüber.

Horten steht wieder und hat noch zwei Stockwerke mehr. Ich habe ein Foto gesehen von damals, da warben sie mit einem Riesenschild: »Die Ware Freude«. Heute sind sie dezenter. Und die Indianer sind zu Manitou oder auf dem langen Marsch ins Eigenheim. Und wir spielen Tennis. Na ja.

Wo geht's denn jetzt zum Schwimmbad? Dieses Kopfsteinpflaster führt jedenfalls runter in die Stadt.

Ob dieser Reinhard Karl an der Mauer hier trainiert hat? Gewohnt hat er ja in Heidelberg. Und später ist er jeden Tag auf den Kaiserstuhl gerannt. Bomben hat er keine gelegt, aber jede Menge Klemmkeile. Und dem Untergrund zog er die Achttausender vor. Aber ich glaube, so weltenweit liegt das gar nicht auseinander. Es war halt sein Versuch aus einer Gesellschaft auszubrechen, in der es außer Geld nichts mehr zu verdienen gab. Automechaniker hat er gelernt, hat die Stunden gezählt, bis es Freitag wurde und ist noch nachts in die Alpen gefahren. Montagfrüh kam er zurück, legte sich unter den ersten Wagen, band sich die Hände am Auspuff fest und schlief sich bis zur Mittagspause aus. Keine Frage, daß sie ihn rauswarfen. Wo ist jetzt diese Straßenbahn ins Freibad?

»So, hat es Ihnen gefallen? Ein bißchen streng, ich weiß, ich komme selbst aus liberalstem Haus. Aber glauben Sie, die beste Freiheit taugt nichts ohne Strenge. Was meinen Sie, was einen Freigeist wie mich hergetrieben hat? Nichts als die ganz gemeine Lust auf Leben. Da schauen Sie?

Oh, ich bin kein Asket, ich liebe den Herzschlag, und ich habe ihn als Heide an allen verbotenen und erlaubten Orten gesucht und nicht gefunden. Jetzt lebe ich hier schon elf Jahre, stehe alle Morgen um vier auf, tue meinen Dienst und gehe um neun zu Bett. Das klingt nicht spannend, ich weiß, aber ich sage Ihnen, man muß leer werden, um wieder zu empfinden. Die Gammler, glaube ich, sind ganz nahe an der Wahrheit, nur lassen sie sich noch zu sehr ablenken. Wie gesagt, ihnen fehlt die Konsequenz im Nichtstun. Ich tue zwar etwas, aber da es immer dasselbe ist, ist es so gut wie nichts. Und dann stehe ich wie gestern in der Küche, bereite eine Obstspeise und falle ungewollt in neue Gründe.

Haben Sie je eine kleine Beere betrachtet? Tun Sie es! Diese winzigen Punkte, die Farbe, das Fleisch, der süße Geschmack, die Wissenschaft hat ihre Sätze, aber reicht das? So ein kleines Ding, ein Kosmos ist das, genau wie unser Kosmos, mit unzähligen Spiegelungen. Die Welt ist nämlich voller Spiegel, haben Sie das schon gemerkt, alles will sich spiegeln. Sie verstehen nicht?

Schauen Sie, wenn Sie eine Frauenbrust berühren, was ist das, wissenschaftlich gesehen? Gewebe, Wasser, Fasern, Haut, nichts. Und was ist das später, wenn es alt ist und schlaff nach unten hängt und Sie es nicht mehr angreifen wollen? Dasselbe? Etwas anderes? Ich sage, so eine Frauenbrust erreicht keine Naturwissenschaft. Die Mehrzahl von uns übrigens auch nicht. Stumpf sind wir, keine Gefühl, nicht in den Fingern und nicht sonstwo. Sie kennen die Weisheit in dem Wort Begreifen, nicht wahr?

Schauen Sie, wie die Leute sich lieben! Benützen den andern, um sich zu befriedigen. Ein bißchen Kitzel, ein bißchen Reiz, wenn's hochkommt, ein Orgasmus für zwei. Aber ist das Begegnung? Man sollte Orgasmus nicht mit Höhepunkt übersetzen, ich glaube,

Höhepunkte sind anders. Was ist Glück, wenn nicht diese seltenen Momente, in denen wir vollkommen wach, vollkommen lebendig sind. Wenn wir wirklich spüren im Berühren, eine Brust, eine Handvoll Erde, ganz gleich was. Und was soll die Liebe zwischen Mann und Frau, wenn nicht beide genau dorthin führen?

Früher nannte man den Akt Erkennen, heute sagt man miteinander Schlafen. Einschlafen möchte ich sagen, Müdewerden. Traurig, ganz traurig! Ich sage Ihnen, man kann mit vielen Frauen ins Bett gehen und jeden Morgen lebloser aufstehen. Und man kann so eine winzige Frucht wie eine Beere in die Hand nehmen, sie zwischen Daumen und Zeigefinger drehen und spüren, daß man dem Geheimnis sehr nahe ist.

Was ist dieser Christengott, wenn nicht die Kluft, daß wir sind und es nicht begreifen? Und dieses Rätsel sollen wir spüren, das ist alles. Und deshalb schäle ich jeden Tag Kartoffeln und setze mich auf halbe Ration. Oben war ich, ich weiß wie Freuden schmecken und wie lahm sie die Sinne machen. Jetzt will ich hinunter, will entbehren, dienen, will die Schleier loswerden.

Haben Sie schon gemerkt, wie schön ein Mensch wird, wenn er leidet, wenn er hungert, und wie häßlich, wenn er zu oft satt ist?

Früher lag ich tagelang im Bett, wußte nicht, warum ich hätte aufstehen sollen. Heute kann ich kaum erwarten, daß die Glocke geht. So wie ich arbeite, nach draußen müßte ich, Karriere wäre mir gewiß.

Aber ich halte Sie auf, Sie wollen weiter. Ich weiß auch nicht, warum ich Ihnen das erzähle. Vielleicht, weil Sie bei den Mahlzeiten nie mitgebetet haben.

Also leben Sie wohl, aber nicht zu wohl, und staunen Sie noch viel, ich glaube, Staunen ist kein schlechter Weg«, sagt Johannes und drückt mir die Hand, Johannes, der hagere Mönch mit den Fliegerohren und dem vom Dienern schon krumm gewordenen Kreuz, Johannes, der seinen Sperberkopf zu mir herunterbeugt, der Daumen und Zeigefinger aufeinanderlegt und die Augen kneift, um die Worte auf den Punkt zu bringen, ein Freigeist, wie er gesagt hat, der beim Gebetsgang stets an letzter Stelle geht und die Kerzen ausbläst, ein häßlicher Mensch und ein wunderschöner, der jetzt noch einmal die Hand hebt, bevor er im Keller verschwindet und mich zwischen den leeren Kochtöpfen zurückläßt.

Nachher stehe ich an der Straße, bin froh, daß so schnell keiner anhält. Dieser Johannes, dieses Kloster! Dabei wollte ich nur ein bißchen im Neckartal wandern. Und sehe dann abends den Bau da oben. Schon wie sie mich aufgenommen haben!

»Mein Gott, ist das schwer!«, stöhnt Bruder Pförtner, als er meinen Rucksack hebt. »Sagen Sie, haben Sie da Kirchenschmuck drin?« Wie er dann mit geraffter Kutte die Treppe hochhuscht und den Gastpater ruft, damit ich vor Küchenschluß noch was zu essen bekomme.

Und dann dieser Suitbert, der Gastpater, Athlet und selber ein Wandersmann.

»So, zu Fuß durchs Neckartal? Das ist schön. Wo hat er angefangen? Wie? In Heidelberg? Heidelberg? Das ist doch keine Strecke. Das laufen wir doch sonntags zwischen Sext und Non.«

Wie er dann die Isomatte und den Schlafsack befühlt, mir eine neue Chance gibt.

»Daune?« – »Ja, dreiecksvernäht, ist besser für die Höhe.« – »Geht er denn in die Berge?« – »Ja, ich lauf mich hier nur ein. Nachher will ich in die Alpen, im Herbst nach Korsika.« – »Korsika? Sag er nur, er macht den GR 20?« – »Ja, eben den.« – »Hat er denn soviel Zeit? Studiert er? Wie? Deutsch? Philosophie? Angefangen? Aber? Kein aber! Ein Philosoph auf dem Weg zum Monte Cinto! Der braucht ein ordentliches Bett. Komm er mit, Kamerad!«

Eine Nacht wollte ich, vier bin ich geblieben. Hab tagsüber Efeu umgesetzt und abends Suitberts Bergsteigergeschichten gehört. Ich durfte mit ihnen essen, bekam ein Zimmer und mußte nicht mal beten.

»Schulferien« war Sepps ganzer Kommentar, bevor er den Diesel abstellte und den Kopf aufs Lenkrad legte.

»Wenn's weiter geht, weckst mich«, sagte er noch, dann hörte ich nichts mehr.

Zwanzig Minuten stehen wir jetzt im Stau auf der Autobahn hinter Heilbronn, und langsam kommt Urlaubsstimmung auf. Einige Väter sind ausgestiegen, diskutieren, ob Herget oder Auge der rechte Letzte ist. Ihre Frauen stehen um eine BMW-Kühlerhaube, helfen sich mit Windeln und Kleenex aus. Ein paar Kinder spielen zwischen Caravans Verstecken.

Ein Stirnband windet sich aus einem 2 CV mit Dachgepäckträger, knöpft die Hose zu, läßt das Hemd offen, trottet nach vorne zu den Familienlimousinen. Ein Stück Gewürzkuchen auf der flachen Hand taucht er wieder auf, grinst mit gestrecktem Daumen zu den Kollegen im 2 CV, verschwindet nach hinten zu dem Lkw, kommt mit einem Becher Kaffee zurück.

Die Väter haben sich inzwischen auf Herget geeinigt, die Kleine sitzt trocken im Kindersitz, und die Brüder sind zurückgepfiffen. Das Stirnband wischt sich die Krümel aus dem Schnurrbart, bedankt sich per Kußmund bei der Kuchenmutter und mit Peacezeichen beim kaffeespendablen Fernfahrer, zwängt sich mit wieder offener Hose in den wippenden 2 CV.

»Es geht voran«, jubele ich, stoße Sepp mit dem Ellbogen und stelle von Verkehrsfunk auf Musik.

Tantalus stand mitten in einem Teich. Das Wasser reichte ihm bis ans Kinn, und über seinem Kopf hingen Äste mit Birnen, Feigen und Granatäpfeln. So oft er sich bückte, um zu trinken, versiegte das Wasser, und wenn er hinauflangte, um nach den Früchten zu greifen, blies ein Wind die Äste unerreichbar nach oben.

Hier in der Fußgängerzone von Stuttgart bin ich auch so ein Diletantalus. Da treiben die Verlockungen an mir vorbei, allein und zu zweit, parfümiert und *nature*, und ich hänge unterm Rucksack, sakke Schritt für Schritt etwas tiefer, recke den Hals nach rechts, nach links, schlucke und gehe immer leer aus.

Jetzt kommen zwei im Petticoat. Petticoat scheint heuer wieder in, diese Röcke, die sich beim kleinsten Hauch schon heben. Heute geht kein Wind, gottlob. Doch was machen die zwei, nehmen die Stufen zu *Mc Donald's* im Sprung, unnötig ist das, unnötig und gemein und extra.

Ich kaufe mir an einem Kiosk Limonade, wenigstens verdursten brauche ich nicht, setze mich zwischen zwei Omas auf eine Bank. Beide fangen an zu reden, ich nicke zur einen, nicke zur anderen, die Ältere rechts setzt sich durch.

Sie erzählt vom Krieg und daß ihr Mann nicht mehr heimkam, von ihren Kindern, die sie immer zu Weihnachten sieht, und den Parteien im Haus, mit denen sie nur im Urlaub zu tun hat, wenn sie den Schlüssel bekommt wegen der Blumen, von den Senoirenfahrten jeden zweiten Sonntag für vierzig Mark mit Kaffee und Kuchen und vom Theater, in das sie sich nicht mehr traut, seit sie ihr auf dem Heimweg die Handtasche geklaut haben. Vom Arm weggerissen, einfach weggerissen, sagt sie, überhaupt die vielen Umgänger hier, die merkten das genau, wenn man alt sei und sich nicht mehr so helfen könne. Dreiundachtzig sei sie und habe eigentlich nicht vorgehabt, so alt zu werden, aber solange sie gesund bleibe, soll's ihr recht sein. Nur mit dem Theater, das sei schon schade, das sei so eine Leidenschaft von ihr gewesen, sagt sie und schmunzelt, und ich nikke und höre jedes Wort.

Nur mein Blick, der geht vorbei an ihr, läuft mit den Mädchen, springt von Bein zu Bein, von Hüfte zu Hüfte, verschlingt die Bewegungen unter Blusen und Hosen. Ich weiß, ich habe etwas viel mitbekommen von der Lust auf die Lust. Wie leicht sich das sagt.

Ich trinke meine Limonade, betrachte das warzige Gesicht, vierzig Jahre der Mann auf dem Friedhof. Morgen für Morgen nur ein Gedeck, der Schelmenblick, mit dem sie jetzt wiederholt, daß sie so alt gar nicht werden wollte.

Dann steht sie auf und gibt mir die Hand, wünscht alles Gute und geht, klein und dick im blauen Regencape, die passende Mütze fest überm Kopf und die rote Handtasche um Hals und Arm. So ging sie als Kind zum Kindergarten, denke ich, so geht sie jetzt, als altes Weiblein, ganz langsam aus dieser Zeit.

Ich schaue ihr nach, hänge mich an einen Jeansrock mit kaffeebraunen Beinen. »Nur ganz junge Mädchen halten, was die Hosen versprechen«, hat Gustav nach seinem ersten FKK-Urlaub gesagt. Ich schütte den Rest Limonade unter die Bank, spüre, wie die vertraute Übelkeit langsam von den Lenden zur Brust aufsteigt.

Eigentlich wollte ich gleich weiter nach Pforzheim. Aber dann erzählte diese Frau so interessant von Maulbronn, von Hesse, Hölderlin, Kopernikus und wie sie alle hießen, fuhr auch noch selber bis hin, da mußte ich natürlich mit, allein wegen Hesse.

Hesse war ein Jahr der Hit der Szene. Ohne Hesse nutzte kein Ohrring und kein handgefärbtes Hemdchen. Man konnte mit Hund und Freundin nach Istanbul getrampt sein, konnte aus den Puddingshops an der Blauen Moschee tausendundeine Geschichte mitbringen, ohne *Siddhartha* in der Tasche galt der Orient nicht mehr als Neckermanns Mallorca. Hesse war das Eintrittsbillett zum Austritt aus den bürgerlichen Reihen. Kein Hesse, das klang nach blonden Zöpfen, blauen Augen und Jungfräulichkeit im Geiste.

Nach den großen Ferien fing es an. *Unterm Rad* schrieb Hesse, »unterm Rad« ritzten wir in den Türbalken unseres Klassenzimmers. Mit *Siddhartha* zogen wir in den Herbst, überwanden die Zeit und alle niederen Gefühle, kamen pausenpilgernd zu spät zum Unterricht, vergaben Schmidtke mit Buddhalächeln seine Klassenbucheinträge. Dann kam Januar und *Steppenwolf*, das Tier in uns brach Bahn und Schmidtkes Antenne ab, zerriß das Klassenbuch mit allen Fehlstunden eben noch rechtzeitig vor den Zeugnissen. In den Osterferien machte *Narziß* die Runde, aber *Goldmund* letztlich das Rennen. Gustav korrigierte »unterm Rad« zu »unterm Rock«, und spätestens im Sommer war alles beim alten. Wir besuchten wieder Mädchen und Kneipen und überließen die *Glasperlen* denen, die den Skat nicht beherrschten.

»Unsinn! ›Auf'm Rad‹ muß es heißen. Das ist besser, dauert nämlich länger. Haben sie dich schon mal aufs Holz geknüpft? Tag auch.«

Wer ist denn das? Ich sitze in einer dieser Nischen im Kreuzgang, schaue in ein nicht mehr ganz junges Indianergesicht unter langen, mittelgescheitelten Haaren. Als ich nicht gleich antworte, beugt er sich zu mir.

»Entschuldige, daß ich so direkt bin«, sagt er, »aber wenn ich lange aushole, verliere ich an Richtung. Wie heißt du? Ich war Carlo.«

Er nimmt meine Hand, läßt sie lange nicht los.

»Wette einen Saft, du bist wegen Hesse gekommen. Die meisten kommen wegen ihm. Ich nicht. Ich komme wegen Hölderlin. Jeden Sommer. Wenn sie mich rauslassen, heißt das. Sag, hast du eine Uhr?«

»So halb vier wird's sein«, sage ich.

»Was, fünf Uhr schon!« sagt er. »Höchste Zeit für meine Kräuter. Kommst du mit? Ich geb dir einen aus, weil du nicht gleich weggelaufen bist.«

Wir gehen zur Klosterschenke, ich bestelle Bier, Carlo Limonade und eine halbe Zitrone.

»Hölder kommt übrigens von hold«, erklärt er, »paßt heute nicht mehr, was? Aber darum mag ich ihn, und dann auch, weil er das Fieber im Kopf hatte. So was verbindet.«

Er nimmt die Zitrone in beide Hände, preßt sie über seinem Mund aus.

»Weißt du«, sagt er, »wenn man sich erst an Zitronen gewöhnt hat, kommt einem der Rest auch nicht mehr so sauer vor. Drüben in den Vogesen hat es einer mit kaltem Wasser versucht. Nächtelang ist er in den Brunnen gesprungen, immer rein und raus und wieder rein, nur damit es ihm hinterher wärmer vorkommt. Nachher haben sie ihn auch abgeholt. *They come and take you away from these fields to the deep green grass of home.* Kennst du das Lied, eines meiner liebsten?«

Er beißt das Fleisch aus der Zitrone, lutscht und schluckt es.

»Leider stimmt immer nur das erste Teil«, sagt er. »Sie bringen dich immer nur weg, nie nach Hause. Jedenfalls mich nicht. Dabei habe ich Jubiläum. Zehn Jahre werden es diesen Sommer, da habe ich ganz heimlich meinen Schwerpunkt verloren, seltsam nicht? Wachte morgens auf, und weg war er. Dabei braucht man einen, jeder hat einen. Und wenn du keinen hast, spritzen sie dir Gewichte ins Blut. Weil, ohne fängst du an zu fliegen, und oben wird dir ganz schwindlig, weil du siehst, wie toll die Erde rast. Du kneifst die Augen zusammen und siehst dich selbst da unten rennen, mit zehn, mit zwanzig, mit dreißig. Dreißig Jahre, Menschenskind, du schlägst dir an den Schädel und fragst, wo die jetzt sind. Du rennst zum Spiegel, lachst ins Glas und findest Falten nicht mehr lustig. Dreißig Jahre, das ist vielleicht schon Halbzeit, das ist auf jeden Fall das Alter, wo dich junge Mädchen siezen. Ich sage dir, du frißt eine ganze Zitrone samt Preisschild und Schale, es ändert nicht. Vorbei, verpaßt. Du spürst den Strick ums Herz und fängst zu flattern an vor lauter Angst, steigst hoch und höher, bis die Kugel da unten klein und lächerlich wird, ein Punkt unter Punkten und das auch nicht mehr lang. Und dann streuen sie dir Puder ins Essen und wollen, daß du runterkommst und alles wieder ernst nimmst. Sie meinen es gut, und ich habe es versucht, aber es gelingt nicht. Ich glaub, ich hab Helium im Bauch. Ich werde das Lachen nicht los.«

Carlo schiebt seinen Stuhl weg, kniet sich, ruckt unter den Tisch, streckt seitlich den Kopf heraus.

»Siehst du, hier unten ist es gut«, sagt er. »Drei Dimensionen, das ist genau, was wir brauchen, schon die vierte schießt dich nach oben.«

Er stößt mit dem Kopf gegen die Tischplatte, kommt wieder hoch, setzt sich, lehnt sich zu mir.

»Aber ich glaube, ich bin besser ruhig jetzt«, sagt er. »Du kriegst schon richtige Fliegeraugen, warte, ich bestelle dir eine Zitrone, ahaha.«

Nachts liege ich zusammengerollt im Schlafsack, drei Jugendherbergsdecken über mir und immer noch kalt. Schüttelfrost, Fieber, die Nacht im Wald hinter Stuttgart scheint mir nicht bekommen zu sein.

Carlo sieht mich nicht mehr an. Er spricht zu zwei jungen Radfahrern, erklärt, daß er ein Doppelbett haben müsse, weil unter dem Haus eine Wasserader laufe. Er merke das ganz deutlich an einem Fließen in der Schulter, und im Schlaf habe er dann oft die grausamsten Phantasien. Die Fahrradfahrer verkriechen sich mit Sackmesser und Luftpumpe ans andere Ende des Zimmers, Carlo legt sich quer über die Betten.

Nachts liege ich lange wach, höre Carlos Stimme, die sich immer wieder fragt, ob es nicht auch schöne Nächte gebe, und nach wie vielen Alpträumen man sich einen guten verdient habe.

Als ich gegen sieben Uhr mit Kopfschmerzen aufwache, sitzt Carlo geduscht und angezogen auf einem Hocker am Fenster, malt auf die Rückseite meiner süddeutschen Straßenkarte.

»Du hast mächtig fabuliert die Nacht«, meint er und strahlt zu mir herüber. »Ich hatte schon Angst, du flatterst mir weg, und hab vorsichtshalber das Fenster zugemacht. Paß bloß auf, Junge, sonst kommen sie auch zur dir, *and take you away from these fields*.«

Als ich zum Frühstück komme, lehnt Carlo in der Essensausgabe beim Herbergsvater, erzählt mit kreisenden Armbewegungen, wie er sich die Nacht aus der Wasserader gerettet hat. Nachher kommt er zu mir an den Tisch, hat als einziger Bohnenkaffee und frische Brötchen auf dem Tablett.

»Seid nicht neidisch, Jungs, Astronautennahrung«, lacht er zu den Radfahrern, gibt mir ein Brötchen und fragt, ob wir den Tag zusammen verbringen.

Die Pizza war nicht schlecht. Wenn ich jetzt noch Eis bestelle, bin ich nur eine Mark überm Tagessoll. Die Herberge fällt dann allerdings flach. Und draußen regnet's. Na ja. »Fräulein, ein großes Eis bitte noch«, muß ich mir was einfallen lassen.

Der Schlafsack ist jedenfalls noch naß von gestern. Der hält keine halbe Stunde mehr. Ich könnte ins Pfarrhaus gehen. Das heißt, »ah danke«, das Eis, ging ja schnell, das heißt die Mädchen vom Nachbartisch, punkig, funkig, liberal, ich meine, Fragen kost' nichts, und der Pfarrer läuft nicht weg. Jetzt eß ich das Vanillebällchen, das macht cool von innen, dann versuch ich's. Direkt ist immer am besten.

»Tschuldigung«, sage ich. »Ihr wißt nicht zufällig, wo Emmendingen liegt?«

»Also ich nicht«, sagt die Schmale mit dem rosa Stiftenkopf.

»Klingt nach Allgäu und Käse«, kichert die etwas Rundere mit dem Blechmobile am Ohr.

Ich schaue sehr ernst. »Das mit dem Käse ist Emmental«, sage ich, »und liegt in der Schweiz. Was ich meine, ist Emmendingen und müßte irgendwo im Schwarzwald liegen. Sagt euch nichts?«

»Nichts«, sagte die eine, »nie gehört«, die andere.

Ich nicke und widme mich wieder meinem Eis. Als ich an die Schokolade komme, tippt mir die rosa Stifte auf die Schulter.

»Gibt's da was Besonderes in diesem Elmendingen?« fragt sie.

»Nicht Elmen-, Emmendingen«, sage ich, »du liest ja auch nicht Elma sondern Emma.«

»Okay, okay.« Sie zieht eine Selbstgedrehte an der Zunge vorbei, kramt in ihrer Tasche.

»Du hast nicht eben mal Feuer?« sagt sie.

Ich bücke mich zu meinem Rucksack, suche ein bißchen, gebe eine Schachtel Sreichhölzer rüber.

»Also wie jetzt?« Das Mobile schaltet sich ein. »Gibt's da unten was oder nicht?«

Ich bin immer noch an der Schokolade.

»Wie man's nimmt«, sage ich. »Muß da für einen Freund hin. So 'ne Art Erbschaft.«

»Erbschaft? Ehrlich?« Mobile nimmt ihre Tasche vom Stuhl. »Willst du dich nicht zu uns setzen? Kann man sich besser unterhalten.«

Ich zögere zwei souveräne Löffel, dann greife ich das Eis und rutsche rüber.

»Was erbt denn dein Freund da unten? Geld, Haus oder Schmuck?«
Die Stifte beugt sich vor.
Endlich komme ich ans Erdbeer.
»Ach nein, so was nicht«, sage ich. »Eher so 'ne Art ideelle Erb-
schaft, weißt du?«
Sie läßt sich zurück auf den Stuhl fallen, atmet aus, schaut Mobile
an.
»Noch so 'n Ideeller«, sagt sie, »und ich dachte, wir machten end-
lich mal 'nen Fang.«
Mobile scheint die Ausgeglichenere von beiden, zuckt mit den
Schultern, streicht sich eine Strähne hinters Ohr.
»Hätte mich auch gewundert«, sagt sie. »Aber zur Entschädigung
läßt du uns an deinem Eis essen«, ich lasse sie, »und erkläre das mit
deinem Freund und der komischen Erbschaft mal genauer!«
Ich nehme mir von Stifte Tabak und Blättchen.
»Also dieser Freund heißt Carlo«, sage ich, »und in Emmendingen
auf dem Friedhof liegt ein Mann, der heißt Lenz.«
»Sein Onkel?« Mobile hat ein halbes Bällchen im Mund, schiebt
den Becher weiter zu Stifte.
»Nein, nicht direkt«, sage ich. »Im Grunde überhaupt nicht ver-
wandt. Carlo glaubt nur, daß er viel von diesem Lenz mitbekommen
hat. Und ich habe ihm versprochen, falls ich das Grab finde, ein Bild
davon zu malen.«
Ich streue Tabak aufs Blättchen, fange langsam an zu drehen.
»Bist du Maler?« Stifte rührt mit dem Finger im leeren Becher.
»Ja«, sage ich, »aber leider nicht sehr erfolgreich.«
Das Papier will sich einfach nicht runden.
»Hast du schon mal was verkauft?« fragt Mobile und schaut auf
meine Hände.
»Bis jetzt nur Rahmen«, sage ich.
Stifte hat eben den Finger im Mund, prustet ins Glas. Mobile nimmt
mir die Zigarette ab, schaut sehr ernst zu ihrer Freundin.
»Totaler Sozialfall«, sagt sie, »drehen kann er auch nicht. Den neh-
men wir mit, bevor er unter den Omnibus kommt.«

Henry hat zwar schon geschlafen, da er aber der einzige mit Aral-
Deutschlandkarte ist, mußten wir ihn wecken. Nachher liegen wir
in der Küche überm Tisch, suchen zu viert, nichts. Stifte hängt sich

für mich ans Telefon, beim Taxiunternehmen verweisen sie ans Reisebüro, und beim Reisebüro hebt niemand ab.

»Vielleicht ist dein Emmendingen der Gebietsreform zum Opfer gefallen«, meint Mobile, als ich nachher zu ihr ins Hochbett klettere.

»So wird's sein«, sage ich, lege mich ins vorgewärmte Bett und weiß zum ersten Mal, wie sich der Römer gefühlt haben muß, als er sein ›kam, sah und schlief‹ in die Nacht brüllte.

»Und was wird jetzt mit deinem Bild für diesen Carlo?« fragt Mobile und dreht sich zu mir.

Ich liege auf dem Rücken, schaue durch die rauhverputzte Decke bis in den Himmel.

»Weißt du«, sage ich, »vielleicht ist es ganz gut so, daß ich's nicht finde. Es gibt Sterne, die leuchten nur von weitem. Und wenn du hinkommst, sind sie immer schon verglüht.«

Mobile rückt ein bißchen näher.

»Das hast du schön gesagt.«

Ich lege die Hände hinter den Kopf, schaue noch weiter bis über den Rand der Galaxis.

»Das ist aus einem Lied von Janis«, sage ich. »Nur vier Akkorde, aber der Text käm auch mit einem aus.«

»Spielst du Gitarre?« fragt sie.

Ich drehe den Kopf, schaue ihr in die Augen.

»Du«, sage ich, »kann ich ehrlich zu dir sein?«

Sie nickt.

»Das mit dem Malen stimmt nicht«, sage ich. »Das einzige, was ich gelernt habe, ist Gitarrespielen. Mit vierzehn bin ich von zu Hause weg, weil mir mein Vater die Fiedel abnehmen wollte.«

Ihr Blick gradwandert zwischen Skepsis und Faszination.

»Und wovon lebst du?« fragt sie.

»Ich spiele auf der Straße«, sage ich. »Im Sommer geht das ziemlich gut. Und im Winter bin ich immer im Süden.«

»Du hast aber gar keine Gitarre dabei«, sagt sie.

Ich nicke, schaue gedankenverloren in den Ausschnitt ihres Nachthemds.

»Sie steht bei einem Freund in Stuttgart«, sage ich. »Manchmal muß man, was man liebt, verlieren, um es neu zu finden.«

»Auch von Janis?« fragt sie.

»Dylan«, sage ich.

»Schön.«

»Ja.«

Dann sagen wir nichts mehr, liegen Aug in Aug. Jetzt noch ein oder zwei Geschichten aus einem einsamen Vagabundenleben, und ich glaube, auch ihre Hälfte des Hochbetts ist mir gewiß. Ich gehe einige Episoden aus Londons *Schienenstrang* durch, als ich spüre, daß mir mehr nach Singen zumute ist.

»Du?« frage ich.

»Ja?«

»Kennst du von Dylan *Like a rolling stone?*«

»Klar«, sagt sie.

»Du, ich hab das übersetzt. Soll ich dir's mal vorsingen?«

»Au ja.«

»Es ist aber ein bißchen eigensinnig übersetzt.«

»Mach schon!«

Sie kuschelt sich an mich, ich suche kurz den Ton und ihre Hand, räuspere mich, beginne sehr zart.

»Ich bin nur ein armer Wanderge...«

Weiter komme ich nicht. Sie zuckt, stürzt auf, stößt sich den Kopf an der niedrigen Decke, drückt mir ein Kissen ins Gesicht.

»Romantikkiller, elender! Noch so 'n Scherz, und du kannst dich neben deinen Lenz legen.«

Dann läßt sie von mir ab, verschwindet zu Stifte ins Zimmer.

So wollte ich eigentlich nicht zu ihrer Hochbetthälfte kommen. Ich lege mich trotzdem quer und bin eben am Einschlafen, als Mobile mit einem kleinen Pflaster auf der Stirn zurückkommt.

»Mach dich nicht so breit!« sagt sie.

»Entschuldigung.«

Sie betrachtet mich.

»Du bist ganz ordinärer Student, gib's zu!«

Ich geb es zu, streiche ihr versöhnend über die Haare. Sie nimmt es abwartend hin.

»Und was für Fächer?« fragt sie.

»Deutsch. Deutsch und Philosophie.«

»Und wo studierst du?«

»Kennst du nicht.«

»Sag schon!«
»Kennst du nicht.«
»Sag's trotzdem!«
»Ganz kleine Uni«, sage ich. »Auf der B 3 sechzehn Kilometer nörd-
lich von Freiburg. Emmendingen heißt der Ort.«
Ihre Pupillen werden klein, dann angenehm groß.
»Emmendingen?« fragt sie.
»Emmendingen«, sage ich.
Sie legt eine Hand an meine Brust.
»Das du vorhin auf der Karte nicht gefunden hast?« fragt sie.
»Ja, das mir entfallen war sozusagen«, sage ich.
Sie legt auch die andere Hand an meine Brust, malt verspielt
Kreise.
»Aber jetzt weißt du's wieder, nicht wahr?« sagt sie und lächelt und
rückt ganz nah.
»Ja, jetzt weiß ich's wieder«, hauche ich und komme ihr das letzte
Stück entgegen.
Sie gibt mir einen Kuß auf die Nase, den Mund, die Wange. Als sie
am Ohr ist, sagt sie leise tschüß, wieso tschüß, denke ich, da spüre
ich schon zwei Hände, die mich zum Bettrand stoßen, ich will
mich halten, greife leer, stürze, Fluch eines Hochbetts, einsachtzig
durch räuchergestäbte Luft, verstauche mir landend die rechte
Hand.
Während Mobile nicht aufhört, ins Kissen zu lachen, krieche ich
zum Rucksack. Mit etwas Sportsalbe auf der Hand, und dem Trost,
daß der Römer noch wesentlich elender geendet ist, schlafe ich in
den Flokati gewickelt ebenerdig ein.

Zu Fuß durch den Schwarzwald, das wollte ich schon immer. In
vierzehn Tagen von Pforzheim nach Konstanz, das müßte gut zu
machen sein.
Seit drei Stunden laufe ich also dieses Würmtal aufwärts, pfeife eine
meiner Dylanübersetzungen und weiß nicht, warum ich letzte
Nacht wieder den Idioten gemacht habe. Von solchen Hoch- und
anderen Betten hab ich zu Hause doch geträumt. Und dann geb ich
mich mit dem Flokati zufrieden!
Ich habe soviel erlebt in den zwei Wochen, die ich unterwegs bin, die
Zugfahrt, das Schloß, die Leute im Kloster, die alte Frau und dann

Carlo, die Tage sind so groß und dicht, ich habe nachts schlicht frei.

Ich meine, ich mache mir nichts vor, ich weiß, daß die Ruhe nicht dauert, daß Reisen auch nur eine Zeitlang hilft. Auf die Dauer hilft überhaupt nichts, nicht mal die Mädchen. Vielleicht liegt es daran, daß ich mich hinter die rote Nase rette, ins Lachen und Lachenmachen. Ob Tiere auch lachen?

Wo geht's denn hier weiter? Ah, da drüben. Ich glaube, nur Affen und Menschen. Die andern freuen sich, wenn's hochkommt. Wir lachen. Ob ich mir so einen Stock mitnehme? Das heißt, manchmal ist Lachen ja schon ein Ausdruck von Freude, aber ich glaube, es ist leider viel öfters ihr Ersatz. Der hier vielleicht? Nein, ist doch zu kitschig. Immerhin, wir haben nicht umsonst den Witz und den dummen Dritten erfunden. Jetzt können wir lachen, auch ohne uns zu freuen. Das geht leichter und viel schneller. Die langen Hosen könnte ich jetzt ausziehen.

Komisch ist das schon. Wer sich freut, fällt dem andern um den Hals. Wer lacht, krümmt sich und streckt den Zeigefinger nach hinten. Schön der Weg, mit richtigem Moos. Vielleicht sollte ich noch viel lustiger werden. Als Spaßmacher kann man nicht schlecht Geld verdienen. Fürs Freudemachen erntet man ja bestenfalls 'nen Händedruck. Öferts sogar ein Stirnrunzeln, was will der Kerl?

Nach Bad Liebenzell. Langsam, da glaube ich, dieser Humor ist was ganz Modernes und hat viel mit dem Galgen zu tun, an dem der liebe Gott hängt. Was steht da? Bad Liebenzell noch vier Stunden? Auf geht's, August!

Die Waldbauern sind wahrscheinlich dankbar. Die Radfahrer auch. Und die Liebespaare mit Auto und strengen Eltern.

Aber mir, mir schlagen diese nicht endenden Asphaltwege durch die Gelenke bis in den Schädel. Und wenn es kein Asphalt ist, dann gewalzter Kalkstein, nicht weniger hart, da hat kein Schlagloch Chancen. Ich sehe auf dreihundert Meter, daß was Neues nicht kommt, und habe das ungute Gefühl, daß sich daran heute nichts mehr ändert. Außer meinen kleinen Zehen, die sich in den zu engen Schuhen unter die anderen schieben, was auf die Dauer weder ihnen noch mir bekommt.

War das eine Nacht! Wenn die Kopfschmerzen aufhörten, begann das Klopfen in den abgelaufenen Zehen. Beruhigten sich die Zehen, übernahm der Kopf wieder den Herztakt.

Dazu der Traum von Sam Hawkins, der eine Mondscheinverabredung mit der letzten Mohikanerin hat und seine Stiefel nicht findet. Als er sie endlich hat, kann er sie nicht schnüren. Als das gelingt, hat er die Strümpfe vergessen. Als er mit Stiefel und Strümpfen endlich auf seinem Gaul sitzt, hat er die Perücke auf der Winchester hängen lassen. Als er schließlich bestrumpft, beschuht und perückt und glücklich zur Liebeslichtung kommt, ist die Nacht vorbei und die letzte Mohikanerin mit Lederstrumpf hinter dem Yukon verschwunden.

Mein Kopfschmerz allerdings auch, ich atme durch und klettere aus dem Schlafsack. Ich gönne mir eine warme Dusche und das Frühstück mit Brötchen, Buttermilch und Zeitung. Nachher schneide ich mein Taschentuch in zwei Teile, rolle die Streifen zu Wülsten und klemme sie zwischen die kleinen Zehen. Die ausgetretenen Turnschuhe darüber, so könnte es gehen. Die ersten Meter sticht es, aber nach einer Viertelstunde habe ich Ruhe.

Mündliches Abitur in Biologie.

Fremdprüfer zu Gustav:

»Ein Wanderer hat sich am Vortag Blasen gelaufen, die er morgens noch spürt. Er marschiert trotzdem weiter, die Beschwerden verschwinden nach zehn Minuten und tauchen erst wieder auf, nachdem er in einem Gasthaus Mittag gemacht hat. Wie erklärt sich das?«

Gustav: »Schlechtes Schuhwerk. Am falschen Platz gespart. Hört man immer wieder.«

Fremdprüfer schaut zum Fachleiter, der zu Gustav:

»Gustav! Herr Ringel will wissen, wieso die Schmerzen beim Laufen verschwinden und nach der Mittagspause wiederkommen.«

Gustav: »Ach so, klare Sache. Negative Rückkopplung. Ein Reiz verliert bei fortwährender Auslösung an Intensität.«

Fremdprüfer: »Das wollte ich hören. Können Sie mir ein anderes Beispiel für das Prinzip der negativen Rückkopplung geben?«

Gustav: »Sicher. Es gibt da zum Beispiel ein schönes malaysisches Sprichwort, das heißt: Lieber tausendmal einmal als einmal tausendmal.«

Fremdprüfer: »Bitte?«
Fachleiter: »Herr Ringel, ich glaube, wir sollten zum Schluß kommen.«

Also ich weiß auch nicht, wer mir diesen Teufel in die Wade gepflanzt hat. Da habe ich weder 'ne Mohrrübe noch 'ne Kokosnuß vor der Stirn und kann doch nicht aufhören, immer weiterzulaufen.

Und das am Sonntag, wo ich meinen Füßen Sandalen und mir die Horizontale mit Zeitung gönnen wollte. Aber das Blatt ist auch zu öd, nichts als Annonce, Horoskop und Börse, und die Alten in diesem Park von Hirsau sind auch nicht eben spannend zu beobachten.

Wo kommen die überhaupt alle her? Und wo gehen die nachher hin? Warum tun die nichts, sitzen nur da rum auf diesen Bänken, die Frauen mit ihren schwarzen Taschen im Schoß und die Männer mit den Spazierstöcken zwischen den Beinen. Haben die keine Kinder, keine Enkel, keine Neffen?

Jetzt fängt noch einer an, Orgel zu spielen, da drüben auf der Kaffeeterrasse. Er sülzt so seicht und weich, man meint, er wollte die Alten hinüberschlummern in jenes unsichtbare Reich, wo sie einen nicht mehr so unangenehm ans Alt- und Unnützwerden erinnern. Ein bißchen Tanz für die Rüstigen, zwei Stücker Kuchen für den Rest, das wär es dann gewesen, Adele.

Mensch, Ihr Alten, dafür habt Ihr doch kein Leben lang gearbeitet. Warum gießt Ihr diese Erdbeertorten nicht mal zu Tomaten und spritzt mit Sahne Graffiti aufs Kurhaus? Fangt doch mal an mit der Anarchie im Altenheim! So 'n bißchen Rebellion mit Vollpension, glaubt mir, das hält frisch und die Jungen auf Trab.

Aber so sitzt Ihr nur da und nehmt mir alle Lust auf später. Und deshalb steh ich jetzt auch auf, schnapp meinen Rucksack und lauf Euch davon. Und werd im Leben nie alt.

Handgemalt die Sonne auf der Schiebetür steht der blaue VW-Bus am Bach, die Türen offen und Musik fürs ganze Tal. Ich verlasse den Forstweg, folge der frischen Reifenspur durchs kniehohe Gras. Der Fahrer sieht mich, dreht den Recorder leiser, als ich an der Tür bin.

»He du!« sagt er. »Willst du was mitrauchen?«

Er ist freundlich unter seinem ernsten Bart.

»Dope-Kraft, nein danke«, sage ich und bleibe stehen.

»Was hast du gegen Dope?« fragt er.

»Nichts«, sage ich, »ich fühle mich nur schon ohne Verstärker ausreichend gut und schlecht.«

»Wanderfreak, was?« Er nickt, klebt Zigarettenblättchen aneinander. »*Natural high* und so, hört man jetzt öfters. Wo willst du denn hin?«

»Nach Freudenstadt«, sage ich.

»Nach Freudenstadt will er«, sagt er und schaut zu seiner Freundin, die im Yogasitz Tabak mischt, dann wieder zu mir.

»Da wirst du aber keine große Freude haben. Viele bunte Autos und noch mehr blasse Bäume.«

»Hm«, sage ich.

»Was anderes«, sagt er. »Du hast nicht zufällig Forstbullen gesehen?«

Er rollt ein Stück Pappe zu Filter.

»Nein, habe ich nicht«, sag ich. »Aber wenn ich einen sehe, schickte ich ihn gern vorbei.«

»Scherzkeks«, er lacht, »so war das nicht gemeint.«

»Ich meine es schon so«, sage ich. »Von deinen Seattlesprüchen auf'm Heck stehen die Blümchen hier nämlich auch nicht mehr auf. Außerdem finde ich es nicht sehr toll, über Freudenstadt zu lästern und selber jeden Meter mit dem Auto zu fahren.«

Er lacht, daß er fast den Filter zerdrückt. Seine Freundin zieht keine Miene, zerkleinert immer noch Bröckchen in Tabak.

»Geil!« sagt er. »So Typen wie dich trifft man auch nur im Wald. Als ob mein Bus mit zehn Litern... die Industrie, die Kraftwerke, da kommt der Mist her.«

»Die Hälfte der Stickoxide kommt von solchen Bussen mit zehn Litern«, sage ich.

»Okay Junge«, sagt er. »Glaub du die Zahlen, mit denen die Bonzen das Volk verdummen, aber zieh ab jetzt, ja? Ich hab nämlich Besseres zu tun, als Bürgersöhnchen das Einmaleins zu erklären, ade denn«, sagt's, schlägt die Tür zu und nimmt von seiner Freundin den Tabak.

Ich klemme den Daumen unter die Gurte und mach mich davon,

bevor das Fest beginnt. »Alle wollen zurück zur Natur« stand auf dem Klo der Pforzheimer Pizzeria. »Nur keiner zu Fuß« stand darunter.

Izi-bizi-teeny-weeny-Honolulu-Strand-Bikini liege ich im Freudenstädter Schwimmbad, genieße den strahlend blauen Tag.
Das einzige, was meine Liegestuhlidylle stört, ist der Hannoveraner zur Linken. Dummerweise habe ich ihn vorhin nach Sonnenöl gefragt, und die Tatsache, daß er keins hatte, scheint er jetzt mit der Geschichte seiner Radtour von Hannover über Bielefeld, Dortmund, Wuppertal, Köln, Bonn, Koblenz, Mainz, Mannheim, Karlsruhe, Baden-Baden nach Freudenstadt gutmachen zu wollen.
Tolle Sache, pflichte ich ihm bei und lege mir wegen der Sonne die Wanderkarte ins Gesicht, was ihn nicht abhält, mich auch noch in seine geplante Rückfahrt über Tübingen, Ulm, Augsburg, Ingolstadt, Regensburg, Nürnberg, Bamberg, Fulda, Kassel und Göttingen einzuweihen. Als er in Hannover angekommen nahtlos zu den Vorteilen seines Alu-Leichtrahmen-Tourenrades übergeht, falte ich die Wanderkarte zusammen und entschuldige mich auf einen Kaffee. Prima Idee, meint er, springt auf und erklärt mir auf dem Weg zur Bar, warum der kleine Vorderkranz nie mehr als sechsunddreißig Zähne zählen sollte.
Vielleicht darf man in Hannover keine Räder mit ins Café nehmen, vielleicht hat ihn die nette Bedienung mit ihrem Pferdeschwanz auf andere Gedanken gewedelt, jedenfalls wechselt er beim Mocca abrupt zu einer ehemaligen Freundin.
Vor fünf Wochen hat er sich von ihr getrennt. Die Beziehung hätte emotional nicht genug Basis gehabt, erklärt er. Auch intellektuell hätten sie sich nicht verstanden, die Frau hätte einfach nie gelernt, ihre Gefühle adäquat auszudrücken.
Bei Gefühle Ausdrücken fällt mir glatt die Kaffeesahne in die Tasse. Ich muß direkt an Carlo denken, wie er seine Zitrone ausdrückte. Da blieb auch kein Rest. Überhaupt geht mir außer dem Typen sein Hochdeutsch noch viel mehr auf die Nerven. Noch wenn es ihm schlecht geht, hört er sich an wie gedruckt. Alles zwingt der in Wort und Satz, da bleibt kein Staunen, kein Stottern, kein Mund mal offen.
Worte knüpfen zu einem Strick und Welt erdrosseln am Galgen der

Sprache, formuliere ich leicht überadäquat, als ich vom Klo direkt auf den Sprungturm schleiche, wo mich mein Radler gottlob nicht findet.

Oben setze ich mich ans Geländer, lasse meine Haare flattern und hisse eine Fahne für alle schiefen Sätze.

SB-Restaurant.

Was mir Mut macht: Die Angestellte, die trotz Selbstbedienung hinter der Theke hervorkommt, einem Mütterchen die Speisekarte vorliest und ihr nachher das Essen an den Tisch bringt.

Und was ihn mir wieder nimmt: Die vier Reisebusdamen am Tisch daneben mit ihrem spitzen »Wieso–können–Sie–uns–keinen–Wein–bringen–wenn–Sie–nebenan–ein–komplettes–Menu–servieren?« durchs ganze Lokal und der junge Filialleiter mit Schlips und Kragen, der sich sogleich entschuldigt, im Namen des Geschäfts.

Das wäre jetzt nicht nötig gewesen. Daß sich dieser Pharmareferent neben mich setzt. Mit einem »Wissen Sie, ich bin viel herumgekommen in dieser Welt« eröffnet er, und mit einem »Da muß ich erst noch hin« verabschiede ich mich, bevor er sein Menu beginnt.

Daß sie alle erzählen wollen! Die Hirsauer Alten von ihren Krankheiten, der Hannoveraner heute morgen von seiner Gesundheit und dieser Pharmareferent jetzt von seinen Tabletten. Keiner hat ein Geheimnis und nimmt's doch nicht mit ins Grab.

Und ich laufe hinaus, hinüber zum Marktplatz, schieße einen Kiesel vor mir her und frage mich, ob das am Alter liegt, daß die Leute nicht mehr wissen, sondern nur noch Worte lassen wollen. Sich loswerden heißt die Devise, also leeren sie sich aus und hoffen, daß einer von ihrem Kram was mitnimmt und zu Hause aufs Regal stellt und noch abstaubt, wenn sie schon lange nicht mehr sind.

Reden heißt zweimal leben, hat Maurer gesagt und dabei so schelmisch die linke Braue hochgezogen, was mehr hieß als zwei Stunden Kommentar. Jetzt schweigt er sich aus, der gute Mann, und deshalb verehre ich ihn. Und zu diesen Biographieverteilern mit ihrem Sprechdurchfall kann ich nur sagen, Leute versucht's mal mit Kohle im Campari – oder halt wie ich mit Kohle auf Papier.

So! Jetzt folge ich meinem Kiesel, schieße mich zu den Bänken unter den Kastanien da drüben und suche das Mädchen, das mich mit seinem Schweigen zum Platznehmen überredet.

Eins, zwei. Eigentlich ist es noch zu früh. Eins, zwei. Ich öffne trotzdem die Augen, Grasähren stehen gegen einen blaßroten Himmel.
Eins, zwei. Ich setze mich auf, reibe die Augen, schaue mich um. Hinter den Gräsern strammen sieben Mädchenhintern auf gegrätschten Beinen, die zum Boden gebeugten Köpfe wippend dazwischen. Eins, zwei, es ist noch nicht richtig hell.
Ich falle zurück, die Augen kugeln rechts oben, der Mund hängt offen, die Zunge nach unten. Ich stütze mich auf die Ellbogen, wage einen zweiten Blick.
Die sieben grätschen immer noch in kurzen Hosen, richten jetzt den Oberkörper auf, drehen mit den Händen im Nacken nach rechts und links. Eins, zwei, rechts, links, die Silhouette wechselnd, freier Brüste gegen einen Sonnenaufgang ohne Frühstück, ich lasse mich eins, fallen, führe, zwei, den gestreckten Zeigefinger an meine Schläfe, sage drei, drücke ab, bin tot.

Wenn man nicht so genau hinschaut, ist es noch ziemlich grün. Und heute, wo es regnet, riecht die Luft herrlich nach Waldboden und Tannen. Das einzige, was stört, sind ab und zu diese lichten Kronen und natürlich die Hinweistafeln, an denen ich einfach nicht vorbeikomme, ohne die Zahlen abzuschreiben.
Eben stehe ich wieder vor so einem Plastikschild, als sich ein Mann mit seinen zwei Söhnen neben mich drängt.
»Der Wald stirbt«, sagt er im Baß seiner breiten Brust, »so ein grüner Quatsch! Der Wald stirbt nicht, er verändert sich. Inzwischen gibt es längst resistente Züchtungen. Die Stärkeren setzen sich durch, das ist alles.«
Sagt's, schnappt seine Jungs und läßt mich mit meinem Bleistift allein. Ich verewige ihn im Tagebuch als Supermann mit Bauch und X-Beinen, dann wisch ich mir den Regen aus dem Gesicht und gehe weiter.
Der Wald verändert sich, da hat der Mann schon recht. Na, wenigstens bleiben wir die Alten. Obwohl, ein bißchen schade ist das schon, daß gerade die Bäume das schwächste Glied sind. Wenn ich

mir vorstelle, wir wären die ersten, denen die Arme dürr werden und so zwischen Herbst und Frühling abfielen, das wäre vielleicht nicht schlecht. Und dann kämen die Tannen im Mercedes und die Fichten im BMW, würden mit den Schultern zucken und uns kurz überm Fuß abschlagen, damit sie uns wenigstens verfeuern können, bevor wir ganz wegfaulen. Wär doch mal interessant, dieser Rollentausch im Ausverkauf.

Aber es geht ja nicht. Es sind halt nur die Bäume und ein paar Kinder, die es auf die Lunge kriegen. Und das ist doch wirklich kein Grund, außer für ein paar Verrückte, die von Sachzwängen, wie man da sagt, keine Ahnung haben.

Manon war auch so eine Verrückte. Schrieb doch tatsächlich aufs Rathaus »Wieviel Beton ist Glück?« Und auf die Rückseite schmierte sie noch »Macht euch der Erde untertan!«. Nicht mal richtig zitieren konnte sie.

Und der Bürgermeister sprach von Schweinerei und einer Anzeige gegen Unbekannt.

Dabei kennt man sie doch alle, witzelte Manon und zog die nächste Nacht schon wieder los.

Das reißt nicht ab. Schon der zweite heute, der keine Vernunft annehmen wollte. Na ja, dafür hängt er auch weltweit am Holz.

Daß sie ihn immer so elend und schlaff schnitzen. So als Leiden Christi. Dabei war dieser Jesus doch wirklich alles andere als ein Softi. Eher ein Schimanski mit Message. Wie der sich für die Nutten einsetzte und die Fettsäcke aus dem Hochamt warf! Das nehmen sie ihm heute noch krumm. Und deshalb stellen sie ihn wahrscheinlich auch immer so ausgelascht dar.

Der hier zum Beispiel, wie der wieder da hängt! So stirbt ein armes Sünderlein, aber keiner, der gerade die Welt erlöst hat. Na, ich hänge ihm mal eins von meinen T-Shirts über, damit er nicht so naß wird im Regen.

Warst schon ein feiner Kerl, du, hast nur leider aufs falsche Pferd gesetzt. Und als du dein Versehen gemerkt hast, da war es auch schon zu spät. Da hatten sie dir die Rippen schon aufgeschlitzt.

»Mein Gott, warum hast du mich verlassen?« das war das letzte, was du gesagt hast. Und dabei hätte es doch damit erst richtig anfangen müssen.

Vielleicht hättest du dir auch besser irgendeine Hütte bei Athen oder auf Kreta ausgesucht. Da hättest du dann einen anderen Vater gehabt. Einen mit Füßen und Fäusten und, wie man so hört, mit noch manch anderem Körperteil. Und du hättest auch Geschwister und Onkels und Tanten gehabt und bestimmt auch 'ne Frau. Und hättest diese Umfaller von Jüngern nicht gebraucht.

Aber dein Alter, der konnte dir doch wirklich nicht helfen. Allein wie der sich schon nannte. Gott klang ja schon ziemlich dick, aber dann auch noch lieb. Stell dir mal vor, hat die Fäden in der Hand und muß immer lieb sein. Was soll da schon rauskommen? Wie soll der dir helfen?

Ich meine, als du da hingst, mit dem Essig zwischen den Zähnen, da tat er halt, was er konnte: Er schickte schlechtes Wetter.

Bäuchlings liege ich am Titisee im Gras, beobachte dieses Mädchen mit den vollen Lippen und den Locken eines griechischen Jünglings, der unverhüllten Brust im Maß der Maße und dem Hintern, der keiner ist, weil die Beine nirgends enden. Jede Bewegung ist ein Tanz und jeder Schritt eine Landnahme. Jetzt ein Blick, ein Augenzwinkern und sie könnte Rom unterwerfen, so viele Sklaven.

Doch sie sieht niemanden, geht zwischen all den Badenden hindurch zur Dusche, steht mit dem Kopf im Nacken und den Händen an den Schläfen, biegt sich unterm Strahl, öffnet den Mund, kommt zitternd zurück, streckt sich naßglänzend aufs weiße Badetuch, schließt die Augen und weiß von nichts.

Ich mache auch die Augen zu, torkele zum Strand, falle ins Wasser und tauche so lange unter, bis ich blau und kalt und wieder nüchtern bin. Nachher sitze ich auf dem kleinen Steg, lasse die Beine baumeln und schaue ins Wasser.

Maurer hat mir einmal erzählt, daß Fische, die man im Aquarium hält, einen übersteigerten Sexualtrieb entwickeln. Das käme von der Verhäuslichung, sagte er, und ginge anderen Tieren genauso.

Ob das stimmt, weiß ich nicht. Aber ich weiß, daß ich schon drei Wochen unter freiem Himmel schlafe, und genutzt hat es noch nicht für zehn Pfennige.

Das war schon mutig, wie sie mich eben angeschaut hat. Nicht aus den Augenwinkeln wie die meisten, sondern mit Kopfdrehung und vollem Blick von oben bis unten. Nur der Mund hatte etwas Spitzes. Natürlich ist sie vorbeigefahren. Man hört genug.

Zwei Uhr. Seit vier Stunden stehe ich an der B 31 hinter Neustadt, will nach Konstanz. Wandern mag ich nicht mehr, habe auch keine Lust mehr auf dieses Sanatorium Schwarzwald, wo es nur Familien und alte Leute gibt, und offensichtlich niemanden, der Anhalter mitnimmt. Ein Benz, ein BMW, nein, das wäre zuviel verlangt. Eine Lady Chic im Fuego, keine Chance. Tramper sehen oft sehr mitgenommen aus. Ein Lkw, ein Motorrad, ein Hanomag mit Backwaren, nichts. Dafür jetzt ein Taxifahrer, der mit gestrecktem Mittelfinger durchs Schiebedach grüßt.

Ich meine, es reicht mal wieder, schultere den Rucksack, stimme Pauls *La Paloma* an und pfeife mich zu Fuß zum nächsten Kilometerstein. An der Abzweigung nach Lenzkirch fällt mir der Alte ein von heute morgen. Er ist zwar genauso vorbeigefahren wie alle anderen, aber aus seinem klapprigen Ford Taunus hat er zu mir übergelacht, daß seine achtziger Havanna steil nach unten kippte und ihm fast die Strickweste versengt hätte. Dazu hob er die fleischige Hand, und das hieß, »recht so, mein Junge«. Auf die Idee, daß er mich mitnehmen könnte, ist er, da bin ich sicher, keinen Moment gekommen.

Der Dortmunder hat letztlich den Ausschlag gegeben.

»Weißt du, die ganze Reklame, die die Leute hier für ihren kaputten Wald machen, das geht mir langsam echt auf die Nerven. Ich find, ordentliche Natur kann ich doch verlangen, wenn ich schon so weit fahre«, meinte er und zog den dritten Gang bis hundertdreißig.

Und ich brummte ein müdes »hm«, streckte meine Beine unters Kofferradio und war zufrieden, mit Orners Hitparade nach Konstanz gegondelt zu werden. Und jetzt sitze ich hier in der Bahnhofstraße vorm *Mc Donald's*, esse einen *Bic Mac* mit *little Frites*, atme den Feierabendstau und bringe es fürderhin nicht mehr über den Ellbogen, meinen Daumen nach Benzinern auszustrecken.

»Also das Fahrrad Sonderpreis 175, die Packtaschen 50, Flickzeug 7,70, Schloß 12 Mark, brauchst du noch'n Schlauch?, nein?, also kein Schlauch, keine 10,30, macht genau 255 Mark, sagen wir mit Nachwuchsrabbatt 250, okay?«

»Okay.«

Seit einer halben Stunde bin ich Rennradbesitzer, radle kreuz und quer durch die Stadt, ein-, zwei- und ohnearmig, klingle, bremse, spurte, kurve, schalte hoch, schalte runter, entdecke von neuem die Gesetze von Hangabtrieb und Zentrifuge, von labilem Gleichgewicht und träger Masse, ›Arbeit ist Saft mal Weg‹, und Leistung durch Zeit, die kauf ich mir jetzt, die *Zeit,* und noch'n Eis dazu, immerhin habe ich fünf Märker gespart. Himbeer, Schoko, Nille liege ich im Gras am See, nie wieder Daumen im Abgas, my Radel my castle, wie es da steht so stolz und stier, lässig geschrägt auf dem Ständer, den Kopf etwas zur Seite, ein Vollblut beim Grasen, na Fury, wie wär's mit einem Ausritt, schon blitzen die chrombesetzten Zähne. Geduld, Lieber, Geduld, noch einmal schlafen, dann preschen wir übern See.

Fury wäre doch zu reißerisch gewesen. Außerdem ist es ein Männername, wo ich doch lieber mit Frauen reise. Wie wär's mit Rosa? Rosa, Rosalinde, so hieß doch der versoffene Klepper des Pillendrehers bei den Daltons. Sekt habe ich keinen, aber wenn ich die Dose hier eine Zeitlang schüttele, vorsichtig öffne und ein bißchen Bier übers Vorderrad zischen lasse, schäumt auch ganz schön.

»Also Rosa, auf du und du, ich heiße Marius.«

Wir sind gerade auf der Fähre von Konstanz nach Meersburg. Erst wollte ich gleich weiter nach Zürich, aber Rosa meinte, sie hätte drei Jahre im Konstanzer Lager am Fenster gestaubt, Tag für Tag den See vor Augen, aber nicht einmal eine Stunde Auslauf. Und seine Heimat müsse man doch kennen, bevor es auf große Fahrt ginge. Also eine Runde Bodensee, bettelte sie, als Hochzeitsreise sozusagen. Dazu schaute sie mich mit ihrem tiefliegenden Lenker so von unten an, ich konnte nicht nein sagen.

Also dann, Meersburg ahoi.

Fünf Mark kostet der Eintritt, dafür soll es aber auch die älteste Burg in Deutschland sein. Ich stehe im Rittersaal vor einem Wandteppich und betrachte, wie ein Sänger zum Turmfenster hochsteigt, um von der Liebsten einen Strauß Blumen zu empfangen.

Ein kleiner Junge steht in kurzen Hosen schräg hinter mir, seine Mutter in langen daneben.

»Mama, was macht der Mann?«

»Das nennt man Minnedienst, mein Sohn.«

»Und was ist Minnedienst?«

»Tja, in Bayern sagen sie auch Fensterln.«

»Aber Mama, die Leiter ist doch viel zu kurz.«

»Das ist extra, mein Kind. Der Mann darf nämlich seinen Schatz nicht kriegen.«

»Blöd.«

»Ja.«

Die Nacht war klar und der Tag noch höher. Ich bin am Ufer entlanggeradelt, habe den Schwalben den Kontrabaß gesungen, bin lange geschwommen und noch länger in der Sonne gelegen.

Und jetzt sitze ich auf dieser Ufermauer, tunke Brot in Milch und folge den Möwen auf ihrem Flug in die untergehende Sonne. Heute war das erste Mal auf meiner Reise, daß mir ein Tag mehr galt als seine Stunden, daß ich ihm nicht die Federn rupfte, um über Nacht Beschreibbares zu retten. Auch jetzt sitze ich nur da, tunke Brot in Abendrot, zwinkere mit den Schwänen, schaue den Spaziermädchen ins Gesicht und weiß, daß ich Manon kein zweites Mal treffe.

»Mama, was ist Minnedienst?« hat der Junge gestern gefragt, und »in Bayern sagen sie Fensterln« hat sie geantwortet. Ich möchte auch mal so ein Kind haben, zusammen mit Manon. »Aber die Leiter ist doch viel zu kurz«, hat er dann gesagt und recht gehabt. Die Leiter ist immer zu kurz, aber wenn ich nächstes Jahr heimkomme, von Indien, von Bali, von Australien, dann werde ich das Fliegen mitbringen, und nicht nur das.

Ich nehme einen letzten Schluck für meinen Schatz und packe zusammen. Und wenn ich nachher auf einer Wiese im Schlafsacke liege, werde ich die Arme um mich schlingen, Manon spüren und froh sein, daß Theo noch viel weiter ist als ich.

Man kommt nicht immer ran an diesen Bodensee. Da sind die Häuser mit ihren Mauern, die Gärten hinter ihren Hecken und die Yachthäfen mit ihrem *Zugang nur für Mitglieder*.

In Friedrichshafen finde ich ein Büro des BUND für Umwelt- und Naturschutz. Es liegt gleich hinter der Großbaustelle für das neue Kongreßzentrum. Es ist Sonntag, das Büro trotzdem geöffnet.

Nein, eine zusammenfassende Broschüre über den See gebe es nicht, erklärt der Mann. Aber er könne mit gern einiges erzählen, ich soll mich doch setzen. Ob ich Tee trinke? Ja gern.

Zum einen sind da die Mineralöle, erklärt er, die die Sportboote verlieren, zum Teil auch illegal ablassen. Über dreißig Tonnen im Jahr. Dazu kommt das Benzpyren, das durch Reifenabrieb auf der B 31 entsteht, gleichfalls tonnenweise.

Neben diese direkte Verschmutzung tritt die Überdüngung mit organischen Stoffen. Vwr allem Phosphate und Stickstoffe werden mit den Abwässern von Fabriken, Haushalten und landwirtschaftlichen Nutzflächen in den See gespült. Das sind nun keine Schadstoffe, sondern Düngemittel, die den See unnatürlich anreichern, überernähren sozusagen. Der Sauerstoff im Wasser reicht nicht mehr aus, diese organischen Stoffe abzubauen, zu mineralisieren. So entsteht am Boden immer mehr Faulschlamm, der Sumpfgase wie Methan und Schwefelwasserstoff freisetzt. Der See verschilft allmählich, verlandet, wird zum Moor.

Normalerweise braucht so ein Vorgang Tausende von Jahren, der Bodensee kann es schon in wenigen Jahrzehnten schaffen. In den letzten sechzig Jahren hat sich die Produktion organischer Stoffe mehr als verzwanzigfacht. Durch dieses Überangebot an Nährstoffen vermehren sich auch Wasserflöhe und Hüpferlinge, und das gleich massenhaft. Davon profitieren wiederum die Fische. Schon jungen Barschen und Felchen wachsen in der Folge dicke Bäuche, Wohlstandsbäuche. Schon vor der Geschlechtsreife bleiben sie in den Netzen hängen.

Und die geknickten Schilfrohre, die ich gesehen habe?

Auch eine Folge der Überfütterung, erklärt der Mann. Da zu viele Nährmittel vorhanden sind, wachsen pro Quadratmeter mehr, aber dünnere Halme, die weniger widerstandsfähig sind. Hochwasser, Müll, Treibholz, alles wirkt wie eine Sense. Verstärkt wird diese mechanische Zerstörung durch die Uferbebauung. Die Wellen laufen nicht mehr aus, sondern prallen von den Mauern in voller Stärke zurück.

Was man dagegen tun kann, frage ich. Er schenkt mir noch Tee ein.

Er hat mal zwei Jahre in Kanada gelebt, sagt er. Jetzt schreibt er Artikel und arbeitet ab und zu auch sonntags.

Als ich nach draußen komme, ist es schon dunkel. Ich laufe um die Baustelle herum, lehne mich an den Zaun, betrachte die Betonwände des künftigen Kongreßzentrums. Zum Teil sieht man noch die Maserung der Verschalungsbretter.

»Ihr habt die Macht und wir die Nacht« hat jemand neben den Eingang gesprüht.

Nächstes Jahr soll der Bau fertig sein. Da oben werden sie dann sitzen, die Gewählten und die Ungewählten, die Politiker, Unternehmer, Gewerkschaftler, werden sich bei Schweppes und Schnittchen sorgen, weil die bittere Luft zu schnell und die Wirtschaft wieder einmal zu langsam wächst. Werden von Ansprüchen reden, die es zurückzuschrauben gilt, und sich genauso wenig angesprochen fühlen wie wir, die wir am Fernseher auf den Krimi im Zweiten umschalten. Die Fischer werden umschulen, die Yachten weiterhin die Flut ölen, und die Bundesstraße bekommt zwei Spuren mehr.

Wer hat jetzt die Macht und wer die Nacht?

Ich setze mich auf eine Mauer und schaue hinaus auf den See. Es ist diesig, das Schweizer Ufer sieht man nicht. Der Bodensee war mal eine Träne des Herrn, vergossen aus Freude über das gelungene Werk. So stand es im Reiseführer.

Mensch, Alter, was soll jetzt ein Tropfen? Wie wäre es mit einem neuen, satten, langen Regen, und einem Kahn mit allen Tieren, nur diesmal ohne dieses Vieh von Mensch!

Ich sitze noch eine Zeitlang, dann gehe ich zum Fahrrad, fahre aus der Stadt hinaus, vorbei an den Villen und Gärten, denke an diesen schizophrenen Carlo, wie er mich beim Spaziergang plötzlich an den Schultern faßt, mich schüttelt und fragt, wie man sich identifizieren könne mit einer Gattung, die die Welt so häßlich gemacht hat.

Die Alten, die in zehn Minuten ihr Leben erzählen, die Erbauer von Schlössern und die Mellacs, die sie schleifen, die Verrückten, die sich in Fässern vom Niagara stürzen, und die Normalen, die Kinder zeugen, Häuser bauen, Bäume pflanzen, die Filme drehen und Alben sammeln, die heimlich schreiben, die sich öffentlich verbrennen, drei Schaufel Erde auf ein Brett, keiner mag's so richtig glauben.

Spuren legen, und wenn es nur Datum und Name sind wie auf dieser Klotür vom Campingplatz in Bregenz, sich spiegeln, hat Johannes gesagt, sich verewigen, noch an solchen Orten, da kann ich nur abspülen und zum Rucksack laufen und mein Kopfschütteln Wort für Wort ins Tagebuch malen.

Mit so vielen hätte ich nicht gerechnet. In Heidelberg predigten sie auf der Straße, in Stuttgart verschenkten sie Pocketbibeln, und hier im Schweizer Romanshorn singen sie Folklore. Das heißt, sie singen nicht, sie lachen ihre Lieder in den Abend, dazu dieser Blick hinüber bis zum deutschen Ufer, ich muß schon sagen, die Botschaft klingt tatsächlich froh.

Was dann der Gruppenleiter in den Pausen sagt, ist allerdings der kalte Guß am warmen Abend. Nach dem letzten Konzert hätten sie wieder dreizehn Jungen und Mädchen für ihre Gruppe gewonnen. Ich kann mir nicht helfen, das klingt nach Buchclub und Bertelsmann, und ich muß an Bilder von Lourdes denken, wo sie die Krükken wie Skalps über die Grotte hängen.

Trotzdem, die Lieder sind gut, und die Gesichter sprechen für sich. Daran ändert auch nichts, daß sie jetzt nach dem Konzert Kärtchen verteilen mit ein paar Fragen zum Ankreuzen. Schweizer sind halt gründlich, wollen ihre Wirkung schwarz auf weiß. Ich lasse mir auch so ein Kärtchen geben und ziehe mich zurück zu Rosa, die unter einer Laterne wartet.

Wie alt ich bin? Ob es mir gefallen hat? Ob ich an Gott glaube? Was für eine Frage! Was ist überhaupt das Ding zu diesem Wort? Woran ich sonst glaube, wenn nicht an Gott? Sonst? An nichts, an alles, ich glaube, daß ein Frosch mehr ist als zwei Schenkel in Knoblauch und ein Thunfisch mehr als eine runde Dose Fleisch. Und ich glaube, daß ich bald weiter muß, wenn ich Petra zu ihrem Geburtstag ein Kärtchen aus Ceylon schicken will.

Ich meine, wenn ich abends in einer Wiese liege und Sternbilder suche, dann spüre ich bis in die Daunen meines Schlafsacks, daß der Fernsehturm von Frankfurt das Höchste gar nicht ist und daß der Himmel im Himmel nicht aufhört. Was mich stört, ist nur, daß diese Burschen dort, wo ich mit Scheu ein halbes Fragezeichen wage, schon das Nachwort zur Antwort verkünden. Die haben dem Everest, oder wie wir das Höhere nennen wollen, genausowenig hinters Gipfelkreuz geschaut wie ich. Und trotzdem laufen sie hier rum wie Hillary persönlich, verteilen Aufstiegsrouten und Bildbände von oben. Dabei kann man gar nicht hoch, weiß nicht mal, ob das Höhere nicht unten oder auf der Seite oder um die Ecke liegt.

Wir wissen, wie man Brücken baut und Rüben zieht. Ansonsten haben wir doch keine Ahnung. Und darauf sollten wir stolz und um so bescheidener sein, denn dieses Ansonsten haben wir allen anderen voraus, oder wie war das im Grundkurs Philosophie? He, Rosa! Wie war denn das? Sag mal, Rosa, glaubst du überhaupt an Gott?

Die Thermosflasche hier, die hatte ich bei der Arbeit auch immer dabei. Und das karierte Hemd ging mit auf jede Nachtschicht. Mutter wollte es schon wegwerfen, von wegen der paar Löcher, und überhaupt, Arbeiterhemd.

Dabei weiß ich immer weniger, was ein Arbeiter ist. Bei Hafner war jeder anders. Und ein vereinzelter Rülpser von Paul war mir lieber als die ganzen Schlaumeldungen im Seminar zusammen.

Was sie jetzt wohl machen? Ich liege jedenfalls auf diesem Steg und steche mit dem Zeigefinger Wellen ins Wasser.

Halb zwölf ist es jetzt. Wenn Johann Frühschicht hat, schiebt er wieder pfeifekauend seine Späne durch die Halle. Und Paul steht wie eh mit seiner Vietcongnarbe an der Maschine, träumt nachts von aufgespießten Köpfen und geht jeden Monat einmal Blut spenden. Ob Petra noch da ist? Vielleicht hat Knorr inzwischen gemerkt, daß sie ihn immer hochnimmt, und sie entlassen. Auftragsmangel heißt das dann wieder. Susanne ist bestimmt noch da. Die macht immer noch das Rotterdam für alle Gerüchte, träumt zwischendurch von Bogart und einer Stelle bei der Kripo. Thomas flog ja schon zu meiner Zeit. Und beim Bund werden sie den auch nicht behalten. Ein paarmal, schätze ich, wird er noch fliegen und dann den ersten Bruch landen. Robert wird ihn im Knast besuchen, mit seiner Tausender Honda, und alle paar Wochen eine andere Braut mitbringen. Dafür wird Lui wohl Junggeselle bleiben. Der wird nicht aufhören, Geschichten vom schnellen Geld zu sammeln und sein Asthma verfluchen. Und an jedem ersten Januar hängt er sich den neuen Alpenkalender über die Werkbank.

Und ich werde ihnen schreiben, jedem einzeln.

Besonders wohl fühle ich mich heute nicht. Ich radle durch diesen Thurgau Richung Zürich und denke immer nur an Manon. Beziehungsweise an diese kleine Nicola, die sich gestern neben mich auf die Bank setzte, sich einen Keks nahm und fragte, wo ich denn hin wollte mit diesem Trenkerrucksack und dem nachgebauten Velo. »In den Himmel« habe ich gesagt und ihr die Buttermilch rübergereicht. Sie sei mal in Korsika gewesen, schluckte sie, und ob das auch dazugehöre. »Kann schon sein«, sagte ich, »aha«, sagte sie und brach den letzten Keks in zwei, kramte ein Buch aus ihrer Tasche und blätterte. »Hör mal!« meinte sie, »der Himmel ist einsachtzig groß und hat die blauen Augen zu Keksen aufgeschlagen, all so ist auch sein Magen von dieser Welt«, strahlte mich an durch ihre in der Stirn zu langen Strähnen und fragte, ob ich auch Gedichte lese. Zwei Stunden lasen wir, ich ihr, sie mir, aus dem Buch und aus dem Kopf und aus der Hand. Die Reserverolle Kekse schenkten wir den Enten, das Weißbrot dem Schwan, das Abendbrot dem Mond, und als es dann zu regnen anfing, nahm sie mich mit in ihre zehn Quadratmeter unterm Dach.

Und jetzt radle ich nach Zürich und mache mir ein Gewissen, weil ich kein schlechtes habe. Wer auf Java nichts versäumen will, hat am Ende alles versäumt, stand im Reiseführer, und es wird wohl stimmen, nicht nur für Java, aber Sünden sind doch immer Unterlassungssünden, jedenfalls für mich. Ich muß da eben durch, irgendwann werde ich schon die Südseeruhe finden.

Obwohl, manchmal denke ich, das ändert sich nie, und mir geht es wie diesen Fichten rechts und links. Die bilden in der Not auf der Astoberseite kleine Zusatztriebe, Angsttriebe sagt man. Vielleicht ist mein Trieb auch so ein Angsttrieb. Mir wachsen zwar keine Zweige aus den Ohren, aber immerhin die Pupillen aus den Augen.

Bei diesen Bäumen ist es die Angst, sie könnten nicht alt werden. Bei mir ist es, glaube ich, gerade umgekehrt.

Als Kinder hatten wir auch solche Höhlen im Gebüsch. Dort saßen wir an Sommernachmittagen, stachen uns mit Nadeln in die Finger und wurden Brüder im Blut auf alle Zeit. Dort tauschten wir Angelhaken und Fußballstars, ließen die erste Zigarre kreisen und später auch den ersten *Playboy*.

Die Höhle hier ist schlecht versteckt und mitten in der Stadt, der Eingang zu groß. Das Mädchen, das darin hockt, ist Mitte Zwanzig, und ich denke zuerst, daß sie es bis zur nächsten Toilette nicht mehr geschafft hat. Beim Näherkommen sehe ich dann, wie die anderen am Brunnen daneben Löffel auskochen und Spritzen ziehen. Sie warten nicht einmal, bis das Gebüsch frei wird, drücken vor aller Augen. Und es sind viele Leute unterwegs an diesem Augusttag. Einige bleiben im Abstand stehen, tuscheln und gestikulieren, die meisten gehen allerdings zügig vorbei. Sie scheinen die Ecke zu kennen, verlieren keinen Blick. Früher war es das Autonome Jugendzentrum, heute ist es der Limmatquai, wer die Stadt kennt, hat sich daran gewöhnt. Polizisten erscheinen hier keine. Die Autos stehen im Halteverbot.

»Sugar« spricht mich einer an. »Hundertfünfzig das halbe Halbe.« Ich schüttele den Kopf, stelle mich an den Brunnen, trinke Wasser. Das Mädchen hat derweil den Busch verlassen und sich auf eine Bank gesetzt. Dort liest sie keksekauend in einem Buch, nimmt keine Notiz von dem Jungen mit Elvisfrisur und karierter Jacke, der zuviel oder zu schlecht gemixt hat, sich mit offenem Mund neben ihr über die Lehne krümmt.

Barfuß im schmutzig weißen Kleid läuft eine andere unruhig die Promenade auf und ab. Sie zieht das linke Bein ein wenig nach, spricht Ausländer an, hält sie am Arm. Eigentlich ist hier nicht der richtige Platz, aber hundertfünfzig ist eine Stange Geld, und zum Bahnhof scheint sie es jetzt nicht mehr zu schaffen.

Eine Dritte ist eben lachend aus einem Wagen gesprungen. Braungebrannt steht sie jetzt in schwarzem Chic am Brunnen, spaßt mit einem abgemagerten Dealer, löffelt mit schönen Händen einen Becher Joghurt. Dann wirft sie den Becher unter die Sträucher, hinüber zur kleinen Mauer überm See. Dort setzt sie sich mit übereinandergeschlagenen Beinen, spult den Recorder in ihrer Tasche zurück, postiert den Kopfhörer, setzt sich ohne Eile die Nadel in den goldbereiften Arm.

Bevor es dunkel wird, stehle ich mich zu meinem Fahrrad, fahre weg vom See, hinauf in die Hügel hinter der Stadt. Hier oben ist es ruhiger. Die Häuser stehen nicht so eng, die Hecken haben keine Höhlen, und die Straßenbahnen bimmeln wie in Kinofilmen aus den zwanziger Jahren.

Unter einer großen Kastanie finde ich Büchners Grab, schwarzumgittert, rosenüberwuchert, alleingelassen zwischen zwei unbenutzten Bänken. Daß sie ihn hierher legen mußten, zwischen die Villen der Reichen, zu Füßen eines alkoholfreien Restaurants und an diese Straße namens Germania, wo ihn doch hessische Schächer aus dem Land gejagt hatten. Drunten in Aussersiehl, im Scherbenviertel, wo sich Italiener, Nutten und Sprayer die billigeren Wohnungen teilen, dort würde er rechter liegen, dort spielen auch heute noch die Geschichten seiner scheiternden Helden. Zwei Jahre, dann habe ich das Alter, in dem ihm der Typhus in die Adern schlug.

Ich setze mich aufs Rad, fahre weiter, vorbei an polierten Fassaden und makellosen Gärten, hinüber zum Nobelfriedhof Fluntern. Das Tor ist schon geschlossen, ich steige über die Mauer, finde Joyces Grab und Denkmal am oberen Ende des Hauptwegs. In schwarzem Stein sitzt er da, ein Buch aufgeschlagen auf den Knien, der Blick geht zum Wald. Vielleicht ist es zu dunkel, vielleicht er mir zu fremd und ich in Gedanken noch bei dem anderen, sein Gesicht sagt mir wenig. Auf später, denke ich und laufe über die grüngepflegten Wege, beuge mich zu den Steinen, errechne die Lebensalter der Toten, erschrecke, wenn einer jünger starb als Vater, jünger als Mutter. Zwei Monate habe ich die beiden nicht gesehen, die Wochen vergehen schnell, viel schneller als zu Beginn, wo ich kaum den Tag zum Abend brachte.

Der hier wurde eben neunzehn. Wieviel Zeit wir mir bleiben? Und zu was? Werde ich meinen Tod aufschreiben, wie jener Peter Noll, dessen Sterbeprotokolle jetzt in den Schaufenstern liegen? Oder werde ich wie Lander Willi überrascht? Wo wird man mich finden? Wie Willi neben einer Schaufel im Wald? Wohl eher im Vorgarten, ausgesperrt vor dem Fenster einer jüngeren Frau. Kann man gerne sterben? Dieses Schönreden vom glücklichen Alter! Wem macht es Spaß mitzuzuschauen, wie von Jahr zu Jahr weniger gelingt?

Halb zehn. Ich klettere über das Tor zurück zur Straße. In dem kleinen Stadion auf der anderen Seite trainieren zwei Jungen Hochsprung. Nur den Anlauf, immer wieder den Anlauf. Ja, man soll es ernst nehmen. Man soll nicht zulassen, daß einem das Wissen um das Ende alle Anfänge aus der Hand schlägt. Jetzt bereden sie sich, dann springt der eine und reißt. Er rollt sich von der Matte, steht auf, tritt gegen den Pfosten. Gut so.

Ich kette das Fahrrad vom Laternenmast, steige auf und rolle langsam den Berg hinunter, vorbei an diesen Häusern, die nachts noch schöner sind, mit den Eichentüren namenlos wie die metallenen Briefkästen. Hier könnte mich irgendeine dieser Bankierstöchter zum Rotwein laden, hatte ich mir zu Hause überm Bildband vorgestellt. Jetzt sind sie mir gleichgültig, die Reichen, ihre Häuser, die antiken Möbel und schönen, gutriechenden Frauen, alles ist weit, weit weg.

Vor einem Restaurant stelle ich mein Fahrrad ab, drehe unter den Augen des Portiers eine Runde durch den Hof, lese die Typenaufschrift auf den Hecks der Mercedes. Früher haben wir Sterne gesammelt, heute haben sie Kugelgelenke und brechen nicht mehr ab.

Neben dem Hof ist eine kleine Parkanlage mit Ausblick auf die Stadt. Dort setze ich mich auf eine Bank, lege beide Arme auf die Lehne, denke an Manon. Jetzt möchte ich ihren Kopf an meinem spüren und den Ausblick einfach nur schön finden. Er ist auch schön, all die Lichter und der See, der sie spiegelt, die warme Abendluft, eine Nacht für zwei. Aber ich sitze allein und werde den Tag und seine Bilder nicht los. Die Banker hier oben in ihren sekuritasüberwachten Villen und ihre Söhne und Töchter, die sich drunten das Glück in die Venen spritzen, damit sie den Sinn nicht mehr brauchen, die Frauen mit Braunhaut und Blondhaar in ihren offenen Wagen und das blasse Mädchen mit den Angstaugen am Fixerbrunnen, die Graumelierten mit ihren Fotomodellen an den weißen Tischen nebenan und die Penner und altgewordenen Nutten drunten am Hauptbahnhof. Und dann ich, mit genug Geld im doppeltgenähten Gürtel, um mich drüben dazuzusetzen, und ein Roulette im Kopf, das kein Reisescheck beruhigt.

Ich treibe hinunter zum Café Odeon, natürlich zum Odeon, wo sie alle saßen, Lenin mit seiner Aktentasche voll Revolution, Joyce mit beginnender Erblindung, und wer weiß, vielleicht auch schon Büchner, mit seiner Schaffenslust auf hundert Jahre und dem Körper für dreiundzwanzig.

Ich sitze draußen im gelben Licht, halte die Kaffeetasse in beiden Händen, will nichts denken, nichts fühlen, nur ruhiger werden, aber die Straße gibt keine Ruhe, wirft sie alle noch einmal vorbei, die Frauen, die Männer. Der Thai am Nebentisch, jung, zart die Haut, der Haarschnitt modisch wie das Hemd, die Hose, er lacht, lacht die ganze Zeit, lacht für den Mann, der sein Vater sein könnte, der für ihn bezahlt, ihn an der Hand nimmt, mit ihm weggeht.

Jetzt möchte ich schreiben, an Manon, an Mutter, den versoffenen Dozenten und die Leute von Hafner, an Carlo und den guten alten Gustav, möchte allen schreiben, allen gleichzeitig, aber es geht nicht, und ich will nicht, Schreiben zwingt von links nach rechts, das lügt schon zuviel Ordnung, ich will nur sitzen, bilderwirr benommen, Zürich im Sommer, der erste Abend nach einem viel zu langen Tag.

Stadtluft macht frei, also ich weiß nicht, mich macht sie immer nur schwer und müd und durcheinander. Nach drei Tagen Zürich fühle ich mich genau wie nach dem letzten Geburtstag von Benedikt, wo ich mir vor lauter Tantengeschnatter so viele Cremetörtchen reinzog, daß ich nachher glatt Opas Vorgarten entweihte und hinterher noch vier Tage Bauchschmerzen hatte.

Jedenfalls bin ich froh, daß ich das Fahrrad habe und treten und schwitzen und keuchen kann. Die Steigung hier nach Einsiedeln rauf ist auch nichts für Flachländer, und langsam wird mir klar, was dieser nervige Hannoveraner meinte, als er sagte, der kleine Vorderkranz dürfe nie mehr als sechsunddreißig Zähne haben.

Meiner zählt zweiundvierzig, und genau diese sechs Zähne zuviel brauche ich, damit ich mich wieder leicht- und freischwitze, daß ich die ganzen Geräusche, die Farben, Bilder und Gesichter wieder ausatme, wieder Knie und Lunge und Herz werde und mit jedem Pedaltritt Kopf und Lenden von der Wichtigtuerbühne zurück in den Orchestergraben stampfe.

Ich komme ein bißchen spät. Der Papst ist schon wieder ein Jahr weg. Trotzdem, eine Nacht im Kloster Einsiedeln, unter demselben Dach mit der Schwarzen Madonna, das ist einen Versuch wert.

Der Gastpater ist gerade im Pförtnerzimmer, das trifft sich. Ich klopfe an die Scheibe, er kommt heraus, steht, die Hände in den Ärmeln verschränkt, vor mir. Sein Blick beginnt bei meinen Turnschuhen, geht über die violetten Hosen, quert das ehemals weiße Hemdchen, hakt sich an Petras Ohrring fest.

»Bitteschön?« fragt er.

»Guten Tag«, sage ich, »ich möchte gerne hier übernachten.«

»Wie kommen Sie darauf, daß man hier übernachten kann?«, fragt er.

»Kann man nicht?« frage ich.

»Das kommt darauf an«, sagt er. »Sind Sie Theologe?«

Er hat so eine Art, beim Reden die Brauen zu kleinen Triumphbögen zu heben, was mir direkt in die Diplomatie schlägt.

»Nein«, sage ich, »ich bin mit dem Fahrrad unterwegs.«

»Sind Sie katholisch?« fragt er.

»Nur gebürtig«, sage ich.

Seine Brauen werden fast gotisch.

»Entschuldigen Sie«, sagt er, »aber was wollen Sie eigentlich hier?«

»Einen Eindruck gewinnen«, sage ich, »wie man hier lebt. Aber wenn es zu viele Umstände macht, ich will mich nicht aufdrängen.«

Er läßt einen Triumphbogen fallen.

»Wie lange wollen Sie denn bleiben?« fragt er.

»Nur diese Nacht«, beruhige ich ihn.

Er läßt den anderen Triumphbogen fallen, nimmt die Hände aus den Ärmeln.

»Ich glaube nicht«, sagt er, »daß sie nach einer Nacht große Eindrücke mitnehmen. Wissen Sie, wir nehmen jeden gerne auf, der Hilfe braucht oder auch nur Ruhe sucht. Schaulustige allerdings, da bin ich ganz ehrlich, sind uns nicht so angenehm. Aber kommen Sie mit, in Gottes Namen!«

Es geht mit langen Schritten voraus, hält mir die schwere Holztür auf. Ich nehme Rucksack und Packtaschen und trotte hinterher, könnte jetzt auch durchs Schlüsselloch, so klein bin ich.

Die Zeremonie ist mir vom Heidelberger Kloster noch vertraut. Auch hier die Eile beim Essen, auch hier ein Mönch, der um abzulenken Ordensregeln vorliest, als wäre Hunger schon verächtlich und Brot eine Gabe des Teufels. Mich kümmert das wenig, habe sowieso keinen Appetit, nicht auf Reisfleisch und nicht auf grünen Salat, bin froh, als der Abt sein Glöckchen schlägt und ich mich zurückziehen kann.

Nachher sitze ich im Gästezimmer am Fenster, schaue nach draußen. Der Raum liegt an der Frontseite im ersten Stock, nach unten sind es gut fünf Meter. Den Kopf im Spalt der Fensterflügel schaue ich den letzten Kirchenbesuchern nach, die über die breite Treppe hinunter zum Markt laufen. Einige steigen in Autobusse, andere verschwinden in den Cafés und Restaurants.

Ein junges Paar läuft zu einem R 4, er in abgeschnittenen Jeans und Turnschuhen, sie in Herr-Jesus-Sandalen und Flatterkleid, die Beine sehr schlank und gerade bis nach oben. Eine junge Italienerin mit Familie, wadenlang das Kleid und hochgeschlossen, doch die Sonne steht tief, malt ihr Rot auf das Leinen, wirft die Linien des Körpers schemenhaft herauf zu mir. Ein Junge auf Rollschuhen. Ein Ehepaar mit Kindern an der Hand. Einige Alte Arm in Arm. Eine Leichtathletikgruppe, die Trainerin in Shorts und Sporthemd vorneweg.

Und ich hänge am Vorhang hinterm Fenster, atme den Geruch dieses Abends und folge ihnen allen, in die Häuser, die Gassen, die Wagen. Ich denke an Heidelberg und diesen Pater Suitbert und weiß, daß Sonntagswanderungen nicht genügen. Hier hat Suitbert das Klettern aufgegeben, nachdem sein Seilpartner abgestürzt ist, hier hat er sich für das Kloster entschieden, und doch nimmt er jeden Abend seine Bücher und kehrt lesend in die Steilwände zurück.

Ich kann nicht lesen, kann auch nicht sparen und nicht warten. Was vorbei ist, liegt zurück, und was kommt, das ist noch nicht. Ich brauche jeden Tag den Tag, und auch jede Nacht die Nacht. Was brennt, verbrenn ich. Mein Fluch heißt hier, heißt jetzt. Ich kann nicht sammeln, mir fehlt der Koffer für das Glück. Und was mich trifft, das trifft. Es schlägt mir durch bis auf den Grund, da dämpft und mindert, mildert nichts. Ich gleich diesem Drachen ohne Schnur, dem Narr an niemandes Hof. Ich bin wie ein Zirkus ganz ohne Zelt, bin wie ein Blatt, wie ein Halm, wie ein Hauch.

Und mache ich auch alles falsch, lande ich im Turm, auf der Straße oder hinter Gittern, nur einmal einem dieser Mädchen nachgehen, durch die späte Sonne hinein in die Nacht, nur einmal vor Morgen in einem Café sitzen, mit vier Händen eine Tasse umgreifen, die Lippen ansetzen und zu trinken vergessen, sich anschauen und kein Wort mehr wissen noch brauchen, einmal nur, das macht all die bittren Tage, all die wirren Nächte wett, dafür gebe ich gerne meine Seele und leg die Ewigkeit noch drauf.

»Schaulust« hat der Gastpater gesagt und mir die Tür aufgehalten und vollkommen recht gehabt. Ich muß sehen, muß schauen und hören, ich bin für kein Zuhaus gemacht, ich könnte in solchen Mauern nicht leben. Keine drei Nächte, dann käme meine Auferstehung, meine Himmelfahrt nach unten. Was sind fünf Meter auf ein Kopfsteinpflaster für eine Fleischwerdung noch vor dem jüngsten Tag?
Endlich ist es dunkel. Ich werfe Packtaschen und Rucksack hinunter, klettere übers Fensterbord, hänge mich an den Sims, pendle und springe, auf immer, auf ewig.

An die Marmelade hatte ich nicht mehr gedacht. Sie fällt mir wieder ein, als ich in Schwyz das Hemd wechseln will und den Rucksack öffne.
Da kleben die Schwarzkirschen zwischen dem Esbitkocher und zwei Unterhemden, der Saft gleichmäßig zwischen den andern Kleidern. Ich werfe die Scherben in einen Mülleimer, tränke die Kleider, so gut es geht, im Brunnen und beeile mich, nach Luzern zu kommen.

»No, it's okay«, meint der Neuseeländer dort im Waschsalon und schüttelt den Kopf, als ich ihm für seine fünf Münzen ein Fünffrankenstück zurückgeben will.
»I know the road«, schlägt er mir auf die Schulter, was ich nicht leiden kann , und seine Frau bietet mir aus einer Tüte Brezeln an.
Ich nehme eine, schütte noch ein wenig Eiershampoo in die Waschmaschine und überlege, während ich in der Unterhose meinen Kleidern beim Sauberwerden zuschaue, wo soviel Entgegenkommen wohl herrührt.

Morgens noch Sonne, mittags Wolken und jetzt endlich nichts als Regen. Und die Schweizer fliegen vorbei an mir in den Feierabend, röhren mir Wasser und Wind ins Gesicht und Motoren um die Ohren.
»Das mußt du verstehen«, höre ich Carlo sagen, »das ist doch ihre Freiheit, die im fünften Gang erst beginnt.«
Ich schalte nach unten, kneife die Augen zusammen und sehe durch den Regen wieder das Bild, das er mir gemalt hat, mit Kohle auf die Rückseite meiner Straßenkarte, ein Handwerksbursche in einer

Allee, umringt von Kindern, auf dem Weg in ein hügelumstandenes Dorf, sehe dann auch wieder diesen irren Blick, als er das Bild zerreißt, in zwei, in vier, acht Teile, die Fetzen knüllt, zum Fenster wirft, fast weint und sagt: »Du weißt, warum's nie geht, es ist das Drehmoment, ihr Optimal, das fehlt.«

Gottverdammt ist das alles teuer! Ein Paar Wollsocken fünfundzwanzig Franken, eine Tafel Schokolade einssiebzig, ein dünnes und nicht mal blaues Schreibheft dreizwanzig.

Aber was soll's, das Geld ist nicht aus der Welt, hat mir Steffi erklärt, es ist jetzt nur irgendwo anders, und wenn das noch mehr begreifen, läuft es irgendwann auch wieder zurück.

Also sitze ich auf einer Caféterrasse in Grindelwald, schlürfe Morgensonne mit Kakao für zweifünfzig, betrachte das leere Tagebuch, an dessen braunen Einband ich mich erst gewöhnen muß.

Was wird in einigen Wochen auf diesen Blättern stehen, was werde ich weglassen? Wenn ich es wüßte, würde ich wohl bis zum Ende meiner Schecks bei Whisky und Walkman Fingernägel feilen. Ich brauche sie, die leeren Blätter und die unbenannten Tage. Morgens nicht wissen, wo ich abends kein Bett finde, das spannt mir die Waden und spitzt das Blei.

Also denn, Doppelpunkt und »zahlen bitte«! Das Fahrrad hängt am Heizungsrohr im Keller der Jugendherberge, meine Stiefel sind gewienert, der Rucksack gepackt, ich trage Proviant für eine Woche und im Herzen Lust auf zehn. Und ich bin froh hinaufzukommen, dorthin, wo die Tage wieder stark und langsam und ich mit Glück wieder etwas kleiner werde.

Siebzig Millionen Jahre hat diese »Jungfrau« ihrem Namen Ehre gemacht. Dann fiel sie 1811 zwei Brüdern aus dem Aargau zum Opfer. Eine Zeitlang nannte man sie nach ihren Bezwingern »Madame Meyer«, dann drückte man ein Auge zu und gab ihr den Mädchennamen zurück.

Heute haben sie eine Zahnradbahn hindurchgebohrt und karren täglich Männer und Frauen zu Hunderten hinauf. Trotzdem, wenn es Abend wird, die Bergfreunde wieder im Tal sind und die Sonne auf Frankreich geht, dann liegen die Gipfel im unschuldigen Rosa der alten Zeit.

Falls es nicht neblig ist, wie heute. Ich sitze auf einer Bank vorm Bahnhof Scheidegg, zweitausend Meter über dem Meer, und warte, daß es dunkel wird. Der letzte Zug ist vor einer halben Stunde ins Tal, der Bahnsteig liegt jetzt leer im Nebel. Ich ziehe Pullover und Daunenjacke an und ein zweites Paar Strümpfe, schaue in den Dunst, der die Wände nicht freigibt.

Die Jungfrau, der Mönch, der Eiger. Pater Suitbert hat mir Geschichten von ihnen erzählt, vor allem von der Eigerwand. Hinter dem geschlossenen Hotel da hinten muß die Wand irgendwo liegen. Und bei gutem Wetter muß man auch das Stollenloch sehen, das Aussichtsfenster der Zahnradbahn, in das sich schon so viele vor Wetterumstürzen gerettet haben. Von den Fernrohren da am Kiosk hat Suitbert auch erzählt. Und zugegeben, daß er selber hindurchgeschaut hat, damals, als ein junger Italiener, Longhi hieß er, oben in der Wand hing.

Vierhundert Meter unter dem Gipfel baumelte er erfroren an einem Seil. Man konnte ihn nicht herausholen aus der Wand, überlegte, ob man das Seil nicht durchschießen sollte. Letztlich gelang die Bergung mit einem Stahlseil, das man vom Gipfel hinunterließ. Zwei Jahre hatte der Italiener gehangen, sein Körper war unverwest, der Eiswind hatte ihn nicht altern lassen.

Von einem andern, dem Bayern Toni Kurz, hatte Suitbert sogar ein Bild. Seine Kameraden waren abgestürzt oder im Seil erstickt. Er war noch am Leben, überstand sogar die folgende Nacht im Eissturm, ohne jeden Biwak. Morgens sah man ihn. Er hing in einer Trittschlinge, ein Arm war ihm erfroren und stand wie ein Brett nach außen. Acht Stunden brauchte er, um den Rest seines Seils mit nur einer Hand und den Zähnen aufzudrehen, die Litzen aneinanderzuknüpfen und hinunterzulassen zum Stollenloch, wo ihm der Bergungstrupp ein Rettungsseil anknüpfte. Noch mal zwei Stunden brauchte er, um es hochzuziehen und zu befestigen. Er wußte nicht, daß es zu kurz und über dem Aussichtsfenster mit einem anderen verknotet war. Er sicherte sich wie gewohnt mit einem Karabiner und seilte ab. Bis auf zwei Meter kam er an das Stollenloch heran. Die anderen konnten ihn fast berühren, aber der Karabiner konnte nicht durch den Knoten gleiten. Und Toni Kurz hatte nicht mehr die Kraft, ihn zu lösen. Er starb, zwei Meter vor dem Aussichtsfenster.

Auch Reinhard Karl wäre hier beinahe umgekommen. Nicht in der Wand, aus der er sich rechtzeitig retten konnte. Aber in jenem Stollenloch, wo ihn beinahe einer der Touristenzüge überrollt hätte. Trotzdem gab er nicht auf, war überzeugt, die Wand würde sein Leben verändern. Und er schaffte es beim zweiten Versuch. Nur, geändert hat sich nichts. Auch nicht, als er später als erster Deutscher auf dem Everest stand. Am Cho Oyu kam er schließlich ums Leben. In einer Eislawine. Sechsunddreißig war er, verheiratet. Ein gipfelloser Berg, den man nie erreichen wird, so hat er mal das Leben genannt.

Suitbert hat ihn gekannt, war ja Heidelberger wie er. Und hat selber dazugehört, hat den Eiger versucht. Bis zum ersten Eisfeld ist er gekommen. Dann rutschte sein Seilgefährte ab und fiel bis zum Einstieg. Zweiundzwanzig Jahre ist das her.

Ich schlage den Kragen der Daunenjacke übers Kinn, nehme den Rucksack auf und laufe zu einem abseits gelegenen Schuppen. Die Tür ist verschlossen, aber das Vordach liegt windgeschützt. Dort rolle ich die Isomatte und den Schlafsack aus, falte die Jacke zum Kopfkissen. Ich ziehe mich bis zur Unterwäsche aus, verstaue die Kleider im Rucksack und klettere in den Schlafsack. Die Kapuze ziehe ich übers Gesicht, bis keine Außenluft mehr an mich kommt.

Was sie alle gesucht haben da droben? Zivilisation ist die Ersetzung der äußeren durch die innere Not, hat Suitbert gemeint. Früher hatte der Mensch Hunger und Furcht vor dem Winter, heute sitzt er an der Heizung und ängstigt sich vorm Supermarkt. Ohne Gefahr wird es verdammt gefährlich, nickte dieser Athlet von einem Pater und meinte, daß wir mit dem Kampf ums Überleben auch gleich das Leben verloren hätten. Zwanzig Klimmzüge macht er noch jeden Tag. Und morgens seinen Dauerlauf über die Felder.

Langsam wird mir warm. Ich höre auf, in den Schlafsack zu atmen, rolle mich auf den Rücken, lüfte die Kapuze und schiebe die Hände unter das T-Shirt. Ich bin froh um das Vordach, den windgeschützten Verhau und das warme Auf und Ab meines Bauchs. Ich mache die Augen zu, ziehe die kalte Luft tief in mich hinein und denke, daß ich es auch einmal mit solchen Wänden versuchen werde, wenn das unter solchen Dächern nichts wird.

Draußen wird es hell. Der Regen hat aufgehört. Durch die Ritzen des Verschlags zieht ein leichter Wind. Die Haut über meinem Gesicht ist rauh und von der kalten Luft gestrafft. Im Schlafsack, den ich am Hals verschnürt habe, staut sich die Hitze meines Körpers.

Ich öffne den Reißverschluß, setze mich auf und ziehe mir die Strümpfe an. Die Haare an meinen Beinen stellen sich in der kalten Luft. Ich schlupfe in die Bundhosen, ziehe Hemd und Pullover über. Das Leder der Schuhe ist noch hart und spröde. Ich schnüre sie, so fest ich kann. Meine Hände werden kalt und ein bißchen steif. Von den Gleisanlagen kommen die Stimmen einiger Arbeiter.

Ich trete aus dem Verschlag und schaue mich um. Ein paar Männer stehen in dunkler Montur um einen Elektrokarren. Die Luft, die sie ausatmen, kondensiert, es sieht aus, als würden sie rauchen. Der Himmel ist klar. Ich sehe zum ersten Mal die Gipfel. Die Jungfrau, den Mönch und den Eiger. Die Eigerwand ist dunkel und konkav geformt. Ich sehe das erste Eisfeld und das zweite. Das Stollenloch sehe ich nicht. Ich gehe zurück unter das Vordach und verstaue Schlafsack und Isomatte. Dann nehme ich den Rucksack auf und gehe nach draußen.

Die Arbeiter stehen immer noch um den Elektrokarren. Einer hantiert mit einem armgroßen Schraubenzieher. Auf den Wiesen liegt Reif. Das Gras ist noch gefroren und knirscht beim Darübergehen. Beim Auftreten krümme ich die Zehen zusammen, die Füße werden langsam warm. Die Hände habe ich im Rücken verschränkt, um etwas Gewicht von den Gurten zu nehmen. Die Finger sind immer noch steif. Über den Eigergrat bricht die erste Sonne. Ich glaube, es wird ein guter Tag.

Über die Biglenalm fließt ein kleiner Bach ins Tal. Es ist neun Uhr, die Sonne hat den Reif auf den Gräsern geschmolzen. Die Wiesen knirschen nicht mehr beim Gehen, sie sind jetzt weich und feucht. Neben dem Bach liegen einige kleine Felsen, dort stelle ich den Rucksack ab und packe das Kochgeschirr aus.

Ich bücke mich zum Bach und fülle den Aluminiumtopf. Das Wasser ist schneidend kalt und färbt meine Fingerkuppen rot. Ich zünde im Kocher einen Esbitwürfel an und stelle den Topf auf die Flamme. Dann rühre ich Trockenmilch, Zucker und Haferflocken ein. Auch getrocknete Aprikosen, die ich in kleine Stücke reiße. Langsam wird

das Wasser heiß. Ich rühre um, reibe die Hände über der aufsteigenden Hitze.
Dann ist es warm genug. Ich nehme vom Rand aus einen Löffel, lasse ihn an der Luft etwas abkühlen und esse ganz langsam, jeder Schluck eine Verbeugung.

Den halben Hang haben sie abgegraben für die Stützmauer. Der Eingang ist eine doppelte Schwenktür, im teppichausgelegten Flur steht gleich rechts ein Glaskasten für die Anmeldung. Geöffnet von 7–9 und von 17–19 Uhr.
Jetzt ist es vier vor fünf. Vor dem Glaskasten ist ziemliches Gedrängel, überwiegend Männer. Die Frauen stehen mit Rucksäcken und Kindern zwischen den Beinen an der Wand. Ich stelle meinen Rucksack in die Ecke, zwänge mich zwischen Hintern und Bäuchen hindurch zu den Waschräumen im Keller. Die Duschkabinen sind gekachelt und werden mit in der Decke versenkten Ventilatoren entlüftet. Wasser gibt es nur gegen Münzen und die nur in der Anmeldung. Ich gehe wieder hinauf, entschuldige mich erneut zwischen den Wartenden hindurch, setze mich neben meinen Rucksack, verfolge das Fluchen eines Herrn, der sich an den Steigeisen seines Vordermannes ein Loch in die Daunenjacke gerissen hat. Es dauert eine Dreiviertelstunde, dann hat sich der Vorraum geleert. Ich gehe zu dem Glaskasten und schiebe meinen Mitgliedsausweis durch das halbkreisförmige Loch.
»Ein Matratzenlager bitte«, sagte ich, »und eine Duschmarke.«
»Zimmer vier, Treppe hoch rechts, Duschen nur bis neun, macht sechsundzwanzig Franken, Ausweis gibt's morgen zwischen sieben und neun.«
»Sechsundzwanzig Franken?« Das ist mir jetzt so rausgerutscht.
Der Mann hinterm Glas bleibt freundlich.
»Richtig, sechsundzwanzig. Eine Biwakschachtel wär natürlich billiger, was?« Er lacht.
Ich gebe ihm einen Fünfziger, kassiere das Wechselgeld, gehe duschen.
Mit nassen Haaren stehe ich nachher im Restaurant vor einer zehn Meter langen Aluminiumtheke. *Selbstbedienung* hängt ein Schild von der Decke, daneben die Speisekarte. Ich habe noch keinen rechten Hunger, schaue mich um. Die Stühle sind fast alle be-

setzt, es ist ziemlich laut, über den Tischen liegt Bier- und Zigarettendunst.

Neben dem Colaautomaten entdecke ich einen Tisch mit vier Stühlen und nur zwei Leuten. Auf dem dritten Stuhl liegt eine Fototasche, der vierte ist noch frei. Ich grüße und setze mich, die Frau schaut von ihrem Salat nicht auf, der Mann nickt kurz zurück. Mit dem Fuß zieht er den Stuhl mit der Fototasche zu sich, dann beugt er sich wieder über seinen Schmorbraten mit Klößen und Rotkraut. Die Frau trinkt Mineralwasser, er Bier. Wenn er zum Trinken den Kopf in den Nacken legt, schaut er mich jedes Mal kurz an. Ich halte mich am Tischrand, schaukele, esse Schokolade und Weißbrot. Am Nachbartisch schlagen zwei Männer ihre Gläser aneinander, »Berg heil, Holger« sagt der eine, »Berg heil, Sven« der andere.

Dann ist mein Gegenüber mit dem Schmorbraten fertig, seine Frau schiebt den Vierfächerteller in meine Richtung, stellt ihre leere Salatschüssel drauf. Dann gibt sie ihm die Geldbörse. Er steht auf, geht auf Socken zur Silbertheke, kommt mit zwei Kirschtorten und zwei Kännchen Kaffee zurück. Die Gabeln klackern auf den Tellern, der Kaffeegeruch geht mir angenehm in die Nase. Ab und zu, wenn der Mann mit der Zunge Kirschkerne auf die Gabel schubst, schaut er noch mal kurz rüber. Einmal schauen beide etwas länger, als mir beim Schaukeln der Stuhl wegrutscht und ich nach hinten falle.

Dann rücken auch Tortenteller und Gäbelchen zur Tischmitte. Er schiebt ihr eine Zigarette rüber, sie hat das Feuer. Da kein Aschenbecher da ist, beugt er sich noch mal über den Tisch und zieht einen Kuchenteller aus dem Niemandsland zurück.

Ich schaukele nicht mehr, schaue zu einem Mann am Fenster, der mit hochgekrempelten Ärmeln eine Gitarre zu schlagen beginnt. Er spielt ein paar Akkorde, dann fängt er an zu singen. *Wenn wir erklimmen*. Seine Tischkameraden fallen sogleich ein, andere lassen nicht lange bitten. *Mit Seil und Hacken*. Einige fangen an zu klatschen, andere schlagen auf den Tisch. *Den Tod im Nacken*. Ein Obstler fällt um, eine Frau springt auf. *Handschlag, ein Lächeln*. Ich stehe vorsichtig auf, packe Weißbrot und Schokolade zusammen. *Alles aufs Beste bestellt*. Ich verabschiede mich, gehe leicht geduckt zur Tür, *denn wir sind Brüder,* unauffällig nach rechts und links schauend, daß mich keine Bruderkehle mitten ins Gesicht trifft. *Brüder auf Leben und Tod,* jetzt nichts wie ab.

Kurz vor sieben, der Schalter ist noch besetzt. Ob ich meinen Ausweis haben könne, frage ich, ich wollte doch noch ein bißchen weiter.

Ja, so ginge es nicht, meint der Mann hinterm Glas, wenn da jeder käme. Der Ausweis fliegt durch den Halbkreis. Das Geld könne er nicht mehr rausgeben, sagt er, das sei schon eingedrückt.

Eingedrückt, das seh ich ein, bedanke mich, schnappe den Ausweis und meinen Rucksack und bin draußen. Eine Stunde habe ich noch Zeit, dann wird es dunkel. Hinter der Stützmauer fange ich an zu pfeifen. *Frei atmen Lungen, Fels ist bezwungen,* gar nicht so schlecht das Lied.

Ich schieße mit einer Niveadose auf eine Marlboroschachtel, Volltreffer auf drei Meter.

Die Sängerhütte liegt jetzt zwei Tage hinter mir. Ich habe einmal im Zelt und einmal unter einem Felsvorsprung geschlafen. Jetzt sitze ich an einer windgeschützten Stelle hinter dem Sefinengrat, packe Brot und Wurst aus, trinke kalten Tee. Der Anstieg war steil. Meine Hände zittern noch im Rhythmus des Pulsschlages. Um die Felsen säuselt ein leichter Wind, trocknet mir die Stirn und die Arme. Den Tee schaukele ich zuerst im Mund, bevor ich ihn schlucke. Ein paar Dohlen hüpfen zwischen meinen Füßen nach Krümeln. Das Kiental liegt unter einem milchigen Dunst. Die Gipfel sind frei.

Jetzt wollte ich, Carlo wäre hier. Und die Fixer vom Limmatquai. Ich wollte, sie würden mit mir laufen, diesen Weg, Schritt für Schritt. Bis Kandersteg müßten sie schon mit. Vielleicht auch noch über den Lötschberg bis ins Rhônetal. Am besten bis Italien. Einmal aus eigener Kraft über die Alpen, den Rucksack auf dem Rücken und Gras und Fels unter den Füßen.

Morgens würden wir uns in einem dieser Bäche waschen und abends Feuer machen. Wir bräuchten nicht viel zu reden. Wir würden Tee kochen, den Dohlen zuschauen und beobachten, wie sich der Himmel am Abend verändert. Und mit der Dunkelheit würden wir im Schlafsack liegen. Wir wären müde und froh um die Nacht. Wir würden die Kapuze über den Kopf ziehen und es warm haben. Und könnten schlafen und träumen, ganz ohne Zitrone und ohne ein Loch in der Vene.

Es ist kein besonderer Gipfel. Ich weiß auch nicht den Namen. Aber ich habe noch Zeit, und der Anstieg sieht leicht aus. Nach hundert Höhenmetern wird die Wand steiler. Ich folge einem schiefen Riß, quere auf einem Band bis zu einem Kamin.

Die Füße gegen die eine, Rücken und Hände gegen die andere Wand hänge ich in diesem Kamin. Ich komme nicht mehr vor- noch rückwärst. Nach oben wird der Spalt zu eng. Nach unten zu breit. Ich suche über mir, rechts und links. Nirgends ein Griff, kein Tritt. Wenn ich abrutsche, falle ich auf eine schiefe Platte, von der über ein paar Felsen nach außen. Ich kann mich nicht mehr lange halten. Die Oberschenkel fangen an zu zittern. Ich atme zu schnell. Ich schwitze. Ich setze die Hände etwas tiefer, ziehe den Rücken nach. Dasselbe mit den Füßen. Erst rechts, dann links. Das Hemd rutscht mir hoch. Der Fels ist kalt. Ich komme voran. Noch zwei Meter bis zu dieser schiefen Platte. Der Kamin wird immer breiter. Ich habe die Beine fast durchgestreckt. Die Knie schlagen gegeneinander. Ich zittre jetzt auch am Bauch und in den Armen.

Ich bin fast unten, als ich abrutsche. Ich falle, schlage auf die Platte, rutsche nach außen, krümme die Finger in den Fels, erwische einen Riß, kann mich halten. Auf allen vieren ziehe ich mich über die Platte, erreiche die Felsnische.

Jetzt fängt mein Herz erst richtig an zu schlagen. Der Atem rast. Ich zittere am ganzen Leib. Mein rechtes Knie ist dick und blutet, der Ellbogen ebenfalls. Ein paar Fingerkuppen sind aufgeschürft. Gebrochen ist nichts. Ich ziehe mein Hemd aus und wickle es um das blutende Knie. Dann klettere ich ab.

Ich erreiche das Geröllfeld am Einstieg und setze mich neben meinen Rucksack. Rotz und Tränen laufen mir durchs Gesicht, ich bin vollkommen leer. Ich betrachte meine kurzen Hosen, das umwickelte Knie, meine Beine, die braunen Schuhe. Ich wische mir mit dem Arm über die Augen, schneuze mich in die Finger, schaue über das Geröllfeld hinunter ins Tal. Ganz unten stehen Bäume und weiter hinten erste Häuser. Ich nehme eine elastische Binde aus dem Rucksack und umwickle das Knie. Dann ziehe ich ein frisches Hemd an, verstaue das alte. Als ich den Rucksack aufnehme, zucke ich zusammen. Beim Abrutschen hat mir die Wand den Rücken aufgescheuert. Ich schnalle den Rucksack auf den Bauch, lege zur Entlastung die Arme um ihn und laufe hinunter zur Hütte.

Die Maserung von Holz und die Maserung meiner Finger. Die Kante des Tischs und die Linien der Innenflächen meiner Hand. Auf den Fingern hat sich Kruste gebildet. Am Ellbogen auch. Drei Fingernägel sind eingerissen.

Ich lege meine Hände um die Tasse. Sie werden ganz heiß. Die Milch dampft. Der Dampf sticht mir in die Augen. Ich ziehe meine Zunge über der Rand der Tasse, blase, betrachte die kleinen Wellen. Ich stecke den Finger hinein, ziehe ihn heraus, lecke den weißen Schaum. Ich trinke. Ich schaukele die Milch im Mund, ich kaue, ich schlucke. Dann noch mal. Ich lecke mir den Gaumen, die Lippen. Es schmeckt immer noch nach Milch.

Ich streiche mit der Hand über mein offenes Tagebuch. Ich schlage ein paar Blätter um. Es knistert. Mein Knie klopft. Ich trinke noch Milch. Sie läuft warm in den Bauch. Ich lehne mich an die Wand. Es tut weh, dann nicht mehr. Ich lege die Hände zwischen meine Beine. Es ist warm.

Und ohne ein Loch in der Vene. So hätte es fast aufgehört. Zu früh. Oder zu spät. Wenn schon, dann vorher, bei Manon. Nicht hier, nicht zwischendrin. Das wäre wie bei Reinhard Karl gewesen. Mit der Zahnradbahn.

Jetzt könnte ich hungrig sein. Ich bin nur müde. Ich lege den Kopf auf den Tisch.

Maurer trägt seinen dunklen Anzug und die schwarze Fliege, den Hut hält er in der Hand. Gustav steht in seiner grauen Lederjacke weiter vorne, er hält ein Kind im Arm. Manon steht auf der linken Seite, sie hat die Haare kürzer. Spreder Karl schiebt immerzu den Mund nach vorne, rückt ab und zu etwas in seiner Brusttasche zurecht. Petras Strähne hängt bis zum Mund. Die Eltern sind verdeckt.

Dann sitzen wir im *Rainfall*. Es gibt Kaffee und Wickelkranz. Gustav nimmt wie immer vier Stück Zucker und rührt nicht um. Petra trinkt auf Ceylon. Manon hat ihren Afrikapullover an. Gustav steht auf, drückt eine Platte ein. *Forever young,* fünfmal.

Es wird Abend. Der Laden füllt sich. Gustav geht mit Petra auf einen Schnaps an die Theke. Manon geht nach Hause. Ich ziehe an einer liegengebliebenen Zigarette, lasse mein Bier stehen und gehe nach draußen. Mit den Händen in den Taschen laufe ich durch die Straßen, suche die Baugrube, die es jetzt nicht mehr gibt.

Nein, ich traue mich nicht zu schlafen. Ich laufe durch die Stube, betrachte die Bilder, betrachte die Bücher im Regal, schaue durch alle Fenster. Draußen ist es Nacht, ich bin nicht müde, nie mehr. Alles ist fremd, so neu, so unbekannt. Die Gläser, der Lampenschirm, die karierten Vorhänge, der Hut am Ofen, alles wird wach und lebendig, alles erzählt Geschichten, alles ist schön.

Wie blind ich war, wie dumm, wie sinn-los! Ich habe die Dinge nur benutzt und nie gesehen. Jetzt wird alles eigen, wird es selbst, wird warm, wird wertvoll. Ich kann nicht anders, muß anfassen, muß berühren, muß riechen, schmecken, bin wieder der kleine Junge auf allen vieren in der Küche zwischen Schrank und Eckbank.

Ich ziehe Schuhe und Jacke an, gehe nach draußen, laufe hierhin, dorthin, wie schmeckt das Wasser, wie der Schnee, was wiegt die Luft, wie fühlt sich Sand, wie Holz, wie Felsen an, was sind die Wolken, was der Mond, wie viele Sterne zählt ein Himmel, und so ein Windrad, wie baut man das? Ich will alles wissen, alles kennen, was bin ich klein, wie groß ist jeder Stein. Ich mag nicht mehr fordern und jammern und unzufrieden sein, ich habe kein Recht, auf nichts, auf niemand.

Daß ich hier stehen darf, zwei Beine habe, um zu laufen, zwei Hände zum Berühren, daß ich die Nacht sehen, die Stille hören, die Kälte atmen darf, daß ich esse, trinke, rieche, daß ich lebe und es weiß, und keine Ahnung hab, von was, fast möchte ich knien und beten.

Die Kerze ist abgebrannt, draußen wird es langsam hell. Der Brief an Manon ist fertig. Ich durfte ihr nicht schreiben, jetzt darf ich es.

Ob sie schon auf ist und gerade frühstückt? Vielleicht schläft sie auch noch. Ich habe sie oft angeschaut, wenn sie neben mir lag und schlief. Ich bin die Linien ihres Gesichts nachgefahren, ohne sie zu berühren. Sie sah immer anders aus. Manchmal gab ich ihr einen Kuß, den sie zurückgab ohne aufzuwachen. Und wenn sie träumte, legte ich oft mein Gesicht an ihres, schloß die Augen und wartete, daß sie mich mitnahm. Manchmal tat sie es. Sie träumte schöne Sachen.

Ob sie einen Platz in Musik bekommen hat? Notfalls wollte sie ins Ausland, Italien oder Österreich. Ihr Vater ist Österreicher. Manon in Wien bei einem Kaffee im *Hawelka,* das kann ich mir gut vorstellen.

Was aus mir wird, weiß ich immer noch nicht. Aber so wichtig ist das nicht mehr. Ich weiß jetzt, daß ich zu ihr gehöre, das genügt. Das habe ich auch geschrieben. Und daß ich zurückkomme. Im März hat sie Geburtstag. Ich werde dasein und Blumen mitbringen aus Nepal. Falls sie mich noch will.

Dieser kleine Riß auf der Platte. Ohne ihn würde es diesen Tisch, diese Hände nicht mehr für mich geben. Es wäre nicht schlimm gewesen, nur irgendwie schade.

Wie hätte ich ausgesehen da unten? Nicht so gut, glaube ich. Zu früh zu spät, hätte ich gedacht, oder halt nicht mehr gedacht.

Ein paar schöne Sachen hätte ich gerne noch gemacht. Nicht gut, nicht bedeutend, schön. Nicht ethisch, sondern ästhetisch. Das schließt das Gute ein und ist doch viel mehr.

Ich sehe ihn richtig vor mir, den Menschen, der Schönes tut. Er ist kein Schönling, muß auch nicht hübsch sein, seine Schönheit ist seine Einfachheit, seine natürliche Art. Da ist keine Eile, keine Verkrampfung, kein Muß. Was er tut, das tut er. Es muß nicht in jedem Fall gelingen. Er geht nach vorn, angstlos, von Versuch zu Versuch, das ist alles. Er ist neugierig, ohne Zwang. Er weiß, daß es das Beste nicht gibt. Es gibt Gutes, und darum bemüht er sich. Nicht aus Moral, nicht aus Pflicht, aus Freude.

Und diese Freude hat mit Vergnügen wenig zu tun. Vergnügen ist ein Mittel zur Beruhigung. Es macht müde und hilft beim Einschlafen. Es gleicht dem Mahl mit sieben Gängen.

Freude ist immer einfach, sie macht wach und stark. Sie ist immer ein Anfang, ein Hinausgehen und Einatmen, ein Morgen.

Nach dem Frühstück mache ich mich auf den Weg. Es geht leicht bergab, vorbei an den Schaflägern und den Wiesen des Bergli, hinunter zum türkisfarbenen Oeschinensee, dann immer den Bach entlang Richtung Tal.

Ich laufe über diese Wiesen wie über den Flaum des Bauchs einer Frau. Ich spüre das Weich der Weiden unter meinen Füßen, die Halme unter meiner Hand, fließe Schritt für Schritt zurück in das Gras, den Sand, hinein in diese Erde, die mich gab und einmal wieder bergen wird. Mein Bauch, der ist ein Sprudelbach aus Licht, und meine Seele ist das Meer voll Flut, das in die Berge strömt, den Hang hinauf, hinaus in dieses Himmelhoch aus Blau. Jetzt könnte etwas zu Ende sein.

Als ich nach Mittag in Kandersteg ankomme und im Fluß bade, fällt er mir wieder ein, jener Spruch, der einmal einen Sommer lang in meiner Hose mitging, zusammen mit einigen anderen, die ich im Geldbeutel trug, um sie auswendig zu lernen. Der hier war wieder mal von Nietzsche, glaube ich. Jetzt habe ich ihn wieder.
»Wer vom Pöbel ist, der will umsonst leben, der will was haben vom Leben. Wir andern aber, denen das Leben sich gab, wir sinnen nur danach, was wir am besten *dagegen* geben«.
So ging der, oder jedenfalls so ähnlich. Was habe ich mich gefreut damals über den Satz und gedacht, jetzt hätte ich's. Und dann vergeß ich ihn und falle auf diese Platte.
Von Kandersteg nimmt mich ein Bergführer im Wagen mit bis Spiez. Dort stehe ich zwei Stunden an der Straße, nehme schließlich für achtzehn Franken den Zug. Gegen Abend bin ich in Grindelwald. Ich kaufe Briefmarken und Konserven, auch eine Zeitung. Dann laufe ich hinauf zur Jugendherberge. Ich melde mich zurück, hole mir Kakao aus dem Automaten und setze mich mit der Zeitung in den Leseraum. Noch über der ersten Seite schlafe ich ein und werde vor Morgen nicht mehr wach.

Bei der Abfahrt von Grindelwald bricht mir die hintere Bremse aus der Halterung. Ich fahre weiter bis Interlaken, frage einen der Kutscher am Bahnhof nach einem Fahrradgeschäft. Samstagmittag sei schlecht, meint der Mann. Höchstens beim Zumbrum, da könnte ich es versuchen. Hinterm Rössel vorm Waldhof links, dann die Gasse rechts, auf der anderen Seite wär's dann. Ich nicke, frage noch zweimal, bin nach einer halben Stunde dort.
»Fritz Zumbrum, Fahrrad und Eisen« steht schwarz auf weißem Emaille. Die Tür ist abgesperrt, Klingel gibt es keine. Ich lege die Hände an die dunkle Schaufensterscheibe, kann nicht viel erkennen. Als neben mir ein Wasserguß niedergeht, springe ich zurück und schaue nach oben. Auf einem vermoosten Balkon steht ein Alter in Hosenträgern, gießt seine grün in grünen Kräuter, daß das Wasser über den Balkon auf den Bürgersteig plätschert.

»Grüß Gott« rufe ich und warte. Er reagiert nicht. »Grüß Gott« wiederhole ich lauter. Jetzt sieht er mich und nickt. Ob er mir eine Bremse verkaufen könne. Jede Menge, meint er und hört nicht auf, die Töpfe zum Überlaufen zu bringen. Nur im Moment sei gerade Mittag, sagt er, so in einer halben Stunde soll ich nochmal kommen. Ich bedanke mich, kaufe mir einen Becher Saft und setze mich gegenüber in den Schatten. Jetzt ist es halb vier, um vier bekomme ich die Bremse, um halb fünf bin ich wieder unterwegs. Fünfzig Kilometer könnte ich noch schaffen.

Im Nachbarhaus fliegt die Tür auf. Ein Mädchen springt drei Stufen hinunter auf die Straße, zieht den zu kurzen Rock nach unten, läßt einen Kaugummi knallen, steppt im Rhythmus ihrer schnippsenden Finger Richtung Zentrum. Sie ist kaum um die Ecke, als in derselben Tür eine Frau mit wassergeschwollenen Beinen erscheint. Sie bückt sich, hebt ihren Einkaufswagen aufs Trottoir, hängt ihre Tasche daran, wackelt Schritt für Schritt zur Hauptstraße. Ich ziehe an meinem Strohhalm und suche nach einer Übersetzung für Gustavs *forever young*.

»Scho bin i da.«

Zehn nach vier. Der Alte hat seinen Laden aufgesperrt und ist zu mir auf die Straße gekommen.

»Wissen'S, Zuwendung braucht a Pflanz, genau wie a Mensch oder a Velo a«, sagt er und schaut sich mein Fahrrad an. Er wackelt an der Bremse, meint, ohne neue Backen sei nichts zu machen. Der Stift sei nämlich genietet, und wenn der bricht, müsse man alles ersetzen.

»San net dumm, die Herrn Ingenieure, oder?« lacht er und nimmt mich über den Hof mit in die Werkstatt.

Die Werkstatt ist ein düsterer Backsteinbau, eine Mischung aus Abstellkammer und Museum, drei Generationen »Zumbrum, Rad und Eisen« scheinen nichts weggeworfen zu haben. Der Alte räumt ein paar Kisten zur Seite, um an zwei Schubladen zu kommen, kramt zwischen Schrauben und Speichen, hält schließlich eine nagelneue Bremse in der Hand. Dann zeigt er mir, wo das Werkzeug liegt und verschwindet mit einem »aber machen'S ka Unordnung« in den Laden.

Nach zehn Minuten habe ich auf der Straße die neuen Backen montiert. Um auch einen neuen Zug einzuführen, schraube ich den Bremsgriff vom Lenker. Er ist mit zwei Schellen befestigt, die, wenn sie nicht mehr unter Spannung stehen, nur schwer wieder anzuschrauben sind. Fast eine Stunde versuche ich es mit Drücken, Biegen, Klemmen, laufe ein paarmal in die Werkstatt, um anderes Werkzeug zu probieren, die Schraube greift nicht.

Der Alte läßt mich walten. Er steht hinter seinem Bauch in der Tür, übersieht die Touristen, grüßt die Einheimischen, zeigt einem Autofahrer den Finger, weil hier Fußgängerzone ist, läßt zwei Kunden warten, um einem kleinen Mädchen zuzuschauen, das sein Velo abgeholt hat und jetzt mit einem »es fährt güet« vor dem Geschäft auf und ab radelt.

Endlich kommt er zu mir, sagt, daß man den Griff nie abschrauben soll. Dann holt er anderes Werkzeug, setzt die Schelle unter Spannung und schraubt sie fest. »So geht das«, schmunzelt er und fragt, ob ich nicht ein paar Wochen bei ihm bleiben wolle »so auf a Schnupperlehren als Fahrradmechaniker«. Vielleicht später, antworte ich und folge ihm in die Werkstatt, frage nach einer Drahtzange, um den zu langen Zug zu kürzen.

Er findet die Zange mit dem ersten Griff, drückt sie mir in die Hand und sagt, ich soll sie aber ja wiederbringen. Die sei teuer, und er habe nur eine, als armer Mann, der er sei.

Als ich nachher im Laden stehe und bezahlen will, sucht er erst seine Brille, dann den richtigen Katalog, dann eine freie Ecke auf der Theke. Er blättert ein bißchen, tippt auf eine vergilbte Seite, sagt »genau« und schlägt den Ordner wieder zu.

»Also, junger Mann«, sagt er, »sagen wir füffzehn Franken.«

Und den neuen Zug, ergänze ich.

»Wenn'S drauf bestehen«, sagt er, »dann halt sechzehn füffzig.«

Er faßt einen Stift, der links aus der Papierrolle ragt und wohl ehemals ein Rädchen trug, dreht damit die Papierrolle ein Stück weiter, notiert mit Bleistiftstummel 16.50.

Ich bezahle, frage nach einem Mülleimer, um die alte Bremse wegzuwerfen.

»Na, na, geben'S her«, sagt er. »Die mach i selber weg. Des ist Aluminium, müssen'S wissen, des du ma wiederverwertn.«

Dann beugt er sich über die Theke, deutet einem Herrn, der eben zu reden ansetzt, zu warten, schaut mich an.

»Wissen'S«, sagt er, »alt sa ma schon, aber grün, grün sa ma trotzdem, oder?«

Und er nickt und lacht und schlägt mit der Hand auf den Katalog, als könnte er's gar nicht glauben, wie jung er noch ist.

Irgendwie sitzt mir doch dieser Hans vom Glück im Genick. Da stürze ich in einen Kamin und falle mich gesund. Da bricht mir die Bremse und treibt mich geradewegs zu diesem komischen Alten. Und jetzt bin ich zu früh abgebogen und radle diesen herrlichen Weg immer geradeaus der Thuner Sonne entgegen.
Und die Leute, die ich treffe! Diesen Freigeist Johannes und diesen Messner Suitbert, das Mobile in Pforzheim und diesen guten Mann vom Bodensee und jetzt diesen Zumbrum, der soviel Mut macht.
An Tagen wie heute bin ich wieder sechzehn und liege auf den Brettern unserer Baumhütte. Als Großmutter starb und meine zehn Leben mitnahm, saß ich nämlich Nacht für Nacht dort oben und schabte alle Strichmännchen aus. Nur eines ließ ich und ritzte es zum Akrobaten. Es wurde mein Clown am Trapez dieser Welt. Mit ihm wollte ich lachen, springen, mich in endlosen Salti vivale überschlagen und vor allem das Seil spüren, an dem ich hing. Wenn schon nicht die Kür mit zehn, dann wenigstens die Gala mit dem einen, gab ich mir die Hand und stürzte mich nach unten. Und wie es aussieht, scheint irgendein irrer Direktor tatsächlich ein Stück mit mir im Sinn zu haben.
Ein herrlicher Gedanke! Und gibt ein teuflisches Vertrauen. Ich spiele mit Verbeugung mit, nur den Titel wüßte ich gern. Vielleicht »Nacht für Nacht Atlantis im Arm«. Von Henry Miller-Däniken. Oder »Hampel und seine Mannen«, frei nach Steffi. Sei's wie es ist, wenn ich heimkomme, gebe ich Gustav mein Tagebuch. Wenn dem nichts einfällt, war es doch keine Geschichte.
Aber jetzt bin ich erst mal unterwegs. Komisch auch. Die Amis sagen »*on* the road«, die Franzosen immerhin »*en* route«, nur wir Deutschen stöhnen mal wieder »*unter*wegs«. Na heute soll es mir egal sein.
Ich slalomme die blassen Mittelstreifen dieser vergessenen Straße, lege mich rechts, lege mich links, könnte mit dem Tempo in acht Tagen Australien erreichen, breite die Arme aus, rechts, links, links, rechts, kann es gar nicht fassen, soviel Gleichgewicht.

Das ist also Gstaad, das berühmte Gstaad. Wo Kennedys abstiegen und Aga Khan, die Taylor und Soraja, Menuhin mit Geige, Maigret ohne Mord und Polansky mal wieder auf der Flucht vor bösen Eltern. Ich bin seit acht Uhr unterwegs, nehme mein zweites Frühstück auf der Bank vorm Bellevue, Schokolade auf Brot und Wasser aus dem Brunnen. Als ich das Brot wieder verstaue, fällt mir der platte Hinterreifen auf. Ich baue den Schlauch aus, prüfe ihn ihm Wasser, nicht der Hauch eines Bläschens. Ich pumpe den Schlauch zum Wulst, tränke ihn Stück für Stück ins Becken, drücke stärker, würge, knete, es knallt und spritzt mir Wasser über Kopf und Brust. Das Gummi hängt in Fetzen und der Ersatzschlauch in Konstanz am Regal. Sonntag in der Schweiz, das heißt Frieden im Geschäft.

Ich montiere das Hinterrad wieder in die Gabel, schiebe das Rad samt Gepäck zum Bahnhof. Nach zwanzig Metern hakt sich der lose Mantel zwischen Kette und Ritzel. Ich drehe ihn heraus, nehme mein Taschentuch für die öligen Hände. Dann hänge ich mir den Rucksack über die eine, das Fahrrad über die andere Schulter, greife mit links die Packtaschen, hindere mit rechts das Rad am Abrutschen, setze mich in Gang. Es ist sehr heiß, ich schwitze, aber das pendelnde Vorderrad vor meinen Augen versöhnt mit stärkeren Erinnerungen. Vor knapp vier Monaten bin ich so vom See nach Hause gelaufen, habe gelacht und gesungen und nachher eine verbogene Felge über mein Bett gehängt. Ein paar Eisesser applaudieren aus dem Schatten einer Markise, ein Amerikaner nimmt Fotos, ich schalte in den zweiten Gang und bin am Bahnhof.

Ich kaufe eine Fahrkarte in den nächsten größeren Ort, dann sitze ich mit dem Rücken zur Wand auf dem Bahnsteig. Das Regendach gibt Schatten, und der Steinboden kühlt meine nackten Beine. Auf den Bänken sitzen ältere Leute, Ausflügler aus dem Tal. Warum die alle hier raufkommen? Wahrscheinlich wollten sie genau wie ich mal sehen, wie die Großen Urlaub machen.

Komisch, daß man hinter Geld immer auch Leben vermutet! Dabei sehen diese Villen oft wie Bunker aus. Und die Frauen dürfen sich vor lauter Noblesse nicht mal am Kopf kratzen. Immer müssen sie gepflegt sein und schön. Und die Männer männlich. Die Denker gewichtig und die Entertainer *easy*. So was Ödes! Selbst wenn einer aus der Rolle fällt, landet er noch im Image. Armer Juhnke! Und jeder Seitensprung 'ne Schlagzeile. Ob diese Frauen anders lieben?

Vielleicht auf Hocheutsch, oder dreisprachig, vielleich im Nerz oder ohne Bett. Kann man alles liften? Tröstet Schmuck?

Ich mache die Beine lang und beobachte zwei Spatzen zwischen den Gleisen. Für unsere Jugend würden die ihren Klunker mit Handkuß geben, hat Manon gesagt nach einem Film über Beverly Hills. Ich glaube, sie hat schon wieder mal recht. Und ich brauche nur ihr Armband zu betrachten, schon fliege ich höher als alle Schickeriasegler zwischen Waadt und Wallis. Was kümmert's mich, daß ich hier auf dem Boden sitze, mit verschwitztem Hemd und öligen Fingern, daß ich Durst habe und immer noch Schmerzen im rechten Knie. Ich brauche nur die Augen zu schließen, schon spür ich dieses Mädchen mit den braunen Haaren und selbstgenähten Hemden neben mir. Wie gut sie riecht, dabei haben wir uns drei Tage nicht gewaschen.

»Hallo Manon«, ich lege den Kopf auf ihre Schulter, »sag, bist du traurig, daß unser Palasthotel immer nur Campingplatz heißt?«

Sie lacht, schüttelt den Kopf, fängt an, dieses Freedom-Lied von Janis zu summen. Dann schaut sie mich mit ihren Tausend-Watt-Augen an.

»Du, versprich mir«, sagt sie, »wenn es so weit kommt, daß wir uns an einer Pizza für acht Mark nicht mehr freuen können, fangen wir wieder von vorne an!«

»Versprochen«, sage ich und küsse ihr die Funken aus den Augen, bis sie mir in die Rippen boxt.

»Komm, Alter, der Zug!«

Endlich Fronkraisch, endlich Chamonix, endlich Café noir und Nanas in zu weiten Wollpullovern, endlich auf der Straße sitzen und Pastis mit Süden trinken.

Schon wie sie sich begrüßen, Kuß, Kuß, Handschlag, Kuß, dazu die Lässigkeit, die diese Spur zu deutlich ist, ihr *je m'en fous* und Ausatmen, die Kunst, die Dinge zu nehmen, wie sie sind, oder auch nicht sind.

La Madame mit Lippenstift und Rouge und die Stammtischherrn hinter ihren französischen Nasen.

Ah, Madame, toujours jeune!, sagt eben der eine, und *mais oui, messieurs, mais oui, toujours même âge*, gibt sie zurück.

Und überall diese geschmeidig zähen Typen mit Pickel, Eisen und

Seil, nicht die Breitwandathleten aus dem Freibad, aber katzenhaft und leise und die Diretissimas zwischen den Augen.
Wenn ich erst groß bin!

Langsam glaube ich, Vater hat mich belogen und ich bin gar nicht in Katmandu, sondern schon auf dem Züricher Flughafen zur Welt gekommen. Und weil sie im Wartesaal grad keinen Schnuller zur Hand hatten, steckten sie mir wahrscheinlich ersatzweise so eine Schweizer Uhr in den Mund. Und da muß ich in meiner Premierenaufregung wohl das Rädchen mit der Unruhe verschluckt haben. Und dieses Teil mit besagtem Tick hat sich damals irgendwo zwischen Magen und Darm verklemmt und treibt seither sein lebhaftes Unwesen. Ich kann nämlich alles, nur einfach nicht stillsitzen, auch nicht im Land des *laissez faire*.
Und deshalb hänge ich schon wieder in Kurzhemd und -hose an einem Paß, schwitze trotz der kalten regnerischen Luft, spüre den Wundrieb zwischen meinen nassen Beinen und die Verspannung im stundenkrummen Kreuz.
Jetzt möchte ich auch eines dieser Motorräder haben, die so wuchtig weich an mir vorbeigleiten. Eine Drehung im Handgelenk und die Steigung wird Neigung. »Soweit die Speichen tragen«, schrieb ich gestern nach Hause, aber jetzt, wo ich mir zwischen Leitplanke und Lkw-Flanke die Schlaglöcher nicht aussuchen kann, finde ich das auch nur noch begrenzt lustig.
So mitleide ich mich hoch, bis mir ein Platzregen das Jammern von den Lippen spült. Von Kontrasten habe ich geträumt, wollte Grenzen erfahren und werde jetzt beim vierten Paß schon blaß. Ich meine, wenn es mir an der Luft zu windig ist, im Bildband liest sich's wärmer. Was jeder kann, Beine hochlegen, Kissen im Rücken und Tarzan auf Kassette. Wo lassen Sie denn leben? Jener Seume ging nach Syrakus zu Fuß und dieser Holzach ohne Geld durch Welt, und ich verkappter Atlas stöhne, weil mein Rennrad nur zehn Gänge hat.
Noch acht Kilometer bis zum Col de la Forclaz. Ich verneige mich vor dem Schild, schalte einen Gang nach oben und spüre schon kaum mehr einen Unterschied zwischen meinem Cabriovelo und dem Münchner VW-Bus, der mich eben scheibenwischernd überholt, mit der Heizung auf Medium und der lieben Liebsten mit Freß-

korb auf dem Beifahrersitz. Eben schiebt sie Udo in die Jukebox, legt den Arm um das Langhaar hinterm Steuer, fragt, ob er noch ein Käsebrötchen will.

Brötchen nicht, aber Kaffee wäre gut, sage ich und höre mit dem Mitsingen auf, steure rechts ran, parke klammfingrig an einem Laternenpfahl und folge dem Duft frischgemahlener Bohnen ins nächste Bistro.

Bodensee, die heißen Tage, Sommerregen, Enten und die Kammer unterm Dach. Was war los mit Nicola, ihrem Wunsch nach Zärtlichkeit und ihrer Angst davor? Und was ist los mit mir, der ich hier auf einer Wiese ausgangs Grenoble liege und wieder mal nicht schlafen kann, gerade heute, wo ich morgen so früh raus will?

Ich weiß, ich sollte an etwas anderes denken. Denn das beste Mittel, nicht einzuschlafen, ist, es fest zu wollen. Wie auch das beste Mittel, eine Nacht zu verderben, im Gelingenmüssen liegt.

Ich habe den Abend mit Nicola nicht vergessen. »Ich kann nicht mit dir schlafen, wenn ich es zu sehr möchte, also möchte ich es nicht. Merk dir das!« hat Nicola gesagt und meinen Arm als Kissen verwandt. Wir haben uns aufs Schmusen geeinigt, und ich bin sicher, ohne die Abmachung wären wir auch dabei geblieben. Manchmal müsse man sich ein bißchen betrügen, hat Nicola nachher gemeint. Und mit dem Orgasmus sei es genauso. Man müsse nur fest daran denken, schon sei er weg. Richtig gegähnt habe ich eben. Einfach ignorieren!

Dieser Freund Wille ist schon ein komischer Krieger. Zu vielem taugt er, zu vielem aber auch nicht. Vorm Sportabitur habe ich besonders aufgepaßt, daß ich nicht krank werde, immer die Haare gefönt und so. Prompt bekam ich eine Magen-Darm-Grippe. Dafür schlief ich vor der Musterung zwei Wochen lang auf dem Balkon in der Hoffnung auf einen Schnupfen. Mit dem ganzen Effekt, daß ich nachher aussah, als käme ich gerade vom Skifahren. Eben habe ich fast geschlafen und geträumt, ich wär wach.

Ich glaube, mit dem Glück ist es dasselbe. Man darf nicht zuviel daran denken, und es vor allem nicht zu sehr wollen. Sicher, viele versuchen das, sammeln es wie andere Bierdeckel oder Pokale. Aber so sieht es dann auch aus, ihr Glück, hängt als Perser an der Wand oder steht mit Spoiler in der Garage. Immer müssen sie es anschauen, das Eigenheim, die Urlaubsbilder, das Zweit- und Drittkonto, immer müssen sie zählen und mit anderen vergleichen, damit sie's nicht vergessen, wie glücklich sie sind.

Vielleicht ist das Glück gar kein Ziel wie die Ardêche oder das Mittelmeer. Vielleicht liegt es immer woanders und immer im Straßengraben. Manchmal denke ich, das ist wie mit diesen Sternen, die man nur sieht, wenn man daran vorbeischaut.

Und weil das mit allem so ist, schlafe ich jetzt auch ein. Denn ich bin gar nicht müde und will im Grunde viel lieber aufbleiben.

Also, Nacht Nicola, Nacht Nacht, Nacht Marius!

Ich gebe zu, ich habe sie vernachlässigt und meistens an andere gedacht. Es stimmt auch, daß sie mich zweimal gewarnt hat, und es stimmt, daß ich ihre Warnung zu wenig ernst genommen habe.

Aber reicht das denn, um einfach so abzuhauen, über Nacht, mit einem wildfremden Mann? Ist das ein Grund, mir nichts zurückzulassen als ein an die Laterne gekettetes Vorderrad? Das hätte ich nicht gedacht von den Frauen, und von dir Rosa erst recht nicht.

Der Monsieur vom Campingplatz hat natürlich nichts gesehen. Also packe ich die Konserven in den Rucksack, schenke die Satteltaschen seinen beiden Jungs und stehe wieder radlos an der Landstraße. Wie schnell so was geht!

Ich meine, es gibt sehr schöne Rückleuchten, rote und gelbe, runde und quadratische, ganze und kaputte, aber auf die Dauer sind sie so spannend auch wieder nicht. Vielleicht hätte ich rasiert und mit einem Röckchen mehr Chancen. Na ja, zwei Stunden sind noch nicht viel, und der Mann da vorne steht schon den ganzen Morgen. Er sieht auch seltsam aus in seinem dunklen Wintermantel. Dazu der kleine Seesack und dieser Karton mit leeren Blumentöpfen. Die hat er sicher mitgehen lassen. Was will der eigentlich mit leeren Blumentöpfen? Jetzt fängt es auch noch an zu regnen. Da hält sowieso niemand, und bevor der Rucksack naß wird, gehe ich lieber Kaffee trinken. Den Mann im Wintermantel frage ich, ob er mitkommt. Er hat kein Geld, meint er. Das hätte er nicht sagen brauchen.

Jeder eine Hand am Karton stehen wir dann mit den Blumentöpfen in dem teppichausgelegten Autobahnrestaurant. Wir setzen uns an den Tisch gleich neben der Toilette. Ich hole zwei Kaffee.

Er will auch nach Südfrankreich. Normalerweise fährt er nicht gerne mit Autos, aber jetzt hat er es eilig, muß nach Avignon. Nein, Deutschland kennt er nicht, ich soll doch mal erzählen. Zwischendurch schiebt er mir seinen Kaffee hin. Ich könne ihn haben, er trinkt nicht aus Plastikbechern.

Dann geht er auf die Toilette, ich frage an der Theke nach einer Tasse. Das Doppelkinn hinter der Kasse sagt etwas von Abzischen und daß er Besseres zu tun habe, als für Penner Geschirr zu spülen.

Mein Begleiter kommt zurück, ich frage ihn nach Avignon. Er erzählt, daß er dort zwei Zimmer hat, zusammen mit seiner Frau und seinem elf Monate alten Kind. Vor zwei Monaten hat er sich mit der Frau zerstritten und ist weggefahren. Aber Wegfahren sei keine Lösung, meint er. Wohin auch, er gehöre zu seiner Familie. Sie werden auch nicht in Avignon bleiben, sagt er, sondern wieder in den Wald ziehen, wo sie auch vorher gelebt haben. Sogar einen Esel hatten sie für ihre paar Sachen. Nur die Behörden hätten Schwierigkeiten gemacht wegen des Kindes. Deshalb der feste Wohnsitz. Aber in der Stadt war das Kind dauernd krank, und er hatte oft Streit mit seiner Frau. Jetzt würden sie wieder in den Wald ziehen, sie bräuchten nicht viel. Nur ein zweites Kind wünschen sie sich und einen zweiten Esel, damit sie nicht mehr wie die Heilige Familie aussehen.

Ob es nicht langweilig sei immer im Wald, frage ich.

Langweilig? Früher hat er mal studiert, Psychologie, da hat er sich öfters gelangweilt. Und immer viel gelesen, gedacht, man müsse viel wissen. Heute sei er froh, daß er mit jedem Tag ein bißchen mehr vergesse.

Nanu? Ist das auch so ein Theo mit Angst vorm Bewußtsein? Das verstünde ich nicht, sage ich, das soll er mir erklären. Ich dachte immer, ich wüßte viel zu wenig.

Das sei typisch, meint er. Nicht, daß ich ihn nicht verstehe, aber daß ich es gleich erklärt haben wollte. Alles wollten wir gleich wissen, gleich erledigen, je mehr und schneller, desto besser. Keiner habe mehr Zeit, nicht zum Suchen und nicht zum Finden. Wir seien kleine Kinder, denen man beim ersten Schrei den Mund mit Bonbons stopft. Wir verlernten jeden gesunden Hunger, nicht nur im Denken. Nein, er will es mir nicht erklären. Wenn mir daran läge, würde ich ihn schon verstehen, irgendwann.

»Das trinkt wohl niemand mehr!«

Eine Frau mit hochgesteckten Haaren und weißem Kittel beugt sich über unsern Tisch, zerknüllt die beiden Becher und wirft sie in einen Kübel. Dann wischt sie mit einem nassen Lappen über den Tisch, schmiert mir dabei am Ellbogen entlang.

»Und wenn ihr geht, vergeßt eure Drecktöpfe da in der Ecke nicht! Ich muß dort nämlich saubermachen jetzt.«

Der andere steht auf, nimmt seine Töpfe und den Seesack, deutet mit dem Kopf zur Tür. Ich hänge meinen Rucksack über und folge.

Draußen regnet es noch immer. Wie nehmen unsere alten Plätze ein, er vorne, ich hundert Meter weiter hinten.

Dann renne ich nochmal zum Restaurant. Die Frau im weißen Kittel macht immer noch Tische sauber.

»Entschuldigen Sie«, sage ich, »aber mein Kollege hat da drüben auf dem Tisch seine goldene Uhr liegenlassen. Haben Sie die nicht zufällig eingesteckt?«

Sie ballt den Lappen in der Hand, funkelt mich an.

»Hau bloß ab jetzt!« sagt sie.

»Schon gut«, sage ich, »hätte ja sein können.«

Ich drehe mich um, haste zur Tür, stolpere über ihren vollen Putzeimer. So ein Mist aber auch! Die ganze Brühe auf dem Teppichboden. Ich höre sie noch schreien, als ich schon draußen bin.

Nach einer guten Stunde hält ein Scirocco, ein stirngelockter Endzwanziger am Rallyelenkrad und Elvis im Radio. Ich schiebe meinen Rucksack auf den Rücksitz, frage, ob er einen andern da vorne nicht auch mitnehmen könne. Nein, Penner nehme er keine mit, meint er, versauen einem die ganzen Bezüge.

Dann fährt er los, ich drehe mich nochmal um, winke, bis der andere in der regennassen Heckscheibe verschwindet.

Auf der Route nationale sei es wesentlich günstiger, meinte der Sciroccer und setzte mich gestern auf der Landstraße hinter Montélimar ab. Und dort stehe ich heute immer noch. Eine einzige nougatkauende Urlauberkolonne schiebt Richtung Süden, aber keiner hält an. Schon bald halb sieben. Die letzte Nacht habe ich vor Stechmükken kaum geschlafen, und die Sonne wird hier abends auch nicht weniger. Daß die mir auch das Fahrrad klauen mußten!

Zehn Stunden mit Tramperlächeln aufrecht in der Hitze, jetzt setze ich mich einfach gegen einen dieser Begrenzungspfosten. Den Rucksack klemme ich zwischen die Beine, dann kann ich den Arm draufstützen. Wer mich sehen will, sieht mich auch so. Langsam brennen mir die Augen von dem gleißenden Licht. Meine Nase ist schon bedenklich rot, und das Kreuz tut auch weh.

Heh! Da hält tatsächlich einer an. BMW mit französischer Nummer. Nichts wie hin, freundliches Gesicht machen und »genau meine Richtung« sagen, egal wo er hinfährt. Aber das gibt's doch nicht.

Ich mache die Tür auf, erwarte einen älteren Monsieur mit gehobener Stellung und liberaler Gesinnung, und was mich da anlächelt, ist eine bildhübsche zwanzigjährige Nana ohne jeden Begleitschutz. Ich glaube, ich träume! Dabei stehe ich wohl etwas zu lange verdutzt mit der Tür in der Hand, da sie auf deutsch fragt, ob ich denn nicht Richtung Orange wolle.

»Und wie«, stottere ich, werfe den Rucksack auf den Rücksitz und lasse mich in die Polster fallen.

»Die Sonne macht einen ganz schön fertisch, was?« grinst sie und ist schon wieder auf der Überholspur.

»Ach nein, ich sehe immer so aus«, grinse ich zurück und wundere mich über ihr Deutsch. Sogar der Akzent ist wie im Film. Ich reiße mich zusammen, wische mir den Schweiß von der Stirn und frage, wo sie das gelernt hat. Sie gibt mir einen Kaugummi und fängt an zu erzählen.

Daß sie Germanistik studiert in Aix und deshalb froh ist über jede Gelegenheit, deutsch zu sprechen. Daß sie in einem kleinen Dorf fünfzehn Kilometer von Orange wohnt und dort jetzt auch hinfährt. Die Karosse gehört natürlich ihrem Alten. Und der ist mit Mama und der Jüngsten auf Urlaub in die Bretagne. Mit dem Zug sind sie hin, Schlafwagen, um sich ganz zu erholen. Sie paßt derweil auf das Haus auf. Hinterher will sie mit einer Freundin drei Wochen nach Deutschland. Schade, daß ich dann nicht zurück sei, Adressen seien immer gut.

Dann haut sie auf die Bremse, biegt nach rechts ab, trifft alle Schlaglöcher.

Ob das die Abkürzung nach Orange sei, frage ich und schaue zu ihr rüber. Nein, das nicht gerade. Aber ein bißchen Zeit hätte ich doch wohl noch. Klar, aber was will die von mir? Ich mache mich auf alles gefaßt. Sie fährt durch eine verwilderte Toreinfahrt, etwas langsamer über knirschenden Kies, vor einem efeubewachsenen Landhaus macht sie halt.

Ich warte auf sieben kleine Zwerge, die uns jetzt die Tür öffnen, aber es ist nur eine transsilvanische Dogge, die hinterm Haus hervorschießt, die Tatzen ins offene Wagerfenster legt und mich schleimtropfend anknurrt. Ich denke, daß sie jetzt gleich zubeißt, ich dann tot und endlich im Himmel bin. Aber sie schnuppert nur an meinem Schnurrbart, bis das Frauchen sie vom Wagenfenster wegzieht. Ich schleiche aus dem Wagen, versuche eine hundefreundliche Miene und tapse, das Vieh in den Waden, wie eine Balletteuse zur Haustür.

Drinnen ist es gemütlich, auch kühl. Ich wische mir, hoffentlich zum letzten Mal, den Schweiß von der Stirn. Meine Hermine führt mich in einen ziemlich antiken Salon, drückt mich auf ein Ledersofa, kommt mit zwei eiskalten Orangensäften und einer Mappe wieder. Aha! Jetzt muß ich ihre Urlaubsbilder ansehen und dann zurück zur Landstraße traben. Doch nicht!

Sie setzt sich neben mich, viel zu nah, Oberschenkel an Oberschenkel, schlägt die Mappe auf. Nein, auch keine Pornobilder, nur ein weißes maschinenbeschriftetes Deckblatt. Oben ein Name, Chantal Noch was, Adresse drunter, in der Mitte *Goethe in Straßburg,* unten Université Aix-en-Provence etc.

Sie erklärt, sehr wichtig, Hausarbeit, müsse mindestens vierzehn Punkte geben, weil dann wahrscheinlich Stipendium für Deutschland, bis zum 1. Oktober abzugeben. Ich soll das Ganze durchlesen, verbessern. Vorher dürfte ich duschen, wenn ich's gut machte, gäbe es hinterher Abendessen. Ich schreibe noch zehn Seiten dazu, denke ich, und bleibe über Nacht. Jetzt aber erst mal duschen.

Über eine Holztreppe hoch in den ersten Stock, sie gibt mir ein Handtuch, zeigt mir die Tür zum Bad. Drinnen ganz modern, grüngekachelt. Auf dem Waschtisch eine Menge Parfumflaschen, auch Schminkes, OB extra neben OB mini. Ich sperre nicht ab, vielleicht will sie mir den Rücken einseifen. Die Dusche mit Thermostat, wie zu Hause. Ich wähle Shampoo mit Pommes, denke beim Einseifen, daß so ein Stück *de luxe* unter Umständen ein paradiesisches Dasein führt. Laß mich dein Nivea sein, summe ich nachher vor dem Spiegel und kämme mir die Haare aus dem Gesicht. Langsam werde ich mir wieder ähnlich. Ich ziehe frische Kleider an und laufe runter zu Chantal, die in der Küche neben dem Salon das Menu vorbereitet. Wortlos drückt sie mir die Mappe in die Hand, zeigt mit dem Kinn Richtung Schreibtisch.

Nach zweieinhalb Stunden, einer Kanne Kaffee und einer Kiste Gebäck bin ich durch. Chantal läßt sich einige Änderungen erklären, scheint zufrieden, bläst zum Souper. Spargelcremesuppe, Rinderfilet mit Kroketten, Käse, Sorbet.

Den *grand Noir* nehmen wir auf dem Sofa, Füße auf dem Tisch, Tasse im Schoß, Chantal lehnt sich an mich. Ich muß erzählen. Draußen wird es dunkel. Nachher springt sie zur Musiktruhe, legt Neil Young auf, tanzt summend zum Sofa zurück, macht immer noch kein Licht. Ihre Espadrilles fliegen in die Stube, sie kuschelt sich in meinen Schoß. Bei dem Lied müsse man fest die Augen zumachen und sich vorstellen, auf einem hohen Berg zu stehen. Ich folge. Sie legt eine Hand auf meinen Arm.

Unpassenderweise fängt jetzt die Stereoanlage an zu brummen. Chantal faßt meinen Arm fester, bewegt ihn hin und her, erst leicht, dann etwas stärker, schließlich schüttelt sie ihn richtig. Komische Art, die Französinnen, einen anzumachen! Die Lautsprecher brummen nur noch, von der Musik fast nichts mehr zu hören. Dazu das Zerren am Arm.

Für eine Sekunde mache ich die Augen auf. Vor mir das unrasierte, gerötete Gesicht eines Mannes. Phantasien gibt es! Ich riskiere einen zweiten Blick, das Schreckgespenst vergeht nicht. Blick nach unten zu Chantal, da liegt nur ein blauer Rucksack. Jetzt fängt das rotbakkige Gespenst auch noch an zu lachen, faselt etwas von *bien dormi* und Orangen und *camion* und zeigt in die Dunkelheit.

Irgendwo sehe ich die Rückleuchten eines Lastwagens. Statt den Störenfried auf der Stelle zu erschlagen, rappele ich mich auf, hänge mir Chantal über die rechte Schulter und trotte hinter dem Südfranzosen zum Lkw. Nie mehr BMWs, schwöre ich mir, als ich ins Führerhaus klettere.

Change the world, schreit Slim ins Himmelblau, *rearrange the world*, bestärkt die Gitarre, *it's dying* machen wir den Chor, und die lange Front des Papstpalastes *if you believe* gibt das Echo.

Algerier, Holländer, Deutsche und zwei Mädchen unbekannter Herkunft sitzen wir in Avignon im Kreis, acht leere Flaschen zu einer Straße gereiht machen die Mitte.

»Gestern waren es neunzehn«, lacht Phil aus Nijmegen und schickt zum viertenmal seinen Strohhut auf Sammlung. »Aber nichts gegen Montag«, schlägt mir der Münchner Freitag aufs Knie, »um zwölf schon zu wie die Berliner Mauer«. »Und Samstag gibt's frischen Afghanen«, nickt ein dickes Mädchen und wirft ihren Snoopy auf einen Salto in die Luft. Dann verteilt Phil Gauloise und zwei neue Flaschen, Slim schlägt ein Solo mit Tusch, alle machen Pause.

We can change the world, hallt das Mädchen mit Snoopy nach, und »gib mal Pulle Nummer zehn« unterbricht Freitag. *So long* winke ich und gehe zum nächsten Schaufenster, um zu sehen, ob ich wirklich schon so alt bin.

»Ja?«

Sich mit Namen zu melden hat er immer noch nicht gelernt.

»Wer? Marius? In Avignon? Schön, dann kannst du ja wieder heimkommen.« Dann sagt er nur noch Sätze, die ein Gespräch gewöhnlich beenden.

»Gut, du schreibst noch diese Woche… Ja, ich sage Mutter Bescheid… Nein, von Manon weiß ich nichts.«

Ich hätte gern länger mit ihm geredet, aber so ein Telefongespräch aus der Fremde ist nicht seine Sache. Überhaupt, daß man die Ausbildung abbricht und ziellos herumfährt, das versteht er nicht. Damit will er auch nichts zu tun haben.

»Im Frühjahr wird er wieder dasein und sich um einen Beruf kümmern. Und die paar Monate werden wir überstehen«, höre ich ihn beim Mittagessen wieder zu Mutter sagen und die Zeitung umblättern. Und falls heute Dienstag ist und er zum Tennis geht, wird er hinterher beim Bier seine zweite Version verbreiten. Die vom tollen Kerl, der mutterseelenallein durch die Welt fährt. Den man doch verstehen muß, der noch lange genug im Beruf ist. Ja, wenn sie früher die Gelegenheit gehabt hätten.

Und Mutter wird dabeisitzen und ihn nicht verraten. Mutter, die am liebsten mitgekommen wäre und sich freut, daß wenigstens ich die Länder sehe, über die sie immer nur Bücher liest.

Was war ich aufgeregt, als ich vorhin anrief. Was hatte ich Angst, es könnte etwas passiert sein, einem von den Alten oder mir.

Daß sie Geben und Schenken nicht unterscheiden, daß sie nichts holen, alles gleich suchen müssen, daß sie ab sechzig keine Zahlen mehr haben und die Unsummen bis hundert in Zwanziger und Zehner stückeln, daß ihr Geld dafür in keine Börse paßt, daß im Geschäft jedes Schulkind ein Monsieur und eine Oma, wenn sie will, noch Demoiselle heißt, daß vier Ecken Appartement sind und jede Kammer gleich ein Studio, daß es zu Fuß ab *deux cents mètres* nichts mehr gibt als ein *olala* und ein Schlenkern der Hand, daß jeder Dauerlauf zum *grand effort* wird und jeder Regen zum *beaucoup souffert,* daß, wenn sie müssen, sie nicht müssen, nur einfach Lust zum Hingehen haben, daß sie kein Ach, aber den Zizi besitzen, überhaupt ihre *pas-mal*-Bescheidenheit, die tröstet mich hier vor den Super-, Hyper- und Ultramarchés ausgangs von Avignon, wo sie mich *bien souffrant* so lange in der Sonne stehen lassen.

Landen und Starten, das war so ein Spielchen, das uns als Kinder sehr beeindruckte. Das Kinn auf den Fäusten lagen wir gräserkauend auf der Wiese und schauten den Einmotorigen zu, wie sie anschwebten, den Boden berührten und wieder abhoben. *Touch and go* hieß das, und es war klar, daß wir auch einmal solche Kunstflieger werden würden, *touch and go,* wenn es sein mußte auch ohne Flugzeug. Abstürze gab es selten, höchstens mal ein gebrochenes Fahrwerk und das auch nur bei Regen oder Nebel.
Heute ist Regen, sogar ein richtiger Guß hier am Cours de Mirabeau in Aix-en-Provence, aber ich fliege ja nicht, sondern stehe trocken und warm neben meinem Rucksack an der Theke, löffle einen exzellenten *grand Noir* und schaue den Mädchen zu, die draußen über Pfützen springen, mit nassen Haaren und glänzenden Wangen hereinkommen, Stühle rücken und übereinandergeschlagener Beine um kleine Tische sitzen, an ihren Zigaretten ziehen, als hätten sie nur diesen einen Zug, und Espressotassen zum Mund führen, die so zierlich sind wie ihre kleinen Hände, dazu jede ihren Aktenordner auf dem Schoß oder mit einem Arm gehalten vor der Brust, da kriege sogar ich, Standbein, Spielbein an der Bar, wieder Lust, mich durch Texte zu arbeiten.

Drei Monate habe ich gebraucht, um ans Meer zu kommen, um hier in Marseille am Hafen zu sitzen, im Quickburger ein Sandwich mit Pommes frites zu essen, durchs Fenster auf die Straße zu schauen und zu spüren, daß sich nichts geändert hat.

Ich blättere im Tagebuch, lese den Abend im Kloster Einsiedeln, den Nachmittag in der Wand vor der Gespaltenhornhütte, die Eindrücke verblassen schnell, ich falle zu rasch in mich zurück. Jeden Tag müßte ich eingesperrt sein und abhauen, jeden Tag stürzen und davonkommen, aber so, wenn nichts passiert, fange ich wieder an, meinen Bleistift zu kauen.

Mit sieben begann ich Buch zu führen. Keine Fernsehsendung ohne Schreibheft. Sobald mir ein Mädchen gefiel, notierte ich ihren Namen, den der Sendung und den Tag. Zu meinem Fünfundzwanzigsten, das war klar, da würde ich sie einladen, alle, zu einer Riesenfete, drei Tage und drei Nächte. Mit jeder wollte ich tanzen, mit jeder mich unterhalten, am Ende würde ich mir die Schönste aussuchen. Der Plan war gut, ich hatte nur ein bißchen Angst, daß es vielleicht drei oder vier Schönste gäbe. Das Heft habe ich immer noch. Daß ich nie erwachsen werde!

Was heißt das eigentlich? Daß man nicht mehr wächst und langsam wieder kleiner wird? Ich will nicht kleiner werden. Ich bin immer noch der Junge, der mit schokoladenverschmiertem Mund vor dem Fernseher liegt und sich Gesichter merkt. Nur daß ich nicht mehr so sicher bin, ob sie zum Fest auch alle kommen.

Die hier wäre nicht schlecht, wie sie mit ihrer wippenden Bluse über die Straße läuft. Oder die zwei hier, Hand in Hand, mit der ersten Schminke auf den Backen. Die Beine sind noch ein bißchen dünn, aber in vier Jahren wahrscheinlich genau richtig. Die Brünette jetzt müßte schon dieses Jahr mit mir feiern, später kriegt die den Lederrock nicht mehr über die Hüfte. Olala, die Schwarze, drüben auf dem Parkplatz, wie die auf ihr Motorrad steigt. Ich glaube, für die würde ich die Hälfte meiner Jungstars wieder ausladen.

Was bin ich? Ein Mann? Ein Kind? Ein Junge vorm Kino? Ob es Frauen manchmal auch so geht? Männer lieben mit den Augen, Frauen mit dem Ohr, hat Ovid gesagt. Und ich? In letzter Zeit mal wieder überhaupt nicht. Schon wieder eine auf dem Motorrad.

Ich hatte mal ein Mofa, eine Kreidler, zwei Gänge, eins Komma fünf PS. Fünfzehn Jahre war ich und bin damit bis an den Atlantik getuckert. Dort saß ich am Strand und hielt mir mit einem Buch die Augen zu. Unabhängig wollte ich werden, ein ganzer Mensch, sagte ich immer, ob mit oder ohne Frau. Strandläufe habe ich gemacht, und Liegestütz, bin geschwommen, stundenlang, hab den Campingplatz gewechselt, genutzt hat es wenig.

Jetzt bin ich sechs Jahre älter, sitze hinter der Scheibe, schaue auf spitze, runde, große und kleine Brüste, betrachte die unterschiedlichen Hintern und die verschieden langen Beine, habe Lust auf alle und weiß nicht, wohin damit. Die hier ist bestimmt schon vierzig, aber der Gang wie siebzehn, und diese Stöckelschuhe, da sticht mir jeder Schritt ins Herz oder wie man das nennt.

Wie werde ich in zwanzig Jahren aussehen? Vater hatte da schon eine Glatze. Aber die Figur war noch gut. Also vierzig, wieder im Quickburger, nein, sagen wir nebenan, das ist mondäner, vierzig also, wieder am Hafen, diesmal Flanellhemd, blaue Mütze wegen der hohen Stirn, vielleicht auch Bart, die Segelschuhe weiß, die Blicke dezenter, aber nicht minder genau an jedem Rock und jeder Bluse. Dann nehme ich sie in den Arm, die Frau, die neben mir sitzt, wir schauen zusammen, reden über Figuren, Gesichter und Kleider, finden einiges schön, manches modern, »wie unsere Tochter« werde ich hier und da sagen, und sie wird mitlachen und so tun, als wüßte sie nicht, wie wenig ich Töchter in ihnen sehe. Dann werden wir bezahlen und noch ein wenig am Hafen spazieren. Und wenn wir nachher im Hotelbett liegen und uns lieben, werde ich an eines dieser Mädchen denken und besonders zärtlich sein.

Ich fand sie immer banal, diesen Goethe, diesen Faust, die Genie und Teufel zu nichts anderem verwenden als kleine Mädchen ins Bett zu ziehen. Aber jetzt, wo ich hier an der Scheibe hänge und schlucke, denke ich, daß das vielleicht nur ehrlich war. Mag sein, daß es die Frauen einmal weiterbringen, wir Männer scheinen jedenfalls über die Klimmzüge am Rocksaum nicht hinauszukommen.

Links von der Canabière, im Araberviertel, sind die billigen Hotels. Für sechzig Franc finde ich ein Zimmer mit Frühstück. Das Bettlaken ist nicht mehr sauber und am Fußende zerrissen, die Tapete ist gelblich-grau, Vorhänge fehlen. Zwei Scheiben des Oberlichts bestehen nur aus Pappkarton, von der Straße hört man Männerstim-

men und orientalische Musik aus der Bar. *Endlos Süden* hat irgendein K. S. am 8. 11. 82 über das Bett geschrieben.

Es ist zehn Uhr am Abend, ich rasiere mich an dem kleinen Waschbecken, ziehe ein frisches Hemd an und gehe hinunter. Auf der gelb-
beleuchteten Straße sitzen immer noch Händler, verkaufen Schuhe,
Taschen, auch kleine Teppiche. Einige laufen nur mit einem Anzug
oder einer Jacke auf dem Arm hin und her. Ich biege in eine Seiten-
gasse, wo ein paar Frauen vorgeschobener Hüften an den Hauswän-
den lehnen. Eine Negerin mit Netzstrümpfen über den prallen Beinen spricht mich an, hält mich am Arm, spielt an meinem Hemdkra-
gen. Hundertfünfzig will sie, ich schüttele den Kopf, gehe mit den
Händen in den Hosentaschen weiter. Das nächste Mädchen spreche
ich selbst an. Sie hat rote Haare und eine schmale, tief unten hän-
gende Brust. Wieviel es kostet, frage ich. Hundertfünfzig, sagt sie.
Wie lange, frage ich. Sie hebt die Schultern, das käme auf mich an.
Ich gehe weiter, das flaue Gefühl im Unterleib nimmt nicht ab.

Dann stehe ich vor einem roten Pfeil. Ich folge ihm zu einem Seiten-
eingang, steige durch ein kahles Treppenhaus in den ersten Stock.
Der Gang ist rot beleuchtet, einige Türen sind geschlossen, überall
liegt ein süßlicher Geruch. Einige Mädchen sitzen auf Hockern vor
ihren Zimmern, rauchen Zigaretten. Manche tragen durchsichtige
Hemdchen, manche Bikinis. Sie sind jünger und sehen besser aus als
die auf der Straße. Einige lächeln mich an, sagen etwas, deuten mit
dem Kopf auf ihre Tür. Ich gehe weiter, der Gang macht einen
Knick, wird enger. Ein Mädchen streckt vom Hocker ein Bein aus
und versperrt mir den Weg. Ich drehe mich um zu ihr, sie streckt
auch das andere Bein aus, zieht mich mit den Füßen zu sich, bis
meine Hüfte an ihrer liegt. Ich schaue in ihr hübsches Gesicht, sie ist
jünger als ich. Sie legt die Hände auf meine Schultern, läßt die Fingernägel an meinen Armen entlang nach unten gleiten. Dann nimmt
sie meine Hand, führt sie zu ihren Brüsten. Du hast kalt, sagt sie und
steht auf, zieht mich in ihr Zimmer, macht die Tür zu.

Es ist ein kleiner Raum mit einem breiten Bett und einem Südseepo-
ster an der Wand. Sie schlüpft aus der Bluse, streift die Bikinihose
ab, legt sich aufs Bett. Ich soll die zweihundert Franc drüben auf den
Schreibtisch legen, sagt sie. Ich schaue sie an, wie sie da liegt, mit
einem langen und einem angewinkelten Bein, den Kopf auf den Ellbogen gestützt und die schwarzen Haare im Nacken. Ich lege hun-

dert Franc auf den Schreibtisch und gehe hinaus, renne durch den Gang, das Treppenhaus hinunter, auf die Straße, renne die Gassen entlang, immer weiter, bis ich keine Luft mehr habe.

Ich finde ein Bistro und gehe hinein, trinke Pastis, dann Schnaps, dann wieder Pastis, bis ich ruhiger werde, bis das Zittern aufhört.

Ich habe Angst, Angst vor diesen Fingernägeln, den Brüsten, dem halboffenen Mund, der weichen Stelle zwischen den Beinen, Angst vor mir und meinen feuchten Händen, Angst, daß mein Herz sich selbst durchschlägt, Angst zu versagen und Angst, diesen Moment nie wieder loszuwerden.

Ich gehe aufs Klo und betrachte mich im Spiegel. Ich scheine es nicht loszuwerden, dieses Jungengesicht mit den großen Augen, dem Kindermund und den blonden Locken. »Engel«, haben mich die Tanten früher genannt, ich habe es satt, endgültig satt.

Ich gehe zur Theke, bezahle und laufe zum Hotel zurück. Als ich mein Zimmer aufsperre, spricht mich der Patron an. Ob ich ein Mädchen wolle, sehr sauber, sehr jung, nur hundertfünfzig die ganze Nacht. Ich will sie mir ansehen, sage ich, er holt sie aus einem Zimmer im zweiten Stock. Sehr jung ist sie nicht mehr, so Mitte dreißig, um Augen und Mund hat sie kleine Falten, aber die Figur ist gut, etwas kräftig, aber nicht dick. Ich bezahle, der Patron kassiert, wir gehen ins Zimmer.

Sie zieht sich gleich aus und legt sich aufs Bett. Ich setze mich zu ihr, frage nach ihrem Namen. Sie legt die Hand auf ihre Brust, sagt »Maroque, Maroque« und lächelt, dann fängt sie an, mir über den Rücken zu streichen. Ich ziehe mich ebenfalls aus und lege mich neben sie. Ich berühre ihre Haut, die hart und fremd ist, ihre großen, wulstigen Brustwarzen, die gekräuselten, strohigen Schamhaare. Zwischen den Beinen ist sie vollkommen trocken, es fühlt sich an wie Gummi. Sie kniet sich auf mich, rutscht hin und her, es geht nicht. Dann läuft sie zum Waschbecken, macht sich naß, befeuchtet auch mich mit ihren nassen Händen, versucht es wieder. Ich bin nicht halb in sie eingedrungen, da ist es schon vorbei. Ich fasse sie an den Schultern, deute ihr, sich neben mich zu legen. Eine Zeitlang liegen wir Seite an Seite, dann sage ich, daß sie nicht zu bleiben braucht. Einen Moment schaut sie mich an, dann versteht sie, schlüpft in ihre Kleider und geht. Ich stehe auf, sperre die Tür zu und wasche mich.

Drei Uhr ist es in der Nacht. Ich liege mit den Knien vor der Brust auf dem Bett, warte auf keinen Schlaf. Jetzt bin ich endlich dort, wo ich hinwollte, es war gar nicht schwer.

Vor meiner Nase ist ein Loch, das jemand mit einer Kippe ins Laken gebrannt hat. Es hat die Größe meines kleinen Fingers, die Ränder sind braun. Jetzt bräuchte ich auch eine Zigarette, das Datum möchte ich festhalten. Ein Mal auf der rechten Hand, das wäre nicht schlecht. Genau zwischen Daumen und Zeigefinger, damit ich es immer sehe, bei meinem geliebten Kaffeetrinken und beim Schreiben. Selbst wenn ich einmal den Verstand verliere, werde ich es aufzuschreiben wissen, hat Theo gesagt. Ich verliere ganz andere Sachen und schreibe es auf. Manches machte Theo nur, weil er Angst davor hatte. Ich tue manches nur, weil mir der Text dazu noch fehlt. Früher hatte ich zehn Leben, jetzt habe ich zehn Tagebücher.

Daß nichts passiert! Jetzt könnte doch diese Decke herunterfallen, oder draußen ein Kind überrollt werden, oder wenigstens jemand schreien. Donnerstag ist heute. Donnerstag, der elfte September. Das paßt. Mutters Geburtstag ist das. Zu Hause stehen jetzt die Kuchen im Wohnzimmer, und ich liege hier auf dieser verwichsten Decke mit Klopapier in den Ohren und dem Ellbogen überm Gesicht. Wahrscheinlich habe ich das gebraucht. Wahrscheinlich brauche ich noch ganz andere Dinge. Ich will doch ein gesunder Junge werden. *Endlos Süden*. Heute geht's los.

Im Fernsehen habe ich mal einen Bericht gesehen über Heinrich Böll. Seine Hände konnte ich nicht mehr vergessen, diese Hände beim Schreiben, richtig scheu waren die. Dazu seine Art, beim Sprechen Pausen zu machen und den Blick auf den Tisch zu senken. Und Kopelev habe ich gesehen, am selben Abend, bei einer Rede. Kein Wort hab ich verstanden, mußte ihn immer nur anschauen, die weißen Haare, den Bart, und diese Augen, die mich fast verbrannten.

Ich rolle mich auf den Bauch, drücke die Fäuste in die Augen, ganz tief, ganz fest, es tut nicht weh, nie mehr.

Um acht Uhr geht die Fähre. Um sieben stehe ich in der Schlange vor der Kasse und warte. Hinterm Schalter hängt ein Brief für mich. Es ist Gustavs Schrift. Was will der? Wieso schreibt der? Und der wußte doch überhaupt nicht, von wo ich übersetze.

»Ja, das bin ich«, sage ich und zeige meinen Ausweis. Der Mann hinter der Scheibe vergleicht die Namen, dann gibt er mir den Brief.

Zehnter August steht auf dem Poststempel, das ist schon über einen Monat her. Ich setze mich auf den Boden, reiße den Umschlag auf. Viel hat er nicht geschrieben.

– Lieber Marius! Theo ist zurückgekommen, schon im Juli. Er war dauernd bei Manon, oft auch beim alten Maurer. Gestern sind sie weggefahren, Theo und Manon, nach Budapest. Sie wollen dort Medizin studieren. Manon hat mir einen Brief für dich gegeben. Ruf an! Gustav.

Zehnter August, dann hat Manon meinen Brief nicht mehr bekommen. Nach Budapest ist sie, mit Theo. Deshalb war Vater so seltsam am Telefon. Ich denke, daß war's denn wohl. Ich im Puff und Manon mit Theo beim alten Maurer. Nein, man kann nicht überall gewinnen, überall nicht.

Oh verdammt, jetzt werde ich doch ein bißchen müde, jetzt werden doch die Arme schwer, und mein Kopf hing auch schon höher. Theo und Manon im Zug, das gilt nicht, das war doch mein Abteil. München, Wien, Budapest, das habe doch ich geschrieben, und jetzt, das geht nicht, das kann nicht sein, ihr Kopf an seiner Schulter, Arm in Arm auf Zimmersuche, Hinterhöfe, Treppenhäuser, Manon voran, diesmal die schwarzen Jeans und wie immer die Turnschuhe, nein, sagt sie, das nicht, das vielleicht, das unbedingt, das nehmen wir, zwei Zimmer mit Küche, Bad überm Flur, ganz oben, mit viel Licht, und Fensterbänke für die Blumen, dort, dort kommen die Schreibtische hin, und dort das Bett, und mit dem Schrank, Theo, das müssen wir noch sehen. Und die Öfen funktionieren? Und sagen Sie, wo wechselt man hier Geld? Ah, gleich bei Ihnen? Theo, gleich bei ihm. Sie sagt tatsächlich Theo, Theo sagt sie. Nein, man kann nicht überall gewinnen, manchmal, da wird man nur zweiter.

Korsika, Indien, Australien, jetzt muß ich doch lachen, ruf mal an, hallo Welt, hier ich, wo du? In Burma gibt's Pagoden, und Opium in Thailand, klar doch, willst du noch 'n Zug?

Also Junge, auf geht's, einmal Möwe Mandalay. Macht mal Platz da am Schalter! Bastia, wenn's paßt. Nein, nicht zurück, ich bitte Sie, einfach, geradeaus ist vorne. Wie? Ach, ich bin zu spät, jetzt gibt es nur noch Doppelkabinen für 250 Franc? Aber Monsieur, ich bitte Sie, ich bestehe auf eine Doppelkabine. Sehe ich so aus, als reise ich allein? Wie? Die Fähre geht gleich ab? Mein Herr, wer wird es so eilig haben? Monsieur, ich habe einen Freund, der hat auch Zeit, der ist in Budapest, kennen Sie Budapest, nein?, schöne Stadt, wunderschöne Stadt, ja, ich geh ja schon, Budapest, ich sage Ihnen, herrlich, einfach herrlich, und Mädchen gibt's dort, nicht zu glauben!

Na, wenigstens den Möwen schmeckt's. Mein Brot habe ich ihnen schon verkrümelt. Und die Wurst nahmen sie im Flug. Jetzt ist die Schokolade dran. Wie sie flattern und segeln und vor Freude kreischen! Klar, ist ja auch Vollmilch.

Der Wind hier ist angenehm. Er weht einem die Haare ins Gesicht, läßt die Leute rechts und links verschwinden. Ich sehe nur Möwen, Himmel und Wasser. So, das war's mit der Schokolade. Hallo, Vögel, wollt ihr ein paar Konserven? Nein? Viehzeug, verwöhntes! Komisch ist das schon, daß sie auf einmal Medizin studieren will. Klavier war doch ihr Traum. Und dieser Theo! Ich dachte, der bringt bald seinen ersten Reiseführer raus, und jetzt will er Doktor werden. Wieso ist er überhaupt zurückgekommen? Ist Kreta nicht schön?

»Ihr Raben, ich bin Schriftsteller.«

Wie er da stand, die Hosen zerrissen, das Hemd in Fetzen, sein brauner Körper, stockbesoffen und doch ganz sich selbst. Ich geb es ja zu, ich hätte mich auch in ihn verliebt.

Wie ist es jetzt, ihr Raben, wollt ihr die Konserven oder nicht?

Bastia, die Schöne! Oder war's die Ungeschminkte? Egal. Man kann auch ungeschminkt schön sein, ist aber selten. Prost! Ich bin nicht schön, aber auch selten. Immerhin, wenn ich mir jetzt mein blaues Schälchen so um die Stirn wickle, seh ich dann nicht aus wie dieser komische korsische Mohr?

Hallo Fräulein! Schreibt man Mohr mit h oder zwei o? Welchen? Na, den korsischen mit dieser Binde. Mit h? Also mit h. Danke auch. Was anderes, sagen Sie, wollen Sie nicht ein Foto von mir nehmen? Ich bin nämlich ein Vogel Frei, ein Drache ohne Schwur oder wie das hieß. Momentan fehlt leider nur ein bißchen Wind. Sie wissen auch nicht, wo der hin ist? Sie wollen kein Foto von mir nehmen? Wollen Sie vielleicht einen Pastis trinken? Ich hab noch ein paar übrig. Auch nicht? Ja, dann kann ich Ihnen auch nicht helfen, dann müssen Sie halt ungeküßt ins Bett. Prost denn, auf Innozenzia, die keusch-katholisch Konservative!

Wer sitzt denn noch da? Ah la Madame. *Bonjours Madame, ça va?* Auch den *guide vert?* Ja? Ich habe meinen leider den Möwen gegeben, als mir das Brot ausging. Wissen Sie, so ein Tier soll doch auch mal was über seine Heimat erfahren. Kellner, noch mal fünf Pastis bitte! Aber, Madame, könnten Sie mir nicht einen Gefallen tun und im Register unter Türmer nachschauen. Nein, das ist nichts Unanständiges. Steht nicht drin? Schade. Soll ich es Ihnen erklären? Ja? Gerne. Ich darf doch aus dem Stehgreif, *ex ärmelo* bin ich immer am stärksten, prost auch. Also ein Türmer saß auf dem Turm, das sagt ja schon der Name, saß also auf dem Turm und hielt nach Feinden Ausschau. Und wenn welche kamen, sagte er es schnell dem König, der dann seine Soldaten hinausschickte. Und dann kämpften sie und kämpften und der Türmer schaute zu und schaute zu und mußte dem König jeden Abend Rapport geben. Und wenn's dann brenzlig wurde und der Feind zu stark war und die Soldaten niedermachte, dann sah das der Türmer auch als erster, und dann türmte er, wie der Name ja auch schon sagt. Das ist doch interessant, finden Sie nicht? Hallo, Madame! Ach, Sie verstehen gar kein Deutsch? Ja, vielleicht, Madame, vielleicht sollten Sie dann doch besser auf dem Festland Urlaub machen.

Ah, meine Pastis! Wie, ich soll die Gäste nicht belästigen? Aber Monsieur, ich belästige nicht, ich unterhalte höchstens. Ich bin nämlich ein Zirkus ohne Geld. Was? Sie wollen kassieren? Aber das war doch nur Poesie, Sie Banause. Natürlich habe ich Geld, schauen Sie mal, ganz viel. Sie wollen trotzdem kassieren? Ja, das kann ich verstehen. Ich verstehe überhaupt alles, ich bin nämlich mein eigener Onkel. Ja, das gibt's. Interessiert Sie nicht? Fünfzehn Pastis soll ich bezahlen? Neunzig Franc? Ja, selbstverständlich. Sagen wir ich gebe Ihnen hundertfünfzig und Sie bringen mir noch fünf, ja? Gut. Wissen Sie, meine Freundin wird nämlich im März zwanzig. Und da trink ich schon mal vor.

Ach, jetzt ist er gar nicht mehr da, der Kellner. Und Madame verstehen immer noch kein Deutsch, nein? Also dann wieder zu dem Fräulein. Och, Fräulein, schauen Sie doch nicht immer in die andere Richtung! Wissen Sie, meine Freundin, die ist aus Ungarn, die schaut auch immer in die andere Richtung. Das ist doch unhöflich.

Soll ich vielleicht die Stirnbinde abnehmen, macht mich das zu verwegen? Wissen Sie, ich hab nun mal so ein Piratengesicht. Haben Sie den Seewolf gesehen, vor ein paar Jahren, im Fernsehen? Ganz im Vertrauen, das war ich. Sehen sie, jetzt lachen Sie doch. Wollen Sie nicht doch einen Pastis, ich hab noch drei? Nein? Ja, Sie haben recht, ich habe mich ein bißchen verändert, der Bart ist ab und ein bißchen schmaler bin ich auch geworden, aber wissen Sie, beim Film muß man flexibel sein, und nicht nur dort. Aber soll ich Ihnen mal sagen, wie mein nächster Film heißt? *Ein schlechter Gustav* heißt er. Nein, das ist nicht von Erich Kästner. Ist von mir, das Drehbuch, und die Hauptrolle, das bin ich auch. Da schauen Sie, was? Ja, ich bin schon 'ne Größe, ich weiß, aber ich bleibe auf dem Boden, wie mein Perseus. Wo ist der überhaupt? Immer wenn ich ihn angucken will, sind entweder diese Straßenlampen zu hell oder die Wolken zu dunkel. Ich glaub, mit diesem Perseus habe ich mich überhaupt ein bißchen verwählt. Na, ist auch egal jetzt. Ich wollte Ihnen doch von meinem Film erzählen, wird'n Renner. Also der Inhalt ist ganz einfach. Ein Gustav ist einer, der auf einer Minneleiter steht und so charmant zu scherzen weiß, daß ihm alle Burgfenster auffliegen. Und ein schlechter Gustav ist einer, der auch dort steht und noch viel charmanter scherzen kann. Nur merkt er nicht, wann er aufhören soll, und wird schließlich so witzig, daß sich die Balken biegen. Und da sich mit den Balken auch die Sprossen seiner Leiter biegen, fällt der Arme halt hinunter. Es gibt da ein sehr berühmtes Gedicht drüber, Aufstieg und Fall des Fallenstellers Veronikus Ritschi. Interessiert Sie nicht? Sie müssen jetzt nach Haus? Ja, Manon Tse-tung dann, und seien Sie nicht böse, wenn ich jetzt nicht mitkomme, aber ich hab im Anschluß noch 'nen Pressetermin. Tschüß? Ach ja, tschüß. Schon ist sie fort.

Wo ist denn mein Rucksack? Ah da, halt, das ist die falsche Schulter, links war ja ihre Seite, so, also Madame, ich muß mal wieder, *cordon bleu* oder wie man bei Ihnen sagt und vielleicht lernen sie doch noch Deutsch. Garçon, *honni soit* und der letzte Ricard ist für dich, *ciao*.

Wo geht's denn jetzt zum Telefon, ach da drüben. Also zuerst mal an der Wand da lang, mein Gott, wie die wackelt, ja die Inselluft, bekommt nicht jedem. So, da sind wir, also Rucksack ab, Geld rein, wählen, warten, knack und schon bin ich bei Gustavs im Wohnzimmer.

»Hallo? Ja, ich bin's, frisch vom Faß, eh, von Korsika, meine ich, ist Gustav nicht da? Nein? Mist. Wie, wie es mir geht?« Hoppla, so ein Malheur, der gute Pastis und die halbe Pizza. Den Mohrenschal muß ich wohl opfern, um mir die Hände abzuwischen und die Hosen. Für den Hörer reicht es jetzt nicht mehr, wie er da hängt und am Glas baumelt und »hallo, hallo« ruft, ich heiß doch nicht hallo. Also tschüß, Mama Gustav, ich hab jetzt noch ein ganz heißes *date*. Wo geht's denn hier zum Hilton?

Und jetzt? Aufstehen und mich waschen? Die Kleider wechseln, feststellen, daß der Himmel immer noch blau ist? Kaffee trinken, Croissants essen, alte Sprüche ausgraben? Komm, Junge, das wird wieder! Denk an diesen Nietzsche und deinen Segler auf die schiefe Platte! Du wolltest doch nichts fordern, sondern was dagegen geben. Und Kontraste sind das Salz der Erde, hat Johannes gesagt. Jetzt läufst du erst mal in die Berge, das hat noch immer geholfen. Du kannst doch nicht aufgeben, gerade jetzt. Du, lach doch mal! Ich lach ja schon. Wie ich hier liege, im Vorgarten, zwischen den Salaten, das ist ja auch nicht ohne Witz. Wo liegt denn mein Rucksack? Ah da, zwischen den Rosen, und der rechte Schuh in den Geranien. Na also, da hätten wie ihn wieder, den Gag am Morgen, vertreibt alle Korken. Und die Pointe für heute finde ich auch noch. Ich bin überhaupt stark in Pointen, in Pointen zum Text. Denn so elend kann es mir gar nicht sein, daß ich nicht eine Zeile daraus machte. Ich bin nämlich James Dean mit Teilzeit, zehn Stunden Leidenschaft und zwei Bilanz. Ich bin das Buch zum Film, der fehlt. Eigentlich könnte ich jetzt hier liegen bleiben und meiner Geschichte ein Ende erfinden. Und morgen schreibe ich als Theo weiter. Weil mit Marius wird das Happy End jetzt schwer. Dabei sollte es doch ein Bildungsroman werden. Aber die Kurve wäre jetzt ein bißchen steil. Also bis heute abend, Leute. Das heißt, mit dem Loch im Bauch und diesen Bässen im Kopf schreibt es sich so gut auch wieder nicht. Sagen wir, bis zum Ende der Woche, nein, noch klassischer, bis zum Ende dieses braunen Hefts. Sind sowieso nur noch fünf Seiten. Einverstanden, vielleicht finde ich sogar noch einen Titel. Vielleicht *Der junge Mann und das Mehr* oder so. Zehn Uhr, also aufstehen, Haare waschen, Kaffee trinken. Komm jetzt, Marius, braver Bub, ein Indianer heult nicht!

Zwei Tage laufe ich durch Macchia und Wiesen, kann nicht schlafen, nicht essen, überall geht sie, überall steht Manon, jede Hütte ist ihr Haus und jeder Baum ihr Pate, kein Bach, der nicht zu ihr fließt, und kein Wind, der nicht erzählt. Ich laufe davon und komme nicht weg, knie im Wasser und knie vor ihr, trinke einen Schluck und schmecke die Lippen, den Speichel, die Perlen ihres Munds. Jeder Lufthauch ist ihr Atem und das Gras, das ist ihr Haar, jede Blume blüht für sie. Und ich, ich liege hier am Bach in ihr, trinke die Perlen und rieche das Haar, spüre den Flaum auf ihrem Bauch, bin glücklich und möchte für immer hier bleiben, möchte Luft und Gras und Bach sein, nie wieder aufstehen und gehen und denken und wissen, daß es Theo ist, der bei ihr liegt, Theo, für den sie lacht, Theo, den sie liebt.

Die Nacht war kalt. Ich habe gefroren und irgendwann den Schlafsack ausgepackt. Ich habe geschlafen und nichts geträumt.
Jetzt ist es Tag. Ich will nicht liegen bleiben, nicht hier, noch nicht. Bachaufwärts finde ich eine Stelle, wo sich hinter Steinen Wasser staut. Ich lege mich hinein und tauche unter, es ist sehr kalt. Ich werde nach Westen laufen. Dort muß das Meer sein.

Früher spielten wir mit Lehm, und jeder Klumpen barg eine Figur. Sie stand immer schon fest, wir mußten nur entdecken. Wir waren nicht die Bildner, nur die Hände. Mein Leben ist kein Klumpen Lehm, kein Bild, das sich im Marmor verbirgt. Es ist nur Sand, den ich zu einer Reihe streue, es wird eine Linie, keine Form.
Ich war Winnetou und Tarzan, ich war der Mond, der Löwe und der Wolf, ich war ein Mann und seine Frau, ich war ein Kind. Ich war es gern. Ich mochte, daß es nach vorne ging, nach oben, daß ich größer wurde, stärker und geschickter, daß das Beste stets noch ausstand. Ich war der Träumer auf dem Bahnsteig, der Clown im Klassensaal, ich war der Philosoph mit Merkheft, der Taugeviel, der Tausendtat. Verbrannte alle meine Hefte und lief des Nachts zum See, ich wusch mich, tauchte, suchte Erde, ich war das Viererblatt im Klee. Ich führt von neuem Buch dann, schrieb Tag für Tag, ich war Versailles, war selbst mir Spiegelsaal.
Jetzt bin ich einszweiundachtzig groß und dreiundsiebzig Kilo schwer, das ist alles, was sich an Gestalt gebildet hat. Ich habe kei-

nen Beruf, kein Ziel und kein Zuhaus, das Feuerwerk wurd nicht zur Schrift am Himmel.

Gustav sprach von Atlantis, von Amerika, das wir bei den Frauen, die Frauen bei uns vermuten, daß wir einander verheißen und doch nie geben können. Er sprach von Anderland, vom Hauch, den wir uns gegenseitig schenken und der genügen muß, um unsere Fahrten zu bestehen. Und beide wußten wir zu gut, daß es jenes Land zum Glück nicht gibt. Es gibt die Frauen, die Männer, den Wind, es gibt das Hinausfahren und Zurückkommen, es gibt die wechselnden Küsten. Das genügt.

Nur sollten wir darauf achten, wo wir unsere Strände suchen. Ob mit Maurer in den Büchern, mit Spreder Karl im Schnaps, mit Johann in der Rente oder mit Lui im schnellen Geld. Ob wir mit Johannes Kartoffeln schälen, Carlos Zitronen lutschen, Heroin spritzen, Bomben legen oder auf Berge klettern. Die Schweizer Gospels haben auf Gott, die Avignoner Freaks auf Rotwein und Afghan gebaut. Der Mann im Wintermantel hoffte auf die Wälder und Vergessen. Lander Willi mit seinen Ameisen und der alte Zumbrum, der seine Kunden warten läßt und Aluminium sammelt, haben mir am besten gefallen.

An jenem Morgen, als ich Gustav zum Bahnhof brachte, hat er sein Amerikabild weitergemalt. Er sprach nicht mehr von Kolumbus, er sprach von Leonardo, seinen Bildern und von Cäsar, den es in die Kriege trieb. Im Grunde, meinte Gustav, seien wir schlechte Liebhaber. Und deshalb fingen wir an, Karriere zu machen, Geld zu scheffeln und Kriege zu führen. Aber nicht, weil wir nicht lieben dürften, sondern weil wir es nicht könnten und nie gekonnt hätten. Der Krieg sei der Schrei der Impotenten, sagte er. Und Neid und Haß, Gewalt, das seien seine bürgerlichen Brüder. Daß wir schlechte Liebhaber sind, sei nicht zu ändern, doch könnten wir uns bemühen, statt Cäsars Leonardos zu werden.

Gustav hat mir immer Mut gemacht, auch damals. Ich habe Blumen gezählt seither und Wolken gemalt und vor allem zugeschaut. Und jetzt soll ich lange Hosen anziehen, den Bleistift weglegen und mitmachen. Ich soll Geld verdienen und mich versichern, soll aufspringen auf diesen Kreisel durch die Zeit. Ich will aber nicht rennen. Ich will schlafen, wenn ich müde bin, und tags ein paar schöne Dinge tun.

Was ist schön? Ein Baum ist schön, ein Bach ist schön, eine Wiese ist schön. Eine Autobahn, die man nicht sieht, ist schön, ein Schornstein, der schläft, und ein Auto, in dem Hunde spielen. Ich bin ein Träumer, weil ich leben will. Ich will nicht mitbieten beim Ausverkauf der Erde. Ich will den Platz nicht im Schnellzug zum Glück. Ich hasse jenen Fleiß, der stets nur Schatten zeugt. Ich will kein Heizer, will ein Bremser sein. Ich will das Holz sein, das nicht brennt, das Rad, das sich nicht dreht, mag nichts verschwenden außer mir. Ich habe Angst vor diesem Aderlaß der Erde. Und habe Angst, weil keiner mich mehr führt.

Sie war das Land in meinem Sturm. Sie war mir Spur im Schnee. Wenn ich kein Licht mehr sah, kam sie und zeigte mir die Sterne, und wenn mir kalt war, dann gab sie mir die Hand. Sie war der Berg, das Haus für meine tollen Kinder, und ich der Sohn, der in die Täler floh. Mir war der Himmel erst zu klein und dann einssiebzig hoch, zu groß.

Jetzt laufe ich allein, bin müd und habe Hunger. Noch diesen Tag komme ich ans Meer. Hinter mir liegt Bastia, vor mir eine Bucht mit einem kleinen Ort. Dort werde ich mich waschen, werde wieder essen und auch Kaffee trinken. Ich werde das Tagebuch abschließen, mir ein neues Land und einen neuen Stern suchen. Ich werde schlafen, zwanzig Tag, und dann erwachsen werden und nie mehr feige sein.

Denn hier dies war nicht wirklich wahr. Es war ein Spiel zum Ende. Und meine Geschichte fängt immer erst an.

»Ich erinnere mich sehr genau an den Tag, es war ein Sonntag. Sonntag spiele ich mit Roger immer Karten, deshalb weiß ich es noch. Wir saßen also vor der Bar, es war vielleicht sieben, da kam so ein Kerl. Sah ziemlich übel aus. Er trug eine violette Hose, die war vollkommen zerrissen, genau wie sein Hemd. Und an Armen und Beinen war der Bursche ganz zerkratzt. Roger fragte, ob er unter einen Lastwagen gekommen sei. Der Kerl lachte nur und meinte, er hätte eine Abkürzung gefunden, von Bastia durch die Macchia direkt hierher. Wir glaubten es ihm, obwohl die Macchia nur Löcher reißt und keine solchen Streifen. Da hat er wohl selbst ein bißchen nachgeholfen. Dann hat er sich an einen Tisch gesetzt und zwei Menus bestellt. Und zwei Pastis und zwei Kaffees dazu. Ich meine, hier kommen im Sommer viele komische Vögel vorbei, aber der war doch besonders. Er hat uns gefragt, ob es da draußen Seesterne gibt. Jede Menge, habe ich gesagt. Dann hat er gefragt, wie weit es bis zur Insel sei. Welche Insel, habe ich gefragt. Er hat aufs Meer gezeigt und gesagt, die da draußen. Ich habe ihm gesagt, daß es da draußen nichts gibt, das nächste sei Spanien. Roger hat es bestätigt. Der Bursche hat nur genickt und gesagt, heute sei die Sicht nicht besonders. Dann hat er bezahlt und gefragt, ob er seinen Rucksack dalassen könne. In zwanzig Tagen käme er wieder, er müsse nur mal kurz weg, ein Zeichen setzen. Ach ja, einen Ohrring hat er auch noch dagelassen. Dann ist er zum Strand gelaufen, richtig gesprungen ist der und gesungen hat er, irgendso ein amerikanisches Lied, mit *young* glaube ich. Also wenn Sie mich fragen, der Junge war nicht ganz richtig da oben.«

Pierre Ronder, Wirt in der Bar *Au Port* in St. Florent (Korsika)

Das Zitat »Der Himmel ist einsachtzig groß . . .« auf Seite 201 stammt (bis auf »zu Keksen« statt »zum Frühstück«) aus dem Gedicht *Der Himmel* von Ulla Hahn.

Was gibt's
noch ...

Claudia Bauer

Was macht man, wenn man seinen Vater liebt, und erkennen muß, daß er seine Probleme regelmäßig in Alkohol ersäuft? Ist die »Trinkerei« eine Schande, wie die Mutter sagt, oder ist Alkoholismus eine Krankheit? Es braucht eine Weile, bis Petra merkt, daß sie mit dem Vater gemeinsam dagegen ankämpfen muß. Gar nicht so einfach, wenn man 15 ist, die Schule nicht vernachlässigen soll, ganz neue Leute kennenlernt, und selber damit beschäftigt ist, erwachsen zu werden.

Roman. Band 7528

Gedichte
gegen den Frust

Herausgegeben
von Hans Kruppa

FISCHER
BOOT

Band 7538

fi 389/1

Es ist wirklich kein Kunststück, täglich seinen Frust zu bekommen, ein Blick auf abgeholzte Wälder, auf ohnmächtige Demonstranten oder das Aufschlagen der Tageszeitung reichen vollauf.

Aber Frust verändert nichts, sondern macht blind für die Möglichkeiten, die wir eben noch haben. Machen wir einen Ansatz: graben wir unser Lächeln, unseren Mut, Entschlossenheit, unsere Liebe aus.

Christoph Meckel

Tunifers Erinnerungen
und andere Erzählungen. Band 2090

Licht
Erzählungen. Band 2100

Säure
Gedichte. Band 5122

Nachricht für Baratynski
Band 5424

Suchbild
Über meinem Vater. Band 5412

Ein roter Faden
Gesammelte Erzählungen. Band 5447

Wildnisse
Gedichte. Band 5819

CHRISTOPH MECKEL

SUCHBILD

ÜBER MEINEN VATER

FISCHER

Fischer Taschenbuch Verlag

Hesse/Schrader
Testtraining für Ausbildungsplatzsucher

Hilfe bei Bewerbung, Tests und Vorstellungsgespräch

Fischer

Band 3353

Jürgen Hesse/
Hans Christian Schrader

**Testtraining
für Ausbildungsplatzsucher**

Hilfe bei Bewerbung, Tests
und Vorstellungsgespräch

»... Daß von privaten und öffent-
lichen Arbeitgebern heutzutage
zu wenig Ausbildungsplätze an-
geboten werden, hat seine Ursa-
chen und eine Entwicklungsge-
schichte. Ohne Zweifel ist eine
konsequente und schnelle Verän-
derung dieses Mißstandes unbedingt erforderlich ...
Als Psychologen sind wir betrof-
fen, zu sehen, wie viele junge
Menschen in einem für sie ohne-
hin schwierigen Entwicklungsab-
schnitt mit sog. psychologischen
Tests konfrontiert werden und
dabei entwürdigenden und ent-
wertenden Verfahren ausgesetzt
sind. Wen wundert es dann,
wenn Jugendliche geradezu
zwangsläufig ein völlig falsches
Bild vom Sinn und Zweck eines
durchaus auch sinnvoll einzuset-
zenden psychologischen Instru-
mentariums bekommen? Das
kann uns nicht egal sein.«
Damit die Bewerber an den Test-
mühlen nicht verzweifeln, bietet
dieses Buch eine konkrete Vor-
bereitungsmöglichkeit, die bisher fehlte: Erstmalig werden die
am häufigsten eingesetzten und
bisher geheimgehaltenen sog.
wissenschaftlichen Tests mit
zahlreichen Übungsaufgaben
veröffentlicht.

Fischer Taschenbuch Verlag

fi 516/1